L'enfant de Wes Jackson

---

Prisonnier de son charme

MAUREEN CHILD

# L'enfant de Wes Jackson

*Traduction française de*
MARIE MOREAU

PASSIONS

HARLEQUIN

*Collection :* PASSIONS

*Titre original :*
THE TYCOON'S SECRET CHILD

*Ce roman a déjà été publié en 2018*



**HARPERCOLLINS FRANCE**
83-85, boulevard Vincent-Auriol, 75646 PARIS CEDEX 13
Service Lectrices — Tél. : 01 45 82 47 47 - www.harlequin.fr
ISBN 978-2-2804-8501-2 — ISSN 1950-2761

Composé et édité par HarperCollins France.
Imprimé en décembre 2022 par CPI Black Print (Barcelone)
en utilisant 100% d'électricité renouvelable.
Dépôt légal : janvier 2023.

MIXTE
Papier issu de sources responsables
FSC® C159065

Pour limiter l'empreinte environnementale de ses livres, HarperCollins France s'engage à n'utiliser que du papier fabriqué à partir de bois provenant de forêts gérées durablement et de manière responsable.

# - 1 -

Wesley Jackson regarda les trois managers qu'il avait fait venir dans son bureau, heureux que la réunion qui avait commencé deux heures plus tôt touche à sa fin. Les choses se mettaient en place. Après des semaines d'activité intense, Wes avait hâte de retrouver le calme de sa petite ville de Royal pour pouvoir respirer.

Bien sûr, c'était ici à Houston qu'il avait bâti son succès dans les affaires et qu'il avait installé le siège de sa société, mais son parcours professionnel n'avait pas changé l'homme qu'il était. Au fond, il restait plus attaché que tout à son ranch et à la région qui l'avait vu naître.

— Tu as peut-être quelque chose de plus important à faire ? demanda-t-il soudain à Mike Stein, le jeune cadre du département relations publiques, en le voyant regarder distraitement par la fenêtre.

Mike sursauta. C'était un garçon dynamique et motivé, mais aujourd'hui il avait l'air un peu absent. Et pour cause. En ce 2 janvier, personne n'était encore vraiment remis des festivités de fin d'année. Wes aurait peut-être pu, exceptionnellement, se garder de faire une remarque. Mais c'était trop tard, les mots lui avaient échappé.

— Pardon ? balbutia Mike. Non, pas du tout. Désolé.

Tony Danvers dissimula un petit rire derrière un toussotement. Le regard de Wes se tourna vers lui, puis vers la femme assise à côté de lui.

Si Mike était nouveau, il avait déjà démontré son talent

à maintes reprises. Tony, lui, connaissait l'entreprise par cœur, dans ses moindres recoins, quant à Donna Higgs, elle n'avait pas son pareil pour contrôler le fonctionnement de chaque département et être à l'écoute des équipes. Ils représentaient tous les trois le parfait exemple de ce que Wes attendait de ses employés : du dévouement, de la détermination et des résultats.

Comme tous les autres thèmes avaient été abordés précédemment, il aborda celui qui le préoccupait le plus en ce moment.

— Et pour le modèle Just Like Me, demanda-t-il à Tony, où en sommes-nous ? Avez-vous rencontré des problèmes ? Serons-nous prêts pour livrer les points de vente au printemps ?

Cette nouvelle poupée promettait d'être un événement dans tout le pays. C'était du moins dans cette perspective que Wes l'avait conçue. Bien sûr, il était déjà possible d'obtenir sur commande une poupée ressemblant à un enfant en particulier, mais Wes avait prévu de surpasser largement cette offre. Grâce à tous les accessoires prévus par les designers et la réduction des délais de production, la poupée Just Like Me allait dépasser tous les records de vente. Le seul fait d'y penser le fit sourire de satisfaction. Des poupées adoptant les caractéristiques physiques de n'importe quel enfant. Les parents allaient pouvoir trouver le modèle de leur choix aussi bien en rayon que sur Internet, ou encore commander une poupée avec un accessoire ou un détail en particulier.

Au début, Wes avait envisagé de mettre sa nouvelle collection sur le marché juste avant Noël, avant d'opter pour un choix qui lui paraissait plus stratégique. En fin de compte, il avait préféré faire le pari qu'au mois de février les enfants seraient déjà lassés de leurs cadeaux de Noël et auraient envie de nouveauté.

Si tout se passait comme il l'avait prévu, cette mise en vente aurait un tel impact qu'à Noël prochain sa poupée figurerait sur la liste de tous les enfants : ceux qui n'auraient pas encore la leur, et ceux qui en voudraient une deuxième à l'image d'un ami, d'un frère ou d'une sœur.

Les possibilités étaient sans limites.

— Nous sommes dans les délais, répondit Tony avec assurance. Nous avons des dizaines de physionomies différentes. Toutes les couleurs de peau, tous les types de cheveux possibles, et même certains dont j'ignorais l'existence.

— Tu es bien un garçon, tiens, glissa Donna Higgs, la directrice marketing.

— Merci de l'avoir remarqué, répliqua Tony en lui adressant un clin d'œil amusé.

Ce ne fut pas cet échange moqueur qui fit sourire Wes. Ce qui le mettait de bonne humeur, c'était la perspective de voir son entreprise, Texas Toy Goods Inc., devenir la plus en vue du secteur du jouet. Le marketing, mené d'une main de maître par Donna, était déjà en place pour une formidable campagne publicitaire. Le département relations publiques était prêt à inonder les réseaux sociaux, et un groupe d'enfants sélectionnés pour constituer un jury s'était déjà enthousiasmé pour cette nouvelle poupée. Après dix ans de croissance constante, l'entreprise de Wes était sur le point de faire un bond qui allait lui faire prendre une nouvelle dimension presque du jour au lendemain.

Avec un ami, il avait créé sa société grâce au petit héritage que lui avait laissé son père. Puis, quelques années plus tard, il avait racheté les parts de son associé pour gagner son indépendance totale. Au fil du temps, il s'était construit une réputation de chef d'entreprise audacieux et novateur. TTG était aujourd'hui un acteur incontournable de l'industrie du jouet, et la poupée Just Like Me allait lui faire tutoyer les sommets.

Chaque poupée était unique en son genre, si bien que la collection allait s'adresser à n'importe quel enfant dans le monde. La mise en vente sur le continent européen était déjà prévue, et un autre projet promettait d'accélérer encore la croissance de Texas Toy Goods : la fusion que Wes préparait avec Teddy Bradford, le P-DG de son concurrent PlayCo.

— Donc, dit Wes pour recadrer la conversation, si les parents ne trouvent pas exactement ce qu'ils cherchent, ils auront la possibilité de commander un modèle spécifique.

— Absolument, affirma Tony en se redressant. Il y aura un kiosque installé dans chaque point de vente, qui permettra au magasin de passer commande auprès de nous grâce à une liaison informatique directe. Nous pourrons ainsi leur fournir au plus vite n'importe quel accessoire, que ce soit un appareil dentaire ou un fauteuil roulant. Tous les enfants sans exception pourront avoir une poupée à leur image. Naturellement, certaines commandes spécifiques pourront prendre un peu plus de temps…

— Combien de temps ? demanda Wes, soudain contrarié.

— Très peu, répondit Donna.

Elle consulta sa tablette avant de relever les yeux vers lui.

— Je suis consciente des contraintes de production, reprit-elle, mais au service marketing nous avons étudié de près les délais de fabrication afin d'en faire la promotion. Compte tenu du large éventail de poupées déjà disponibles, nous pourrons répondre à une commande particulière en quelques jours.

— Ça me convient, conclut Wes. Assurez-vous que les usines soient prêtes et qu'une chaîne de production soit entièrement dédiée à ces commandes individuelles.

— Euh, patron ?

Mike Stein venait de l'interpeller en levant la main comme un élève discipliné. Ce bureau n'était pas une salle de classe, mais Mike était jeune et enthousiaste. Il s'habituerait vite aux discussions ouvertes qui avaient la faveur de Wes.

— Oui, Mike ?

Mike regarda ses collègues avant de se retourner vers Wes.

— La campagne publicitaire dans les médias et sur les réseaux sociaux est prête, déclara-t-il.

— Bien, commenta Wes.

— Mais, ajouta Mike, je sais bien sûr que ce n'est pas mon département…

— Cela ne fait rien, dit Wes.

Il aimait que ses collaborateurs s'intéressent à tous les services de l'entreprise et pas seulement à celui pour lequel ils travaillaient.

— D'accord. Je me disais… Consacrer toute une chaîne de production à ces commandes pourrait poser problème.

Tandis que Mike disait ces mots, Tony se pencha légèrement vers la gauche, comme pour prendre ses distances avec le jeune homme. Ceux qui connaissaient bien Wes savaient qu'il valait mieux éviter de lui dire que quelque chose n'était pas faisable.

— Pourquoi cela ? demanda calmement Wes.

— Eh bien, parce que cela implique de consacrer de la main-d'œuvre à ces commandes particulières.

— Et alors ?

De toute évidence, Mike était décidé à aller au bout de son idée. Son attitude démontrait un certain courage.

— Eh bien, répondit-il, cela veut dire que certains ouvriers resteront inactifs en attendant d'avoir une demande à satisfaire.

— Que suggères-tu pour y remédier ? s'enquit froidement Wes.

Tony s'éclaircit discrètement la voix et fit un léger signe de tête en direction de Mike. Manifestement, il essayait de lui faire comprendre qu'il ferait mieux de se taire, mais ses messages codés n'eurent aucun effet sur le jeune directeur des relations publiques.

— De les laisser travailler sur la production régulière et de les déplacer seulement en cas de commande particulière, afin de…

— J'apprécie ta proposition, dit Wes en tapotant son bureau en acajou du bout des doigts. J'aime que mes collaborateurs se sentent libres de s'exprimer. Mais tu es nouveau ici, Mike, et tu n'as pas encore appris que chez TTG les choses se passaient un peu différemment. Ici, l'intérêt du client passe toujours en premier. Tout ce que nous faisons a pour seul but de le satisfaire pleinement. Si cela implique pour nous de consacrer une équipe aux commandes individuelles, quitte à ce qu'il y ait des temps morts dans la production, nous le ferons. Nous sommes les meilleurs. C'est ce qui engendre le succès.

— Oui, dit Mike d'une voix gênée. Bien sûr. Désolé.

— Aucun problème, répondit Wes en effaçant ses excuses d'un geste de la main.

Il n'en doutait pas, le petit Mike allait vite s'habituer au fonctionnement de TTG.

*Le petit Mike ?* répéta-t-il mentalement. Depuis quand considérait-il les jeunes hommes de vingt-cinq ans comme des petits garçons ? Cela le plaçait-il dans la catégorie des seniors ? Non, c'était ridicule. À trente-quatre ans, il était encore jeune. Les responsabilités avaient fait de lui un homme mûr, voilà tout. Mûr et débordé. La gestion de son entreprise occupait chaque minute de son temps, au point que sa vie privée était inexistante. Il ne savait même plus à quand remontait sa dernière soirée avec une femme.

Le moment viendrait pour lui de sortir à nouveau. Un jour. Pour l'instant, TTG exigeait et méritait toute son énergie et sa concentration.

Bien sûr, cela n'avait pas toujours été comme cela. Il y avait eu une femme…

Non, il ne voulait plus y penser. Cette histoire appartenait au passé. Il n'avait jamais voulu s'engager dans une relation à long terme, et il lui avait suffi de la regarder pour voir qu'elle ne pensait qu'au mariage et aux enfants. Il avait bien fallu mettre un terme à cette aventure. Il n'avait aucun regret. La plupart du temps.

Entretenir une liaison avec l'une de ses employées n'avait pas été une très bonne idée de sa part, c'était certain. Cela n'avait fait que susciter les commérages et les jalousies au sein de son équipe. Mais comment aurait-il pu résister à Belle ? Ce qu'ils avaient vécu ensemble avait été si intense, si passionné… Pour le plaisir d'être avec elle, il avait été prêt à affronter le regard des autres.

Mais c'était loin maintenant.

— Je crois que nous avons prévu tous les accessoires possibles, dit Donna. Quand les commandes arriveront, nous serons prêts à les honorer en un rien de temps.

— Très heureux de l'apprendre. Ce sera tout pour l'instant, ajouta Wes en se levant. Tenez-moi au courant s'il y a du nouveau. Sur ce, remettons-nous tous au travail.

Il les raccompagna jusqu'à la porte, puis demanda à son assistante, Robin, de lui apporter une tasse de café. Il allait en avoir besoin pour répondre à tous les mails qui l'attendaient sur sa messagerie. Il avait encore de nombreux détails à régler avec les fournisseurs, les fabricants, les banquiers et tous les autres partenaires actuels ou futurs de Texas Toy Goods. Toutefois, au lieu de se rasseoir derrière son bureau, il se dirigea vers la grande fenêtre qui offrait une vue imprenable sur Houston. Le soleil éclatant se reflétait sur les vitres des immenses tours, faisant scintiller la ville comme une mer de diamants.

Il aimait Houston, et pourtant il ne pouvait supporter à plein temps la vie urbaine. Il préférait vivre à Royal et, au moins deux fois par semaine, il venait au bureau pour échanger avec ses équipes et accomplir toutes les tâches qu'il ne pouvait pas faire à distance.

À Royal, il échappait aux embouteillages, au bruit et à l'agitation, et de surcroît il pouvait déguster les meilleurs hamburgers du Texas au Royal Diner. Mais ce n'était pas tout. Il échappait aussi à autre chose quand il rentrait chez lui. Aux souvenirs qui hantaient son bureau. Ceux des longues soirées passées à travailler avec la femme à laquelle il refusait de penser. Des séances nocturnes qui les avaient menés à une liaison torride ayant brutalement pris fin à la minute où elle avait prononcé les paroles fatales : « Je t'aime. » Même des années plus tard, le simple fait d'y repenser le rendait fou. En dépit des circonstances de leur rupture, ou peut-être *à cause* d'elles, cette femme restait présente dans sa mémoire. Malgré tous ses efforts, il était incapable de la chasser de ses pensées.

— Pourquoi a-t-il fallu qu'elle gâche tout ? se demanda-t-il tout haut. Tout se passait si bien…

Il avait pourtant su dès le début que cette relation était vouée à être éphémère. Du reste, il ne regrettait pas d'avoir cédé au charme de Belle, tant les moments passés avec elle avaient été intenses. Ce qui le contrariait, c'était qu'aujourd'hui encore, cinq ans plus tard, il était incapable de l'oublier ou même de penser à elle sans être troublé.

Il sursauta en entendant quelqu'un frapper.

— Entrez !

Robin poussa la porte. Elle lui apportait sur un plateau

une thermos de café, une tasse et une assiette de biscuits. Il la regarda en souriant.

— Que deviendrais-je sans vous ?

— Vous mourriez de faim, j'imagine, répondit-elle avec humour.

Robin avait une petite cinquantaine d'années. Heureuse dans son mariage et mère de quatre enfants, elle aimait son travail et le faisait à la perfection. Quand Wes était à Royal, c'était elle qui le mettait au courant de tout ce qui se passait au sein de l'entreprise. Si jamais elle souhaitait un jour lui présenter sa démission, il serait prêt à lui proposer tout ce dont elle aurait besoin pour la convaincre de rester.

— Vous avez terrorisé le petit Mike tout à l'heure, dit-elle en posant le plateau sur son bureau.

Wes sourit en repensant à la réunion.

— Il s'en remettra.

— Oui, bien sûr, approuva-t-elle. Un peu de pression de temps en temps ne fait pas de mal. Cela forge le caractère.

Sa remarque le fit rire.

— Je suis sûr que vos enfants ont peur de vous.

— Mes enfants ? répliqua-t-elle. Certainement pas. Je leur ai appris à être plus forts que ça.

Wes rit de plus belle.

— Harry a téléphoné, dit-elle après quelques secondes. Il était en route pour la réunion de New York. Il vous rappellera quand il aura fini.

Harry Baker, le vice-président de TTG, parcourait actuellement le pays pour organiser les livraisons de la nouvelle poupée.

— Parfait, répondit Wes. Merci, Robin.

Une fois seul, il se servit une tasse de café. Il prit une gorgée et mordit dans un biscuit en ouvrant sa messagerie. Il passa distraitement en revue ses quarante derniers mails en supprimant tous les indésirables sans même les ouvrir.

Il continua, jusqu'au moment où l'objet d'un message attira son attention.

Maintenant tout le monde connaît ton secret.

Qu'est-ce que cela signifiait ? Tout en se disant que c'était sûrement un spam ou une publicité, il ne put s'empêcher de cliquer sur le message pour le lire. Il se figea soudain, tétanisé par ce qui s'affichait sur son écran.

Voilà où t'ont mené tes distractions de séducteur. Consulte ton compte Twitter. Ton nouvel identifiant est « Père-absent ». Alors comme ça, tu veux être à la tête d'un nouvel empire du jouet ? Plaire à toutes les familles ? Il va falloir y réfléchir à deux fois.

C'était signé : « Maverick ».

Qui diable était ce Maverick et de quoi pouvait-il bien parler ?

Le message comportait une pièce jointe. Envahi par un mauvais pressentiment, Wes l'ouvrit avec appréhension. Une photo apparut devant ses yeux.

Il bondit si brusquement qu'il faillit renverser son siège. Il n'arrivait pas à croire ce qu'il voyait. Cette petite fille qui le regardait…

Oui, cette petite fille était son portrait. Elle avait ses yeux et son sourire, et si cela n'avait pas suffi à le convaincre, le collier qu'elle portait sur la photo l'aurait fait. Avant sa rupture avec Belle, Wes lui avait offert un collier de perles en plastique rouge avec un pendentif en forme de cœur. Il lui avait fait ce cadeau pour plaisanter avant de lui offrir une paire de diamants pour ses oreilles.

C'était ce collier en plastique rouge que la petite fille portait sur la photo en souriant adorablement.

Il eut soudain du mal à respirer. Incapable de quitter des yeux l'image qui emplissait son écran d'ordinateur, il se sentit pris de panique et furieux tout à la fois. Comment un homme pouvait-il être père sans le savoir ?

Père. Il avait un enfant. Une petite fille. Si la photo était récente, elle devait avoir quatre ou cinq ans. Une seule femme dans ce cas pouvait être sa mère. Cette même femme qui hantait ses souvenirs malgré tous les efforts qu'il faisait pour l'oublier.

Mais comment cela avait-il pu arriver ?

C'était une question stupide, évidemment. Il savait bien comment c'était arrivé. Ce qu'il ignorait, c'était comment elle avait pu lui cacher cela pendant toutes ces années.

Sous le choc, il retomba dans son fauteuil et ouvrit machinalement une nouvelle fenêtre sur son ordinateur pour se connecter à Twitter.

Quelqu'un avait piraté son compte. Son nouvel identifiant était bel et bien Père-absent. S'il n'intervenait pas tout de suite, ce mot-clé allait devenir viral et interférer dans ses affaires.

Wes prit aussitôt son téléphone pour prévenir que son compte avait été piraté et pour faire intervenir le service informatique. La première mesure à prendre était de fermer son compte dans l'espoir de gagner du temps. Toutefois, le mal était déjà fait. Le mot-clé Père-absent était déjà en train de se propager sur les réseaux sociaux.

Il raccrocha et essaya de réfléchir. Il avait deux urgences à présent : retrouver l'enfant dont il venait de découvrir l'existence et sauver sa réputation que ce Maverick essayait de détruire.

Il reprit son téléphone pour appeler son assistante.

— Robin, demandez à Mike des relations publiques de revenir tout de suite dans mon bureau.

Dès qu'il eut raccroché, il afficha de nouveau la photo

sur son ordinateur pour la regarder encore et encore. Sa fille. Comment s'appelait-elle ? Où vivait-elle ? Il se mit alors à penser à la femme qui devait être sa mère. Isabelle Gray. Elle était sortie de sa vie depuis des années. Était-il possible que pendant tout ce temps elle lui ait caché l'enfant qu'elle avait eu de lui ? Il ne pouvait pas vivre une journée de plus dans l'incertitude. Il allait découvrir la vérité, et une fois que ce serait fait…

Les équipes des relations publiques et du service informatique passèrent l'heure suivante à essayer de résoudre la crise qui était survenue. Comme il semblait impossible d'empêcher la rumeur de se répandre sur la Toile, Wes chargea Mike de trouver une histoire à raconter pour limiter ses effets. Le service informatique avait pour mission d'identifier le mystérieux Maverick afin que Wes puisse l'affronter face à face.

En attendant de savoir à qui il avait affaire, il avait un autre problème à régler. Cela faisait des mois qu'il préparait le rachat de PlayCo, un autre acteur majeur de l'industrie du jouet. Or Teddy Bradford, le P-DG de cette entreprise, était un homme très attaché aux traditions et aux valeurs familiales conservatrices. Il était marié depuis toujours à la même femme avec qui il avait fondé une famille nombreuse. Il s'enorgueillissait d'être un père modèle et de représenter à la perfection le mode de vie de référence des Américains.

Wes redoutait que le séisme qui venait de le frapper atteigne aussi ses projets d'accord commercial. Il avait déjà essayé plusieurs fois d'appeler Teddy, en vain. Ce n'était pas bon signe.

— Patron ?

— Oui ?

Wes se retourna pour répondre à l'employée des relations publiques qui venait de s'adresser à lui. Comment s'appelait-elle, déjà ? Stacy ? Tracy ?

— Qu'y a-t-il ?

— Teddy Bradford est sur le point de tenir une conférence de presse. Elle est diffusée en direct sur Internet.

Il se précipita vers le bureau qu'elle occupait et se posta derrière elle, bientôt imité par les autres membres de l'équipe. Sur l'écran d'ordinateur, ils virent Bradford s'approcher d'un micro et lever les mains pour obtenir le silence.

— En conséquence des révélations gênantes qui sont apparues ce matin sur les réseaux sociaux, commença-t-il, je vous annonce que je vais m'accorder un délai supplémentaire afin de réévaluer les options concernant la fusion tant attendue.

La mâchoire crispée, Wes serra machinalement les poings. Derrière la langue de bois de Teddy, le message était clair : à cet instant, il n'était plus question de fusion pour lui. Et les employés de Wes présents autour de lui l'avaient bien compris, à en croire leur visage atterré.

La déclaration de Teddy n'était pas terminée. Il avait beau afficher une mine triste et sombre, Wes était certain de déceler une lueur de satisfaction dans ses yeux. Ce donneur de leçons était sûrement ravi de ce qui se passait. Rien ne lui plaisait plus au monde que d'avoir l'occasion de faire la morale aux autres. Au lieu de répondre au téléphone quand Wes l'avait appelé pour lui parler, Teddy avait préféré convoquer la presse. Quelle élégance, vraiment !

— Ici, chez PlayCo, dit-il avec son air supérieur, nous accordons une grande importance aux valeurs familiales. En fait, on pourrait même dire que c'est la marque de fabrique de mon entreprise, et je tiens à ce que cela reste ainsi. Le devoir d'un homme est d'être présent pour sa famille. Après les révélations de ce matin, je dois vous dire clairement que Wes Jackson n'est pas l'homme que je croyais, voilà pourquoi j'ai besoin de quelques jours de réflexion. En l'état actuel des choses, il faudrait un miracle pour rétablir ma confiance en lui.

Dès que Teddy se tut, les journalistes l'assaillirent de questions et firent crépiter leurs flashs. Mais il refusa de leur répondre.

— C'est tout pour aujourd'hui, dit-il en les interrompant. Je n'ai rien de plus à déclarer. Si vous avez d'autres questions, je vous suggère de les adresser à Wes Jackson. Bonne journée.

Sur ces mots, il quitta le podium au milieu de l'agitation générale. Wes se frotta les yeux, se demandant s'il était en plein cauchemar. Il avait soudain l'affreuse impression d'avoir la tête prise dans un étau.

Stacy/Tracy coupa le son de son ordinateur, et le silence tomba comme un voile sur tout le groupe présent dans la pièce. Wes sentait la rage bouillir en lui. En quelques instants, le travail de plusieurs mois avait été réduit à néant.

Pour Wes, cette journée avait été un véritable tremblement de terre, autant sur le plan personnel que professionnel. Promenant les yeux autour de lui, il vit l'équipe du service relations publiques qui se remettait au travail, se démenant pour essayer d'atténuer le désastre. Son assistante était déjà inondée de coups de téléphone venant des médias. La situation empirait de minute en minute. Rien ne plaisait autant aux gens qu'un scandale, et de toute évidence ce mystérieux Maverick en était parfaitement conscient.

Pour la première fois de sa vie, Wes se sentait impuissant, et cela lui était insupportable. Non seulement son entreprise venait de recevoir un coup terrible, mais en plus, quelque part dans le monde, il avait un enfant dont personne n'avait daigné lui parler. Comment le maître chanteur avait-il découvert son existence ? Isabelle était-elle mêlée à cette machination ? À moins qu'une personne de son entourage ait utilisé cette information dans le but d'obtenir quelque chose ? Quoi qu'il en soit, cette attaque était délibérée. Quelqu'un avait voulu s'en prendre à lui et à sa société. Cette personne était décidée à lui nuire.

Qui, parmi les gens qu'il connaissait, pouvait entretenir une telle rancœur contre lui ?

Être à la tête d'une firme aussi florissante que la sienne signifiait forcément avoir des ennemis. Toutefois, il n'avait jamais imaginé être un jour victime d'une telle bassesse. Il n'arrivait pas à croire l'un de ses concurrents commerciaux capable d'en arriver là.

Et si cela n'avait rien eu à voir avec les affaires ? Si cela était venu de son cercle personnel ? Seulement, il ne voyait pas qui pouvait lui en vouloir à ce point, tout en connaissant une vérité intime que lui-même ignorait.

À mesure qu'il réfléchissait, il éliminait un par un tous les noms qui lui venaient à l'esprit. Tous, sauf un. Celui de son ex-petite amie, Cecelia Morgan. Par le passé, elle avait entretenu une relation amicale avec Belle. Peut-être était-elle au courant pour le bébé. Elle pouvait très bien être à l'origine de cette attaque. Peut-être que Maverick n'était autre qu'elle ! Elle avait très mal pris le fait que Wes rompe avec elle, et sa méchanceté était connue de tous.

Mais dans quel but aurait-elle fait cette révélation ? To the Moon, l'entreprise qu'elle dirigeait, commercialisait des produits haut de gamme pour les enfants. Cecelia n'était pas en concurrence directe avec Wes mais, tout comme lui, elle consacrait sa vie à son travail. C'était peut-être la principale raison pour laquelle leur relation n'avait pas marché. La principale, mais certainement pas la seule. En la voyant avec ses deux meilleures amies, Simone Parker et Naomi Price, il avait découvert jusqu'où pouvait aller sa malveillance. Elles étaient d'ailleurs connues à Royal pour leur mauvais esprit, au point qu'on les appelait le trio infernal. Elles étaient riches, belles et influentes, et malheureusement elles ne faisaient pas toujours attention à la portée de leurs propos.

Wes ignorait si Cecelia était mêlée de près ou de loin à ce qui arrivait, mais il avait un moyen facile de le découvrir. Laissant ses employés faire ce qu'ils avaient à faire, il prit la route en direction de Royal pour aller confronter son ex-petite amie. C'était pour l'instant son seul espoir d'obtenir des réponses. Il fut incapable de profiter du trajet pour retrouver son calme, tant il était hanté par la photo de cette petite fille. De *sa* petite fille.

Des milliers de questions le torturaient depuis que cette photo était apparue sur son écran. La seule capable d'y répondre était Belle, c'est pourquoi il avait précisé à son équipe que localiser Isabelle Gray était aussi important et urgent que d'identifier Maverick. En attendant de savoir où la trouver, il refusait de rester passif. Il allait suivre la seule piste qui lui paraissait crédible. Sachant que Cecelia déjeunait tous les jours au Texas Cattleman's Club, il s'y rendit aussitôt arrivé en ville.

Il la trouva en pleine réunion de travail avec quelques-uns de ses employés. Même s'il savait qu'il ne ferait qu'encourager les commérages en interrompant ce repas, il n'eut pas la patience d'attendre qu'elle soit disponible. Le TCC était un club légendaire de Royal. Exclusivement réservé à ses membres, il existait depuis toujours mais n'acceptait les femmes que depuis quelques années, ce qui déplaisait encore aux adhérents les plus conservateurs. La salle à manger était à la fois élégante et sobre, son silence n'étant troublé que par le murmure des conversations et le tintement délicat de l'argenterie contre la porcelaine.

Sur le trajet, Wes n'avait cessé de penser à tout ce

qu'impliquaient les révélations de ce matin. Un enfant dont il ignorait l'existence. Une fusion annulée. Sa réputation entachée. Un esprit vengeur, peut-être celui de son ex-petite amie.

Autant dire qu'au moment d'entrer dans le club il avait été prêt à en découdre.

— Monsieur Jackson, dit le maître d'hôtel en venant à sa rencontre. Je vais vous indiquer une table. Déjeunerez-vous seul ou attendez-vous des invités ?

— Ni l'un ni l'autre, merci.

Wes se tourna vers Cecelia et lui lança à travers la salle un regard glacial. Même à cette distance, cela ne manqua pas d'attirer son attention.

— J'ai seulement deux mots à dire à Mlle Morgan, précisa-t-il juste avant de la voir s'adresser à ses invités et se lever pour s'approcher de lui.

Cecelia était une femme splendide. Malgré son état de rage, Wes ne put s'empêcher d'admirer son allure en la regardant marcher vers lui. Ses longs cheveux, blonds et ondulés, étaient détachés, et une vive interrogation brillait dans les yeux gris-vert qu'elle fixait sur lui. Elle n'était pas très grande, mais sa féminité et son pouvoir de séduction avaient jeté plus d'un homme à ses pieds.

Une fois près de lui, elle lui sourit et se hissa sur la pointe des pieds pour l'embrasser sur la joue, mais il se déroba aussitôt.

— Il faut qu'on parle, dit-il en ignorant son air vexé.

Préférant éviter de nourrir la rumeur, il la prit par le bras pour l'entraîner dans un coin discret du hall. Dès qu'il s'arrêta, elle se dégagea d'un geste brusque.

— Non mais qu'est-ce qui te prend ? chuchota-t-elle avec fureur.

— Tu le sais très bien. Le mail que tu m'as envoyé.

À ces mots, elle écarquilla les yeux.

— Je ne sais absolument pas de quoi tu me parles.

Il la scruta pendant de longues secondes, essayant de savoir si elle lui mentait ou non. Bien sûr, il n'avait aucun moyen d'être sûr de sa sincérité. Il pouvait seulement se fier à son instinct. Or, en la regardant, il n'eut pas l'impression de voir une femme satisfaite d'une mission accomplie. Elle avait seulement l'air irritée et déconcertée.

— Tu vas voir.

Il sortit alors son téléphone de sa poche, afficha le mail et le montra à Cecelia pour qu'elle le lise.

— Maverick ? dit-elle avec une stupeur évidente. Qui est-ce, ce Maverick ?

— Bonne question.

Si ce n'était pas elle, de qui pouvait bien venir ce message ?

— J'ai reçu ce matin un mail anonyme, poursuivit-il. Il y avait en pièce jointe la photo d'une fillette, ma fille semble-t-il, dont je n'avais jamais entendu parler.

Il ouvrit la pièce jointe pour montrer la photo à Cecelia. Comme il guettait sa réaction, il devina à l'expression de son visage qu'elle en savait plus qu'elle ne voulait bien l'admettre. L'existence de cette petite fille ne l'étonnait pas le moins du monde.

— Tu étais au courant, l'accusa-t-il, la gorge serrée.

Cecelia baissa les yeux et respira profondément.

— Je savais qu'elle était enceinte quand elle est partie, avoua-t-elle. Je ne savais pas qu'elle avait gardé le bébé.

— Elle ?

— Isabelle.

Sa réponse le fit tressaillir intérieurement. Il ne s'était pas trompé. Et pour cause, le collier que portait la fillette sur la photo constituait une preuve indéniable. Isabelle. La femme avec qui il avait entretenu une liaison pendant près d'un an était tombée enceinte de lui et n'avait pas pris la peine de le mettre au courant. Et, comme si cela ne suffisait pas, il découvrait que Cecelia s'était faite complice de ce secret pendant toutes ces années ! Belle était partie s'installer ailleurs. Cecelia, elle, était restée à Royal et avait croisé Wes plusieurs fois par semaine. Comment avait-elle pu le regarder dans les yeux et le saluer tout en lui cachant qu'il avait un enfant ? Pendant cinq ans, elle avait osé entretenir ce mensonge ! Elle qui connaissait la vérité, elle l'avait laissé délibérément dans l'ignorance sans aucun scrupule. Comment avait-elle pu ? Et qui était Maverick et comment était-il au courant ?

— Tu savais et tu n'as rien dit ? asséna-t-il d'une voix d'outre-tombe qu'il reconnut à peine.

Elle se retourna nerveusement et regarda la table où elle avait laissé ses invités.

— C'est vrai, reconnut-elle. Dans quel but aurais-je dû te le dire ?

Il la fusilla du regard.

— Dans quel but ? Pour mon enfant ! Et parce que j'avais le droit de savoir.

— Je t'en prie, Wes. Combien de fois as-tu proclamé que tu ne voulais pas d'enfants, que tu refusais toute sorte d'engagement ?

— Ça ne compte pas.

— Si, ça compte. Elle était sûre que tu ne prendrais pas bien la nouvelle, et je n'ai pas pu la contredire. Je lui ai seulement répété ce que tu avais toi-même dit si souvent : que fonder une famille ne t'intéressait pas.

Si entendre Cecelia lui renvoyer ses propres mots lui faisait mal, c'était encore plus douloureux pour lui de songer que *deux* femmes qu'il avait fréquentées avaient conspiré pour le priver de sa fille. Certes, il n'avait jamais envisagé d'avoir une femme et des enfants, mais cela ne voulait pas dire qu'il n'aurait pas voulu savoir la vérité.

— Et donc ? répliqua-t-il sur un ton glacial. Tu as préféré attendre quelques années, trouver ce Maverick et lui faire cette révélation, à *lui* plutôt qu'à moi ? L'aider à me livrer en pâture aux réseaux sociaux ? Pourquoi ? Pour te venger ?

Elle eut l'air à la fois sidérée et scandalisée.

— Wes, je ne te ferais jamais ça. Je ne te veux aucun mal.

Il était tout près de la croire.

— Je trouve pourtant que ce petit jeu te ressemble bien.

Elle rougit et prit une profonde inspiration.

— Crois ce que tu veux, mais je n'y suis pour rien.

— Bon. Alors où est Isabelle ?

— Je ne sais pas. Elle a seulement dit qu'elle rentrait chez elle. Une petite ville du Colorado. Swan… J'ai oublié le nom exact. Je dois dire que nous ne sommes pas restées en contact.

Elle posa doucement la main sur le bras de Wes, comme pour souligner son propos.

— Mais je vais t'aider à la retrouver, assura-t-elle.

— Tu en as fait suffisamment il y a cinq ans.

Il vit tout de suite que ses mots l'avaient blessée, mais il n'avait ni le temps ni le loisir de se préoccuper d'une femme qui était peut-être au cœur de l'attaque qu'il avait subie. Elle avait beau clamer son innocence, il ne pouvait pas se permettre de la croire sur parole. Il sortit sans attendre une seconde de plus.

Même si son équipe était déjà à la recherche d'Isabelle, cela ne l'empêchait pas d'ajouter ses propres efforts à ceux du service informatique. Il était assez compétent en la matière pour apporter sa pierre à l'édifice. Il aurait pu trouver Isabelle des années plus tôt, s'il l'avait voulu.

Oui, il allait mettre la main sur elle, et elle avait tout

intérêt à se préparer à sa visite. Une chose était sûre : il n'allait pas la laisser s'en tirer aussi facilement.

Assise à la table de la cuisine, Isabelle Graystone griffonnait sur un bloc-notes tandis que sa fille prenait gaiement son goûter.

— Maman, dit Caroline en faisant danser ses mains tout en parlant, je peux reprendre des biscuits ?

Isabelle regarda l'amour de sa vie en souriant. Âgée de quatre ans, Caroline était ravissante, gaie, curieuse et très rusée… surtout pour obtenir ce qu'elle voulait. Qui aurait pu résister à ce petit sourire coquin ?

Isabelle signa tout en lui répondant :

— Encore deux, mais ce seront les derniers.

Caroline fit un grand sourire et se servit. Les talons appuyés sur les barreaux de sa chaise, elle tendit ensuite les bras pour prendre son verre de lait à deux mains et boire une gorgée.

Pensive, Isabelle la regarda en souriant. Ce n'était pas facile pour un enfant d'être différent, mais, grâce à sa forte personnalité, Caroline se moquait de porter des appareils d'aide auditive. Et l'apprentissage de la langue des signes n'avait fait que développer son aptitude à communiquer. Mais son ouïe disparaissait peu à peu, et Isabelle savait que tôt ou tard sa fille deviendrait complètement sourde.

Voilà pourquoi elle se démenait pour lui offrir une vie aussi normale que possible. Pour cela, elle lui proposerait un jour la solution des implants cochléaires. Elles n'en étaient pas là, mais, quoi qu'il advienne, Isabelle savait qu'elle serait toujours prête à tout pour le bien de sa fille.

— Tout à l'heure, lui dit-elle, je devrai aller en ville. J'ai plusieurs personnes à voir à propos de la soirée de bienfaisance que j'organise. Tu préfères venir avec moi ou rester ici avec Edna ?

Caroline lui répondit avec enthousiasme, se servant seulement de ses mains pour éviter de parler la bouche pleine.

— Je viens avec toi. Est-ce qu'on pourra aussi aller manger une glace ?

Isabelle ne put s'empêcher de rire en regardant le corps tout mince de sa fille.

— Où mets-tu donc tout ce que tu avales ?

Pour toute réponse, Caroline haussa les épaules en souriant. C'est alors qu'Isabelle entendit la sonnerie de la porte d'entrée.

— Je vais ouvrir, dit-elle. Reste à table, je reviens.

Elle traversa le rez-de-chaussée de la maison, ses talons claquant doucement sur le parquet poli. Des toiles représentant des paysages ornaient les murs, et le doux soleil d'hiver entrait par les grandes fenêtres. Vaste et élégante, la maison était aussi chaleureuse, très agréable à vivre avec son grand jardin et la petite ville de Swan Hollow toute proche.

C'était ici, au cœur du Colorado, qu'Isabelle avait passé son enfance. Lorsqu'elle s'était retrouvée seule et enceinte, elle était instinctivement retournée là où elle se sentait chez elle. À aucun moment elle n'avait regretté sa décision. C'était réconfortant de se trouver au milieu du cadre qu'elle connaissait si bien, de savoir que sa fille aurait les mêmes souvenirs d'enfance qu'elle. Ici, Caroline était entourée par la forêt et les montagnes, et surtout par ses oncles, les frères d'Isabelle. Chance, Eli et Tyler étaient présents et pleins d'affection pour elles deux. Isabelle aurait préféré qu'ils ne se montrent pas toujours aussi protecteurs, qu'ils se rendent compte qu'elle était devenue une femme adulte et indépendante, mais elle ne pouvait pas leur en vouloir de faire attention à elle.

Passant la main dans ses longs cheveux blonds, elle afficha un sourire accueillant au moment d'ouvrir la porte… et l'effaça aussitôt de son visage. Paralysée, elle sentit d'un coup sa gorge se serrer et son cœur s'emballer.

*Wes Jackson*. L'homme qu'elle avait cru ne plus jamais revoir. Le seul dont elle continuait à rêver presque toutes les nuits. Le seul qu'elle ne pourrait jamais oublier.

— Bonjour, Belle, dit-il en lui jetant un regard glacial. Tu ne m'invites pas à entrer ?

# - 2 -

Isabelle sentit les battements de son cœur s'arrêter, puis repartir de plus belle. *L'inviter à entrer ?* Au contraire, elle n'avait qu'une seule envie : claquer la porte et fermer le verrou à double tour. Mais elle restait immobile, incapable de faire le moindre mouvement. Elle parvint seulement à articuler un mot :

— Wes ?

— Donc tu te souviens de moi. Ravi de l'apprendre.

Comme il faisait un pas vers elle, elle recula machinalement en utilisant la porte comme bouclier. Oui, elle avait besoin de se protéger de lui. La panique qu'elle ressentait dépassait tout ce qu'elle aurait pu imaginer. C'est vrai, au fond d'elle, elle avait toujours su que son passé finirait un jour par la rattraper. Mais cette visite était si inattendue, si bouleversante et terrifiante à la fois !

Elle revoyait Wes pour la première fois depuis cinq ans, et pourtant, en le regardant à cet instant, elle ressentait exactement la même chose qu'autrefois. Même dans cette situation, face à son regard furieux, elle sentait une flamme ardente s'élever en elle. Une flamme de désir. Elle n'avait donc pas été capable de retenir la leçon ?

Le travail qu'elle avait effectué pour Texas Toy l'avait passionnée. C'était une entreprise ouverte aux idées nouvelles, et Wes avait été le patron dont n'importe qui aurait rêvé. Il encourageait ses employés à innover et savait reconnaître et récompenser leur travail. Isabelle avait passé de longues heures à réfléchir avec lui, à lui présenter de nouveaux dessins et de nouvelles idées de jouets. Le jour où elle avait cédé à la tentation, à l'attirance brûlante et grandissante qui les avait rapprochés l'un de l'autre, elle avait su que cette aventure se terminerait mal. Hélas, elle ne s'était pas trompée. Plus ils avaient passé de temps ensemble, plus elle s'était attachée à lui. Et finalement elle avait commis l'erreur de tomber amoureuse de lui.

C'est ainsi que leur liaison s'était terminée. Quand il lui avait dit qu'il n'était pas intéressé par une relation à long terme. Il lui avait brisé le cœur, et au moment de quitter le Texas elle s'était juré de ne plus jamais y retourner.

Manifestement, elle n'avait pas eu besoin de le faire. C'était le Texas qui était venu à elle.

— Il faut qu'on parle, dit-il d'une voix dure.

— Non, sûrement pas.

Isabelle refusait de lui donner le moindre indice. Elle n'était pas certaine de connaître la raison de sa présence ici et, s'il ne connaissait pas toute la vérité, elle n'allait pas la lui révéler. Elle devait absolument le faire partir avant qu'il ne voie Caroline.

— Je ne te laisse pas le choix, répliqua-t-il.

Sur ces mots, il la prit fermement par les épaules et la força à le laisser entrer. Elle fut tellement décontenancée par son geste qu'elle n'essaya même pas de résister. Déjà, il pénétrait dans la maison, sans même lui laisser le temps de réagir. À quoi bon se mentir ? Ce n'était pas la panique qui la paralysait. C'était le désir.

Elle avait éprouvé le même trouble par le passé, à chaque fois que Wes s'était approché ou avait posé les yeux sur elle. Presque à la seconde où elle l'avait rencontré, elle avait ressenti cette attirance irrésistible. Jamais aucun homme, ni avant ni après lui, n'avait fait naître une telle émotion en elle.

Après leur rupture, elle avait fait le choix de renoncer à toute relation sentimentale. Elle avait décidé de consacrer toute son énergie à construire une nouvelle vie pour sa fille et elle. Isabelle avait ses frères, elle avait Caroline, et elle n'avait besoin de rien d'autre. Surtout pas de l'homme qui lui avait brisé le cœur !

Refermant la porte, elle s'efforça de recouvrer ses esprits avant de se tourner vers lui.

— Je crois que j'ai droit à une explication, dit-il.

— Tu es sérieux ?

Elle regarda nerveusement le couloir au bout duquel se trouvait Caroline en ce moment même.

— Alors là, ajouta-t-elle, tu commences très mal.

— Tu aurais dû me mettre au courant pour notre fille.

Le choc manqua de la faire défaillir. Mais en même temps, une petite voix murmurait au fond d'elle : *Évidemment qu'il sait. Sinon, pourquoi serait-il venu jusqu'ici ?* Mais comment avait-il découvert son secret ?

— Tu ne t'attendais pas à ça, hein ? reprit-il. Toi qui m'as caché la vérité pendant *cinq ans.*

Elle ne pouvait pas le contredire sur ce point. Mais d'un autre côté…

— Wes…

Il leva la main pour la faire taire. Elle ne put s'empêcher d'obtempérer, tout en étant furieuse contre elle-même de le laisser imposer sa loi.

— Épargne-moi tes excuses, dit-il. Il n'y en a aucune pour ce que tu as fait. Bon sang, Isabelle, j'avais le droit de savoir.

Ces quelques mots suffirent à la tirer de sa torpeur.

— Le droit ? répéta-t-elle en prenant soin de ne pas hausser la voix. J'aurais dû te mettre au courant pour *ma* fille alors que tu avais clairement dit que tu n'avais aucune envie d'avoir des enfants ?

Pour éviter qu'il reste dans l'entrée où Caroline pouvait le voir à tout moment, elle le fit avancer dans le salon. Même un jour de gris comme celui-ci, la pièce restait claire et lumineuse. Les tableaux qui la décoraient représentaient des forêts, des océans ou encore des couchers de soleil. Une grande bibliothèque en occupait tout un coin et des fauteuils et des canapés étaient disposés çà et là, associés à des tables en chêne de tailles et de formes différentes. Un feu crépitait dans la cheminée en marbre.

Isabelle considérait cette pièce comme son havre de paix. La maison qu'elle avait choisie pour Caroline et elle était leur refuge. C'était à la fois un endroit spacieux et un petit nid douillet. Ici, avec sa fille, elle se sentait mieux que nulle part ailleurs. Alors pourquoi était-elle terriblement oppressée tout à coup ?

Comme Wes approchait derrière elle, elle eut tout à coup du mal à respirer. Il fallait qu'il sorte. Tout de suite. Avant que Caroline arrive et se mette à poser des questions auxquelles Isabelle ne voulait pas répondre.

Elle se mit brusquement face à lui et se prépara à l'affronter. Il fallait en finir au plus vite. Lui permettre de satisfaire la pulsion égoïste qui l'avait fait venir jusqu'ici. Plus vite il obtiendrait ce qu'il voulait, plus vite il partirait.

Il avait toujours le même regard, bleu, profond et fascinant. Elle s'en voulait mais, malgré toute la colère qui brillait dans les yeux de Wes, elle se sentait toujours aussi attirée par lui. Parce qu'elle connaissait l'homme qui se cachait derrière le visage dur qu'il montrait au monde.

Du moins, elle avait cru le connaître autrefois. Elle avait été convaincue que l'homme avec qui elle avait passé de si merveilleux moments était le vrai Wes Jackson. Seul avec elle, il s'était montré plus détendu, plus naturel, même s'il avait toujours conservé une certaine retenue.

Oui, elle devait reconnaître qu'elle n'avait jamais

vraiment réussi à faire tomber le mur derrière lequel il semblait se protéger. À l'époque, déjà, elle avait compris qu'il garderait toujours une certaine distance avec elle. Cela lui avait brisé le cœur, mais elle avait refusé de se mentir à elle-même. Pour son bien et celui du bébé qu'elle portait, elle avait décidé de partir.

— Il s'agissait d'enfants hypothétiques, asséna-t-il d'une voix furieuse et étouffée. Je n'ai jamais dit que je rejetterais un enfant qui serait déjà là.

L'espace d'un instant, Isabelle sentit au fond d'elle une petite pointe de culpabilité, mais elle la chassa aussitôt. Cinq ans plus tôt, Wes avait clairement affirmé que fonder une famille ne l'intéressait pas. Il lui avait dit sans détour qu'il ne voulait ni épouse ni enfants. Comme s'il tournait le dos à l'amour. Alors elle était partie. Rentrée chez elle. Elle avait eu son bébé toute seule, et ses trois grands frères avaient été là pour la soutenir. Aujourd'hui, Caroline était heureuse et aimée. Sa vie était riche. Pourquoi Isabelle aurait-elle dû se sentir coupable d'avoir fait le meilleur choix pour son enfant ?

Elle se redressa et affronta dignement le regard furieux de Wes.

— Tu ne vas pas me faire regretter une décision que j'ai prise dans l'intérêt de ma fille.

— *Notre* fille, et rien ne t'autorisait à me priver d'elle. Bon sang, Isabelle, tu n'as pas fait ce bébé toute seule.

— Non, mais je me suis occupée d'elle toute seule. Je l'ai élevée toute seule. Tu ne vas certainement pas débarquer dans ma vie et commencer à me donner des ordres. Tu n'es plus mon patron, Wes, et nous sommes *chez moi* ici.

Il plissa les yeux et la dévisagea.

— Tu m'as menti. Pendant cinq ans, tu m'as menti.

— Nous ne nous sommes même pas adressé la parole.

— Un mensonge par omission reste un mensonge.

Il avait raison, mais pourquoi était-il venu au juste ? Parce qu'il s'intéressait à son enfant ou parce qu'il avait été blessé dans son orgueil ?

— Tu ne m'as même pas demandé où elle était ni comment elle allait, fit-elle observer. Ni même comment elle s'appelait. Ce n'est pas d'elle que tu te soucies, Wes. C'est de toi. Toi et toi seul.

— Elle s'appelle Caroline, dit-il calmement. Tu vois, ajouta-t-il sur un ton ironique, je ne suis pas un mauvais enquêteur. Il fallait bien ça, face à toi.

Il secoua doucement la tête et promena les yeux autour de lui avant de fixer de nouveau sur elle son regard plein de dureté.

— Tu crois que je ne pense qu'à moi ? Tu es partie. Avec *mon* enfant. Et pendant tout ce temps tu m'as caché la vérité.

Était-ce seulement de l'indignation qu'elle percevait dans sa voix ? Ou y avait-il aussi de la peine ? C'était difficile à dire, tant Wes était expert dans l'art de dissimuler ses émotions. Même dans l'intimité, elle n'avait jamais su ce qu'il y avait vraiment au fond de son cœur.

Elle jeta machinalement un regard anxieux vers la porte ouverte. Si leur entretien durait, Caroline allait venir la chercher. Edna, la gouvernante, n'allait pas tarder à revenir du supermarché et, si elle croisait Wes, Isabelle s'attendait à recevoir une pluie de questions auxquelles elle n'avait aucune envie de répondre.

— Comment as-tu su ? demanda-t-elle brusquement, luttant pour chasser son sentiment de culpabilité.

En le voyant soupirer et se passer la main sur le visage, elle se rendit compte à quel point il était tourmenté. C'était la première fois qu'elle le voyait dans cet état, et à vrai dire elle ignorait si cela la réjouissait ou l'inquiétait.

— Tu n'as pas vu les gros titres sur Internet aujourd'hui ?

— Non, répondit-elle avec une soudaine inquiétude. Que se passe-t-il ?

— Quelqu'un est au courant pour notre fille et a décidé d'utiliser cette information contre moi.

— Comment ?

— J'ai reçu hier un mail de la part d'un nommé Maverick. C'était une photo de ma fille.

— Comment as-tu su que tu étais son père ?

Il lui lança un regard glacial.

— Elle portait le collier en plastique rouge que je t'avais offert.

Isabelle ferma les yeux et respira profondément.

— Elle adore ce collier, admit-elle.

Dès qu'elle l'avait vu, Caroline se l'était approprié, aidant sans le savoir Isabelle à se détacher de ce symbole de son histoire avec Wes.

— Il fut un temps où tu l'aimais aussi, si je me souviens bien.

Elle fixa le regard sur le sien.

— Il y avait beaucoup de choses que j'aimais.

Comme s'il avait besoin d'encaisser le choc, il hocha la tête avant de reprendre ses explications.

— La personne qui m'a envoyé la photo a aussi piraté mon compte Twitter. Il m'a attribué un nouvel identifiant. Très accrocheur. Père-absent.

— Oh ! non.

— Eh, si. Ce nouveau mot-clé est si vite devenu viral que mon service informatique n'a pas pu contenir sa propagation. En quelques minutes, nous avons croulé sous les appels des journalistes qui voulaient en savoir plus. Puis Teddy Bradford de PlayCo a tenu une conférence de presse pour annoncer que la fusion que nous avions préparée était en suspens. Apparemment, ajouta-t-il d'une voix sombre, je ne suis plus compatible avec les valeurs familiales que porte son entreprise.

— Ce n'est pas vrai…

Isabelle n'arrivait pas à y croire. Des journalistes, des conférences de presse. Tout ce qui arrivait à Wes Jackson créait l'événement. Non seulement parce qu'il était à la tête d'un grand groupe, mais aussi parce qu'il était riche, beau et incroyablement charismatique. Il suscitait l'intérêt du public autant que des médias, si bien qu'un tel tournant dans sa vie personnelle ne pouvait que déchaîner les passions. Les journalistes allaient sans aucun doute fouiller son passé. Ils allaient trouver Caroline. Ils allaient écrire des articles, prendre des photos, étaler sa vie sans scrupule. Cela pourrait bien virer au cauchemar.

— Les médias me harcèlent depuis cette révélation. Robin se charge pour l'instant de répondre aux appels incessants, elle donne des réponses évasives pour repousser leurs assauts.

L'assistante de Wes avait assez de caractère pour tenir les fauves à distance, mais cela ne durerait qu'un temps. Ils finiraient forcément par trouver Caroline. Comment Isabelle allait-elle faire pour protéger sa fille ?

Quoi qu'il en coûte, elle y arriverait. Elle n'avait pas d'autre choix.

— Donc, ponctua Wes, encore des mensonges. Tu ne t'appelles pas Isabelle *Gray*. Ton vrai nom est Graystone. Imagine ma surprise quand j'ai appris ça. Je n'ai rien trouvé sur Isabelle Gray. Comme si elle s'était volatilisée. Mais non. Quand le nom d'Isabelle *Graystone* est apparu, accompagné d'une photo, j'ai découvert qui tu étais vraiment. L'héritière de l'empire Graystone. Tu ne m'as jamais dit que tu étais riche, que ta famille possédait les plus grandes entreprises du secteur de l'hôtellerie, du transport maritime et que sais-je encore. Tu m'as caché ta véritable identité. Tu n'as fait que mentir. Du début à la fin.

Elle ne put s'empêcher de rougir tandis qu'il se détournait pour promener les yeux autour de lui. C'était vrai, elle avait menti. Mais elle avait fait ce qu'elle avait à faire et n'avait aucune raison de lui demander pardon pour cela. Elle refusait de se sentir coupable. Et pourtant…

— Pourquoi m'as-tu caché qui tu étais quand tu es venue travailler pour moi ? lança-t-il brusquement.

Elle respira avant de lui répondre.

— Parce que je voulais que tu m'engages pour ce que j'étais, pour mes compétences, et non en raison de mes origines familiales.

Une ombre d'irritation apparut sur le visage de Wes, aussitôt remplacée par une expression de respect.

— Oui, dit-il. Je peux t'accorder ça.

— Oh ! merci beaucoup, répliqua-t-elle avec sarcasme.

Il continua comme si elle n'avait rien dit.

— Mais une fois embauchée tu as persisté à mentir. Quand nous étions au lit ensemble, ajouta-t-il en la regardant dans les yeux, tu me mentais encore.

— Seulement sur mon nom. Je ne pouvais pas te révéler ma véritable identité sans t'avouer que j'avais menti pour décrocher le poste.

— Donc tu as enchaîné les mensonges. Et tu as continué à obtenir ce que tu voulais.

— Wes, peux-tu me dire pourquoi tu es venu ?

Cela faisait près de dix minutes qu'il était arrivé. Caroline risquait d'entrer dans la pièce d'une seconde à l'autre. Il fallait qu'il parte au plus vite.

— Comment oses-tu me poser la question ? s'exclama-t-il en la dévisageant avec stupeur. Je viens de découvrir que j'étais le père d'une petite fille de quatre ans. Je suis venu la voir.

*Oh ! non.*

— Ce n'est pas une bonne idée.

— Je me doutais qu'elle ne te plairait pas. Mais désolé, ce n'est pas toi qui décides.

— Bien sûr que si, rétorqua-t-elle en soutenant son regard furieux.

Au cours des années, elle n'avait pas pu s'empêcher d'imaginer ce moment. Elle s'était demandé comment elle réagirait si Wes découvrait qu'il avait un enfant, pour peu qu'il y attache de l'importance.

De toute évidence, il y attachait de l'importance. Mais qu'est-ce qui le dérangeait le plus ? D'avoir été privé de sa fille pendant quatre ans ou de découvrir qu'Isabelle lui avait menti ? Elle l'ignorait, mais obtenir une réponse n'était pas sa priorité pour l'instant.

— Belle, tu ne peux pas m'en empêcher.

Il fit un pas vers elle et s'arrêta net.

— C'est bien ma fille, non ?

Cela, elle ne pouvait pas le nier. De toute façon, dès qu'il verrait Caroline, tous ses doutes se dissiperaient. Elle ressemblait tellement à son père…

— Si.

Il hocha la tête et respira profondément.

— Merci de ne pas me mentir cette fois.

— Wes…

— J'ai le droit de la rencontrer. De faire connaissance avec elle.

Il marcha jusqu'à la cheminée, posa une main contre le manteau en marbre et fixa les yeux sur les flammes. Il resta ainsi un moment avant de se retourner vers Isabelle.

— Que sait-elle de moi ? demanda-t-il. Que lui as-tu dit ?

Il avait les yeux brillants, la mâchoire crispée et le corps tendu par la colère qu'il semblait contenir avec peine.

— Je lui ai dit que son père ne pouvait pas être avec nous mais qu'il l'aimait.

— Bon, merci, dit-il avec ironie. C'est déjà ça.

— C'est pour son bien que j'ai choisi cette version. Je ne voulais pas qu'elle sache que son père ne voulait pas d'elle.

En l'entendant, il se redressa brusquement.

— J'aurais voulu d'elle si j'avais su qu'elle existait.

— C'est facile à dire maintenant.

— Évidemment, répliqua-t-il sèchement, nous ne saurons jamais si les choses auraient pu être différentes. Mais à partir d'aujourd'hui, Belle, tout va changer. Il faudra compter avec moi. C'est ma fille, et je veux faire partie de sa vie.

Absorbée par son face-à-face avec Wes et la tension qui grandissait entre eux, Isabelle ne vit qu'au dernier moment la petite silhouette de Caroline qui entrait dans la pièce et venait se poster près d'elle. Son premier instinct fut de se mettre devant sa fille afin de la cacher, de la protéger du père qui avait fini par la trouver. Mais il était trop tard pour cela.

À la seconde où Wes posa les yeux sur Caroline, les traits de son visage se radoucirent. Son regard glacial se fit soudain tendre et émerveillé. Était-ce la ressemblance entre sa fille et lui qui l'émouvait autant ? Il l'avait forcément remarquée. Isabelle la voyait à chaque fois qu'elle regardait Caroline.

— Bonjour, dit-il d'une voix soudain emplie d'affection.

— Bonjour, répondit Caroline tout en signant. Qui êtes-vous ?

Isabelle prit les devants pour répondre.

— C'est M. Jackson, ma chérie. Il était sur le point de partir.

Tout en posant une main protectrice sur l'épaule de sa fille, elle rencontra le regard furieux de Wes.

— Notre conversation n'est pas terminée, dit-il presque en chuchotant mais avec dureté.

— J'imagine que non.

Sur ces mots, elle se tourna vers Caroline et s'adressa à elle en utilisant ses mains en même temps que sa voix.

— Je viens d'entendre la voiture d'Edna, lui dit-elle. Tu veux bien aller l'aider à porter les courses ? Ensuite, tu pourras monter jouer dans ta chambre en attendant que j'aie fini avec M. Jackson.

— Et la glace ? demanda Caroline.

— Plus tard.

Caroline sourit et fit un signe d'au revoir à Wes avant de repartir en direction de la cuisine. Il la regarda s'éloigner, puis se retourna vers Isabelle.

— Elle est sourde ?

— Quel sens de l'observation.

Elle regretta aussitôt de lui avoir répondu sur ce ton sarcastique. Il était déjà bien assez contrarié comme cela, ce n'était pas la peine d'en rajouter.

— Oui. Elle souffre d'une perte progressive de l'audition.

— Qu'est-ce que cela implique exactement ? s'enquit-il. Pour elle ?

— Ce serait trop long à expliquer, ce n'est pas le moment de parler de ça.

L'expression de Wes se fit encore plus glaciale.

— Bien, dit-il. Mettons cela de côté pour l'instant. Tu aurais dû me parler, ajouta-t-il à mi-voix. Me parler d'elle, de tout.

Une fois de plus, elle dut lutter contre le sentiment de culpabilité qui naissait au fond d'elle. Elle n'avait pas oublié la peur panique qui l'avait envahie quand elle avait appris ce qui arrivait à Caroline. Elle s'était sentie si terrifiée et impuissante à la fois... À présent, en regardant Wes, elle voyait dans ses yeux les mêmes réactions que celles qu'elle avait eues à l'époque. Comment parvenait-il à prendre sur lui après tout ce qu'il venait d'apprendre en si peu de temps ? À sa place, elle aurait sans doute été incapable de garder son calme.

Malgré elle, le sang-froid de Wes l'irritait.

Isabelle assumait depuis le début les conséquences de la décision qu'elle avait prise des années plus tôt. Même maintenant, alors qu'elle se tenait face à Wes, elle restait persuadée d'avoir fait le bon choix en lui cachant qu'elle était enceinte de lui.

— Wes, j'ai fait ce qui me semblait mieux pour tout le monde. Si quelqu'un peut me comprendre, c'est bien toi.

— Je peux savoir pourquoi ?

— Oh ! je t'en prie.

Tout en émettant un petit rire forcé, elle lutta pour retenir les larmes qui lui brûlaient déjà les yeux.

— Tu passes ta vie à prendre des décisions en une fraction de seconde, poursuivit-elle. Tu te fies à ton instinct. Et on peut dire que cela t'a plutôt réussi jusqu'à maintenant. J'ai fait la même chose et je ne vais pas m'en excuser maintenant.

Il s'approcha d'elle, si près qu'elle crut sentir la chaleur de son corps. Respirant profondément, elle se laissa enivrer par son parfum. Mais elle connaissait trop bien le pouvoir de son charme. Elle n'avait pas oublié combien il l'avait fait souffrir, et pour rien au monde elle ne le laisserait lui briser le cœur une deuxième fois.

De toute façon, à en croire la rage qui brillait dans son regard, il n'était pas venu jusqu'ici pour la séduire.

— Nous n'en avons pas terminé, Belle.

Elle sentit soudain son cœur bondir dans sa poitrine. Personne d'autre que Wes ne l'avait jamais appelée Belle, et le seul fait de réentendre ce nom dans sa bouche lui rappelait les longues nuits de délices passées avec lui. Une vague de désir la submergea soudain, aussi intense que par le passé. Comment était-ce possible après toutes ces années et malgré cette situation de conflit ?

Elle avait mis des années à enfouir les souvenirs au fond d'elle pour trouver enfin la paix intérieure. Elle avait tout fait pour oublier les mois passés au Texas. Elle y serait sans doute parvenue, si elle n'avait pas vu Wes à chaque fois qu'elle avait regardé le visage de sa fille.

— Je ne peux pas parler de ça maintenant. Caroline n'est pas loin et je ne veux pas que…

— Qu'elle sache ? demanda-t-il. Il ne faudrait pas qu'elle découvre que son père est ici et qu'il a envie de la voir ?

— Ce n'est pas rien pour une petite fille, Wes. Il n'est pas question que je lui annonce la nouvelle avant que nous ayons trouvé un accord toi et moi.

— De quel genre d'accord parles-tu ? répliqua-t-il avec un air méfiant.

— Je te le répète, ce n'est pas le moment d'en parler.

Elle respira profondément dans l'espoir de retrouver son assurance, en vain. Comment ne pas être troublée par les yeux bleus qui hantaient son esprit depuis des années ?

— Quand tu seras rentré au Texas, ajouta-t-elle, appelle-moi et nous prendrons le temps de discuter.

Il esquissa un demi-sourire avant de retrouver sa gravité.

— Je ne vais pas rentrer au Texas. Pas pour l'instant.

— Hein ? Quoi ? Pourquoi ?

Cette fois, il lui avait bel et bien fait perdre ses moyens.

— J'ai pris une chambre au Swan Hollow Palace, répondit-il. Je ne partirai pas tant que je n'aurai pas passé un peu de temps avec ma fille. Donc l'accord que tu évoques, c'est ici que nous en discuterons. Face à face.

Le cœur battant à tout rompre, Isabelle eut soudain du mal à respirer. Comme s'il devinait parfaitement ce qu'elle pensait, ce qu'elle ressentait, il lui adressa de nouveau son sourire froid et calculateur. Elle était sur le point de défaillir.

— À quelle heure se couche-t-elle ?

— Hein ? À 20 heures. Pourquoi ?

Elle se sentait de plus en plus stupide.

— Parce que je serai là à 20 h 30.

Il se dirigea vers la porte et s'arrêta pour se retourner juste avant de sortir de la pièce.

— Prépare-toi à de longues conversations, dit-il en la regardant droit dans les yeux. Je vais rester, Belle. Aussi longtemps qu'il le faudra. Je vais faire connaissance avec ma fille, rattraper tout le temps que nous avons perdu, elle et moi. Ça, tu ne pourras rien faire pour m'en empêcher.

Swan Hollow se trouvait dans le Colorado, à une cinquantaine de kilomètres au sud-ouest de Denver. C'était une petite ville située au cœur des montagnes, à la fois calme et chaleureuse. Les touristes devaient y venir surtout pour profiter des pistes de ski, mais, en marchant dans les rues, Wes se rendit compte qu'ils devaient également apprécier ses boutiques et ses galeries d'art. Dans les cafés et les restaurants du centre, les autochtones côtoyaient les clients de passage.

Des deux côtés de Main Street, devant les façades en briques et les chalets en bois, se dressaient de hauts réverbères en fer forgé qui rappelaient les anciens éclairages publics à gaz. Toutes les places de stationnement de la rue étaient occupées et les promeneurs se bousculaient sur les trottoirs, les bras chargés de sacs de courses.

S'il avait été ici en vacances, Wes aurait sûrement été

sous le charme du lieu. Mais aujourd'hui il était trop préoccupé pour apprécier cette douce atmosphère.

Comment sa vie avait-elle pu être à ce point bouleversée en l'espace de quarante-huit heures ?

Il marcha machinalement vers l'entrée majestueuse de son hôtel. Le bâtiment imposant, construit en 1870, dominait Main Street avec ses grandes fenêtres éclatantes et son architecture d'exception.

Pénétrant dans le hall, Wes ne put s'empêcher d'admirer la beauté du parquet orné de tapis rouges. Sur les murs couleur crème apparaissaient des toiles peintes par des artistes locaux, célébrant le passé minier de la région et le splendide paysage montagneux qui entourait la ville. C'était une salle spacieuse et chaleureuse, égayée par le feu qui ronflait dans la cheminée en pierre et aménagée en plusieurs petits salons qui invitaient les clients à s'asseoir pour bavarder tout en profitant du cadre.

Hélas, l'atmosphère élégante et feutrée ne fit rien pour apaiser la tension que Wes ressentait dans tout son être. Évitant soigneusement de croiser le moindre regard, il passa devant le guichet en chêne massif et se dirigea tout droit vers l'ascenseur pour monter jusqu'au dernier étage. Une fois dans sa suite, il se débarrassa de sa veste, la jeta sur le canapé bleu foncé et traversa la pièce pour ouvrir en grand la baie vitrée. Là, il sortit sur le balcon et respira profondément l'air glacé, dans l'espoir de recouvrer ses esprits.

S'il n'avait pas été aussi tourmenté, il aurait sans doute apprécié la beauté de la vue en ce mois de janvier. Le paysage immaculé, les pins ployant sous des couches de neige, le charme des rues et la silhouette impressionnante et protectrice des montagnes qui rejoignaient les nuages… Ce décor était digne du plus magnifique des tableaux.

Mais Wes ne ressentait que le froid. Les mains serrées sur le garde-corps en fer forgé, il se laissait fouetter par le vent. Comme si son corps avait eu besoin de cette morsure.

Il n'arrivait toujours pas à croire ce qui lui arrivait. Il était *père*. Père d'une petite fille qui lui ressemblait comme personne. Et qui était en train de perdre l'ouïe.

Il aurait dû savoir.

Il aurait dû jouer son rôle auprès d'elle. Peut-être aurait-il pu faire quelque chose pour se rendre utile, même de façon minime. Et, même s'il n'avait rien pu faire, il aurait eu le *droit* d'être là. De s'occuper d'elle, de s'inquiéter pour elle. Mais la mère de sa fille n'avait pas cru bon de le mettre au courant.

Et pourtant, malgré toute la colère qu'il éprouvait contre Isabelle, malgré la stupeur dans laquelle le plongeait cette soudaine paternité, il devait reconnaître que ce n'était pas tout ce qu'il avait ressenti dans cette maison.

Isabelle lui avait paru encore plus belle que cinq ans plus tôt. Elle avait toujours eu une silhouette divine, mais les courbes de la maternité l'avaient rendue incroyablement sensuelle. Irrésistible.

Le seul fait d'y repenser accentua la tension de son corps. Ses longs cheveux blonds, ses yeux dont la teinte mystérieuse se situait quelque part entre le bleu et le vert, sa bouche divine… Tout en elle avait réveillé son désir en une fraction de seconde.

Un frisson le parcourut, et il se décida finalement à rentrer. Avec tout ce qui lui arrivait, il n'allait pas en plus attraper une pneumonie. Il referma la baie vitrée et s'approcha de la cheminée à gaz pour allumer un feu.

Il n'y avait pas un bruit. Après être resté immobile une minute ou deux, les yeux fixés sur les flammes, il s'installa sur le canapé, étendit les jambes et posa les pieds sur la table basse. Les rayons du soleil couchant filtraient par la fenêtre, baignant la pièce d'une lumière chaude. Wes ferma les yeux et essaya de réfléchir, mais l'image d'Isabelle qui hantait son esprit l'en empêcha. Comment pouvait-il se laisser troubler par la femme qui n'avait fait que lui mentir dès leur première rencontre ?

« Isabelle Gray. » Comment avait-elle réussi à se faire embaucher sous un faux nom ? Les équipes de Texas Toy étaient-elles donc incapables de déceler un mensonge aussi grossier sur un CV ? Et, puisque c'était en réalité une riche héritière, pourquoi avait-elle eu besoin de venir travailler pour lui ? Du reste, c'était sans doute grâce à sa fortune qu'elle avait pu se fabriquer une fausse identité.

Il frémit en repensant au choc qu'il avait eu en découvrant qu'elle s'appelait en réalité Isabelle Graystone. Lorsqu'il avait vu sa photo et lu le texte qui l'accompagnait, ce après avoir vécu la journée la plus éprouvante de son existence, il avait été sur le point de défaillir.

Comme il aurait voulu avoir des réponses aux questions qui se bousculaient dans sa tête ! Hélas, il avait encore plusieurs heures à patienter avant de pouvoir retourner chez Isabelle et exiger d'elle les explications qu'il attendait. Qu'allait-il faire pour s'occuper d'ici là ?

Il sortit son portable de sa poche pour le rallumer. Il l'avait éteint pour ne pas être dérangé pendant sa visite chez Belle, et pendant ce temps une foule de nouveaux messages s'étaient accumulés.

Sans hésiter, il commença par rappeler son assistante qui avait essayé de le joindre.

— Bonjour, patron, dit Robin en décrochant.

— J'ai vu que vous m'aviez téléphoné. Il y a du nouveau ?

Tout en lui parlant, il marcha jusqu'au minibar pour prendre une bière et un morceau de fromage.

— Pour l'instant, répondit-elle, le service informatique n'a aucune piste concernant l'identité de Maverick ou même l'endroit d'où il a envoyé son mail.

— Moi qui croyais avoir recruté les gens les plus compétents…

— Eh bien, il semblerait qu'ils soient tombés sur plus fort qu'eux. Maverick a réussi à détourner plusieurs fois le signal, si bien qu'ils n'arrivent pas à retrouver sa trace. Vous savez qu'il a déjà fermé le compte depuis lequel il vous avait écrit, reprit-elle après une profonde respiration. Je suis désolée de vous le dire, mais les techniciens ont peu d'espoir de mettre la main sur lui.

Formidable. Même les experts en informatique qui travaillaient exclusivement pour lui n'étaient pas en mesure de lui dire sur qui déverser la colère qui lui nouait la gorge.

— Et sinon ? demanda-t-il en se laissant retomber sur le canapé.

— Les équipes ont fait des recherches sur le nom que vous leur aviez donné, et il s'avère qu'Isabelle Gray s'appelle en réalité Isabelle Graystone. Sa famille possède un conglomérat présent dans presque tous les secteurs de l'économie. C'est une héritière.

Il soupira.

— Oui, je suis au courant.

— Ah. Vraiment, quelle déception. Enfin, passons à autre chose. La bonne nouvelle, ajouta-t-elle en prenant un ton plus joyeux, c'est que les commentaires sur Twitter ont l'air de se calmer. Le mot-clé est tombé de la première place hier à la dixième aujourd'hui.

— Super.

Il n'avait qu'une envie : qu'une célébrité provoque un quelconque scandale qui ferait complètement oublier les révélations de Maverick.

— Et les entrepôts sont prêts à livrer les nouvelles poupées, poursuivit Robin. Tout est en place pour que les délais soient respectés.

— Bien.

Il posa sa bière sur la table basse et se frotta les yeux dans l'espoir de dissiper son mal de tête. En vain.

— Continuez à vous tenir au courant, reprit-il, et faites-moi suivre les nouvelles.

— Bien sûr, patron. Vous pouvez compter sur moi.

— Merci, Robin. Avez-vous eu des nouvelles de Harry aujourd'hui ?

— Oui, il est sur le pont, lui aussi. Il travaille avec les relations publiques pour trouver une histoire à raconter. Dès qu'ils auront élaboré une stratégie, il vous téléphonera pour en parler avec vous.

— Parfait. Écoutez, Robin, je vais sans doute rester un peu dans le Colorado.

— Combien de temps ?

— Je ne sais pas encore exactement.

Cela dépendrait d'Isabelle et du temps qu'elle mettrait à comprendre que les règles avaient changé.

— Vous pourrez me joindre sur mon portable. Je suis au Swan Hollow Palace.

— C'est noté. Je n'en reviens pas que vous ayez fait les réservations vous-même au lieu de me laisser m'en occuper comme je le fais toujours.

— J'étais pressé, répondit-il, tout en se demandant pourquoi il devait se justifier auprès de son assistante.

— Bon, bon, dit-elle après une pause. Dès que les croquis définitifs de la campagne publicitaire seront prêts, je vous les enverrai à l'hôtel. Si vous avez besoin de quoi que ce soit d'autre, dites-le-moi et je m'en chargerai.

— Robin, dit-il avec gratitude, vous êtes la seule éclaircie au milieu de ces deux jours maussades.

— Merci, patron, lança-t-elle gaiement. Je ne manquerai pas de vous le rappeler le jour où je voudrai une augmentation.

— Je n'en doute pas.

Quelques instants plus tard, après avoir raccroché, il reprit une gorgée de bière et soupira en pensant au temps qu'il avait devant lui. C'est alors qu'il eut une idée. Prenant la télécommande rangée à côté du canapé, il alluma la télévision connectée et mit quelques minutes à trouver ce qu'il cherchait.

Une vidéo pédagogique pour apprendre la langue des signes.

# - 3 -

Wes aurait pu se rendre chez Isabelle à pied puisqu'elle habitait juste à la sortie de la ville. Mais il faisait si froid une fois la nuit tombée qu'il aurait sans doute été transformé en glaçon avant d'arriver. Après cinq minutes de trajet en voiture, il s'engagea sur la route sinueuse qui menait à la grande maison victorienne dans laquelle vivaient Isabelle et Caroline. Les phares allumés, il resta un instant à contempler la façade qui se dressait devant lui.

Elle était peinte en vert foncé, et le noir éclatant des volets contrastait élégamment avec les moulures blanches. Entourée par les pins enneigés, cette demeure ancienne avait une allure enchantée. Les lumières brillaient derrière les vitres, projetant des rectangles dorés dans la nuit, et la lanterne suspendue au-dessus de la porte d'entrée annonçait un accueil chaleureux.

Cependant, Wes savait qu'il n'était pas le bienvenu ici. Mais cela n'enlevait rien à son impatience. Cela faisait des heures qu'il ne pensait qu'à cette conversation, qui s'annonçait comme la plus importante de sa vie.

Il avait un enfant.

Une petite fille.

Cette seule pensée le fit frissonner d'émotion. Il ne la connaissait pas, et pourtant il se sentait déjà lié à elle de façon indéfectible. Une foule de sentiments se bousculaient en lui. Bien sûr, il était pris de panique. Comment ne pas être terrifié par la soudaine responsabilité qui lui incombait ? Car, même si cela ne plaisait pas à Isabelle, il était aussi responsable qu'elle de Caroline.

Mais ce n'était pas tout. Il était aussi… émerveillé. Il avait contribué à donner la vie. Certes sans le savoir, mais aujourd'hui l'enfant était bien là. Sur terre. *Son* enfant.

Il revit sa rencontre avec Caroline et sourit. Rien ne l'avait jamais intimidé jusqu'ici, mais cette nouvelle perspective le plongeait dans le doute et l'anxiété. Que fallait-il faire pour être un bon père ?

Wes avait perdu sa mère à l'âge de six mois. Son père, Henry Jackson, l'avait élevé seul. Tout en prenant grand soin de son fils, il lui avait souvent laissé entendre qu'il ne s'était jamais remis du deuil qui les avait frappés. Avec lui, Wes avait appris que donner son cœur à une femme ne pouvait mener qu'à la souffrance. Car le risque de la perdre était trop grand.

— Wes, lui avait dit son père quand il avait eu seize ans, écoute-moi bien. C'est très agréable pour un homme d'être avec une femme. Et découvrir que l'on peut tenir à quelqu'un plus qu'à sa propre vie est à la fois une bénédiction et une malédiction.

Wes avait regardé son père, qui avait continué à fixer des yeux le ciel texan. Leur échange avait eu lieu un soir d'été, après de longues heures de travail au ranch. Même épuisés, ils avaient toujours tenu à finir leur journée ainsi, tous les deux assis dehors dans l'obscurité, à discuter.

— Pourquoi, papa ? lui avait-il demandé.

— Parce qu'une fois que tu as donné ton cœur à une femme elle peut te quitter en l'emportant avec elle.

Sur ces mots, il s'était tourné vers Wes pour lui parler en le regardant dans les yeux.

— Ta mère a pris le mien quand elle est partie, et depuis je dois vivre comme s'il me manquait la moitié de moi-même.

Wes n'avait pas été surpris d'entendre ses propos, tant il avait vu de chagrin dans le regard de son père depuis toujours.

— L'amour est cruel, Wes. Je te demande de garder ça à l'esprit, maintenant que tu as l'âge de t'intéresser aux filles.

Il avait soupiré et s'était remis à scruter étoiles, les fixant avec insistance comme s'il avait espéré qu'elles lui révèlent quelque chose.

— Je ne suis pas en train de te dire que je regrette une seule seconde de l'avoir aimée, avait-il poursuivi. Sans elle, je ne t'aurais pas eu, et il m'aurait manqué quelque chose. Ce que j'essaie de te dire, Wes, c'est qu'il vaut mieux éviter d'avoir des sentiments trop profonds ou trop durables. La vie est plus facile quand on ne craint pas à tout moment d'être privé de ce qu'on aime le plus au monde.

Il s'était de nouveau tourné vers lui.

— Protège ton cœur, Wes. C'est tout ce que j'essaie de te dire.

Wes avait scrupuleusement suivi le conseil de son père. Oh ! il aimait les femmes. Toutes les femmes. Mais il avait toujours pris soin de garder ses distances avec elles.

Pendant ses études, il s'était concentré sur l'élaboration de son projet d'entreprise avec son camarade de chambre. Ensemble, ils avaient acheté aux enchères des centaines d'avions miniatures qu'ils avaient revendus aux étudiants parfois lassés de la vie d'internat et friands de nouvelles distractions. En une semaine, les avions s'étaient mis à voler par les fenêtres de la résidence universitaire, à travers les salles de classe et dans les cages d'escalier. Les étudiants avaient commencé à organiser des concours de vitesse, de distance et de précision. Forts de leur succès, Wes et son ami avaient réinvesti l'argent gagné pour développer leur activité. Leurs jouets avaient continué à se vendre, si bien qu'au moment de passer son diplôme Wes avait su à quel avenir professionnel il allait se consacrer. Il avait racheté les parts de son associé, lui permettant par la même occasion de financer ses études de médecine, et à partir de là il n'avait cessé de faire croître Texas Toy Goods.

Au cours des années, il avait fréquenté plusieurs femmes, mais aucune ne l'avait vraiment marqué. Jusqu'à Belle. Pour résister à la tentation de s'attacher à elle, il avait dû lutter de toutes ses forces contre lui-même. Il refusait de tomber dans le piège d'une histoire d'amour. Il avait vu son propre père se complaire dans la peine pendant plus de vingt ans et attendre la mort pour rejoindre enfin son amour perdu. Wes n'avait aucune intention de laisser sa vie basculer pour quelque chose d'aussi éphémère que l'amour.

Cependant il était là, devant la maison de Belle, où dormait paisiblement *sa fille*. Pour lui, désormais, la vie ne serait plus jamais comme avant. Il ignorait tout de ce qui l'attendait. Tout ce qu'il savait, c'était que l'avenir commençait aujourd'hui, et que malgré son appréhension il avait hâte de le découvrir.

Il descendit de voiture, souleva le col de son manteau pour se protéger du vent froid et se dirigea vers la porte d'entrée. Lui qui avait toujours refusé tout engagement sentimental, voilà qu'il insistait pour assumer la responsabilité ce qu'il avait justement évité toute sa vie. Sa situation était pour le moins ironique. Qu'est-ce qui l'empêchait de faire demi-tour et de disparaître avant d'aller plus loin ? Rien ne ferait plus plaisir à Belle, quant à leur fille, il ne lui manquerait pas puisqu'elle n'était même pas au courant de son existence.

Mais c'était précisément ce qui le rongeait. Sa petite fille ne le connaissait pas. Elle l'avait regardé aujourd'hui sans avoir la moindre idée de qui il était. Qui aurait pu imaginer que cela lui ferait un tel choc ?

Oui, il pouvait encore partir, mais cela ferait de lui

un lâche. Or Wes Jackson avait sans doute de nombreux défauts, mais personne n'avait jamais eu l'occasion de le traiter de lâche. Cela n'allait pas changer maintenant.

Il n'avait pas imaginé avoir un jour des enfants, mais sa fille était là aujourd'hui, et il ne comptait pas l'ignorer.

Fort de cette décision, il frappa et attendit avec impatience que Belle vienne lui ouvrir. Un instant plus tard, elle apparaissait devant lui, les cheveux brillants sous la lumière de l'entrée et le regard inquiet. Elle portait un jean délavé et un T-shirt rose foncé à manches longues. Sur ses pieds nus, elle avait appliqué du vernis à ongles rouge.

En la voyant aussi sexy, il dut prendre sur lui pour se concentrer sur le motif de sa visite.

— Elle dort ? demanda-t-il.

— Elle est au lit, répondit Belle. Je ne sais pas si elle dort déjà.

Elle s'effaça pour le laisser entrer et ferma la porte avant de reprendre la parole.

— D'habitude, elle reste un moment éveillée à feuilleter ses livres ou à parler à Lizzie.

Wes s'arrêta net et se tourna vers elle.

— Qui est Lizzie ?

— Son chien en peluche.

— Ah.

Il finit d'enlever sa veste en cuir et l'accrocha au portemanteau situé à côté de la porte. Pendant une fraction de seconde, il s'était demandé s'il n'était pas le père de jumelles.

— Tu sais, poursuivit-il, en arrivant, je me suis demandé si tu allais accepter de m'ouvrir.

— J'ai hésité, admit-elle en glissant les mains dans les poches de son jean. J'ai même pensé m'enfuir avec Caroline en Europe pour ne pas être là quand tu reviendrais.

Curieusement, il n'avait pas envisagé cette possibilité.

C'était une erreur de sa part. Il savait désormais que Belle avait les moyens de disparaître si elle le souhaitait. Si elle l'avait fait, il aurait pu les chercher pendant des années, elle et leur fille. Il ressentit un éclair de colère mais se força à garder son calme. Elle n'était pas partie, c'était l'essentiel. Il allait pouvoir exiger les réponses qu'il attendait.

— Je t'aurais retrouvée, dit-il.

— Oui, je sais.

Elle sortit les mains de ses poches et se frotta vivement les bras, comme si elle avait froid tout à coup. Il faisait pourtant très bon dans la maison. C'était sans doute un geste de nervosité, ce qu'il pouvait aisément comprendre.

— C'est l'une des raisons pour lesquelles j'ai renoncé, ajouta-t-elle.

Sa remarque éveilla la curiosité de Wes.

— Quelles sont les autres ? demanda-t-il.

— Tu auras peut-être du mal à le croire, répondit-elle avec ironie, mais ta visite n'était pas la seule de mes préoccupations. Je pense avant tout à ma fille. Je ne voulais pas l'arracher à tout ce qu'elle aime. Elle a ses amis ici. Ses oncles. Et de surcroît je suis ici chez moi. Je ne m'enfuirai pas, même pour t'éviter.

En la regardant en face, il vit de la fierté et de la détermination dans ses yeux. Elle semblait vouloir lui montrer qu'elle n'avait pas peur de lui, qu'elle était prête à écouter ce qu'il avait à lui dire même si elle n'en avait aucune envie.

Belle lui avait toujours paru avoir une personnalité plus complexe que les autres femmes qu'il connaissait. Elle était intelligente, drôle, dynamique, et elle n'avait besoin de personne pour se défendre. S'il était sûr d'une chose, c'était qu'il n'obtiendrait pas facilement gain de cause contre elle.

Alors qu'ils se tenaient toujours face à face dans l'entrée de la maison, Wes vit sous la douce lumière du plafonnier une ombre passer dans le regard de Belle. L'espace d'un instant, elle lui parut… vulnérable. Mais il n'était pas question qu'il éprouve la moindre compassion pour elle ! Elle lui avait menti pendant cinq longues années. Il avait été privé de sa grossesse, de la naissance de leur fille, de tant de choses essentielles… Si l'un d'entre eux méritait de susciter la compassion, c'était bien lui.

Comme si elle avait lu dans ses pensées, elle afficha de nouveau un visage plein de détermination.

— Tu veux du café ?

— Je veux des réponses.

— Avec une tasse de café, insista-t-elle. Viens, allons nous asseoir dans la cuisine.

Il la suivit dans le couloir tout en promenant le regard autour de lui. La maison était superbe. Le parquet en chêne était couvert çà et là de tapis colorés qui étouffaient le bruit de leurs pas. Ils traversèrent une grande salle à manger, à la fois simple et élégante, au milieu de laquelle trônait une table entourée de six chaises. Des branches de pin disposées dans un haut vase en porcelaine répandaient leur délicieux parfum dans la pièce.

Wes ne put s'empêcher de comparer cette demeure à son ranch de Royal. Il habitait lui aussi une maison grande et luxueuse, mais beaucoup moins accueillante et chaleureuse que celle d'Isabelle. Et pour cause. Il travaillait tant qu'il n'y entrait que pour prendre ses repas et dormir. La seule autre personne qui y passait du temps était sa gouvernante, qui se démenait pour qu'elle soit impeccable mais qui n'avait pas le pouvoir de lui donner une âme.

Quand ils furent dans la cuisine, Isabelle se tourna vers lui.

— Tu prends toujours ton café noir ? lui demanda-t-elle.

— Oui, répondit-il, surpris qu'elle s'en souvienne.

Les murs de la pièce étaient bleu ardoise, les placards

blancs et les plans de travail en granit noir. Au milieu de la pièce étaient installés un long îlot central et quatre tabourets de bar. La cuisine était prolongée par une véranda qui abritait une petite table et quatre chaises. Isabelle lui fit signe de s'y installer.

— Assieds-toi, dit-elle, j'en ai pour une minute.

Il choisit une place qui lui permettait de la regarder pendant qu'elle préparait le café. Il avait beau être furieux contre elle, admirer son corps de rêve lui procurait toujours autant de plaisir. Aucune autre femme qu'il connaissait n'était aussi sexy dans un simple jean.

En l'observant avec attention, il remarqua sa nervosité. De toute évidence, elle avait compris qu'il n'était pas près de la laisser tranquille.

— Alors, lança-t-il brusquement, depuis quand es-tu installée ici ?

Il la vit sursauter légèrement au son de sa voix.

— À Swan Hollow ? demanda-t-elle en disposant des cookies sur une assiette. J'ai passé toute mon enfance ici.

Cela, il l'avait déjà lu sur Internet.

— Dans cette maison ?

— Non, c'est mon frère Chance qui habite l'ancienne maison de nos parents.

Sa réponse le surprit. Dès qu'il avait découvert qui était vraiment Belle et où elle vivait, il avait interrompu ses recherches.

— Tu as un frère ? Mais oui, c'est vrai, ajouta-t-il après une pause. Tu as parlé des oncles de Caroline tout à l'heure.

Elle lui adressa un sourire ironique.

— J'ai trois grands frères. Chance, Eli et Tyler. Mieux vaut te prévenir, tu risques de faire leur connaissance quand ils auront appris que tu es dans les parages.

Bon. Qu'ils viennent le voir s'ils le souhaitaient, cela ne l'impressionnait pas beaucoup.

— Je ne m'inquiète pas pour ça.

— Bien. Ils habitent tous les trois un peu plus haut sur cette route. Mes parents possédaient un grand domaine. Après leur mort, Chance s'est installé dans leur maison, et Eli et Tyler ont fait construire chacun la leur sur le terrain.

— Et toi, pourquoi tu ne l'as pas fait ? Pourquoi tu n'as pas choisi d'être près de ta famille ?

Elle laissa échapper un rire bref.

— L'été, cela ne prend que cinq minutes de marche pour arriver chez eux. Nous ne sommes vraiment pas loin les uns des autres. Avec Caroline, je préférais me rapprocher de la ville, dit-elle en apportant le café et les biscuits à table. Pour son école, ses amis… C'est plus simple.

Elle prit place en face de lui et servit deux tasses avant d'en poser une devant lui.

— Merci, dit-il. C'est une grande maison pour vous deux.

Tout en faisant cette remarque, il se rendit compte que c'était encore plus grand chez lui alors qu'il était seul avec sa gouvernante.

— C'est grand, mais quand j'étais petite j'adorais cette maison.

Comme elle embrassait la pièce du regard, il vit dans ses yeux qu'elle était plus attachée au charme et à l'histoire de la maison qu'à ses équipements modernes. Elle semblait repenser avec émotion aux moments qu'elle avait vécus ici.

— À chaque fois que je passais devant, poursuivit-elle, je me demandais comment c'était à l'intérieur. Quand elle a été mise en vente, j'ai su qu'elle était pour moi. Je l'ai fait rénover, je me suis efforcée de lui redonner vie. Parfois, j'ai l'impression qu'elle m'en remercie.

Elle se tourna de nouveau vers lui et haussa les épaules.

— Ça peut paraître idiot, reconnut-elle, mais c'est ce que je ressens. Edna, la gouvernante, vit dans la maison secondaire avec son mari, Marco, qui est aussi le jardinier.

Caroline et moi, nous ne sommes donc pas complètement seules ici.

Wes but une gorgée de café pour se donner le temps de recouvrer ses esprits. Lui qui avait l'habitude d'être maître de toutes les situations se sentait quelque peu décontenancé tout à coup. Son trouble avait commencé quand il avait revu Belle après cinq longues années. Puis il avait rencontré Caroline. Depuis cet instant, il savait que sa vie était bouleversée à jamais.

— As-tu dit à Caroline qui j'étais ? demanda-t-il finalement en reposant sa tasse.

Elle se mordilla nerveusement la lèvre.

— Non.

— Tant mieux.

— Pardon ? répliqua-t-elle avec un regard stupéfait.

— Je préfère qu'elle me connaisse avant que nous lui apprenions la nouvelle.

Il avait passé la journée à y réfléchir et, même s'il mourait d'envie de courir voir Caroline pour lui annoncer qu'il était son père, il savait que ce n'était pas une bonne idée. Il voulait d'abord lui laisser le temps de s'habituer à lui, créer un lien avec elle.

— D'accord, répondit-elle. Tu as raison, c'est sans doute mieux.

En voyant son air soulagé, Wes se hâta de reprendre la parole pour l'empêcher de se faire des idées.

— Cela ne veut pas dire que j'ai changé d'avis depuis tout à l'heure, dit-il. Je vais rester ici. Caroline est *ma* fille, Belle. Et je tiens à ce qu'elle le sache. Que cela te plaise ou non, je ferai partie de sa vie.

Un éclair d'irritation passa dans le regard de Belle.

— Je comprends, rétorqua-t-elle en portant sa tasse à ses lèvres. Mais toi aussi, Wes, il faut que tu comprennes quelque chose. Je ne laisserai personne faire de mal à Caroline.

Il se sentit insulté par ses propos. Qu'était-il au juste ? Un monstre ? Comment pouvait-elle croire qu'il était venu pour faire souffrir leur fille ? Il venait d'apprendre qu'il était père et voulait jouer son rôle, rien de plus ni de moins.

— Je ne vais pas lui faire de mal.

— Bien sûr, dit-elle aussitôt, pas intentionnellement. Mais c'est une petite fille. Elle ne sait pas se protéger ni s'empêcher de s'attacher aux gens. Si elle s'habitue à passer du temps avec toi et si ensuite tu t'éloignes d'elle, elle en souffrira.

Wes avait l'habitude d'assumer d'importantes responsabilités, or celle qui lui incombait à présent surpassait de loin toutes les autres. Il n'était pas question qu'il ignore l'enfant dont il venait d'apprendre l'existence. Il avait longtemps suivi les conseils de son père en évitant de s'engager sentimentalement, mais pour Caroline, *sa fille*, il allait enfreindre cette règle sans hésitation.

— Si je suis venu jusqu'ici, Belle, ce n'est pas seulement pour jeter un coup d'œil et repartir définitivement. Je serai bientôt obligé de rentrer au Texas pour le lancement d'un nouveau produit, mais je ne vais pas disparaître pour autant. Je compte bien rester présent pour Caroline, bien que tu n'aies pas l'air de le comprendre. C'est tout de même incroyable que je sois obligé de me défendre alors que c'est toi qui as des explications à me donner.

— Je ne voulais pas avoir l'air de mettre tes intentions en doute, dit-elle calmement. Je souhaite seulement que tu comprennes bien une chose : le cœur de Caroline est aussi généreux que fragile. Si tu n'en prends pas soin, tu risques de le briser sans l'avoir voulu.

— Tu persistes à croire que je suis seulement de passage.

— Pas du tout, nia-t-elle avec un rire amer. Je te connais

assez bien pour savoir qu'essayer de te convaincre, c'est comme parler à un mur. De toute façon, tu n'en feras qu'à ta tête.

Était-il si implacable qu'elle le prétendait ? Qu'elle dise vrai ou non, un tel jugement venant d'elle l'irritait malgré lui.

— Donc nous nous comprenons, dit-il froidement.

— Oui.

— Alors, reprit-il, raconte-moi tout.

— Je ne sais pas par où commencer.

— Pourquoi pas par le début ? suggéra-t-il. Si tu as une fortune familiale, pourquoi as-tu postulé pour intégrer mon entreprise ?

— Les gens riches n'ont pas le droit de travailler ? répliqua-t-elle, l'air choquée. Tu as de l'argent et pourtant, tu vas au bureau quatre jours par semaine. Même quand tu es chez toi à Royal, tu passes ton temps au téléphone avec tes équipes. C'est vrai, non ?

— C'est différent, je dirige ma propre société.

— Je ne vois pas ce que cela change. Avec ta fortune, tu pourrais très bien engager quelqu'un d'autre pour gérer ton entreprise à ta place et tu le sais. Mais tu *aimes* ton travail. Eh bien, c'est pareil pour moi.

Cette fois, il ne pouvait plus la contredire.

— Bon, dit-il, je te l'accorde.

— Merci beaucoup.

— Mais pourquoi avoir menti pour te faire embaucher ? Pourquoi avoir donné une fausse identité ?

Il prit sa tasse entre ses mains et la regarda fixement.

— Parce que je ne voulais pas devoir mon succès à mon nom. Le fait de m'appeler Graystone m'a toujours ouvert toutes les portes. Mes parents ont tout fait pour nous aider, mes frères et moi, jusqu'au moment où j'ai voulu m'émanciper en changeant de nom. Pour faire mes preuves, j'imagine.

— Vis-à-vis de qui ?

Elle le regarda dans les yeux.

— De moi-même, répondit-elle.

Comment ne pas admirer la force de caractère dont elle avait fait montre ? La plupart des gens se trouvant dans sa situation se faisaient un plaisir d'utiliser le pouvoir de leur nom pour obtenir ce qu'ils voulaient quand ils le voulaient. Wes en avait rencontré plus d'un, que ce soit dans le milieu des affaires ou même à Royal, où les grandes familles de la région faisaient tout pour conserver leurs traditions et leurs privilèges.

Oui, la démarche d'Isabelle inspirait le respect, mais pour rien au monde il ne l'aurait admis tout haut. Il ne voulait lui reconnaître aucun mérite. Pendant des années, elle lui avait délibérément caché son enfant !

Après ce qu'elle lui avait fait, il préférait s'accrocher à la colère qui bouillait au fond de lui. Il voulait bien comprendre son mensonge concernant son identité, mais pour le reste elle n'avait aucune excuse.

— Quand tu as démissionné et quitté le Texas, lui rappela-t-il, tu n'as pas daigné me dire que tu étais enceinte. Pourquoi ?

Elle secoua doucement la tête.

— Tu sais pourquoi, Wes. Nous avions justement parlé de tout ça peu de temps auparavant. Tu ne t'en souviens pas ?

— Si, vaguement.

Il se rappelait en effet une nuit où elle avait évoqué l'avenir et ce qu'ils désiraient l'un et l'autre. Elle avait parlé d'enfants. De famille.

— Tu t'en souviens parfaitement, devina-t-elle en le regardant fixement. Nous étions au lit, nous discutions, et tu m'as clairement fait comprendre que je ne devais surtout pas me faire d'idées à ce sujet. Pour toi, il n'était pas question d'envisager une relation à long terme entre nous deux.

Il se replongea dans le passé, et leur conversation lui revint peu à peu en mémoire.

— Tu as dit que tu ne comptais pas te marier, poursuivit-elle. Que tu n'avais aucune intention d'avoir un jour des enfants, et que si c'était ce que je recherchais il valait mieux s'arrêter là.

Dans la bouche de Belle, les mots qu'il avait prononcés des années plus tôt lui parurent d'une dureté terrible. Et pourtant, c'était bien ce qu'il lui avait dit ce soir-là. Il la revoyait dans son lit, allongée tout contre lui. Il croyait sentir encore son souffle chaud à l'instant où elle lui avait confié les rêves qu'il aurait préféré ignorer.

Il soupira en se passant la main sur le visage. Oui, elle disait la vérité. Oui, à l'époque, il lui avait parlé en toute sincérité. Mais cela ne changeait rien. Rien ne l'avait autorisée à lui cacher qu'elle était enceinte de lui.

— Donc tu prétends que c'est ma faute si tu ne m'as rien dit.

— Non, répondit-elle, mais tu peux comprendre que je n'aie pas eu très envie de courir annoncer ma grossesse à un homme qui m'avait déjà dit que la paternité ne l'intéressait pas le moins du monde. Tu ne voulais pas d'enfant, dit-elle avec un léger soupir. Moi, si.

— En théorie, je ne voulais pas d'enfant. Tu ne m'as pas laissé le choix concernant Caroline.

— Et voilà, ça recommence, marmonna-t-elle en secouant la tête. Les accusations incessantes. Je dis une chose, tu en affirmes une autre, et nous ne discutons jamais vraiment. Ce n'est pas comme ça que nous allons avancer.

Elle avait raison sur ce point. Ressasser de vieilles rancunes ne l'aiderait pas à obtenir les réponses qu'il était venu chercher. Il ne voulait qu'une chose : tout savoir sur sa petite fille.

— Tu veux que nous avancions ? répliqua-t-il. Très bien, alors je t'écoute. Parle-moi de Caroline. Est-elle sourde de naissance ?

— Non.

Buvant une gorgée de café, elle garda sa tasse entre ses mains.

— Elle entendait très bien jusqu'à l'été de ses deux ans, expliqua-t-elle tandis qu'une bourrasque lançait un paquet de neige contre la fenêtre.

Wes regarda Belle. Sous la lumière chaude des lampes, l'émotion était visible sur son visage. Il sentit lui-même sa gorge se serrer et resta silencieux en attendant qu'elle poursuive son récit.

— Cet été-là, reprit-elle en faisant tourner sa tasse entre ses doigts, nous avons passé beaucoup de temps au lac. Caroline a fini par avoir une infection de l'oreille. C'était sérieux apparemment, et pourtant elle ne pleurait pas et se plaignait à peine. Je n'ai rien remarqué du tout, jusqu'au moment où elle a commencé à avoir de la fièvre.

Elle fit une pause et baissa les yeux.

— J'aurais dû voir que quelque chose n'allait pas, murmura-t-elle sans cacher la colère qu'elle éprouvait contre elle-même. Peut-être que si je l'avais emmenée plus tôt chez le médecin…

En la voyant secouer la tête avec tristesse, il comprit combien elle se sentait désemparée, impuissante. Wes éprouvait la même chose qu'elle. C'était arrivé près de trois ans auparavant, et il ne pouvait plus rien y changer aujourd'hui. Il n'avait pas le pouvoir de remonter le temps pour apporter son aide. Tout ce qu'il avait à faire, c'était écouter Belle, la laisser se confier sur les années écoulées.

Elle respira profondément pour recouvrer ses esprits avant de reprendre la parole.

— Un soir, sa fièvre est montée brusquement, si haut que j'ai eu la peur de ma vie. Nous l'avons tout de suite emmenée aux urgences.

— Nous ?

Y avait-il un homme dans sa vie ? Un inconnu avait-il été présent pour sa fille pendant que Wes, lui, avait été tenu à l'écart ?

Elle leva finalement les yeux vers lui pour lui répondre.

— Mon frère Chance nous a emmenées à l'hôpital et est resté sur place avec nous. Les médecins ont fait chuter sa température, lui ont donné des antibiotiques, et après cela elle a semblé aller mieux.

— Que s'est-il passé ?

Elle soupira et se cala au fond de sa chaise, croisant les bras devant elle comme pour essayer de se réconforter.

— Une fois rétablie, répondit-elle, Caroline a souffert d'une perte d'audition. Nous ne nous en sommes même pas aperçus au début. S'il y a eu des signes, nous n'avons pas su les voir. Ce n'est qu'à l'été suivant que je me suis aperçue qu'elle n'entendait plus le camion du glacier.

Elle esquissa un sourire triste.

— C'est idiot de faire une découverte aussi essentielle sur son propre enfant de cette façon, reconnut-elle, mais le bruit de ses cloches avait toujours eu le don de la faire bondir d'excitation. Les médecins n'ont pas pu nous dire avec certitude quelle avait été la cause de son mal, poursuivit-elle après une pause. Est-ce l'infection en elle-même, l'accumulation d'eau dans ses oreilles, l'effet des antibiotiques ? Nous l'ignorons.

Il la regarda droit dans les yeux.

— Tu n'es pas responsable.

— Pardon ?

— À t'entendre, je n'ai pas l'impression que tu aurais pu agir différemment. Tu ne dois pas t'en vouloir.

Comme il disait ces mots, il vit soudain ses yeux s'emplir de larmes.

— Eh, Belle, murmura-t-il avec douceur.

— Pardon.

Elle laissa échapper un rire nerveux et s'essuya les yeux.

— Je…, balbutia-t-elle. C'est juste que je ne m'attendais pas à ça. Merci.

Wes hocha simplement la tête, soulagé de ne pas la voir éclater en sanglots.

— Son ouïe va-t-elle se détériorer ? demanda-t-il finalement.

— Oui.

Ce simple mot fit à Wes l'effet d'un coup de poing en plein cœur.

— Elle souffre d'une perte progressive de l'audition, expliqua Belle. Elle entend encore pour l'instant, et grâce aux appareils cela devrait continuer ainsi pendant quelques années. Mais un jour ou l'autre…

— Que pouvons-nous faire ?

Elle le regarda avec étonnement.

— J'apprécie la gentillesse de tes propos, dit-elle, mais il n'y a pas de *nous*, Wes. Je fais tout ce que je peux. Caroline est équipée d'une aide auditive. Elle utilise la langue des signes pour étendre ses capacités de communication, et ainsi elle la connaîtra parfaitement quand elle en aura besoin. Je réfléchis aussi à la solution d'un implant cochléaire.

— J'ai lu plusieurs articles à ce propos.

Il avait passé ces dernières heures à faire de nombreuses recherches sur les solutions médicales concernant la surdité. Il existait des dizaines de théories et de points de vue différents sur le sujet, mais, avec tout ce qu'il avait appris, Wes était convaincu que c'était une excellente option.

— On en dit le plus grand bien, dit-il. Et Caroline a l'âge d'en avoir un dès maintenant.

— Oui, je sais. J'en parle régulièrement avec son médecin. Il m'a donné toutes les informations dont j'avais besoin, mais il n'y a pas d'urgence. Ce n'est pas utile de faire subir une opération à Caro dès maintenant. Je préfère prendre le temps d'y réfléchir et d'en parler avec elle.

Il la dévisagea avec stupeur.

— Elle n'a que quatre ans !

— Je n'ai pas dit que c'était elle qui allait prendre la décision, mais il me semble que la moindre des choses est de lui expliquer la situation. Elle est tout à fait capable de comprendre, et c'est un choix qui aura des conséquences sur sa vie entière.

Se levant de table, elle alla jusqu'à l'évier pour vider le fond de sa tasse de café.

— Je ne suis pas assez stupide pour laisser une petite fille de quatre ans prendre une telle décision toute seule, poursuivit-elle. Cela ne signifie pas qu'elle n'a pas son mot à dire.

— Tu es sérieuse ? demanda-t-il en se levant à son tour pour rapporter sa tasse. Tu serais prête à attendre alors que ce dispositif pourrait l'aider dès maintenant ? Tu veux demander à une petite fille de quatre ans son avis sur un sujet médical aussi pointu ?

Il secoua la tête et sortit son portable de sa poche.

— Je connais les meilleurs médecins du Texas, déclara-t-il. Ils pourront me donner les noms des plus grands spécialistes dans ce domaine. Je suis sûr de pouvoir obtenir une consultation pour la semaine prochaine au plus tard.

Belle lui arracha aussitôt le téléphone des mains et le posa sur l'îlot central.

— Tu peux me dire ce que tu comptes faire au juste ?

— Ce que tes hésitations t'empêchent de faire, répondit-il sèchement. Je veux m'assurer que Caroline a le meilleur médecin et le meilleur traitement.

Les poings sur les hanches, elle pencha la tête légèrement en arrière pour le regarder dans les yeux.

— Tu n'es au courant de son existence que depuis deux jours et tu te crois autorisé à venir ici pour donner tes ordres ?

Il vit briller dans son regard un mélange d'indignation et d'instinct protecteur, et soudain son réflexe maternel rappela à Wes l'attitude d'une maman ours qu'il avait un jour surprise en forêt. Face à l'animal, il avait tout de suite su qu'il ne devait pas avoir l'air menaçant. De nouveau, à cet instant, il comprenait que s'imposer brusquement face à Belle n'était pas une bonne stratégie. Mais comment diable pouvait-elle lui reprocher de vouloir faire quelque chose pour l'enfant dont il était le père ?

— D'accord, dit-il en se forçant à prendre le ton calme et raisonnable, aussi efficace qu'une lame bien affûtée, qu'il utilisait parfois lors de ses rendez-vous d'affaires. Nous pouvons en parler d'abord.

— Que c'est généreux de ta part, lâcha-t-elle avec une colère à peine contenue. Tu ne m'as pas bien écoutée, Wes. Tu n'as pas ton mot à dire. Ma fille s'appelle Caroline *Graystone*. Pas Jackson. C'est moi qui prends les décisions la concernant.

Indigné par ses paroles, Wes fit son possible pour prendre sur lui et garder son calme. Il savait qu'une dispute ne les mènerait nulle part.

— Faut-il vraiment que je demande un test de paternité pour prouver que j'ai désormais un rôle à jouer dans cette histoire ?

Elle se mordit la lèvre comme pour retenir une réplique

acerbe. Elle semblait vraiment vouloir continuer à l'exclure de la vie de leur fille ! Mais après quelques secondes elle respira profondément et afficha un air plus calme.

— Non, répondit-elle finalement. Ce ne sera pas nécessaire.

— Bon.

Il tressaillit lorsqu'une pensée lui vint soudain à l'esprit.

— Mon nom est-il inscrit sur son acte de naissance ? s'enquit-il.

— Oui, évidemment. Je veux que Caro sache qui tu es. Seulement, j'aurais préféré choisir moi-même le moment de lui en parler.

Il s'appuya contre le placard. Au moins, l'élan de colère qui s'était éveillé en lui avait disparu aussi vite qu'il était arrivé.

— Sur ce point, dit-il, nous avons tous les deux été pris de court.

En repensant à Maverick, il se promit de rappeler le bureau dès ce soir. Il voulait savoir où en étaient les recherches sur son mystérieux adversaire. Le fait de ne pas avoir la moindre idée de son identité le rendait fou. Avait-il eu raison de croire Cecelia quand elle avait clamé son innocence ? Il en doutait tout à coup, mais pour l'instant il avait autre chose à régler.

— Qu'est-ce que cela peut faire aux gens que tu aies un enfant ou non ? demanda Belle. Pourquoi en parlent-ils sur Internet ?

Curieusement, le fait de la voir aussi exaspérée que lui par cette situation dissipait quelque peu sa propre tension.

— J'aimerais bien le savoir, reconnut-il en se passant la main dans les cheveux. Mais nous vivons dans une culture de la célébrité. Certaines personnes aiment mieux connaître le menu de n'importe quelle rock star que le nom de leur député.

Le petit rire qu'elle laissa échapper le surprit.

— Voilà une chose qui m'a manqué, dit-elle. Qui l'aurait cru ?

— De quoi parles-tu ?

Il fixa des yeux le demi-sourire qui se dessinait sur ses lèvres et qui était loin de le laisser indifférent.

— Ces minidiatribes dont tu as le secret, répondit-elle. Elles durent une dizaine de secondes, puis tu passes tout de suite à autre chose, pendant que les gens qui t'écoutaient continuent à penser à ce que tu viens de dire.

— Je ne fais pas de diatribes.

Il s'enorgueillissait de savoir rester calme et de garder le contrôle de lui-même en toutes circonstances.

— Oh ! si, insista-t-elle. J'en ai même entendu de très spectaculaires. Mais, pour ta défense, cela ne t'arrive pas souvent.

Il se concentra pour rassembler ses souvenirs et, non sans surprise, il se remémora quelques exemples de ce qu'elle appelait ses diatribes.

— Tu as les réponses que tu souhaitais, Wes, dit-elle calmement. Que cherches-tu de plus ici ?

— J'ai certaines réponses, rectifia-t-il. Ce que je cherche, je te l'ai déjà dit. Je n'ai pas l'intention d'abandonner mon enfant.

— Et qu'attends-tu de la paternité ? Précisément ?

— Je n'en sais rien, admit-il. Tout ce que je sais, c'est que je dois être ici. Je dois faire partie de sa vie.

Elle le regarda un long moment dans les yeux avant de reprendre la parole.

— D'accord, dit-elle. Faisons un essai. Mais tu dois être conscient d'une chose : c'est à toi de t'adapter à nous et à notre vie, pas l'inverse.

Hélas, il ne pouvait la contredire sur ce point, ce qui avait le don de l'agacer. Et il était encore plus contrarié de devoir reconnaître, au moins intérieurement, qu'il ne savait absolument pas comment se comporter avec un enfant. Mais ce qui le rendait plus furieux que tout, c'était de se sentir aussi troublé par la présence de Belle si près de lui, d'être envoûté par son parfum de vanille au point de s'imaginer allongé avec elle au coin du feu, le visage enfoui dans son cou. Ce n'était pas du tout dans cet état d'esprit qu'il était venu chez elle ce soir !

— Si tu n'es pas prêt à accepter ça, poursuivit-elle, alors il faudra que tu partes.

Luttant pour recouvrer son sang-froid, il plissa les yeux, fit un pas vers elle et jubila en la voyant reculer précipitamment jusqu'au meuble de cuisine. Il l'emprisonna aussitôt entre ses deux bras tendus et prit appui sur le plan de travail en granit pour l'empêcher de s'échapper.

— Non, répondit-il, les yeux fixés sur les siens. Tu ne veux pas recevoir d'ordres de ma part ? Eh bien il n'est pas question non plus que tu m'en donnes. Quoi que tu dises ou fasses, je resterai aussi longtemps que je le voudrai.

Comme elle prenait une inspiration haletante, il vit une lueur briller dans son regard. Était-ce une étincelle de colère ou une flamme brûlante ? Sans doute un mélange des deux, si elle ressentait la même chose que lui à cet instant.

— Tu m'as menti pendant des années, Belle. Maintenant que je connais la vérité, je ne bougerai pas d'ici tant que je n'aurai pas obtenu satisfaction.

Elle posa les deux mains à plat sur son torse et le repoussa. Il se laissa faire et recula d'un pas.

— Et peux-tu me dire ce que tu veux, Wes ? Qu'espères-tu trouver ici ?

— Tout ce dont j'ai besoin.

# - 4 -

*Tout ce dont j'ai besoin.*

Les mots de Wes résonnèrent toute la nuit dans l'esprit d'Isabelle. Même lorsqu'elle parvint enfin à trouver le sommeil, ils continuèrent à la hanter jusque dans ses rêves. C'était comme si ces cinq dernières années avaient subitement disparu. Les sentiments qu'elle avait tant lutté pour enfouir tout au fond d'elle avaient resurgi d'un coup à la seconde où elle avait revu Wes.

Avec ses trois grands frères, elle avait l'habitude de faire face à des hommes au tempérament dominateur. Elle ne se laissait pas facilement intimider, et elle n'avait pas peur d'affirmer sa personnalité et son point de vue. Mais il y avait une chose à laquelle elle n'avait pas été préparée : l'élan de désir qu'avait fait naître en elle l'arrivée de Wes.

Il avait toujours le même charisme, la même présence troublante qu'autrefois. Quand il fixait les yeux sur elle, elle ne pouvait ignorer l'émotion qui l'envahissait. Les sentiments dont elle avait cru s'être débarrassée se réveillaient d'un coup, et si elle arrivait à rester lucide, c'était uniquement parce qu'elle pensait à sa fille et à son devoir absolu de la protéger. Elle devait à tout prix trouver le moyen d'apaiser Wes, dominer ses émotions afin d'agir avec discernement. Hélas, cela lui semblait beaucoup plus facile à dire qu'à faire.

— Oh ! dit Edna en la voyant entrer dans la cuisine. Tu as une mine épouvantable.

Isabelle soupira. Manifestement, le maquillage ne faisait pas les miracles que promettaient les publicités.

— Merci, c'est exactement ce que j'avais besoin d'entendre.

Âgée d'une soixantaine d'années, Edna avait des cheveux gris coupés court et un regard aussi bienveillant que clairvoyant. Aujourd'hui, elle portait un jean noir, des tennis noires et un sweat-shirt rouge sur lequel était écrit : « Pendant la majeure partie de l'histoire, Anonyme était une femme. Virginia Woolf. »

— Sérieusement, dit Edna en fixant ses doux yeux marron sur Isabelle, tu as dormi, au moins ?

Malgré le temps gris et froid qui caractérisait le mois de janvier du Colorado, il faisait clair et chaud dans la cuisine où flottait une délicieuse odeur de café. Edna insistait pour préparer le petit déjeuner tous les matins, et aujourd'hui plus que jamais Isabelle lui était profondément reconnaissante pour ce réconfort bienvenu.

Elle prit la tasse que lui tendait Edna, la remercia et but sa première gorgée de café avec bonheur.

— Pas beaucoup, dit-elle enfin pour répondre à sa question.

Portant sa propre tasse à ses lèvres, Edna lui lança cette fois un regard sévère.

— À cause de Wes ?

Isabelle la regarda avec stupeur.

— Qui t'a parlé de lui ?

— Caro, ce matin. Elle nous a dit qu'il était beau et que c'était ton ami. Marco m'a demandé de ne pas m'en mêler, mais je n'allais tout de même pas obéir à mon mari. Alors, Wes est plus qu'un ami, n'est-ce pas ?

Avant de lui répondre, Isabelle regarda autour d'elle.

— Où est Caro ? demanda-t-elle.

— Dehors avec Marco, répondit Edna. Elle voulait

s'assurer que le bonhomme de neige qu'ils avaient fait le week-end dernier était toujours debout. Alors ? ajouta-t-elle après une pause. Qui est-ce ?

— Tu me connais beaucoup trop bien.

Edna se mit à rire.

— Voilà ce qui arrive quand on grandit dans une ville de mille deux cents habitants. Nous nous connaissons tous trop bien. Rien de ce que nous faisons ne peut passer inaperçu. Mais n'essaie pas de me distraire. Réponds plutôt à ma question.

— D'accord.

Isabelle s'approcha de l'îlot central, s'assit sur un tabouret et prit l'un des succulents biscuits préparés par Edna. Elle en mangea une bouchée avant de se lancer.

— C'est le père de Caro.

Edna se figea.

— Rien que ça ! s'exclama-t-elle. Je ne m'attendais pas à cette réponse. Qu'est-ce qu'il veut ?

— Caro.

Edna tressaillit et se redressa avec autorité.

— Mais il ne l'aura pas.

Que c'était bon d'avoir des amis aussi fidèles, songea Isabelle avec émotion. Elle connaissait Edna et Marco depuis toujours. Ils avaient été engagés par ses parents alors qu'elle était encore petite et, à l'âge ou ils auraient pu prendre leur retraite, ils avaient préféré venir travailler pour elle et l'aider à élever Caroline. Elle leur serait éternellement redevable après tout ce qu'ils avaient fait pour elle.

— Non, c'est vrai, approuva Isabelle en souriant. Mais, pour être honnête, il ne veut pas m'enlever Caroline. Il veut seulement faire partie de sa vie.

— Est-ce une mauvaise nouvelle ? demanda Edna en rapprochant l'assiette de biscuits d'Isabelle. Continue à manger en parlant, tu es trop mince.

Sachant qu'il était inutile de débattre, Isabelle se resservit sans la contredire.

— Ce n'est pas forcément une mauvaise nouvelle, admit-elle. Mais… C'est compliqué. Caro ne sait pas qui il est, et j'ai peur qu'il se montre impatient. Il est tellement en colère que je ne lui aie jamais parlé d'elle qu'il n'essaie même pas d'être raisonnable.

— Et toi ?

— Eh, protesta Isabelle, tu peux me dire de quel côté tu es ?

— Du tien, évidemment. Mais tout de même, ma chérie, ajouta-t-elle en essuyant les quelques miettes tombées sur le granit, tu as eu un bébé de cet homme. Tu aurais pu le mettre au courant, non ?

— Il disait qu'il ne voulait pas d'enfants.

— C'était avant d'en avoir un.

Edna soupira et se pencha pour regarder Isabelle dans les yeux.

— Même Marco ne voulait pas d'enfants avant la naissance de notre aîné.

— C'est difficile à croire.

Isabelle ne connaissait pas de père plus dévoué que Marco. Il s'était toujours occupé de ses trois enfants, et aujourd'hui il passait la plupart de son temps libre avec ses petits-enfants.

— Et pourtant c'est vrai. La première fois que je lui ai annoncé que j'étais enceinte, raconta Edna en souriant, il est devenu tout pâle. Ce qui n'était pas évident, avec son teint mat d'Italien.

Isabelle ne put s'empêcher de rire en imaginant la scène.

— En fait, poursuivit Edna, je crois qu'il était terrorisé. Mais évidemment aucun homme n'avouerait une chose pareille. Quoi qu'il en soit, il s'est peu à peu fait à l'idée et finalement il est devenu le meilleur papa du monde.

— Cela ne fait aucun doute, approuva Isabelle.

— Alors pourquoi ne pas accorder à ce Wes le bénéfice du doute ? Qui sait, vous trouverez peut-être un terrain d'entente.

— On peut toujours espérer.

Elle ne voulait pas contredire Edna, mais pour l'instant elle ne voyait pas comment les choses pourraient bien se passer entre Wes et elle. Les sentiments qu'elle éprouvait pour lui étaient si contrastés… La veille, dans la cuisine, quand il s'était approché d'elle, elle avait été tout près de se jeter à son cou tant le désir qu'il avait réveillé en elle était intense. Par chance, au lieu de cela, elle avait réussi à le repousser.

Comment pouvait-elle être à la fois furieuse contre lui et follement attirée par lui ?

— Serais-tu préoccupée par autre chose que par le souci que tu te fais pour Caroline ? demanda calmement Edna.

— Préoccupée, oui. Perturbée, surtout.

— Aïe, dit Edna en prenant une gorgée de café. Voilà qui ne va pas simplifier les choses.

Wes se fit apporter du café et des toasts par le service d'étage. Tout en prenant son petit déjeuner, il consulta les derniers mails arrivés qui encombraient sa messagerie. Les effaçant au fur et à mesure, il s'attendait à tout moment à voir apparaître un nouveau message de Maverick. Pourquoi, il l'ignorait. Les dégâts étaient faits. Mais son adversaire n'allait-il pas vouloir jubiler après avoir réussi son coup de maître ? C'était tout ce que Wes espérait. Un seul mail de plus suffirait peut-être au service informatique pour identifier le mystérieux malfaiteur.

En attendant ce moment de délivrance, Wes se concentrait sur ce qu'il était en mesure de faire. La télévision de sa chambre d'hôtel était allumée sur une chaîne d'informations, lui évitant d'affronter un silence trop pesant. Il écoutait les journalistes d'une oreille tout en répondant à ses mails. Quand il eut fini, il téléphona à Harry, son vice-président. Il sourit en l'entendant décrocher, heureux de voir que ses collaborateurs se mettaient au travail aussi tôt que lui.

— Bonjour, Wes, dit Harry. Je suis désolé de te le dire, mais si tu appelles pour avoir des nouvelles de nos recherches sur Maverick, nous n'avons encore rien pour l'instant.

Contrarié, Wes se leva et marcha machinalement jusqu'à la baie vitrée. Comme il faisait beaucoup trop froid pour ouvrir, il se contenta de tirer les rideaux pour regarder la ville de Swan Hollow s'éveiller doucement. Les nuages étaient bas et épais, ce qui n'était pas surprenant puisque la météo annonçait de nouvelles chutes de neige pour aujourd'hui.

— Comment se fait-il que personne n'arrive à mettre la main sur ce type — ou cette femme ? grommela Wes, sans vraiment attendre de réponse. C'est une sorte de ninja ou quoi ?

Il entendit le rire de Harry à l'autre bout du fil.

— Non. Jusqu'à maintenant, il a juste eu de la chance. Il est entré et sorti de ton compte Twitter à une telle vitesse que le service informatique n'a pas réussi à retrouver sa trace. Mais Jones a installé une alerte pour être prévenu tout de suite si quelqu'un essaie à nouveau de pirater ton compte.

— Bon, dit Wes, c'est déjà ça.

Il détestait se trouver dans une situation d'impuissance. À vrai dire, c'était la première fois qu'il se trouvait obligé de remettre son sort entre les mains d'autres personnes, incapable d'agir pour se défendre. Et cela ne lui plaisait pas du tout.

— Ça ne suffit pas, je sais. Nous continuons à faire notre maximum, ajouta Harry, comme pour répondre aux pensées de Wes. La mauvaise nouvelle, c'est que Teddy Bradford refuse de me prendre au téléphone. Si tu veux sauver la fusion, il va falloir que tu essaies de le joindre par toi-même.

— Je l'ai fait avant de quitter le Texas. Moi non plus, je n'ai pas pu lui parler.

— Il faut peut-être faire une croix dessus, dans ce cas.

— Non, répondit Wes, il n'en est pas question. Nous avons travaillé près de deux ans pour préparer ce rachat. Je ne laisserai pas un vulgaire colporteur de ragots réduire tous nos efforts à néant. Il existe forcément un moyen de sauver notre accord avec PlayCo et je vais le trouver.

— Si tu le dis, répliqua Harry sans conviction.

Wes avait souvent eu l'occasion par le passé de donner tort à ceux qui ne croyaient pas en ses ressources. Il était prêt à le refaire.

Se détournant de la fenêtre, il décida de partager avec Harry une suspicion qui ne lui était venue à l'esprit que tard hier soir.

— Tu penses qu'il est possible que Teddy joue sur les deux tableaux ?

Harry laissa passer un silence avant de réagir.

— Qu'est-ce que tu entends par là ?

Cela faisait des heures que Wes réfléchissait à cette hypothèse, et aussi insensé que cela paraisse c'était une possibilité à envisager.

— Eh bien, nous avions conclu un marché et il s'est rétracté. Si Maverick et lui étaient complices ?

— Pour quelle raison serait-il allé jusque-là ? demanda Harry, sans rejeter complètement sa théorie.

Il y avait plusieurs motifs envisageables, mais l'un d'eux semblait particulièrement crédible.

— Peut-être a-t-il trouvé un accord plus avantageux avec l'un de nos concurrents et a-t-il voulu trouver une façon de se dédire sans donner une mauvaise image de lui.

De nouveau, Harry prit le temps de la réflexion avant de lui répondre.

— Tout est possible, admit-il d'une voix pensive. Je vais sortir mes antennes. J'ai quelques amis chez Toy America. Je vais leur parler. On verra si je peux apprendre quelque chose.

— Parfait. Surtout, si tu découvres quoi que ce soit, tu me tiens au courant.

En disant ces mots, Wes prit la cafetière posée sur la table pour se servir une autre tasse. Si Bradford s'était allié à Maverick pour tenter de détruire la réputation de son entreprise, Wes n'allait certainement pas le laisser gagner aussi facilement.

— Je vais rester ici encore quelques jours…

— Oui, dit Harry avec un soupir. Bon, je me suis promis de ne pas te demander ce que tu faisais au fin fond du Colorado, à… Duck Springs, c'est ça ?

— Swan Hollow, rectifia Wes en riant.

— Si tu veux. Dis-moi juste une chose. Est-ce que tout va bien ?

Le sourire de Wes se dissipa peu à peu. Non, tout n'allait pas bien, loin de là. Mais à quoi bon le dire à Harry ? Tous ses collaborateurs avaient certainement compris que les révélations de Maverick n'étaient pas mensongères. Cela ne voulait pas dire qu'il avait envie d'en parler avec eux, pas même avec son ami Harry.

— Oui, répondit-il en buvant une gorgée de café. Tout va bien. J'ai seulement… quelques problèmes personnels à régler.

C'était un euphémisme. Son esprit était si torturé qu'il n'avait pas réussi à dormir plus de deux heures cette nuit. Sa fille. La fusion avortée. Un saboteur qui essayait de détruire son entreprise. Ses soupçons sur son ex-petite amie. Tant de questions le hantaient ! Et puis il y avait Belle. Vu la situation, il avait tout intérêt à garder son sang-froid face à elle. Et pourtant il avait suffi qu'il pose les yeux sur elle après cinq ans de séparation pour se sentir de nouveau envahi par le désir.

— Si tu le dis. En tout cas, ajouta Harry, prouvant qu'il n'était pas dupe, je suis là si tu veux en parler. Et si je peux faire quoi que ce soit, surtout dis-le-moi.

— Trouver Maverick. C'est ça, la priorité. Il faut que tout le monde soit mobilisé pour atteindre cet objectif. Je veux savoir qui est ce type et où il se cache.

— Nous y travaillons. Fais ce que tu as à faire et ne te préoccupe pas de ce qui se passe ici à Houston. Nous le trouverons. Je te tiens au courant.

Après avoir raccroché, Wes laissa tomber son téléphone sur le canapé et prit la télécommande pour monter le son en voyant commencer la chronique boursière. Vidant sa tasse de café d'un trait, il jura avec rage en entendant le journaliste donner les nouvelles du marché.

— Les choses s'annoncent mal pour la société TTG, déclara-t-il d'une voix grave. La cote de Texas Toy Goods s'est effondrée en deux jours. Son P-DG, Wes Jackson, n'a pas encore fait de commentaire au sujet du récent scandale qui semble avoir poussé Teddy Bradford à annuler la fusion tant attendue entre TTG et PlayCo.

Sur l'écran situé en plateau, derrière le chroniqueur, apparut un graphique sur lequel se dessinait la courbe qu'avait suivie l'action TTG ces dernières quarante-huit heures. Wes ressentit un élan de fureur en la voyant.

— L'action TTG a chuté de cinq points, expliqua le

journaliste, et d'après mes sources il n'est pas question de remettre la fusion sur la table dans l'immédiat. À l'inverse de TTG, PlayCo a l'air de profiter de la situation puisque entre hier et aujourd'hui sa cote a pris deux points.

Écœuré, Wes coupa le son tout en regrettant de ne pas pouvoir faire taire aussi facilement les pensées qui se bousculaient dans son esprit. Il savait ce qui allait se passer : maintenant que la cote de TTG avait commencé à baisser, les actionnaires allaient s'inquiéter et s'empresser de vendre leurs actions, accélérant la chute de l'indice.

Il fallait à tout prix qu'il intervienne avant de perdre tout ce qu'il avait bâti à la force du poignet. Prenant la cafetière, il se resservit une tasse et se leva pour faire quelques pas et essayer de retrouver son calme. C'est alors qu'il entendit quelqu'un frapper à la porte.

Qui cela pouvait-il bien être ? Il n'avait rien commandé de plus que son petit déjeuner. Il y avait peu de chance pour que Belle ait décidé de lui rendre visite. Et il n'était pas d'humeur à parler à qui que ce soit d'autre.

Sans chercher à masquer sa mauvaise humeur, il se dirigea à grands pas vers la porte et l'ouvrit brusquement.

— Qu'y a-t-il ? lança-t-il.

Un homme grand vêtu d'un épais manteau marron avec un col en peau de mouton se tenait sur le seuil. Il avait des yeux bleus perçants, des cheveux châtains coupés court et une barbe soigneusement taillée. Il était accompagné de deux autres jeunes hommes qui, outre qu'ils lui ressemblaient un peu, affichaient le même air de mécontentement. Manifestement, il ne s'agissait pas d'une visite de courtoisie.

— Vous êtes Wes Jackson ? demanda le premier homme tandis que les deux autres le toisaient.

— Oui, c'est moi, confirma-t-il en soutenant le regard sévère de celui qui s'était adressé à lui. Qui êtes-vous ?

— Chance Graystone.

*Tiens donc.* Wes se remémora l'avertissement de Belle au sujet de ses grands frères et comprit que l'heure de la rencontre était arrivée.

— Voici mes frères, Eli et Tyler, dit Chance en désignant les deux autres hommes. Nous sommes venus vous parler.

— C'est formidable.

Ils n'offrirent pas à Wes l'occasion de leur fermer la porte au nez. Au lieu de cela, ils forcèrent le passage pour s'introduire dans sa suite.

— Eh bien, entrez, je vous en prie, dit Wes, non sans ironie.

Debout côte à côte au milieu du salon, les frères Graystone se dressaient de la même façon, les pieds légèrement écartés, les bras croisés et la mâchoire crispée. On aurait dit trois shérifs sortis d'un vieux western, prêts à affronter le hors-la-loi. Un hors-la-loi qui, dans ces circonstances, ne pouvait être que Wes lui-même.

Conscient qu'il ne pourrait pas échapper à cette confrontation, il referma doucement la porte et regarda la tasse presque vide qu'il avait à la main.

— Je vais manquer de café, dit-il.

Il but tout de même une dernière gorgée avant de se diriger lentement vers eux. Il n'avait aucune idée de ce qui l'attendait. Voulaient-ils parler ? Se battre ? Le chasser de la ville ? Posant sa tasse sur la table la plus proche, il se mit face à eux et les observa. Visiblement, Chance était l'aîné et assumait pleinement son rôle.

— Nous sommes venus pour mettre plusieurs choses au clair avec vous, annonça-t-il.

— Ah oui ? répliqua Wes.

S'ils voulaient lui faire peur, c'était raté. Wes n'était aucunement intimidé par eux. Il avait d'autant moins de raisons de se sentir fautif qu'il savait sa démarche entièrement légitime.

— Voici ce qu'il en est, reprit Chance d'une voix sombre. Isabelle est notre sœur. Caro est notre nièce. Si jamais vous faites du mal à l'une ou à l'autre d'une quelconque façon, nous aurons un vrai problème.

Wes les dévisagea tour à tour pour les défier en silence. Croisant lui aussi les bras, il prit son temps avant de répondre à Chance.

— Permettez-moi de vous dire que ce qui se passe entre Belle et moi ne regarde que nous.

Chance fit un pas vers lui.

— C'est là que vous vous trompez. Vous avez fait un choix. Vous l'avez laissée partir il y a cinq ans.

— Elle ne m'a pas prévenue qu'elle était enceinte de moi, fit observer Wes.

Les deux frères restés derrière Chance échangèrent un bref regard.

— Il a raison sur ce point, dit l'un d'eux.

Chance acquiesça.

— C'est vrai, elle aurait dû vous le dire. Je vous l'accorde.

— Merci, répondit Wes avec ironie.

— Nous le lui avons dit dès son retour à Swan Hollow. Qu'elle avait tort de vous cacher la vérité.

— Je suis bien d'accord.

— Mais Isabelle fait les choses à sa façon. Depuis toujours. Elle n'aime pas qu'on lui donne des conseils.

— Ça, dit Wes, je peux le comprendre. Je suis pareil. Qui aurait cru que nous aurions cela en commun, elle et moi ?

Il ignorait si c'était Eli ou Tyler, mais l'un des deux plus jeunes frères répondit à sa remarque par un sourire.

— Mais comment avez-vous su que je logeais ici ?

demanda Wes. Est-ce Belle qui vous a envoyés pour m'impressionner et me faire fuir ?

— Swan Hollow est une petite ville, vous savez. La nouvelle a commencé à se répandre à la minute où vous vous êtes rendu chez Isabelle, et depuis, ajouta Chance en riant, on ne parle que de ça ici. Pour rien au monde Isabelle ne nous aurait appelés au secours. Notre petite sœur n'a besoin d'aucun homme pour la défendre.

Wes fit un geste pour souligner leur présence dans sa suite.

— Et pourtant…, dit-il.

Chance esquissa un sourire.

— Le fait qu'elle n'en ait pas besoin ne nous empêche pas d'intervenir quand nous le jugeons utile.

Wes ne pouvait pas leur reprocher de vouloir protéger leur sœur et leur nièce. Mais cela ne changeait rien à la situation : il n'aimait pas qu'on le mette en garde ou qu'on le menace.

— Bien, ponctua-t-il en regardant Chance droit dans les yeux. Je ne suis pas ici pour faire du mal à Belle. Je suis venu faire connaissance avec ma fille. Et cela, personne ne m'en empêchera.

Un long silence chargé de tension s'ensuivit. Wes resta de marbre. Ce n'était pas la première fois qu'il avait des adversaires à affronter. Si jamais il fallait en venir aux poings, il savait même se battre. Mais il n'avait aucune envie d'en arriver là. Il avait provoqué plus d'un combat lors de son adolescence, chaque victoire lui ayant donné envie de recommencer. Mais il s'était calmé par la suite, et aujourd'hui c'était presque avec admiration qu'il regardait les frères de Belle. Leur loyauté envers elle forçait le respect. C'était une qualité qu'il mettait au-dessus de toutes les autres, ce qui expliquait pourquoi les mensonges de Belle le blessaient autant. Ces trois hommes imposants ne lui barreraient pas la route, mais il comprenait leur démarche.

Ce fut Chance qui finit par rompre le silence.

— Je ne peux pas vous reprocher d'être venu ici, reconnut-il. En fait, dans d'autres circonstances, j'aurais même pu vous en féliciter.

Wes laissa échapper un rire grave.

— Mais je vous surveille, prévint Chance. Si vous faites de la peine à Isabelle ou à Caroline, vous aurez affaire à moi. Et je vous assure que ce ne sera pas beau à voir.

— Cela me paraît juste, répondit Wes. Du moment que vous comprenez tous les trois que je resterai dans les parages aussi longtemps que je le voudrai. Je verrai ma fille et votre sœur aussi souvent que possible, et je compte sur vous pour ne pas vous mêler de nos affaires. Cela se passe entre Belle et moi.

Chance regarda fixement Wes pendant de longues secondes avant d'acquiescer.

— Je crois que nous nous comprenons, dit-il finalement.

— Et ne vous attendez pas à ce que ce soit facile pour vous, ajouta l'un des deux jeunes frères avec un demi-sourire. Isabelle est têtue comme une mule. Et votre présence ne doit pas l'enchanter, loin de là.

Wes fronça machinalement les sourcils, ce qui eut le mérite de faire rire Chance.

— Oui, renchérit-il, je crois que Tyler a raison. Isabelle risque de vous poser beaucoup plus de problèmes que nous.

Tandis que les frères de Belle se dirigeaient vers la porte, Wes resta immobile. Il ne les regarda même pas sortir.

Il était seul depuis la mort de son père survenue quelques années plus tôt. Il n'avait ni frère, ni sœur, ni famille éloignée. Comme il n'avait jamais connu la vie en tribu, cela ne lui manquait pas. Du moins, cela ne lui avait pas manqué avant cet instant. En voyant combien la fratrie Graystone était soudée, il se surprenait tout à coup à éprouver une pointe de jalousie.

C'est alors que des images commencèrent à se bousculer dans son esprit. Des idées, des tableaux qui lui apparaissaient comme des flashs. Au milieu du chaos de ses pensées, un projet fou se distingua progressivement. C'était complètement insensé. Mais, s'il parvenait à le réaliser, tout serait alors arrangé.

Oui, il voulait mettre la main sur Maverick. Lui faire payer ce qu'il lui avait fait perdre, une fusion qui avait nécessité deux ans de préparation. D'un autre côté, sans ce Maverick, il n'aurait vraisemblablement jamais su qu'il avait une fille. Il n'avait certes aucune envie d'entamer une nouvelle relation avec Belle, qui lui avait menti pendant cinq ans. En revanche, il tenait à faire partie de la vie de Caroline.

À mesure qu'il réfléchissait à sa situation, il comprit peu à peu qu'il y avait sans doute une issue à ses problèmes. Un moyen de sauver la fusion. Puisqu'il était ici, dans le Colorado, pourquoi ne pas en profiter pour faire croire au P-DG de PlayCo qu'il formait une famille unie et heureuse avec Belle et Caroline ? Si Teddy Bradford était tellement attaché aux valeurs familiales, Wes était en mesure de les lui offrir sur un plateau. À condition, bien entendu, que Bradford n'ait pas lui-même organisé l'attaque informatique de Maverick.

C'était une idée. Une réflexion à mener, peut-être un véritable projet à réaliser. En tout cas, il ne pouvait pas renoncer au rachat de PlayCo sans rien tenter.

La clé de tous ses problèmes se résumait en un seul mot. Un mot que Wes avait enfoui au fond de lui pendant des années, mais qui refaisait à présent surface au point de l'obséder.

Une *famille.*

# - 5 -

Une heure plus tard, après avoir laissé Caroline dans sa classe, Belle eut la surprise de trouver Wes en train de l'attendre sur le parking de l'école. Appuyé contre un gros 4x4 noir, tourné vers elle, il avait l'air presque dangereux. Du moins, c'était ainsi qu'elle le voyait.

Elle aurait voulu qu'il ait l'air mal à l'aise sur ce parking d'école enneigé, au milieu du décor si peu familier pour lui du Colorado. Mais il semblait tout autant à sa place ici, en jean noir, pull vert foncé et veste en cuir marron, que dans son bureau, dans un restaurant ou partout ailleurs. Le vent faisait danser ses cheveux blonds, et lorsqu'il baissa ses lunettes de soleil pour la regarder, elle le vit plisser les yeux pour se protéger de la réverbération du soleil sur la neige.

En voyant sa silhouette majestueuse, son air grave, elle sentit son cœur battre plus fort. Voir Wes réapparaître dans sa vie bousculait son équilibre. Cette nuit, elle avait eu toutes les peines du monde à trouver le sommeil, tant les souvenirs l'avaient agitée après cinq ans passés à essayer de les oublier.

Cela avait été un défi de travailler à ses côtés, mais aussi un plaisir de chaque jour. Tout en sachant précisément où il voulait aller, il avait toujours été ouvert aux idées de ses collaborateurs. Il avait su créer une atmosphère de travail agréable et stimulante, permettant à chacun de venir au bureau avec enthousiasme. Tout s'était passé à merveille pour Isabelle... Jusqu'au jour où elle était tombée amoureuse de son patron. C'est là que tout avait changé.

Elle avait eu le tort de croire qu'elle retrouverait en privé la même complicité avec lui qu'au travail. Mais même en tête à tête, même dans l'intimité, elle avait toujours senti qu'il gardait une certaine distance avec elle. Plus elle avait essayé de se rapprocher de lui, plus il avait semblé se renfermer sur lui-même. Finalement, elle avait dû se rendre à l'évidence qu'il ne changerait pas. Qu'il ne pourrait jamais l'aimer comme elle l'aimait et que, si elle continuait à attendre et à espérer, elle ne souffrirait que davantage.

Aujourd'hui, il était de retour. Il faisait irruption dans sa vie sans lui demander son avis et refusait de la laisser tranquille. Apparemment, Wes Jackson était destiné à faire systématiquement le contraire de ce qu'elle attendait de lui.

À cette heure-ci, le parking et les abords de l'école étaient on ne peut plus animés. Des parents embrassaient leurs enfants et s'efforçaient de les rassurer avant de les laisser pour la journée, des voitures arrivaient tandis que d'autres démarraient... Mais, au milieu de toute cette agitation, Isabelle ne voyait que Wes.

Elle se dirigea tout droit vers lui.

— Qu'est-ce que tu fais ici ?

— Je voulais voir son école. Je voulais te voir, ajouta-t-il en se redressant.

Cinq ans plus tôt, elle aurait fondu de bonheur en entendant ces mots. Aujourd'hui, ils provoquaient son inquiétude. Pourquoi voulait-il la voir ? Avant qu'elle n'ait la réponse à sa question, elle entendit quelqu'un l'appeler.

— Isabelle !

Elle se retourna et afficha un sourire forcé en voyant la femme qui accourait vers elle.

— Bonjour, Kim. Comment allez-vous ?

Du coin de l'œil, Isabelle vit Wes s'approcher. La réaction de Kim fut immédiate et complètement prévisible. Elle ouvrit de grands yeux pleins d'admiration et prit une expression douce et enjôleuse.

Comme à chaque fois qu'elle voyait un homme séduisant.

— Que puis-je faire pour vous ? demanda Isabelle.

— Euh…

Kim sourit à Wes qui venait de se poster à côté d'Isabelle.

— Pardon. Je voulais juste vous rappeler que vous aviez proposé d'apporter des boissons pour le spectacle de danse des enfants la semaine prochaine.

— Bien sûr, répondit Isabelle. Vous faites bien de me le redire, j'étais si… occupée, oui, que j'avais presque oublié.

— Je ne vous en veux pas d'être… occupée.

En disant ces mots, Kim leva de nouveau les yeux vers Wes.

— Bonjour. Je m'appelle Kim Roberts.

— Wes Jackson, fit-il en lui serrant la main.

— Isabelle, dit Kim sans quitter Wes du regard, vous avez gardé cet homme sensationnel pour vous toute seule ? Égoïste.

Isabelle eut le plus grand mal à contenir son irritation en voyant le comportement de Kim. Cette situation lui rappelait de mauvais souvenirs. À l'époque de sa liaison avec Wes, plus d'une femme avait essayé de le séduire en sa présence, en l'ignorant ostensiblement.

— Wes est… un vieil ami, dit-elle. Nous nous sommes connus au Texas. Il est venu passer quelques jours ici.

— Formidable, s'exclama Kim avec un sourire radieux. Nous pourrions profiter de votre séjour pour passer quelques moments ensemble, dit-elle à Wes. Je serais ravie de vous faire visiter la région.

— Merci, mais je crois pouvoir compter sur Isabelle pour cela.

Sur ces mots, il tourna le dos à Kim pour s'adresser à Isabelle.

— Tu es prête, on peut y aller ?

— Pardon ? Euh, oui.

Surprise de le voir décliner aussi sèchement la généreuse proposition de Kim, Isabelle le regarda en se demandant une fois de plus ce qu'il pouvait bien penser. Comme il la prenait délicatement par le bras pour l'emmener, elle fit quelques pas avec lui avant de se rendre compte qu'il l'emmenait vers la voiture qu'il avait louée. Elle s'arrêta.

— Ma voiture est ici, dit-elle.

— Nous reviendrons la chercher plus tard.

Il lui ouvrit la portière passager et l'aida à monter avant d'aller s'asseoir au volant. Kim les observait avec un air stupéfait. Cela devait faire des années qu'un homme ne s'était pas montré aussi peu intéressé par elle. Mais Isabelle savait qu'elle allait prendre la réaction de Wes comme un défi à relever. Même si elle aimait bien Kim, elle était un peu lassée de la voir sans cesse à la recherche de son futur ex-mari.

— Tu lui plais, tu sais, dit Isabelle tandis que Wes sortait du parking.

— N'importe quel homme plairait à ce genre de femme, rétorqua-t-il avec un rire moqueur.

— Ça, ce n'est pas gentil. C'est vrai, mais ce n'est pas gentil. Au fait, tu peux me dire où tu m'emmènes ?

— Je ne sais pas, admit-il tout en rejoignant la rue principale. À toi de me le dire. Que fais-tu d'habitude après avoir déposé Caroline à l'école ?

Elle se tourna pour le regarder. Même de profil, il avait l'air froid et implacable. Et, pour une raison mystérieuse, elle trouvait cela aussi séduisant qu'exaspérant. À quoi jouait-il au juste ? S'il était venu pour voir Caroline, pourquoi passait-il du temps avec elle quand leur fille n'était pas là ?

— Je ne comprends pas, Wes. Tu comptes vraiment m'accompagner dans mes activités quotidiennes ?

Il haussa les épaules.

— Tu préfères que nous allions directement chez toi pour discuter ?

— Non, répondit-elle sans hésitation.

Ce n'était pas une bonne idée de rester seule avec lui. Tout en sachant que c'était la pire chose à faire, elle pourrait être tentée de… Non.

— Tu vois. Alors, où allons-nous ?

Elle soupira, cédant à sa détermination.

— Au magasin de bureautique. Il me faut une nouvelle imprimante laser et quelques autres fournitures.

Il haussa les sourcils avec étonnement.

— Tu travailles toujours ? Que fais-tu maintenant ?

— Ce que j'ai toujours fait. Je dessine des jouets, sauf que maintenant je travaille en free-lance, dit-elle en se tournant vers la fenêtre pour éviter de le regarder.

— Pour qui ?

— Pour mon propre compte.

— Ah, oui, dit-il sur un ton ironique. Parce que les gens riches ont aussi le droit de travailler, c'est ça ?

Cette fois, elle se tourna brusquement vers lui pour le fusiller du regard.

— Tu peux m'expliquer pourquoi tu fais quelque chose de noble en gérant ton entreprise alors que moi, je ne suis qu'une petite fille gâtée qui cherche à tuer le temps ?

— Ce n'est pas ce que j'ai dit.

— J'ai très bien compris le message. De toute façon, ce que je fais de ma vie ne te regarde pas.

— Sauf si cela concerne Caroline.

Elle regretta de ne pas pouvoir se lever et faire les cent pas pour évacuer sa nervosité.

— Ah oui ? riposta-t-elle. Et depuis quand ? Tu n'as jamais voulu d'enfants, alors pourquoi voudrais-tu soudain t'impliquer dans la vie de Caro ?

— Parce que c'est *ma fille*, répondit-il en freinant devant un feu rouge.

Il tourna la tête pour la regarder dans les yeux.

— Je protège ce qui est à moi, ajouta-t-il.

— Alors c'est juste une histoire de fierté ? demanda-t-elle en le fixant pour essayer de voir dans ses yeux quelque chose qui pourrait la rassurer.

Mais comme d'habitude Wes dissimulait ce qu'il pensait et ressentait, bloquant toute communication sincère et constructive.

— Tu m'as caché l'existence de ma fille, Belle. Ce n'est pas une histoire de fierté, comme tu dis. C'est un fait.

Il serra les mains sur le volant, et en voyant la dureté de son regard elle comprit qu'elle allait avoir affaire à un ennemi redoutable. Ils en étaient donc là ? Au point où il leur était impossible de régler ce conflit à l'amiable ?

Au moins, il ne pouvait pas utiliser sa fortune contre elle puisqu'elle avait aussi les moyens d'engager les meilleurs avocats et de tout mettre en œuvre pour garder sa fille auprès d'elle. Mais que dirait un tribunal s'ils en arrivaient au procès ? Un juge déciderait peut-être de la punir d'avoir tenu sa fille à l'écart de son père pendant toutes ces années. Il pourrait accorder à Wes la garde exclusive de Caroline pour compenser le temps perdu.

Cette seule idée la terrifiait.

— J'ai fait ce qui me paraissait le mieux pour moi, murmura-t-elle. Pour Caroline.

— Eh bien tu t'es trompée, dit-il d'un ton brusque en redémarrant au feu vert.

Mais elle restait convaincue d'avoir bien fait. Sa seule erreur avait été de se faire prendre.

— Tes frères sont venus me voir ce matin.

— Quoi ?

Ce brutal changement de sujet la prit de court, et elle mit quelques secondes à comprendre ce qui s'était passé. C'était sa faute. Elle avait prévu d'annoncer aujourd'hui à ses frères l'arrivée de Wes à Swan Hollow. Elle aurait dû se douter que la nouvelle se répandrait en ville comme une traînée de poudre.

Elle avait beau savoir que ses frères n'avaient agi que par affection et par volonté de les protéger, Caroline et elle, cela ne l'empêchait pas d'être furieuse contre eux.

— Qu'est-ce qu'ils ont fait ? demanda-t-elle à Wes.

Le ton de sa voix le fit sourire.

— Tu trouves ça drôle ? lança-t-elle sèchement.

— Ce matin, reconnut-il, ça ne m'a pas fait rire du tout. Quand ils sont entrés dans ma chambre d'hôtel sans y avoir été invités, j'ai eu plutôt envie de leur mettre mon poing dans la figure. Mais maintenant que je vois ta réaction, oui, je trouve ça drôle.

— Génial, il ne manquait plus que ça. Que tu t'allies à mes frères. J'aurais dû m'y attendre. Vous vous ressemblez tous tellement.

— Je te demande pardon ?

— Ah, tu es vexé maintenant ? Moi, c'est ça qui me fait rire. Tu ne t'en rends même pas compte. Toi, Chance, Eli et Tyler, vous êtes des hommes arrogants, autoritaires et sûrs de vous. Vous croyez savoir tout sur tout et vous ne prenez pas le temps d'écouter les arguments raisonnables des autres.

— Ah bon ? Je crois pourtant avoir été plus que raisonnable jusqu'à maintenant.

— Jusqu'à maintenant, oui, concéda-t-elle. Mais

qu'est-ce qui me dit que tu ne vas pas tout à coup décider de me faire un procès pour obtenir la garde de Caro ? Ou que tu n'es pas venu précisément pour me l'enlever ?

— Parce que j'ai appris son existence il y a deux jours ? J'ai l'habitude de m'adapter à toutes les situations, mais j'ai tout de même besoin d'un peu plus de temps cette fois-ci.

Comme il se garait sur le parking du magasin et coupait le moteur, elle se tourna franchement vers lui.

— Combien de temps, Wes ? Quel sursis m'accordes-tu avant de me poursuivre avec tous tes avocats ?

Il se tourna à son tour pour la regarder dans les yeux. Tandis que le silence se prolongeait, Isabelle remarqua du coin de l'œil les gens qui allaient et venaient à l'extérieur et les nuages qui s'amassaient au-dessus de la ville, annonçant de nouvelles chutes de neige.

— Qui a parlé d'avocats ?

— Je m'attendais à ce que tu le fasses en premier, reconnut-elle. Mais je te préviens, si tu mêles des avocats à cette histoire, j'en ferai autant.

— Oui, je m'en doute. Donc pas d'avocats. C'est entre toi et moi.

Isabelle libéra la respiration qu'elle avait retenue sans s'en rendre compte. Elle n'avait pas à s'inquiéter d'être traînée en justice, en tout cas pas dans l'immédiat. Wes changerait peut-être d'avis à terme, mais pour l'instant elle pouvait se détendre un peu.

— Bon, dit-elle. Ça me va. Alors comment allons-nous procéder ?

— Pour commencer, tu vas devoir t'habituer à me voir dans les parages. Avec Caroline. Je retournerai régulièrement au Texas pour le travail, mais je prévois de passer du temps ici. Beaucoup de temps. N'essaie pas de m'en dissuader, Belle, prévint-il. Pour le reste, nous aviserons au fur et à mesure.

Cette perspective était loin de l'enthousiasmer. Néanmoins, elle aimait mieux cela qu'une procédure interminable qui tournerait au pugilat et qui ferait du mal à tout le monde, à commencer par Caroline. Isabelle n'avait aucune envie de faire entrer Wes dans le cocon qu'elle avait si soigneusement bâti pour sa fille et elle, mais, hélas, elle n'avait pas d'autre choix.

En plongeant les yeux dans son regard sublime, elle éprouva la même irrésistible attirance qu'autrefois. Elle allait devoir rester sur ses gardes pour ne pas céder à la tentation. Il ne devait surtout pas deviner le pouvoir qu'il avait sur elle. Même si cela s'annonçait difficile, elle allait à tout prix devoir dominer les sentiments dangereux qu'elle avait eus pour lui et qu'il venait de faire renaître en revenant dans sa vie.

Wes n'avait jamais voulu fonder de famille. En découvrant qu'Isabelle lui avait caché Caroline pendant cinq ans, il avait été heurté dans sa fierté, voilà pourquoi il était venu jusqu'ici. Il attendait des réponses. Une fois qu'il les aurait, il rentrerait certainement chez lui et chacun retrouverait le cours normal de sa vie. Tout ce qu'elle avait à faire, c'était tenir bon jusqu'à ce qu'il se souvienne qu'il était attaché à sa vie sans engagement et sans enfant.

— Alors nous sommes d'accord ? demanda-t-il.

Il attendit sa réponse en la regardant fixement.

— Oui, dit-elle. Nous sommes d'accord. Pour l'instant.

— C'est un bon début.

Sur ces mots, il ouvrit sa portière pour descendre de voiture.

Ce soir-là, Isabelle eut toutes les peines du monde à mettre sa fille au lit. Caroline était littéralement fascinée par Wes, et malheureusement Isabelle ne la comprenait que trop bien. Le pouvoir de son sourire était indéniable. Elle avait eu beau passer ces cinq dernières années à se convaincre qu'elle était devenue insensible à son charme, elle se rendait compte aujourd'hui qu'elle s'était bercée d'illusions.

— Encore une histoire ! s'exclama Caroline en regardant Wes avec un immense sourire.

Debout sur le pas de la porte, Isabelle les regardait assis tous les deux par terre au pied du lit de Caroline. Ce spectacle la troublait, et elle ne pouvait s'empêcher d'imaginer où ils en seraient aujourd'hui si elle avait dit la vérité à Wes cinq ans plus tôt. Aurait-il changé d'avis ? Auraient-ils pu former une famille tous les trois ?

Elle frémit en songeant qu'elle les avait peut-être privés de ce qu'ils auraient pu vivre ensemble. Mais elle se hâta de chasser cette pensée de son esprit. C'était beaucoup trop douloureux d'imaginer ce qui aurait pu se passer, et surtout cela ne servait à rien de se torturer ainsi. Elle devait se concentrer sur le présent et faire au mieux compte tenu des circonstances.

Wes avait un livre posé sur les genoux et, tout en le lisant à haute voix, il essayait de traduire l'histoire en langue des signes. Ses gestes étaient encore un peu maladroits, et il faisait parfois de véritables contresens. Ses erreurs amusaient Caroline, mais Isabelle était consciente de l'effort qu'il déployait et une émotion soudaine lui emplit le cœur.

— Wes, dit Caroline tout en signant, lis celle qui parle de Noël.

— Mais Noël est déjà passé ! protesta-t-il.

— Pas Noël *prochain*, fit observer Caroline avec un rire adorable.

— Tu as déjà eu trois histoires, c'est bien assez, dit Isabelle.

Wes et Caroline se tournèrent ensemble vers elle.

Deux paires d'yeux aussi bleus que la mer des Caraïbes la regardaient fixement. Elle reconnaissait Wes chaque jour dans les traits de leur fille, mais, en les voyant ainsi côte à côte, la ressemblance était encore plus saisissante et bouleversante.

Elle ne pouvait nier l'évidence. Non seulement Wes prenait un plaisir fou à passer ce moment avec Caroline, mais leur petite fille l'adorait déjà. Une fois qu'elle aurait découvert que c'était son père, cette affection serait scellée à tout jamais. Isabelle pouvait-elle faire autrement que de se sentir coupable de les avoir privés l'un de l'autre ?

— Maman…, supplia Caroline en inclinant la tête.

Isabelle ne put s'empêcher de rire en la voyant faire la moue, mais elle resta inflexible.

— Non, ma chérie. Mets-toi au lit maintenant. Je vais te border.

Caroline se hissa lentement sur ses pieds avec un long soupir, puis elle s'allongea sur le matelas et remonta les couvertures jusqu'à son menton.

— Est-ce que Wes peut me border ce soir ? demanda-t-elle.

C'était un choc auquel Isabelle ne s'était pas préparée. En regardant Wes, elle remarqua la lumière qui faisait briller son regard et comprit que tout était différent à présent. Avant ce soir, elle n'avait jamais eu à partager sa fille avec un deuxième parent. Les joies, les inquiétudes, les nuits agitées, elle avait tout vécu toute seule. Ce soir, penchée avec Wes au-dessus de l'enfant qu'ils avaient créé ensemble, elle croyait presque voir ce qu'elle avait manqué. Un appui pour partager les responsabilités, mais surtout quelqu'un avec qui échanger des regards complices, fiers, attendris ou émerveillés.

Elle s'approcha et se baissa pour embrasser Caroline.

— Dors bien, ma chérie, murmura-t-elle. Je t'aime de tout mon cœur.

Puis elle fit un pas de côté pour laisser Wes arranger le lit et passer tendrement la main dans les cheveux de leur petite fille.

— Bonne nuit, Caroline, dit-il en l'embrassant sur la joue.

— Bonne nuit, répondit-elle en bâillant. Est-ce qu'on se verra demain ?

Wes se redressa et lança un regard lourd de sens à Isabelle avant de se tourner de nouveau vers sa fille.

— Sûrement, promit-il.

Durant toute la semaine qui suivit, Isabelle se sentit comme un lion en cage au milieu d'un zoo. Quelqu'un était sans cesse là pour l'observer, quelqu'un qui n'était autre que Wes. À chaque fois qu'elle se retournait, il était là. Au supermarché. À l'école de Caroline, où son charme avait déjà envoûté l'institutrice.

Presque tous les soirs, il venait chez elle et apportait le dîner, ce qui lui avait valu l'affection d'Edna qui se réjouissait de voir ses journées allégées. Il avait aidé Marco à arracher une souche dans le jardin, et maintenant Isabelle devait écouter son cher jardinier chanter les louanges de celui qui, bien que citadin, était capable de se retrousser les manches.

Wes s'était rendu populaire en quelques jours, songea Isabelle en se garant devant l'école, mais personne ne l'aimait autant que Caroline. Son adoration pour son père était à la fois touchante et inquiétante. Plus elle s'attachait à lui, plus elle risquait de souffrir.

Bien sûr, Wes n'avait sûrement pas l'intention de lui faire du mal, mais tôt au tard il devrait repartir au Texas. Que se passerait-il alors ? Voudrait-il emmener Caroline avec lui ? Finiraient-ils par se battre l'un contre l'autre pour sa garde ? Ou allait-il se lasser de jouer au papa et s'en aller brusquement en brisant le cœur de Caroline ? Quoi qu'il se passe à présent, sa fille risquait de souffrir.

Angoissée par ce que lui réservait l'avenir, elle s'efforça d'oublier ses craintes pour se concentrer sur son travail. Elle ajouta quelques touches finales à sa série de dessins numériques, mettant un peu de couleur ici et là et modifiant de petits détails, jusqu'à ce qu'elle soit pleinement satisfaite. Elle savait qu'aussitôt après avoir envoyé ses croquis elle regretterait de ne pas avoir fait telle et telle chose différemment, mais elle ne pouvait pas continuer éternellement à corriger son travail. Il fallait savoir y mettre un point final.

Dès qu'elle aurait fait parvenir ses dessins au fabricant, la production pourrait commencer. Elle rédigea donc un mail bref, y ajouta les pièces jointes et envoya le tout, non sans excitation. Puis elle se résolut à se concentrer sur la montagne de paperasse accumulée sur son bureau.

— Tu travailles de chez toi ?

Isabelle sursauta et vit en levant la tête que Wes se tenait sur le pas de la porte restée ouverte.

— Comment es-tu entré ?

— Edna m'a ouvert et m'a dit où je te trouverais.

*Traîtresse*, songea Isabelle. De toute évidence, sa fidèle gouvernante avait envie de jouer les entremetteuses. Et pour cause, elle ignorait que Wes était hostile à toute forme d'engagement. Isabelle ne l'avait pas oublié, et malgré elle cela lui serrait encore le cœur. Elle ne pouvait plus nier ses sentiments pour lui, tout en sachant qu'ils ne faisaient que compliquer un peu plus la situation.

Les mains dans les poches, il entra dans la pièce et se promena en observant tout autour de lui. Elle prit sur elle pour ne pas le chasser, certaine que par esprit de contradiction il aurait encore plus envie de fureter. Elle se contenta de l'observer tandis qu'il se déplaçait de sa démarche féline qui, malgré elle, la faisait frissonner de désir.

Respirant profondément pour tenter de recouvrer ses esprits, elle garda les yeux rivés sur lui tandis qu'il examinait les croquis accrochés au mur et le dessin au crayon exposé sur le chevalet. Il se dirigea ensuite vers la planche à dessin, puis regarda son calendrier avant d'aller voir le panneau en liège auquel elle avait fixé des dizaines de photos d'enfants tenant des jouets.

Son bureau se trouvait au premier étage, à l'avant de la maison. Caroline l'appelait la tour. Les fenêtres donnaient sur un lac bordé de pins, et à l'arrière-plan on voyait les montagnes s'élever vers le ciel. C'était une pièce de taille moyenne, juste assez grande pour contenir le matériel nécessaire et pour lui laisser un peu de place pour faire les cent pas quand elle avait besoin de réfléchir. Néanmoins, à l'instant où Wes était entré, c'était comme si les murs s'étaient resserrés autour d'eux et elle souffrait tout à coup du manque d'espace.

— Qu'est-ce que c'est que tout ça ? demanda-t-il calmement en se tournant enfin vers elle.

— Mon travail, répondit-elle en se levant.

Elle n'avait aucune envie de rester assise et de le laisser la regarder de haut.

— J'ai créé une association qui fournit des jouets aux enfants hospitalisés. Je l'ai appelée le Coffre à jouets de Caroline, ajouta-t-elle en regardant avec émotion les photos qu'elle gardait sous les yeux pour trouver l'inspiration. Je dessine les jouets que je fais faire par un fabriquant, et ensuite l'association les distribue en fonction des besoins.

— Qu'est-ce qui t'a amenée là ?

Comme il se tenait toujours devant le panneau de liège, elle le rejoignit pour regarder les photos avec lui.

— Quand Caro était malade, répondit-elle, nous avons

passé beaucoup de temps à l'hôpital avant d'obtenir un diagnostic. À force de côtoyer des enfants malades et angoissés, j'ai découvert qu'un animal en peluche, une poupée ou même un petit avion pouvait leur apporter du réconfort dans la solitude.

Elle laissa échapper un soupir en se rappelant les heures passées dans des salles d'attente avec d'autres mamans dévorées par l'inquiétude.

— J'ai tenu Caro sur mes genoux pendant que les médecins l'examinaient sous toutes les coutures. Elle avait peur, mais au moins j'étais là pour la réconforter. De nombreux enfants passaient beaucoup de temps tout seuls à l'hôpital car leurs parents avaient d'autres enfants et un travail qu'ils ne pouvaient pas abandonner. Les infirmières sont formidables mais, avec tout ce qu'elles ont à faire, elles ne peuvent pas toujours prendre le temps d'apaiser les angoisses d'un enfant.

— J'aurais voulu être là. Pour Caro. Pour toi.

En entendant sa voix grave et douce empreinte de regret, elle se tourna vers lui. Son regard était si sincère qu'elle se sentit plus proche de lui que jamais. Même s'il n'avait pas été présent dans ces moments difficiles, c'était lui le père de Caroline, et désormais il comprenait comme elle ce que signifiait avoir un enfant malade.

— Moi aussi, j'aurais aimé que tu sois là, confia-t-elle en plongeant les yeux dans les siens. Je sais que c'est à cause de moi si tu étais absent et j'en suis vraiment désolée.

Elle eut le cœur serré en voyant l'émotion emplir l'expression de son visage.

— Merci, dit-il. Pour ce que tu viens de dire, et pour ta sincérité.

Jamais elle ne l'avait vu se dévoiler à ce point. Bouleversée, elle eut la gorge si nouée qu'elle eut le plus grand mal à parler.

— Oui, je suis sincère, Wes. Si je pouvais revenir en arrière…

Il secoua la tête pour l'interrompre avant de poser la main sur son épaule.

— Nous ne pouvons pas revenir en arrière, déclara-t-il. Mais nous pouvons faire en sorte que ce soit différent à partir d'aujourd'hui.

Ce simple contact procura à Isabelle une sensation de chaleur qui se propagea dans tout son corps. Cela faisait cinq ans qu'elle n'avait pas ressenti cela. Les yeux toujours fixés sur les siens, elle fut de nouveau envahie par ce désir intense, irrépressible, qu'il était le seul à faire naître chez elle. Elle dut rassembler toutes ses forces pour résister à l'envie de passer les bras autour de son cou pour l'embrasser. Cet instant était déjà bien assez déroutant…

— Oui, nous pouvons faire ça, approuva-t-elle en posant simplement la main sur celle de Wes.

Il lui sourit et rompit le contact pour se tourner de nouveau vers les photos d'enfants.

— Donc tu as décidé de t'occuper de tous ces enfants, dit-il.

— De faire mon possible en tout cas, oui. Nous installons une salle de jeux dans les services de pédiatrie. Rien de fabuleux, bien sûr. Généralement, nous pouvons tout juste récupérer un petit débarras de quelques mètres carrés. Nous le repeignons dans des couleurs gaies et nous fixons des étagères sur lesquelles nous disposons les jouets. Chaque nouveau petit patient est invité à en choisir un à son arrivée.

Elle sourit en pensant à la joie des enfants dont elle avait été témoin.

— C'est merveilleux de voir leur excitation quand on les emmène dans ce petit magasin de jouets au cœur même de l'hôpital.

— Oui, j'imagine.

Comme elle sentait son regard sur elle, elle se tourna instinctivement vers lui. Il l'observait attentivement, comme pour essayer de lire le fond de ses pensées.

— Qu'y a-t-il ? demanda-t-elle.

Il secoua la tête.

— Rien, rien. Je suis juste… impressionné.

— Et étonné ?

— Non, pas vraiment, répondit-il en la regardant encore plus intensément. Tu as toujours eu un grand cœur.

Plus les minutes passaient, plus elle se sentait décontenancée. En quelques instants, leurs rapports s'étaient complètement transformés. Cette évolution était sans doute bénéfique pour Caroline, mais dangereuse pour Isabelle. Des émotions anciennes se réveillaient, et de nouveaux sentiments naissaient en elle.

— L'heure passe, dit-elle, il faut que j'aille chercher Caro à l'école.

— Oui, fit-il. Je vais venir avec toi. Mais avant… Je voudrais t'aider, ajouta-t-il après une pause. Dans ton action.

— Pardon ?

— Si tu avais plus de jouets à ta disposition, tu pourrais fournir plus d'hôpitaux, n'est-ce pas ?

En disant ces mots, il contempla un à un les visages souriants des enfants, comme pour essayer de les graver dans sa mémoire.

— Eh bien, oui. Nous avançons pas à pas, en fonction des dons que nous recevons et de ce que nous arrivons à produire. J'aimerais aller plus vite.

— Alors laisse-moi participer.

Il se mit face à elle et la saisit par les bras d'un geste à la fois doux et ferme.

— Tu fais quelque chose d'extraordinaire, poursuivit-il. Quelque chose d'essentiel. Je t'admire d'avoir eu le courage et l'énergie de créer cette association. Je voudrais vraiment faire partie de ton aventure, Belle.

Elle sentit son cœur battre plus vite, plus fort. Son enthousiasme la touchait plus qu'elle ne l'aurait imaginé. Avec l'aide de Wes, l'association pourrait prendre une nouvelle dimension, atteindre de plus nombreux enfants. Aucune attention venant de lui n'aurait eu plus de valeur à ses yeux.

— Ce serait formidable, répondit-elle.

Il sourit, et ses yeux se mirent à briller de joie.

— Merci, dit-il. Je crois que nous formerons un excellent duo.

Isabelle sourit et frissonna en sentant la douce caresse de ses mains viriles sur ses bras. Mais elle ne put ignorer la pointe de tristesse qui lui serrait le cœur. Car, cinq ans plus tôt, elle aussi avait cru qu'elle pourrait former avec Wes un excellent duo.

# - 6 -

Si un mois plus tôt, quelqu'un avait dit à Wes qu'il serait bientôt assis au premier rang d'un spectacle de danse d'enfants de quatre ans, il l'aurait traité de fou. Pourtant, c'était bien là qu'il se trouvait à présent et, le plus étonnant, c'était qu'il passait un merveilleux moment.

Isabelle était à côté de lui. Edna et Marco se trouvaient sur la même rangée, ainsi que Chance, Eli et Tyler qui, à la droite de Wes, essayaient de trouver une position à peu près confortable sur des chaises trop petites pour eux. La salle de spectacle de l'école était remplie de parents, de grands-parents et d'enfants de tous âges. Sur le côté de la scène, une femme jouait sur un piano hors d'âge.

— Regarde par là, lui chuchota Isabelle à l'oreille.

Suivant son regard, il aperçut Caroline qui, depuis les coulisses, avait légèrement écarté le rideau pour regarder la salle. À l'instant où elle vit Wes, un sourire illumina son petit visage. Elle agita la main avant de lui dire « merci » en langue des signes. Il lui répondit « je t'en prie » dans le même langage, non sans avoir le cœur serré par l'émotion.

Évidemment, elle n'avait pas à le remercier d'être venu. Il ne voyait pas comment il aurait pu se trouver ailleurs qu'ici alors que sa fille s'apprêtait à danser sur scène. Grâce à ses appareils, elle pouvait entendre la musique et s'adonner avec passion à son activité préférée.

Mais combien de temps cela durerait-il ? se demanda Wes alors qu'elle disparaissait de nouveau derrière le rideau.

Un jour ou l'autre, elle serait plongée dans le silence total. Sauf si Isabelle acceptait de lui faire poser des implants cochléaires. Plus Wes faisait de recherches sur ce dispositif, plus il était convaincu de devoir emmener Caroline chez un spécialiste aussi vite que possible. Oui, il savait que la surdité n'empêchait pas forcément le bonheur, mais un père pouvait-il avoir tort de vouloir faciliter au maximum la vie de son enfant ?

Il regarda Isabelle, dont le visage trahissait la nervosité. Ses cheveux blonds dénoués ondulaient sur ses épaules, et, lorsque Edna se pencha vers elle pour lui dire quelque chose, elle laissa échapper un petit rire et ses yeux se mirent à pétiller. Elle était si sexy dans son chemisier de soie rouge et son pantalon noir qu'il dut prendre sur lui pour contenir l'élan de désir qu'elle faisait naître en lui.

Depuis leur conversation dans le bureau de Belle quelques jours plus tôt, la tension s'était à la fois dissipée et accentuée. Il y avait moins de colère et plus de compréhension entre eux, mais l'attirance était de plus en plus forte et créait une atmosphère pour le moins troublante. Leur liaison avait beau remonter à cinq ans, il ne pensait qu'à cela et aux délicieux moments d'intimité qu'ils avaient partagés.

Seulement, il savait qu'il devait faire preuve de prudence. Céder à son désir pourrait rendre la situation encore plus difficile, et pour l'instant il avait d'autres priorités. Emmener sa fille chez un spécialiste. Sauver la fusion, même si pour l'instant cela semblait impossible. Et bientôt il allait devoir rentrer au Texas pour faire tout le travail qu'il ne pouvait pas faire à distance. Il espérait bien faire venir Belle et Caroline avec lui, et entamer une nouvelle liaison avec Belle ne ferait sans doute que compliquer les choses.

Quel dommage.

— Oh ! non, marmonna Chance à côté de lui. Pitié, cachez-moi.

Wes se tourna et vit Kim Roberts qui venait droit vers eux, les yeux rivés sur l'aîné des frères Graystone. Wes était si content qu'elle le laisse tranquille qu'il ne parvint pas à éprouver la moindre compassion envers Chance.

— Ça commence ! dit Isabelle en saisissant la main de Wes.

La musique devint plus forte, et les lumières de la salle s'éteignirent.

— Je l'ai échappé belle, chuchota Chance tandis que Kim devait s'asseoir à la hâte sur le siège le plus proche. Sauvé par des petites danseuses.

Wes sourit, puis l'instant d'après, il ne vit plus rien que sa fille, debout sur la scène au milieu de dix adorables ballerines habillées en papillons. Des ailes en papier de toutes les couleurs s'agitaient au rythme de leurs pas, tandis que dans l'obscurité Belle et lui continuaient à se tenir la main, liés par leur merveilleuse petite fille et par l'attirance qui grandissait entre eux de jour en jour.

Après le spectacle, Wes se tint à l'écart des familles. Fasciné par le charme et la beauté de Belle, il l'observait tandis qu'elle servait des boissons et des biscuits aux parents.

Wes ne se faisait aucune illusion. Il n'était pas plus intéressé par l'amour qu'autrefois. Mais plus il regardait Belle, plus il avait envie d'elle. Et il devait aussi reconnaître qu'il avait besoin d'elle, pour plusieurs raisons. S'il parvenait à convaincre Teddy Bradford qu'il formait avec elle et Caroline une famille unie et heureuse, il sauverait peut-être la fusion qui lui tenait tellement à cœur.

Il refusait de se sentir coupable pour cela. Il n'avait pas l'intention de se servir de Belle et Caroline. Si le fait de passer du temps avec elles pouvait l'aider à résoudre un problème majeur, c'était seulement une heureuse coïncidence.

Comme il s'approchait finalement du buffet, il entendit Caroline se lancer dans la description détaillée du spectacle qui venait d'avoir lieu. Ses paroles se bousculaient, ses mains s'agitaient en tous sens, et Wes savoura chaque seconde de sa tirade euphorique. Avec ses deux nattes blondes et ses yeux bleus rayonnants de bonheur, elle était irrésistible. Il l'imagina s'envolant avec ses grandes ailes en papier, battant dans les airs ses pieds minuscules chaussés de ballerines roses.

Il était bel et bien conquis. En à peine plus d'une semaine, Caroline était devenue si importante à ses yeux qu'il ne pouvait plus imaginer la vie sans elle. Il n'avait jamais prévu de devenir père et à présent il se demandait pourquoi. Il mourait d'envie de dire la vérité à Caroline. Mais après cela il n'était pas question qu'il reparte au Texas et ne la voie que de temps en temps.

Il voulait plus que cela. Il voulait être chaque jour à ses côtés pour la voir grandir. Pour faire partie de son univers. Seulement, il ne pouvait pas avoir Caro sans Belle. Il allait donc devoir convaincre Belle qu'il était temps pour eux trois d'être réunis.

Tandis que Belle aidait Caroline à ôter le papier d'un petit gâteau, il les regarda avec émerveillement, oubliant tout ce qu'il y avait autour de lui. Il était si captivé qu'il ne se rendit même pas compte que Chance se tenait à côté de lui.

— Alors, demanda Chance, vous faites de projets ?

— Pardon ? répliqua Wes en le regardant avec surprise.

— Ça me convient, dit Chance en mettant les mains dans ses poches. Quand je vois comment vous regardez ma sœur, je sais que je peux vous faire confiance. Alors je vais vous laisser régler ça tous les deux.

— Ravi de l'entendre, répondit Wes, même s'il ne s'était jamais senti menacé par les frères Graystone.

— Ne me le faites pas regretter.

Sur ces mots, Chance s'éloigna pour rejoindre Caroline. Il la prit dans ses bras et la fit tournoyer, ce qui la fit éclater de rire.

Cette petite fille était un trésor, et il allait rester auprès d'elle. Auprès d'elle et de sa mère, même si celle-ci l'ignorait encore.

Ce soir-là, convaincre Caroline de monter se coucher fut un véritable défi. Elle était encore folle d'excitation, et Wes laissa volontiers Belle se charger de la mettre au lit. Pendant qu'elles étaient à l'étage, il ressortit pour prendre dans sa voiture la surprise qu'il s'était fait envoyer du Texas. Il avait appelé les services de son entreprise trois jours plus tôt pour la commander, et ce soir semblait le moment idéal pour la donner à Caroline.

La maison était calme quand il rentra. Il monta l'escalier pour rejoindre la chambre de sa fille et, comme il avançait en silence dans le couloir, il l'entendit qui parlait avec Belle. Il ne put s'empêcher d'écouter ce qu'elles se disaient.

— Est-ce que Wes va monter me dire bonsoir ?

— Il sera là dans une minute, ma chérie.

— Il est gentil, dit Caroline.

Sans la voir, il imaginait ses gestes accompagnant sa petite voix douce et son cœur se serra.

— Oui, il est gentil.

Belle avait-elle approuvé à contrecœur le jugement de leur fille ? se demanda Wes en souriant.

— Il est drôle, aussi, et très beau, et je crois qu'il devrait rester ici maintenant.

— Ici, à Swan Hollow ? s'enquit Belle.

— Ici avec nous, maman.

Wes se figea pour écouter la suite.

— Il m'aime bien, poursuivit Caroline. S'il vivait là, nous pourrions jouer ensemble encore plus souvent.

— Mais Wes vit au Texas, ma chérie. Il est seulement venu nous rendre visite.

— Il va *partir* ?

Au son de la voix de Caroline, Wes crut entendre qu'elle avait la gorge serrée. Tout comme lui.

— Pas tout de suite, répondit Belle d'une voix douce. Mais oui, bientôt, il devra rentrer chez lui.

— Mais maman, ça pourrait être ici chez lui.

— Ce n'est pas aussi simple, tu sais.

— Pourquoi ?

— Parce que…

Belle s'interrompit, cherchant sans doute une explication qui aurait du sens pour une petite fille.

— Parce que sa maison est au Texas.

— Pourquoi ? répéta Caroline.

— Parce que c'est là-bas qu'il habite.

— Mais *pourquoi* ?

Wes étouffa un rire. Il s'amusait malgré lui d'entendre Belle mise en difficulté par sa fille. Mais en même temps il se sentait coupable de faire de la peine à Caroline. Cela ne faisait qu'accentuer son envie de rester auprès d'elle.

— Et si nous allions au Texas ? demanda-t-elle, tentant une nouvelle approche.

Belle laissa passer un long silence. Elle devait avoir hâte que Wes arrive pour mettre un terme à cette conversation.

— Non, c'est impossible.

— Pourquoi ?

Isabelle soupira.

— Et tes oncles ? Ils habitent tous ici, eux. Ils ne te manqueraient pas ?

— Si. Mais ils pourraient venir aussi !

Wes se sentit fier en entendant sa fille. Manifestement, elle avait hérité de son obstination.

— Ma chérie, dit Belle, si nous profitions simplement de Wes pendant qu'il est là ? Tu veux bien ?

— Mais je ne veux pas qu'il parte.

Cette fois, Wes fut si bouleversé par ses mots qu'il se sentit presque défaillir.

— Je sais, ma chérie, dit Belle avec douceur. Moi non plus, je ne veux pas qu'il parte.

Une émotion fit aussitôt place à une autre dans le cœur de Wes. Il avait gagné, songea-t-il en souriant. Isabelle ne voulait pas plus que Caroline être séparée de lui. Peut-être arriverait-il alors à la convaincre de venir au Texas ? Ils pourraient ainsi essayer de rester ensemble, et pas uniquement pour le bien de leur fille.

Ce fut sur cette pensée heureuse qu'il se décida à entrer dans la chambre de Caroline. Avec son lit à baldaquin, sa table de jeux et ses étagères remplies de livres, c'était sans doute une chambre de rêve pour n'importe quelle petite fille. Il y avait aussi des peluches, un ordinateur éducatif et, dans un coin, une maison de poupée aussi grande que Caroline.

— Wes !

Dès qu'elle le vit, elle bondit hors de son lit et courut vers lui pour se cramponner à ses jambes. Plus ému que jamais, il la serra dans ses bras et croisa alors le regard de Belle. Il devina à son expression qu'elle se demandait ce qu'il avait entendu de leur conversation.

— Tu as apporté un cadeau ? s'exclama Caroline tout en signant. Pour moi ?

— C'est un cadeau pour la meilleure danseuse de la soirée, répondit-il. Alors, qui cela peut-il bien être ?

— Moi ! s'écria-t-elle. C'était moi, non ? ajouta-t-elle avec une soudaine pointe de doute.

— Évidemment que c'était toi, dit-il en lui tendant la boîte blanche entourée d'un ruban rouge.

Caroline la prit et la tint fermement tout en l'admirant.

— Tu as vu, maman ?

— Oui, dit Belle en riant. Mais si tu la posais pour pouvoir l'ouvrir ?

— Oui !

Caroline posa la boîte sur le sol, s'agenouilla et tira sur le ruban jusqu'à ce qu'il se dénoue. Puis elle souleva le couvercle et ouvrit le papier de soie blanc.

— Oh…

Wes sourit en voyant son visage émerveillé. Apparemment, il ne s'était pas trompé.

— Maman, regarde !

Caroline sortit la poupée de la boîte et l'examina sous toutes les coutures.

— Elle est comme moi, maman. Ses cheveux et ses yeux, et maman, elle a même des appareils dans les oreilles comme moi !

— Tu l'aimes ? demanda Wes, tout en se rendant compte que sa question était superflue.

— Je *l'adore*, répondit Caroline en confiant la poupée à Isabelle le temps de courir de nouveau vers Wes.

Cette fois, il la souleva pour qu'elle puisse nouer les bras autour de son cou. Son corps léger comme une plume, l'odeur de shampooing de ses cheveux doux comme de la soie et sa façon de lui dire « merci, Wes » en le serrant de toutes ses forces, tout contribua à emplir son cœur d'une émotion indescriptible.

Bouleversé, il tourna les yeux vers Belle et vit des larmes briller dans son regard sublime. Il eut la sensation que le sol se dérobait sous ses pieds. Sans même le vouloir, cette femme et cette petite fille l'avaient anéanti. Et il n'était pas tout à fait sûr de leur en vouloir pour cela.

Quand Caroline fut au fond de son lit avec sa nouvelle poupée serrée contre son cœur, Isabelle sortit de la chambre avec Wes et tira la porte en la laissant légèrement entrouverte.

— Elle adore sa nouvelle poupée, chuchota-t-elle une fois dans le couloir. Merci.

— Tu n'as pas à me remercier. Mais je suis heureux qu'elle l'aime. C'est notre nouveau modèle Just Like Me, que nous commercialiserons dans quelques semaines. Caro a donc reçu l'une des toutes premières.

Le fait qu'il y ait pensé, qu'il ait tout organisé pour se faire envoyer la poupée, touchait Isabelle au plus profond d'elle-même.

— Cela signifie tellement pour elle. Et pour moi. Tu aurais pu lui dire ce soir que tu étais son père.

Il secoua lentement la tête.

— Non. Je ne voulais pas lui confier une responsabilité tout en lui faisant un cadeau. Je lui annoncerai quand ce sera le bon moment.

Elle avait les larmes aux yeux en revoyant la joie de Caroline quand elle avait vu que sa poupée avait les mêmes appareils qu'elle. Wes n'aurait pas pu avoir une meilleure idée. C'était difficile pour un enfant d'être différent des autres. Heureusement, Caroline avait une telle force de caractère que, même à quatre ans, son handicap n'entravait pas sa confiance en elle. Mais cela ne l'avait pas empêchée d'être particulièrement touchée de recevoir une poupée à son image.

Ce que Wes avait offert à leur fille, c'était bien plus qu'un jouet. C'était le signe qu'il l'acceptait comme elle était. Et, en disant à Isabelle qu'il était prêt à faire preuve de patience pour révéler la vérité au bon moment, il avait conquis son cœur. Une fois de plus.

Elle respira profondément, prit la main de Wes et l'attira vers le bout du couloir.

— Viens avec moi, murmura-t-elle.

— Où allons-nous ?

— Là où nous avons toujours été bien tous les deux.

Sur ces mots, elle le fit entrer dans sa chambre. À quoi bon nier l'évidence ? Dès l'instant où il était arrivé à Swan Hollow, elle avait su au fond d'elle que c'était inévitable. Et désormais elle ne voulait plus lutter contre le feu ardent qui brûlait en elle.

Dehors, le clair de lune se reflétait sur la neige et baignait la chambre d'une douce lumière blanche. Isabelle regarda les nombreux oreillers disposés contre la tête de lit, l'épaisse couette vert foncé, les fauteuils qui faisaient face aux grandes fenêtres et le tapis qui ornait le parquet ciré. D'un geste, elle alluma la cheminée à gaz, et des flammes s'élevèrent dans l'âtre aux carreaux bleu ciel.

Cette pièce était son sanctuaire. Jamais aucun homme n'y était entré. Depuis son emménagement, aucun n'était parvenu à la séduire, et de toute façon elle n'aurait pas voulu faire entrer un éventuel amant dans la maison qu'elle partageait avec Caroline. Avec Wes, néanmoins, cela paraissait naturel. Évident même.

— Belle ?

Les yeux fixés sur elle, il semblait à la fois fou de désir et plein d'interrogations.

— Ne dis rien.

Nouant les bras autour de son cou, elle se hissa sur la pointe des pieds et prit possession de sa bouche pour l'embrasser avec toute la passion qu'elle ressentait. Dès qu'il se mit à répondre à son baiser avec tout autant de ferveur, elle eut le souffle coupé par le plaisir. En sentant les mouvements de ses lèvres et de sa langue, elle se serra contre lui et frissonna lorsqu'il posa les mains sur elle. Ses caresses la rendaient folle de désir. Ivre d'excitation, elle se plaqua contre lui pour sentir son corps viril et son sexe durci à travers leurs vêtements. Elle avait terriblement envie de lui, peut-être plus que jamais.

Elle n'avait fréquenté aucun autre homme depuis leur séparation. Au début, elle s'était dit que c'était sans doute trop tôt, qu'elle attendait d'être prête pour tourner la page de leur histoire. Mais en réalité elle avait été incapable de l'oublier. C'était lui dont elle avait continué à rêver pendant toutes ces années, et tout à coup ses rêves redevenaient réalité.

Sans cesser de l'embrasser, il la guida jusqu'à son lit et s'allongea avec elle en continuant à la caresser et à attiser le feu qui envahissait son corps. Lorsqu'il abandonna ses lèvres, ce fut pour se concentrer sur les boutons de son chemisier et les défaire un à un. Quand il eut fini, il prit dans sa main son sein encore recouvert d'un soutien-gorge en dentelle et la caressa en insistant sur son mamelon tendu par le plaisir.

— Wes…

— Ne dis rien, ordonna-t-il en reprenant ses propres mots.

— Encore…, murmura-t-elle quand même.

— Je n'ai pas l'intention de partir.

Sur ces mots, il lui ôta son chemisier et son soutien-gorge pour passer la langue sur ses seins. Alors qu'elle soupirait de plaisir, elle sentit qu'il ouvrait d'une main son pantalon pour glisser les doigts sous sa petite culotte et la caresser. Elle laissa échapper un cri et se mit à onduler au rythme de son plaisir, jusqu'au moment où elle eut besoin de sentir le contact de leurs corps nus l'un contre l'autre.

— Déshabille-toi, susurra-t-elle dans un souffle.

Il l'embrassa encore, puis se leva pour se débarrasser de ses vêtements. Tout en le dévorant des yeux, elle enleva son pantalon, impatiente de sentir de nouveau son corps puissant et brûlant contre le sien. Mais il s'arrêta brusquement.

— Que se passe-t-il ? demanda-t-elle.

— Nous ne pouvons pas faire ça.

— Pardon ?

Il poussa un soupir de frustration.

— Je n'ai pas de préservatif. L'époque où j'en avais toujours sur moi est loin.

Cette remarque lui fit le plus grand plaisir.

— Oh ! s'exclama-t-elle en riant. Pendant une seconde, j'ai cru que tu avais changé d'avis.

— Certainement pas. Mais à moins que tu…

— Dans le tiroir de la table de chevet, dit-elle pour qu'il revienne au plus vite.

Il ouvrit le tiroir et la regarda avec un air amusé.

— Tu es équipée, à ce que je vois.

Elle ne put s'empêcher de rire.

— En fait, admit-elle, je garde cette petite réserve plus par espoir que par nécessité. Je me dis qu'il vaut mieux les avoir et ne pas en avoir besoin que l'inverse.

— J'aime les femmes prévoyantes, déclara-t-il en ouvrant un paquet pour se protéger.

— Prouve-le moi.

Sans se faire prier plus longtemps, il la rejoignit sur le lit et s'étendit au-dessus d'elle, la faisant soupirer de bien-être. Il lui avait tellement manqué. Son parfum, le goût de ses lèvres, sa force et sa sensualité mêlées…

La saisissant par la taille, il roula pour la faire venir au-dessus de lui et referma les mains sur ses fesses. Elle se pencha pour l'embrasser tout en ouvrant les jambes et en ondulant pour attiser leur plaisir.

L'atmosphère de cet instant était tout simplement magique. Isabelle en rêvait depuis la seconde où elle avait ouvert la porte et vu Wes sur le seuil de sa maison. En se redressant lentement, elle lui caressa le torse et vit une étincelle allumer son regard.

Finalement, elle se mit à genoux et prit son sexe dans sa main pour le faire entrer en elle. Quand il l'eut pénétrée, elle laissa échapper un long murmure de délice tandis qu'il prenait ses seins dans ses mains expertes.

Ils bougèrent d'abord lentement, savourant chaque seconde de l'étreinte qui les menait pas à pas vers la jouissance. Soupirant à l'unisson, ils gardaient les yeux fixés l'un sur l'autre tout en suivant le rythme de leur désir.

Finalement, il abandonna ses seins pour poser les mains sur ses hanches et la guider dans son mouvement. Ils se mirent à bouger plus vite, plus fort, et comme elle approchait de la délivrance, il mit la main à l'entrée de son sexe pour accentuer encore un peu plus son plaisir. Tout en criant son nom, elle accéléra pour s'envoler avec lui vers les cimes de la volupté. Ce ne fut que lorsqu'elle eut atteint l'extase qu'il se laissa aller à son tour, le regard empli d'une émotion qui ne fit qu'intensifier le plaisir qu'elle avait ressenti.

Ce soir, elle s'était de nouveau abandonnée entre ses bras et, en plongeant les yeux dans les siens, elle rêva de le voir accepter enfin de lui ouvrir son cœur.

# - 7 -

Une heure plus tard, allongés sous la couette dans les bras l'un de l'autre, Belle et Wes dégustaient une bouteille de vin qu'il était allé chercher dans la cuisine. Dès qu'il avait eu la force de se lever après leur étreinte brûlante, il avait profité de ce prétexte afin de prendre quelques minutes pour lui. Il avait eu besoin de s'éloigner un instant de Belle pour tenter de réfléchir à ce qui venait de se passer entre eux. En vain. Tout ce qu'il savait, c'était que ce moment avait été infiniment plus intense que tout ce qu'il aurait pu imaginer. Il pourrait essayer de l'analyser plus tard, mais pour l'instant les sensations qui continuaient à envahir son corps étaient beaucoup trop fortes. Il n'était capable de penser qu'à une seule chose : son impatience de refaire l'amour avec Belle.

La neige tombait au dehors, tandis que dans la chambre il faisait chaud et la lumière des flammes dansait sur les murs.

— Eh bien, murmura Belle en portant son verre de vin à ses lèvres, c'était…

— Oui, comme tu dis, plaisanta Wes en buvant lui aussi une gorgée.

Belle tira doucement sur la couette pour recouvrir ses seins tout en s'adossant aux oreillers.

— Tu crois que nous devrions en parler ? demanda-t-elle.

Wes sourit et haussa les épaules.

— Nous sommes tous les deux nus, au lit, avec un

verre de vin à la main et, je ne sais pas pour toi, mais en ce qui me concerne j'ai déjà envie de recommencer. Que pourrait-il bien y avoir à en dire ?

— Eh bien, répondit-elle en passant une jambe par-dessus la sienne, je pensais que je devais peut-être essayer d'expliquer pourquoi nous avions commencé.

Il lui caressa la cuisse et sourit en la sentant frissonner. Il n'avait pas envie qu'elle réfléchisse trop à tout cela. Ce qu'il voulait, c'était prendre un nouveau départ avec elle à partir de ce soir. S'ils se posaient des questions, ils risquaient d'aboutir à des réponses qu'ils n'avaient ni l'un ni l'autre envie d'entendre.

— Les explications ne sont pas nécessaires, assura-t-il en lui adressant un clin d'œil. Je comprends parfaitement. Tu n'as pas pu résister plus longtemps à ton désir pour moi et, dans un élan d'excitation, tu as cédé et tu t'es jetée dans mes bras virils.

— Tu es fou, dit-elle en riant.

— Tu n'es pas la première à me le dire.

Il prit le verre de Belle et le posa avec le sien sur la table de nuit, bien décidé à ne pas lui laisser le temps de remettre en question le choix qu'elle avait fait. Ce qui s'était passé ce soir n'était que le début de ce que voulait Wes, et, après le chemin qu'ils avaient parcouru, il ne voulait surtout pas revenir en arrière.

Se penchant au-dessus d'elle, il prit son visage entre ses mains et la regarda dans les yeux.

— Je vais devoir rentrer au Texas, Belle, dit-il. Demain. Au plus tard dans deux jours.

L'air étonné, elle posa la main sur la sienne.

— Tu pars ?

— Je suis obligé d'y aller.

C'était la vérité. Ses équipes essayaient de sortir l'entreprise d'un scandale. Il devait lutter pour sauver la fusion.

Il fallait préparer le lancement de la nouvelle poupée. Et encore, ce n'était que ce qui concernait TTG. Wes était à la tête d'autres entreprises dont il devait aussi s'occuper.

— Je dois être sur place pour régler certaines choses, ajouta-t-il. Je suis déjà resté plus longtemps que je ne l'aurais dû. Je suis loin de le regretter, mais il est vraiment temps que je rentre.

Il voyait dans ses yeux ce qu'elle pensait. C'était ainsi depuis toujours. C'était dans son regard que cinq ans plus tôt il avait vu qu'elle commençait à avoir des sentiments pour lui. Et c'était pour cette raison qu'il avait préféré se séparer d'elle. Aujourd'hui, il lui suffisait une fois de plus de la regarder pour savoir qu'elle n'avait pas envie de le voir partir.

— Tu vas manquer à Caro.

— Seulement à Caro ? demanda-t-il en l'embrassant.

— Non, à moi aussi, avoua-t-elle en soupirant.

Il rit, amusé par l'irritation qui s'affichait sur les traits de son visage.

— Il y a une solution, tu sais. Vous n'avez qu'à venir avec moi.

Elle le regarda avec stupeur.

— Au *Texas* ?

— Pourquoi pas ?

— J'ai beaucoup de raisons qui me viennent à l'esprit. Combien en faut-il pour te convaincre que c'est impossible ? répliqua-t-elle en se redressant pour s'asseoir.

— Juste une semaine, insista-t-il. Venez au ranch avec moi. Que je puisse montrer à Caroline où je vis.

— Je ne peux pas faire mon sac et partir aussi facilement, Wes.

Au moins, ce n'était pas un non catégorique. Il pouvait encore espérer la convaincre.

— Donne-moi une bonne raison pour commencer.

— L'école de Caro.

— Belle, dit-il en retenant son rire, elle est en maternelle. Pas en fac de médecine. Elle peut manquer une semaine de classe. Ce voyage sera un peu comme une longue sortie éducative à la découverte du Texas.

Elle se renfrogna, prenant sans doute conscience que son premier argument n'était pas assez solide. Une seconde plus tard, elle en avança un deuxième.

— Il y a aussi mon travail. Je dois collecter des dons, finaliser des projets…

Il s'était préparé à entendre cela. Il réfléchissait à la question depuis quelques jours maintenant, et depuis ce soir il n'était plus question pour lui de repartir seul au Texas.

— À Houston, tu pourras venir chez TTG et rencontrer l'équipe des relations publiques qui te conseillera pour susciter plus de dons.

— Je n'ai pas besoin d'aide…

— *Et*, poursuivit-il, tu pourras consulter notre catalogue de jouets pour choisir ce que tu souhaites recevoir pour ton association.

— Je déteste que tu m'interrompes.

— Je sais. C'est peut-être pour ça que je le fais, ajouta-t-il avec un grand sourire.

Elle rit puis détourna le regard, comme si elle cherchait à lui cacher le fond de ses pensées. Il savait qu'elle commençait à envisager sa proposition. Son expérience lui avait appris quand il fallait interrompre son adversaire pour le convaincre et quand il fallait se taire pour le laisser réfléchir. Son *adversaire* ? Non, Isabelle n'était pas son ennemie. Qu'était-elle pour lui ? Il n'aurait su le dire, mais ce qu'il savait, c'était qu'il n'était pas prêt à être privé d'elle.

— Admettons que nous venions avec toi. Et ensuite ? demanda-t-elle finalement d'une voix à peine perceptible.

— Comment ça, et ensuite ?

Elle tourna de nouveau les yeux vers lui.

— Supposons que nous passions une semaine tous les trois ensemble. Que se passera-t-il après ? Caro et moi, nous rentrerons, toi, tu resteras au Texas, et nous reprendrons notre vie comme avant, chacun de notre côté ?

Envoûté par sa beauté, il lui caressa le visage et laissa glisser les doigts le long de son bras pour lui prendre la main. Après un moment de suspens, il lui répondit en toute honnêteté.

— Je n'en sais rien, Belle. Aucun de nous ne peut savoir ce qui adviendra. Ce dont je suis certain, c'est que je veux que vous veniez toutes les deux avec moi. Que vous soyez auprès de moi. Accorde-moi cette semaine, Belle.

Pendant de longues secondes, elle resta silencieuse à le regarder dans les yeux, comme si elle se doutait que son invitation avait un motif caché. Si elle le découvrait, elle n'accepterait jamais de l'accompagner.

Ce n'était pas uniquement pour passer plus de temps avec Caroline qu'il voulait les faire venir. Ni pour assouvir son désir pour Belle. Ces deux raisons comptaient bien sûr, mais il savait aussi que s'ils donnaient tous les trois au public l'image d'une famille unie le scandale pourrait bien disparaître. Teddy Bradford pourrait ainsi revenir en arrière et donner son accord pour le rachat de PlayCo par TTG.

Pour l'instant, le mystérieux Maverick n'était toujours pas identifié, mais, d'après les informations dont disposait Wes, Bradford n'était en pourparlers avec personne d'autre. Il y avait donc très peu de chances pour qu'il soit à l'origine du piratage et des révélations. Cela signifiait qu'en faisant preuve d'habileté Wes avait encore une chance de sauver la fusion.

Il contint son impatience et montra seulement à Belle

ce qu'il voulait qu'elle voie : le regard d'un homme qui refusait d'être déjà séparé d'elle.

Elle finit par acquiescer.

— D'accord. Une semaine. Après cela, nous reparlerons de la suite.

Il serra sa main délicate dans la sienne et sourit.

— Nous trouverons une solution, promit-il.

Il en était persuadé. Quoi qu'il arrive à l'avenir, il savait qu'il trouverait un moyen de poursuivre sa relation avec Caroline, et peut-être aussi avec sa mère.

En voyant le sourire hésitant de Belle, il comprit qu'elle n'était pas sûre de sa décision. Il ne devait surtout pas lui laisser l'occasion de changer d'avis.

— Parfait, dit-il en se penchant pour l'embrasser. Maintenant que cette question est réglée…

Il repoussa la couette et mit la main sur son sein dénudé pour la caresser. Comme il lui massait le mamelon avec le pouce, elle fixa les yeux sur les siens et attira son visage pour l'embrasser langoureusement, tout en soupirant de plaisir.

Comment prétendre qu'elle ne lui avait pas manqué ? Il avait refusé de l'admettre jusqu'à présent, mais il ne pouvait plus nier l'évidence. Il se rappelait encore chaque nuit qu'ils avaient passée à discuter, à rire, à faire l'amour. Il n'avait jamais connu une telle complicité avec aucune autre femme, et en quittant le Texas elle avait emporté avec elle ces moments de délices.

Isabelle était unique. Aujourd'hui, elle était de retour dans sa vie, et il n'avait pas l'intention de la laisser s'échapper de sitôt.

Deux jours plus tard, ils se trouvaient tous les trois à bord de l'avion privé de Wes. Edna avait vivement encouragé Isabelle à faire ce voyage au Texas, ne serait-ce que pour voir où pouvait les mener ce début de relation. Isabelle avait suivi son conseil, et ce malgré les réticences de Chance, Eli et Tyler, qui s'étaient montrés beaucoup moins enthousiastes. Même s'ils avaient changé d'avis sur Wes en observant son dévouement envers Caroline, ils redoutaient toujours qu'il fasse souffrir leur sœur ou leur nièce.

Isabelle elle-même n'était pas sûre d'avoir pris la bonne décision, mais, si elle ne donnait pas une chance à leur histoire, elle risquait de le regretter toute sa vie. Elle gardait à l'esprit qu'elle devait avancer prudemment cette fois-ci. Pour protéger son propre cœur, mais surtout celui de sa fille.

Ce voyage rendit Caroline folle de joie. Prendre l'avion, voler au-dessus des nuages puis monter à bord d'une limousine pour rejoindre le ranch de Wes situé tout près de la ville de Royal, elle vécut tout cela comme une formidable aventure.

Cinq ans plus tôt, la maison de Wes avait été en construction. Il avait montré les plans à Isabelle, lui demandant même son avis sur certains aspects du projet. Convaincu par ses idées, il avait fait quelques modifications en suivant ses conseils. Maintenant qu'elle se trouvait devant la façade, elle était émerveillée par le résultat final.

Sous le doux soleil de l'hiver texan, la majestueuse demeure se dressait au milieu d'un domaine magnifiquement arboré et aménagé. Il y avait devant la maison une grande pelouse parfaitement entretenue, et le contour de la propriété était marqué par de jeunes arbres qui côtoyaient des chênes centenaires soigneusement préservés pendant les travaux. Des fleurs aux couleurs multiples et éclatantes bordaient les murs ainsi que la longue allée en brique qui menait au perron.

La maison en elle-même était faite d'une harmonieuse alliance entre bois, pierre et verre. Les grandes baies vitrées du rez-de-chaussée étincelaient sous la lumière du soleil, tandis que les épais murs de pierre donnaient un aspect intemporel à la maison. Un salon de jardin était installé sur la terrasse couverte, ainsi qu'une balançoire suspendue à deux chaînes fixées aux poutres. La terrasse était entourée d'une barrière en bois blanche ornée de pots de fleurs.

Isabelle était attachée aux montagnes du Colorado, mais ici elles ne lui manquaient pas. Ce paysage à peine vallonné avait pour elle le charme infini de l'exotisme.

C'était déroutant. Ils avaient quitté une tempête de neige et voilà qu'ils se retrouvaient en plein hiver au milieu des fleurs écloses. Mais le plus étonnant était de voir la réaction de Caroline, qui découvrait ce changement avec un naturel déconcertant.

Cramponnée à sa nouvelle poupée, elle se rua hors de la limousine pour courir dans l'herbe, puis elle se mit à tournoyer en riant, la tête renversée en arrière. Quand elle s'arrêta, elle se tourna vers Isabelle en écarquillant les yeux.

— Maman ! cria-t-elle. Il n'y a pas de neige !

— Eh non, ma chérie. Ça te plaît quand même ?

— J'aime faire des bonshommes de neige, répondit Caroline avec un air pensif.

Elle tourna de nouveau pour regarder tout autour d'elle.

— Mais j'aime bien ici aussi, ajouta-t-elle.

— Tant mieux, dit Wes en joignant la langue des signes à la parole. Nous n'avons pas de neige, c'est vrai, mais nous avons d'autres choses amusantes.

— Comme quoi ?

Sa question sembla le prendre de court, mais il ne mit que quelques secondes à retrouver sa repartie.

— Oh ! il y a un grand zoo avec un manège, mais aussi des lacs. On peut monter sur un bateau et…

— J'adore les bateaux ! s'exclama Caroline. Oncle Chance a un bateau, et nous nous amusons beaucoup avec !

— Eh bien, tu vois, tu pourras en faire ici aussi. Et il y a un parc d'attractions à Houston, ainsi qu'un jardin avec des trampolines. Tu verras, poursuivit-il en s'approchant d'elle pour tirer affectueusement une de ses nattes, il y a plein de choses bien au Texas.

— Mais pas de neige.

— Pas vraiment, non.

Elle s'accorda quelques secondes de réflexion puis haussa les épaules.

— Ça ne fait rien. Il y en a à la maison, alors ce n'est pas grave s'il n'y en a pas chez toi.

— Ah, merci, dit-il en échangeant un regard complice avec Isabelle. Tu sais, ta maman a vécu au Texas pendant quelque temps.

— Ah bon ? demanda Caroline en se tournant vers Isabelle. Toi aussi, tu t'es amusée avec Wes ici ?

Isabelle remarqua le regard inquisiteur de Wes fixé sur elle et ne put s'empêcher de sourire intérieurement. Cet homme était impossible.

— Oh ! oui, ma chérie. Tu verras, je suis sûre que tu vas passer de très bons moments.

Elle l'espérait, du moins. En voyant sa fille aussi excitée, elle redoutait que quelque chose ne vienne refroidir son enthousiasme. Elle se tourna vers Wes et essaya une fois de plus de voir au-delà du masque qu'il affichait. Que signifiait ce voyage pour lui ? Était-il seulement destiné à lui offrir du temps supplémentaire avec sa fille ? Envisageait-il de construire un avenir avec elles deux ? Ou existait-il une autre raison pour laquelle il les avait fait venir ici ? C'était impossible à savoir.

— Si nous allions à l'intérieur ? dit-il à Caroline. Comme ça, tu verras ta chambre.

— *Ma* chambre ? s'écria-t-elle avec stupeur.

— Oui, elle a été préparée spécialement pour toi.

Sur ces mots, il la prit par la main, fit un clin d'œil à Isabelle et se dirigea vers la porte d'entrée. Caroline sautillait en avançant à côté de lui.

Décidément, songea Isabelle en les suivant, il ne cessait de la surprendre. Elle aurait pourtant dû se douter qu'il ferait faire une chambre pour Caroline. En deux jours, il avait passé les coups de téléphone nécessaires pour faire faire les choses exactement comme il les souhaitait. Avait-elle des raisons de s'inquiéter ? De toute évidence, il prévoyait de recevoir Caroline bien plus qu'une semaine. Mais les attentions qu'il avait pour leur fille la touchaient plus qu'autre chose.

— Un chien ! Tu as un chien !

Isabelle entendit le cri de joie de Caroline en montant sur le perron. Elle ne put retenir un soupir de défaite. Cela faisait des mois que Caroline lui réclamait un chien et qu'Isabelle restait inflexible. Maintenant, sa fille allait être plus déterminée que jamais.

Elle avança dans l'entrée et remarqua aussitôt le parquet en chêne et les murs peints en vert pâle. La décoration intérieure était aussi réussie que le jardin. Près de l'escalier se trouvait une table ornée d'un splendide bouquet de fleurs, et en face de la porte un long couloir menait vers l'arrière de la maison. Isabelle avait hâte de visiter, mais l'événement du moment était la rencontre entre Caroline et le golden retriever de Wes.

— Comment s'appelle-t-il ? demanda Caroline en se serrant contre sa fourrure dorée.

— Elle s'appelle Abbey, répondit Wes, sans jamais oublier de signer tout en parlant.

Il fallait bien reconnaître qu'il avait beaucoup progressé en une semaine. Visiblement, il s'entraînait beaucoup.

Réagissant à son nom, Abbey trotta vers son maître pour l'accueillir en faisant cliqueter ses griffes sur le parquet. Puis elle vint poliment saluer Isabelle avant de retourner directement voir Caroline. Se couchant à ses pieds, elle se mit sur le dos pour se faire gratter le ventre. Caroline s'empressa de la satisfaire tout en riant de plaisir.

— J'adore les chiens, dit-elle entre deux éclats de rire tandis qu'Abbey se redressait pour lui lécher la figure.

— Elle t'aime aussi, observa Wes.

C'est alors qu'une dame vint à leur rencontre.

— Je suis rentré, Bobbi, lui dit Wes.

— C'est ce que je vois.

Bobbi avait de longs cheveux gris, rassemblés en une natte épaisse qui retombait sur l'une de ses épaules. Elle portait un jean, un T-shirt bleu à manches longues et des bottes de cow-boy bordeaux.

— Vous m'avez amené une petite fille à gâter, à ce que je vois.

— Bonjour, madame. Je m'appelle Caroline.

— Bonjour, Caroline, lui répondit Bobbi. Et vous devez être Isabelle, ajouta-t-elle en relevant les yeux.

— Oui, enchantée, dit Isabelle en lui serrant la main. La maison est magnifique.

De toute évidence, c'était Bobbi qui s'en occupait aussi bien.

— Elle a besoin d'un peu de vie, déclara Bobbi en lançant un regard appuyé à Wes. On dirait que l'ambiance va être un peu plus joyeuse pendant quelques jours, et j'en suis ravie.

— Oui, oui, dit Wes en sous-entendant qu'il avait parfaitement compris les allusions de sa gouvernante. Caro, tu veux voir ta chambre ? Elle est au premier étage.

Bobbi le regarda avec un air à la fois surpris et satisfait en le voyant utiliser la langue des signes.

— Oui ! s'exclama Caroline. Viens, Abbey !

Elle courut vers l'escalier, suivie de près par la chienne. Isabelle et Wes montèrent derrière elles, et quand Wes lui prit la main Isabelle frissonna de plaisir. C'était si bon d'être avec lui, si émouvant de revenir au Texas avec lui cinq ans après s'être enfuie... Mais cette situation était aussi angoissante. Si les choses se passaient mal entre eux, elle risquait d'en souffrir jusqu'à la fin de sa vie. Et Caroline aussi.

En haut de l'escalier, ils tournèrent à gauche, et Wes les guida jusqu'à une porte qui donnait au milieu du couloir. Il ouvrit, et Caroline se rua à l'intérieur avant de s'arrêter net.

— Oh ! s'écria-t-elle avec émerveillement.

Isabelle eut exactement la même réaction que sa fille en voyant ce que Wes avait préparé pour elle. La chambre était peinte en bleu pâle, avec des rideaux blancs aux fenêtres et un couvre-lit bleu et blanc. Il y avait une petite table et des chaises, une bibliothèque remplie de livres et un canapé bleu pour enfant orné de coussins blancs. Une peinture murale mettait en scène des papillons, des fées et des châteaux semblables à ceux des contes. Enfin, le parquet était recouvert d'un épais tapis bleu foncé.

Comment avait-il réalisé tout cela à distance en seulement deux jours ? À moins qu'il ait prévu depuis le début de les ramener toutes les deux au Texas ? Si cette dernière hypothèse était la bonne, Isabelle ignorait si c'était un bon ou un mauvais signe.

Caroline se retourna, sa poupée toujours serrée sous son bras, et s'agrippa de sa main libre à la jambe de Wes.

— Merci, Wes, dit-elle de sa petite voix douce.

Il lui caressa les cheveux et lui sourit avec une expression de tendresse qui serra le cœur d'Isabelle. Sa personnalité avait tant de facettes différentes qu'elle avait l'impression qu'elle ne le connaîtrait jamais complètement. Mais c'était bien de cet homme doux et attentionné qu'elle était tombée amoureuse des années plus tôt. C'était un aspect de lui qu'il montrait peu, ce qui rendait encore plus émouvants les rares moments où il se livrait ainsi.

C'était dans des instants comme celui-ci qu'Isabelle se trouvait submergée par ses émotions. Oui, elle l'aimait toujours. Et le fait de le voir avec leur fille ne faisait que renforcer les sentiments qui ne l'avaient jamais quittée. Même en le quittant cinq ans plus tôt, elle avait su qu'elle ne pourrait jamais fuir assez loin pour oublier ce qu'ils avaient vécu ensemble. Elle avait pourtant essayé, en se consacrant à sa fille, à son travail et à sa famille.

En vain. Pendant les cinq longues années qui s'étaient écoulées, le souvenir de Wes était resté gravé dans sa mémoire et dans son cœur. Elle n'avait fait que se mentir en prétendant que cette histoire était loin derrière elle. Aujourd'hui, elle avait la preuve que son amour pour lui était intact.

La gorge nouée par l'émotion, elle croisa son regard. Elle avait pris un grand risque en acceptant de séjourner chez lui avec Caroline, mais désormais il était trop tard pour faire marche arrière. Elle devait savoir où cela pouvait les mener, quitte à devoir repartir une deuxième fois avec le cœur brisé et la crainte de ne jamais s'en remettre.

— Je t'en prie, répondit Wes en souriant à Caroline qui continuait à le regarder comme un super héros.

Finalement, elle le libéra et alla s'installer sur son petit canapé, toujours accompagnée par Abbey qui posa la tête sur ses genoux. Un véritable coup de foudre semblait avoir eu lieu entre elles deux.

— Viens, dit Wes à Isabelle, je vais te montrer ta chambre.

Il la prit par la main et la guida dans le couloir. Il ouvrit une porte, et dès qu'elle vit la chambre Isabelle comprit que ce n'était autre que celle du maître de maison. Elle était immense, beaucoup plus grande que sa propre chambre à Swan Hollow. Ici, il y avait une superbe cheminée en pierre surmontée d'une grande télévision à écran plat et, en face, deux fauteuils et une table basse. De chaque côté de la cheminée se trouvaient deux grandes bibliothèques qui allaient du sol au plafond. La baie vitrée offrait une vue panoramique sur les arbres, la pelouse, la piscine et les collines qui se dessinaient au loin. Isabelle aperçut aussi un autre bâtiment qui ressemblait à une écurie.

Promenant les yeux autour d'elle, elle admira la décoration à la fois raffinée et masculine et les tapis rouge foncé qui ornaient le sol. Puis elle posa le regard sur l'immense lit recouvert d'une couette bleu marine et resta plusieurs secondes à le fixer avant de tourner de nouveau les yeux vers Wes.

Son regard était chargé de désir. Il avait l'expression d'un homme qui savait ce qu'il voulait et qui était bien décidé à l'obtenir.

— Tu n'as pas de chambre d'amis ? demanda-t-elle.

Il esquissa un sourire et posa la main au bas de son dos. Ce simple contact la fit frissonner d'excitation, et, comme elle regardait de nouveau le lit, des images délicieusement érotiques lui vinrent à l'esprit.

— Bien sûr que si, répondit-il d'une voix rauque, mais nous ne pouvons pas faire comme si nous n'avions jamais couché ensemble. On ne peut pas revenir en arrière, Belle. Et même si c'était possible, ajouta-t-il, je ne le voudrais pas. Toi non plus, je pense.

Elle fit non de la tête. Elle n'avait aucune raison de mentir.

— Tu préférerais qu'on soit obligés de traverser le couloir en pleine nuit sur la pointe des pieds ?

— Avec Caro à quelques mètres…

Sa remarque fit rire Wes.

— Elle ne pense pas à tout ça, Belle. De toute façon, elle est tellement obnubilée par Abbey qu'elle ne se rendra sans doute pas compte que nous partageons la même chambre.

Il se rapprocha d'elle pour l'enlacer.

— Nous avons déjà franchi ce cap chez toi, lui rappela-t-il. Tu ne vas pas me dire que tu le regrettes, si ?

Non, elle ne regrettait rien. Au contraire. Elle avait peut-être tort, mais, après cinq douloureuses années de séparation, elle avait cru revivre en s'abandonnant de nouveau entre ses bras. Elle prenait peut-être le risque de souffrir en le faisant de nouveau entrer dans sa vie, mais elle l'aimait. Elle n'y pouvait rien.

Quant au fait de dormir avec lui… Elle se coucherait de toute façon bien après Caroline et se lèverait avant elle le matin. Il y avait de fortes chances pour que sa fille ne se soucie absolument pas de savoir où elle passait la nuit. Et, en toute honnêteté, Isabelle mourait d'envie de partager le lit de Wes. Elle était là pour une semaine. Pourquoi ne pas profiter de ce séjour au maximum ? Tant pis pour le risque. Si tout devait s'arrêter dans huit jours, elle avait d'autant plus de raisons de profiter de chaque instant passé avec lui.

— Non, répondit-elle, je ne regrette pas.

Elle vit une lueur briller dans son regard.

— Je vais dormir ici, ajouta-t-elle en lui caressant la joue. Avec toi.

— Parfait. Maintenant, dit-il en lui reprenant la main, viens avec moi.

— Où allons-nous ? s'enquit-elle avec étonnement.

— Dehors. Nous allons voir si Caro aime son poney.

— Quoi ?

Elle rit en se laissant entraîner dans le couloir, tout en se demandant comment elle avait supporté de vivre ces cinq dernières années sans lui.

# - 8 -

— Patron ?

En entendant le ton insistant de Robin, Wes comprit que ce n'était pas la première fois qu'elle l'appelait. Il savait pourtant qu'il ne devait pas se laisser distraire par ce qui se passait chez lui. Au bureau, il devait garder sa capacité de concentration.

— Pardon, Robin. Vous disiez ?

Elle le regarda avec inquiétude.

— Tout va bien ? demanda-t-elle.

— Oui, oui, répondit-il en se levant. Que vouliez-vous me dire ?

Elle n'eut pas l'air de le croire, mais elle eut le mérite de ne pas insister.

— J'ai reçu de bonnes nouvelles de Texas Tech, dit-elle. Les nouvelles tablettes seront prêtes avant l'été, ainsi que les accessoires fantaisie que vous avez commandés.

— Très bien.

Il s'éloigna de son bureau pour marcher jusqu'à la fenêtre et contempler Houston qui s'étendait à ses pieds. Pendant que ses équipes se démenaient pour essayer d'identifier Maverick, il se concentrait sur les autres filiales du groupe Jackson. Il était actionnaire majoritaire de Texas Tech, mais aussi de Texas Jets, un service d'avions privés de location, et d'autres entreprises plus petites mais en pleine croissance. Il avait bâti son empire au fil des années, à force de travail acharné, et il n'était pas question qu'il laisse ce Maverick détruire ce qu'il avait accompli.

— Je voudrais parler à Sam Holloway de Texas Jets aujourd'hui, dit-il à Robin. Puis vous essaierez de joindre Andy chez Texas Tech, pour qu'il me donne des détails sur les accessoires dont vous parliez.

— C'est noté.

Il se retourna à moitié.

— Belle et Caroline sont-elles toujours dans les bureaux des relations publiques ?

— Isabelle, oui, répondit Robin. Maggie a emmené Caroline à la cafétéria pour lui offrir un chocolat. Cette petite fille est absolument adorable, poursuivit-elle en souriant. Quand je la regarde, je regrette presque que mes enfants aient grandi.

— Oui, approuva-t-il, elle est formidable.

Il eut la gorge serrée en pensant une fois de plus à la façon dont Caroline avait transformé sa vie. Désormais, quoi qu'il se passe entre Isabelle et lui, plus rien ne serait jamais comme avant pour lui.

— Elle m'a appris à dire bonjour en langue des signes, dit Robin. Elle est intelligente, comme son papa.

Il la regarda avec stupeur.

— Je vous en prie, dit-elle avec un geste de la main. Vous n'avez pas besoin de faire d'annonce officielle pour que ce soit évident. Il faudrait être aveugle pour ne pas voir qu'elle a vos yeux. C'est fou comme elle vous ressemble.

— Ce n'est pas un secret. Du moins, ajouta-t-il avec ironie, ça ne l'est plus depuis que Maverick a tout révélé sur Internet. Mais Caro ne sait pas encore qui je suis.

— Pardon ? Et vous pouvez me dire pourquoi ?

Son assistante réagissait exactement de la même façon que sa gouvernante. Elles n'étaient ni l'une ni l'autre intimidées par lui et avaient même tendance à oublier qui était le patron.

— Vous savez que je pourrais vous renvoyer, dit-il avec un demi-sourire.

Elle effaça sa remarque d'un geste de la main.

— Nous savons tous les deux que cela n'arrivera jamais. Alors, pourquoi n'avez-vous pas dit à cette enfant que vous étiez son père ?

— Parce que je veux d'abord qu'elle me connaisse. Qu'elle s'attache à moi, confia-t-il avec une certaine gêne.

Robin lui adressa un sourire compréhensif.

— Elle vous aime déjà, ça se voit. Il suffit que vous apparaissiez pour que son visage s'illumine.

Il poussa un profond soupir. Robin avait raison, il avait remarqué cette expression sur les traits de Caroline et cela le bouleversait à chaque fois. Alors pourquoi attendait-il encore pour lui dire la vérité ? Il avait honte de penser que c'était peut-être la peur qui l'en empêchait. Il n'avait jamais eu peur de rien. Mais le seul fait d'imaginer que cette petite fille pourrait lui tourner le dos le terrifiait.

— Robin, dit-il brusquement, je serai absent tout le reste de la journée.

— Pardonnez-moi. Je crois que je viens d'avoir une attaque. Qu'avez-vous dit ?

— Je vous laisse avec vos sarcasmes, répliqua-t-il. Je m'en vais, je serai absent jusqu'à demain.

— Hier, vous avez emmené Caroline à l'aquarium, avant-hier, vous étiez à la patinoire, et le jour d'avant vous étiez avec elle et Isabelle aux montagnes russes.

Robin inclina la tête et le scruta avec curiosité.

— Je commence à croire que vous cherchez peut-être à avoir une vie, patron.

— Je commence à croire que vous avez peut-être raison, Robin.

Il lui sourit et prit sa veste pour l'enfiler.

— Vous n'aurez qu'à transférer les appels sur mon portable, dit-il. Je consulterai mes messages plus tard.

Wes retrouva Isabelle au département relations publiques. Ses collaborateurs s'affairaient, certains tapant à l'ordinateur, d'autres dessinant des schémas sur de grands tableaux blancs, d'autres encore improvisant une réunion autour d'un bureau. Au milieu de tout ce bruit, Wes eut l'idée d'utiliser la langue des signes pour communiquer avec Isabelle qui se trouvait à l'autre bout de la pièce. Lorsqu'il eut exprimé ce qu'il voulait, elle rougit et rit en même temps.

Assis à un bureau non loin de Wes, l'un de ses employés prénommé Drake se mit également à rire avant de baisser la tête en faisant comme s'il ne s'était rien passé.

— Il y a quelque chose de drôle ? lui demanda Wes.

— Euh, non, monsieur, répondit le jeune homme en fuyant son regard. C'est juste que… Ma mère étant sourde, je connais la langue des signes, et…

— Formidable, dit Wes avec un soupir. Quelle proportion de chances y avait-il pour que cela arrive…

Il se pencha vers Drake pour s'adresser à lui à voix basse.

— Je compte sur toi pour effacer de ta mémoire ce que tu viens de voir.

— Je n'ai rien vu, répondit-il en se remettant à taper frénétiquement à l'ordinateur.

Wes espérait bien que personne ne saurait ce qu'il venait de dire à Isabelle : « Tu es magnifique. J'ai envie de toi. Tout de suite. »

Elle vint vers lui en souriant. La prenant par la main, il l'attira à l'extérieur de la salle.

— Je suis mal tombé, lui dit-il une fois dans le couloir.

Je ne savais pas que l'un de mes employés connaissait la langue des signes.

Elle serra sa main dans la sienne et laissa échapper un petit rire.

— Ce n'est rien. Je pense qu'il ne dira à personne que tu as envie de thé.

Il s'arrêta net.

— De thé ?

Elle acquiesça en riant de plus belle.

— Tu progresses de jour en jour, mais tu peux encore gagner en précision.

Il comprenait mieux maintenant ce qui avait fait rire Drake.

— Cela dit, je ne serais pas contre une tasse de thé, dit-il, à condition que je puisse te déguster en même temps.

Il vit briller dans ses yeux une étincelle de désir. Comme elle se passait la langue sur les lèvres, il frissonna d'excitation et dut prendre sur lui pour ne pas l'embrasser fiévreusement au milieu du couloir.

— J'étais venu te chercher pour que nous emmenions Caro au zoo, chuchota-t-il. Mais maintenant…

Elle appuya brièvement la tête contre son épaule avant de lever les yeux vers lui.

— Le zoo d'abord, décida-t-elle. Le thé ensuite.

— D'accord.

Ils avaient dû marcher des kilomètres, songea Isabelle. Jamais elle n'aurait imaginé que cela amuserait Wes de passer des heures au zoo avec Caroline et elle, et pourtant il ne cachait pas son plaisir d'être là avec elles. Comme lorsqu'ils étaient allés à la patinoire et au parc d'attractions. C'était peut-être la magie de voir les choses à travers les yeux d'un enfant, mais depuis quelques jours il semblait plus détendu et heureux que jamais. Dans son costume gris, débarrassé seulement de sa cravate rouge, il aurait dû détonner dans les allées du zoo. Mais il était à l'aise partout. Sans se soucier d'abîmer son costume de bureau, il avait pris Caroline sur ses épaules et ne lui fit pas le moindre reproche quand la glace qu'elle tenait à la main coula sur sa veste.

Lorsqu'ils furent sur le chemin du retour, leur fille ne mit que quelques secondes à s'endormir sur son siège-auto. Isabelle se tourna alors vers Wes et, rien qu'en le regardant, elle sentit son cœur battre plus fort.

— Caroline a passé une merveilleuse journée.

— Moi aussi, répondit-il en souriant. Jusqu'à cette semaine, cela faisait des années que je n'avais pas pris de congés. Robin est sous le choc.

Isabelle se mit à rire. Le naturel et le franc-parler de l'assistante de Wes lui avaient toujours plu.

— Espérons qu'elle s'en remettra, plaisanta-t-elle.

— Tout s'est bien passé avec les relations publiques ? Ils t'ont dit des choses utiles ?

— Absolument.

Au cours des deux heures qu'elle avait passées ce matin dans le service, elle avait appris de nouvelles façons d'atteindre les donateurs potentiels.

— Mike m'a conseillé de faire parrainer des hôpitaux, en quelque sorte.

— C'est-à-dire ?

— Eh bien, par exemple, je pourrais rassembler des informations sur un service pédiatrique en particulier. J'indiquerais le prénom des enfants, leur pathologie, la durée de leur séjour. En lisant ces récits personnalisés, les donateurs verraient les enfants comme des individus à part entière et comprendraient mieux ce qu'ils traversent. Cela rendrait leur don plus concret à leurs yeux.

— Bonne idée. Et tu enverrais cette publication à ta liste de contacts ?

— Pour commencer, oui, mais je pourrais aussi me servir de ma page Facebook pour atteindre plus de gens. Il faut que je développe ma communication sur les réseaux sociaux. Je suis si occupée que je ne prends pas vraiment le temps de le faire, alors que c'est là que tout se passe aujourd'hui.

— Crois-moi, dit Wes avec amertume, j'en sais quelque chose.

Elle se rappela soudain que c'était une révélation faite sur Internet qui les avait réunis.

— C'est vrai. Excuse-moi, je ne voulais pas remuer le couteau dans la plaie.

— Ce n'est rien, continue.

— D'accord. Donc Mike m'a suggéré d'ouvrir une page Facebook dédiée à l'association. Nous pourrions y décrire notre action, publier des photos des jouets et peut-être même des salles de jeux que nous aménageons dans les hôpitaux. J'aimerais aussi partager des photos des enfants eux-mêmes, mais pour cela il me faudrait une autorisation écrite des parents.

— Tu l'aurais sans doute facilement.

— Tu crois ?

— Tu devrais savoir mieux que moi ce que ressent le parent d'un enfant malade. Comment aurais-tu réagi si quelqu'un avait offert à Caro une belle poupée ou une peluche toute douce pour l'aider à tenir le coup pendant son hospitalisation ?

— Je lui aurais sauté au cou, reconnut-elle. Donc oui, tu as sûrement raison. J'en discuterai avec certains parents quand j'irai à l'hôpital la semaine prochaine, après notre retour à Swan Hollow.

— À ce sujet…

Elle le fixa pendant un moment avant de réagir.

— Oui ?

— Eh bien, dit-il en bougeant légèrement sur son siège, je me suis dit qu'une semaine ici n'était peut-être pas suffisante. Pour Caroline, j'entends. Elle aura besoin de plus de temps pour me connaître, pour découvrir le ranch, le Texas.

En l'entendant, Isabelle se sentit tout à coup terriblement nerveuse.

— Nous nous sommes mis d'accord pour une semaine, Wes. J'ai du travail. Caroline doit retourner à l'école. Nous n'habitons pas ici.

— Vous pourriez.

— Je te demande pardon ?

Son cœur se mit à battre sourdement dans sa poitrine, et elle eut comme un bourdonnement dans les oreilles. Avait-elle bien compris ce qu'il venait de dire ? Alors qu'ils roulaient à cent trente kilomètres/heure sur l'autoroute et qu'ils ne pouvaient même pas se regarder en face ? Si oui, le moment était bizarrement choisi.

— Tu voudrais que nous venions *habiter* ici ?

— Bien sûr. La maison est immense, il y a toute la place qu'on veut. Caro pourrait aller à l'école de Royal et…

Il continua à parler, mais Isabelle avait cessé de l'écouter. Les mots amour et engagement n'étaient même pas mentionnés dans son petit discours. Il voulait les avoir avec lui, partager son lit avec elle, mais pour le reste rien n'avait changé depuis cinq ans.

— Wes, dit-elle en l'interrompant, ce n'est pas du tout le moment de parler de ça.

Il laissa passer un silence avant de lui répondre.

— D'accord. Mais tu pourras y réfléchir.

Elle était à peu près sûre qu'elle n'arriverait à penser à rien d'autre à partir de maintenant. Le fait qu'il aborde le sujet de façon aussi légère prouvait bien que ce n'était pas une famille qu'il recherchait. Il ne souhaitait pas plus qu'avant de vivre une véritable histoire d'amour. Il voulait continuer à mener une vie sans attache tout en ayant Caroline et Isabelle à ses côtés.

Elle s'était bercée d'illusions en imaginant que les choses pouvaient être différentes cette fois-ci.

— En attendant que nous en reparlions, dit-il sans cacher que sa réaction le contrariait, as-tu eu le temps de regarder le catalogue de jouets que je t'ai donné hier ?

C'était fascinant de le voir changer d'attitude en une fraction de seconde. Elle avait oublié la facilité qu'il avait à passer d'un sujet à l'autre, et pourtant cette faculté l'avait impressionnée autrefois. S'il sentait qu'il n'avait plus le dessus lors d'une conversation, il modifiait brusquement sa tactique et revenait à son sujet par un autre chemin. Au bout du compte, il finissait par obtenir exactement ce qu'il voulait.

C'était cette stratégie qu'il était en train d'employer avec elle. Elle devait absolument rester sur ses gardes, ne surtout pas lui révéler ses sentiments pour lui. S'il comprenait qu'elle l'aimait toujours, soit il lui tournerait le dos comme il l'avait fait cinq ans plus tôt, soit, pire encore, il la considérerait avec pitié.

— Oui, répondit-elle avec une gaieté forcée. Tu as des jouets formidables, Wes. Si tu veux toujours faire un don, j'accepterai avec plaisir les articles de ton choix.

Sans qu'elle s'y attende, il lui prit la main et la serra dans la sienne. Comment pourrait-elle protéger son cœur à présent ? C'était trop tard, il appartenait déjà à Wes.

— Tu n'auras qu'à dire à Robin ce que tu souhaites. Elle s'occupera de tout.

— Merci.

Elle ne pouvait pas s'empêcher de le regarder. Peut-être

pour être sûre de ne jamais oublier ces instants. Comme si elle savait au fond d'elle que tout cela aurait une fin et qu'à l'avenir, quand il lui manquerait, elle aurait besoin de se remémorer ces images.

En espérant que cela lui suffirait.

Le lendemain soir, Wes se rendit compte qu'il se trouvait précisément dans la situation qu'il cherchait à éviter depuis toujours. Il avait une femme et un enfant chez lui et, au lieu de se sentir piégé, il se sentait… bien.

Sans doute parce que c'était provisoire, songea-t-il. Pourtant, cette pensée ne lui apporta pas le soulagement auquel il s'était attendu. Belle ne semblait pas enthousiaste à l'idée de rester chez lui avec Caroline, il devait donc s'attendre à les voir partir prochainement.

Il sentit sa gorge se serrer. Belle avait accepté de rester une semaine, or quatre jours s'étaient déjà écoulés. Et, au lieu d'être chez lui avec elles, il se trouvait au Texas Cattleman's Club pour une réunion.

Secouant la tête, il prit son verre en cristal et but une gorgée de scotch. D'ordinaire, il aimait venir en ville, s'asseoir dans le salon et discuter avec des amis de l'actualité et des projets du club. Mais, ce soir, il ne cessait de penser à Isabelle et Caroline en se demandant ce qu'elles faisaient pendant qu'il était coincé ici.

— Tu n'es pas concentré sur la réunion, fit observer Clay Everett d'une voix amusée.

— Bien vu, reconnut Wes avec un hochement de tête.

Clay possédait lui aussi un ranch dans la région. C'était un homme brun aux yeux verts, qui boitait depuis un accident de rodéo. Mais ce handicap n'avait rien ôté à son énergie et à sa force de travail.

— Que peut-il y avoir de plus passionnant que la décoration des toilettes du club ? plaisanta Tom Knox.

— Ça, je me le demande, répliqua Toby McKittrick. Tout le reste, peut-être ?

Wes sourit et regarda les trois hommes tour à tour. Tom avait tout de l'ancien militaire qu'il était : de larges épaules, des tatouages et quelques cicatrices qu'il arborait avec fierté. C'était un homme sur qui on pouvait compter.

Toby était plus grand, plus mince et lui aussi propriétaire de ranch. Toujours présent pour ses amis, il était intraitable avec ses ennemis et ne se laissait intimider ni manipuler par personne.

— Oui, j'aurais bien mieux à faire que de rester assis là à écouter des imbécillités, dit Wes en faisant lentement tourner son verre entre ses mains.

— C'est ce que j'ai entendu dire, dit Tom avec un sourire entendu. Isabelle est de retour. Comment ça se passe ?

— Notre Wes a l'air prêt à se faire passer la corde au cou, dit Clay d'un air narquois.

— Impossible, riposta Toby en riant. La femme capable de faire ça n'est pas encore née.

— Ce n'est pas ce qu'on m'a dit, insista Clay en buvant une gorgée de bière.

Wes n'en croyait pas ses oreilles. Même ses amis parlaient de lui et se demandaient ce qui se passait. Il avait sans doute nourri lui-même la rumeur en ramenant Isabelle et Caroline à Royal, mais qu'aurait-il pu faire d'autre ? Heureusement, les sujets de commérages ne manquaient pas, et les gens cesseraient bientôt de parler de lui pour se concentrer sur quelqu'un d'autre. Il devait simplement garder son calme en attendant qu'on le laisse tranquille.

Et non, personne n'allait lui passer la corde au cou.

— Quel plaisir d'être avec des amis qui savent si bien porter leurs coups, dit-il en levant son verre avec ironie.

Ils burent tous une gorgée en riant avant que Toby ne reprenne la parole.

— Bien dit, Wes. C'est à ça que servent les amis, non ? Et, puisque nous sommes de si bons amis, nous devrions peut-être t'accompagner chez toi. Pour prévenir Isabelle que le jour où elle sera lassée de toi, elle pourra compter sur nous.

— Très drôle, répliqua Wes. Ne prends pas tes rêves pour des réalités.

Clay fit un grand sourire.

— Ça vaut le coup d'essayer. Et sinon, quand vas-tu nous présenter ta fille ?

Wes lui lança un regard sévère. Il n'aurait pas dû être étonné puisque la moitié du pays parlait de lui, grâce à Maverick et à Twitter. Néanmoins, cela lui faisait bizarre que quelqu'un lui parle de *sa fille* de façon aussi naturelle.

— Bientôt, répondit-il. Je l'espère en tout cas. Sa mère et moi avons d'abord quelques petites choses à régler. C'est ce que nous serions en train de faire si je n'étais pas obligé de rester ici à écouter les anciens se plaindre de tant de changements.

— Cette petite est adorable, dit Clay. J'ai vu des photos de vous trois au supermarché.

— Quoi ? s'exclama Wes en le fixant avec stupeur.

— Oui, tu sais, sur ces magazines exposés près des caisses. Vous étiez en une en train de faire du patin à glace. Le titre disait quelque chose comme : « Le Père-absent ne l'est pas tant que ça. »

— Super. Il ne manquait plus que ça.

— Attends, dit Toby, c'est mieux que s'ils avaient dit que tu étais *toujours* un père désastreux.

— Je ne savais pas que j'avais une fille, leur rappela Wes.

— Oui, oui, on est au courant, dit Tom en mettant les mains en l'air comme pour se rendre. Tout ce qu'on te dit, c'est que les gens qui verront ces photos auront la conviction que vous formez une famille tous les trois et que les révélations qui circulent sur Internet ne sont que des mensonges.

Il avait raison. Et si ces photos faisaient la une des magazines, elles n'allaient pas tarder à se répandre, si ce n'était pas déjà fait. Teddy Bradford allait les voir et peut-être réviser sa position sur la fusion. Mettre un terme à ce scandale, c'était aussi dans ce but qu'il avait fait venir Isabelle et Caroline au Texas.

Alors pourquoi se sentait-il un peu coupable tout à coup ?

Il promena les yeux autour de lui pour voir quels membres du club avaient pris la peine de venir ce soir. Certes, les réunions concernant la décoration de l'établissement étaient d'un ennui mortel, mais en tant qu'adhérent il fallait assumer ses responsabilités. Même les moins palpitantes.

Il n'y avait eu presque aucun changement au club depuis plus de cent ans. C'était un endroit purement masculin, fait comme autrefois à l'image des hommes de la haute société, pour leur confort et leur usage exclusif. Ici, les trophées de chasse côtoyaient les documents historiques et les vieilles photos du Texas qui ornaient les murs. Le parquet était en bois massif, quant aux plafonds, ils avaient été rehaussés lors des rénovations qui avaient suivi une violente tornade. Tout était de couleur foncée : les poutres apparentes, les fauteuils en cuir et les tapis rouges qui habillaient le sol. Au fond de la salle, un feu brûlait dans la grande cheminée en pierre.

Bien sûr, ces dernières années, les femmes admises comme membres avaient obtenu quelques modifications. On avait fait installer un coin pour changer les bébés, les murs avaient été repeints dans une teinte un peu plus claire et il y avait des fleurs fraîches dans les salles de réunion. Sans compter que la présence de voix féminines avait quelque peu transformé l'atmosphère.

Wes n'était nullement opposé à l'arrivée des femmes au club, pas plus que ses amis. Mais les membres les plus âgés ne s'étaient pas encore faits à l'idée et s'opposaient à tous les changements qu'elles proposaient. Y compris des détails aussi stupides que celui qui les occupait ce soir : la future couleur des murs des toilettes.

Wes regarda un groupe de trois femmes qui se disputaient justement avec deux hommes âgés devenus presque rouges de rage. Il secoua la tête avec dépit tout en observant Cecelia Morgan, Simone Parker et Naomi Price. Elles pouvaient être exaspérantes toutes les trois, mais elles lui avaient toujours paru inoffensives. Aujourd'hui, pourtant, il ne pouvait s'empêcher de se demander si elles étaient pour quelque chose dans le piratage de Maverick.

Alors même que cette pensée occupait son esprit, il vit Cecelia annoncer comme si c'était la nouvelle du siècle que la couleur idéale pour la peinture des toilettes était Pêche de printemps. Cette femme pouvait-elle vraiment avoir fomenté l'attaque sournoise dont il avait été victime ?

Les mains sur les hanches, elle défia du regard l'un de ses adversaires installé dans un grand fauteuil en cuir. Plus Wes la regardait, plus il se demandait comment il avait pu entretenir une relation avec elle. Qu'est-ce qui avait bien pu lui plaire chez elle ? Certes, c'était une femme splendide, mais en compagnie de ses amies elle avait la maturité d'une adolescente.

Comme il continuait à observer le trio infernal, il vit Simone Parker, avec son regard bleu plein d'assurance, ses longs cheveux bruns et son corps de rêve, se pencher vers le vieux McGuire et agiter son doigt délicat devant lui.

La splendide Naomi Price, qui se tenait à côté d'elle,

avait les yeux marron et de longs cheveux brun-roux. Elle affichait un air satisfait tout en regardant Simone se disputer avec le vieil homme. Cecelia, en revanche, promenait les yeux autour d'elle comme si elle cherchait une échappatoire.

C'est alors que Wes croisa son regard. Elle dut reconnaître une expression de dédain sur son visage, car elle eut soudain l'air extrêmement gênée de participer à la scène qui se déroulait devant eux.

— C'est tout de même navrant que ces trois filles continuent à se comporter comme des gamines, dit Toby en soupirant. Surtout Naomi, ajouta-t-il après une pause. Elle ne montre pas ce qu'elle est vraiment. Quelle tristesse.

— Je ne sais pas, dit Tom. Cela fait des années qu'elles agacent les habitants de Royal, toutes les trois. On dirait que c'est devenu une habitude pour elles.

— Dans ce cas il serait temps qu'elles la perdent, reprit Wes en buvant une autre gorgée de scotch.

— Bien d'accord, marmonna Toby en prenant un air sombre.

— Votre attention s'il vous plaît, lança Parker Reese, pédiatre au Royal Memorial Hospital. Pouvons-nous conclure cette conversation maintenant ? Prenons une décision pour pouvoir enfin passer à autre chose.

Habituellement, Parker était un homme à la fois discret et accessible, mais pas particulièrement avenant. Le silence se fit dans la salle, et le président du club, Case Baxter, prit le relais. Même le trio infernal se tut.

— Enfin, grommela Wes, espérant encore rentrer à temps pour dire bonsoir à Caroline et lui lire une histoire. C'est un miracle.

— Oui, approuva Toby. Je crois que nous devons une bière à Parker.

Deux heures plus tard, Wes était chez lui, au lit, impatient d'être rejoint par la femme qui le rendait fou. Il sourit en voyant la porte de la chambre s'ouvrir et Belle apparaître.

— Caro s'est endormie ? demanda-t-il.

— Oui, ça y est. Toujours avec sa nouvelle poupée serrée contre elle. Elle réfléchit encore au nom qu'elle va lui donner.

Belle ne tarda pas à venir se glisser sous la couette avec Wes. Se serrant contre lui, elle posa la tête au creux de son épaule.

Le grand lit était placé face à la cheminée où brûlait un feu qui faisait danser les ombres dans toute la chambre. Envoûté par cette délicieuse atmosphère, Wes serra Belle dans ses bras en savourant cet instant. Il aurait voulu le faire durer éternellement, mais hélas il avait quelque chose à lui dire qui n'allait peut-être pas lui plaire.

— J'ai parlé à un spécialiste aujourd'hui, à Houston.

Elle se crispa et releva la tête pour le regarder.

— À propos de ?

— Tu le sais bien, répondit Wes. À propos de Caroline.

— Wes, nous étions d'accord pour choisir ses médecins *ensemble*.

— J'ai seulement discuté avec lui, Belle, dit-il en lui frottant doucement le dos. Je n'ai pas pris rendez-vous pour une intervention chirurgicale.

Il laissa passer quelques secondes et sentit que l'irritation de Belle faisait peu à peu place à la curiosité.

— Bon, dit-elle. Et qu'a-t-il dit ?

— Qu'il ne pouvait rien me dire sans avoir examiné Caro, admit Wes, ce que je savais déjà. Je voulais juste lui poser des questions générales. Pour en savoir un peu plus.

— Et tu as appris des choses ?

— Oui. Je me demandais, ajouta-t-il en passant doucement la main dans ses cheveux, que dirais-tu de lui faire mettre un implant cochléaire dans une seule oreille ?

Comme elle plissait le front sans rien dire, il continua.

— Nous pourrions commencer par un, puis attendre quelques années, le temps de voir si d'autres innovations apparaissent. Le moment venu, elle sera assez grande pour prendre part à la décision suivante. Elle nous dira si elle souhaite ou non un deuxième implant cochléaire.

Il la regarda dans les yeux, espérant lui montrer qu'il cherchait seulement la meilleure solution pour leur fille. Ce n'était pas facile de savoir quoi faire, tous les parents devaient se dire la même chose.

— Dans quelques années, Caroline sera en mesure de prendre une décision. Mais, en attendant ce jour, c'est à nous de faire en sorte qu'elle ne perde pas ce qu'elle a appris.

Isabelle resta silencieuse pendant un si long moment qu'il finit par se demander si elle s'était endormie. Mais après plusieurs minutes elle se redressa et lui caressa les lèvres du bout de l'index.

— Tu me surprends, Wes.

— Ah bon ? demanda-t-il en embrassant son doigt. Pourquoi ?

— C'est un excellent compromis venant d'un homme qui est connu pour n'en faire aucun.

Il lui fit un clin d'œil.

— Je suis un grand homme d'affaires. Je sais trouver des arrangements qui peuvent satisfaire tout le monde. N'importe qui te le dira.

— Je n'en doute pas une seconde, dit-elle avec un sourire ironique. Je t'ai vu convaincre des gens de faire des choses qu'ils n'avaient aucune intention de faire, et apparemment tu viens de recommencer.

— Ah bon ?

Il sourit. Il n'essayait pas de forcer Belle à faire quoi que ce soit, mais il devait reconnaître qu'il était prêt à tout pour aider sa fille.

— Oui, répondit-elle en posant la main sur son torse. Je ne sais pas pourquoi je n'y ai pas pensé moi-même. D'une certaine façon, je me suis persuadé à tort que c'était tout ou rien. Nous pouvons procéder par étapes et voir comment Caro réagit.

— Exactement.

Wes l'attira dans ses bras pour qu'elle soit allongée sur lui, puis il se mit à lui caresser le dos et les fesses. Elle soupira et ferma brièvement les yeux avant de les fixer de nouveau sur lui. À cet instant, il eut le sentiment de n'avoir jamais rien vu de plus beau que la femme qu'il tenait dans ses bras.

— Nous ne pourrons pas revoir ce spécialiste avant la semaine prochaine.

Comme il prononçait ces mots, il vit son regard se durcir brusquement. Elle n'avait pas l'habitude de céder facilement, cela n'allait pas changer comme par magie.

— Nous ne serons plus là la semaine prochaine, lui rappela-t-elle d'une voix calme.

— Vous pourriez. Il vous suffit de rester.

Sentant qu'elle était sur le point de s'écarter de lui, il ferma les mains sur ses hanches pour la maintenir. Ce serait plus difficile pour elle de trouver des arguments si elle restait nue contre lui. Voilà pourquoi il n'était pas question qu'elle bouge.

— Nous en avons déjà parlé, Wes. Pourquoi devrions-nous rester ?

Alors qu'il plongeait les yeux dans les siens, il se sentit comme ensorcelé. Une petite voix au fond de lui lui disait qu'il devait recouvrer ses esprits, reprendre ses distances avec elle et la laisser s'éloigner. Mais il en était incapable. Au contraire, il voulut trouver une réponse et lui donna la seule raison qui lui venait à l'esprit.

— Je ne suis pas prêt à vous voir partir.

Elle se figea, les mains sur ses épaules, la bouche tout près de la sienne. L'attente le rendait fou. Retenant son souffle, il ne parvint à respirer qu'en entendant sa réponse.

— D'accord, dit-elle avec douceur. Nous resterons quelques jours de plus. Pour voir le spécialiste.

Quelques jours, ce n'était pas l'éternité, mais il devrait s'en satisfaire pour l'instant.

— Marché conclu.

Sur ces mots, il roula au-dessus d'elle et se pencha pour prendre la pointe de son sein entre ses lèvres. Que c'était bon de la sentir frissonner, de l'entendre soupirer d'excitation… Chaque nuit avec elle était un enchantement. Chaque étreinte était plus brûlante, plus sublime que la précédente. Loin de se lasser d'elle, il sentait son désir pour elle grandir de jour en jour et avait l'impression que cela pourrait continuer ainsi éternellement.

Cinq longues années passées loin d'elle lui avaient appris qu'aucune autre femme ne pouvait être comparée à elle. Ce qu'il vivait depuis qu'il l'avait retrouvée était trop précieux pour qu'il la laisse repartir si tôt. Il voulait la garder encore un peu auprès de lui.

Comme elle glissait les mains le long de ses bras, il se mit à la caresser en admirant la beauté de son corps dans la lumière argentée du clair de lune. Quand elle était ainsi entre ses bras, il entrait dans un monde dont il aurait voulu ne jamais ressortir. Elle lui faisait découvrir des émotions qu'il n'avait jamais connues. Il se sentait si bien avec elle qu'elle occupait sans cesse ses pensées, au point qu'il se demandait parfois s'il ne devait pas s'en inquiéter.

Mais ce n'était pas le moment d'y penser. Tout en

murmurant sous l'effet de ses baisers et de ses caresses, elle se cambra pour plaquer les hanches contre les siennes. Sentant l'intensité de son désir, il glissa la main entre ses cuisses pour caresser son sexe tout en passant la langue sur ses seins. Il fit entrer un doigt en elle, puis deux, et son corps sublime se mit à trembler d'excitation. Il bougea lentement la main pour faire monter le plaisir en elle, et plus elle soupirait et ondulait sous lui, plus il voulait la mener vers l'extase.

Finalement, se mettant à genoux entre ses jambes, il glissa les mains sous ses fesses et la souleva légèrement. Des flammes brillaient dans ses yeux. Les deux mains agrippées aux draps, elle semblait possédée par un désir plus ardent que jamais.

Sans la faire attendre une seconde de plus, il plaqua la bouche contre son sexe et l'entendit pousser un cri de plénitude. Il se servit de ses lèvres et de sa langue pour lui donner du plaisir, jusqu'au moment où il sentit qu'elle était à la limite de la jouissance. C'est alors qu'il se redressa pour prendre un préservatif dans la table de chevet. Dès qu'il l'eut mis, il revint se placer au-dessus d'elle et la pénétra.

Savourant le bonheur d'être en elle, il ferma les yeux et resta immobile un long moment. Finalement, il souleva les paupières pour la regarder et vit sur les traits de son visage qu'elle était comme lui transportée dans un monde de délices. Les yeux fixés sur les siens, elle le prit par les hanches et leva les jambes pour les refermer autour de lui.

Il comprit que c'était le moment pour eux d'aller au bout de la volupté. Tout en se penchant pour prendre possession de ses lèvres, il se mit à aller et venir lentement et accéléra peu à peu le rythme de ses mouvements. Il bougea de plus en plus vite, de plus en plus fort, jusqu'à ce qu'ils atteignent l'orgasme dans un même cri de délivrance.

Ils retombèrent ensemble sur le matelas, à bout de souffle, ivres de plaisir. Fermant les yeux, Wes la prit dans ses bras et la serra contre lui.

# - 9 -

Le lendemain soir, Wes et Isabelle confièrent Caroline à Bobbi pour aller dîner au Texas Cattleman's Club. Isabelle avait toujours aimé ce lieu pour son histoire et ce qu'il représentait à Royal. Et, maintenant que les femmes étaient acceptées comme membres, elle appréciait les changements qu'elles apportaient. Elles avaient tout juste commencé à apposer leur empreinte la dernière fois qu'Isabelle était venue au club. Elles n'avaient pas révolutionné l'établissement, mais désormais on sentait leur influence dans l'atmosphère.

— Ça faisait longtemps que tu n'étais pas venue ici, dit Wes en lui offrant le bras.

— Cinq ans, répondit-elle.

Elle tourna la tête vers lui pour l'admirer. Il était particulièrement élégant ce soir avec son costume noir, sa chemise blanche et sa cravate rouge. Ses cheveux légèrement en désordre le rendaient tout simplement irrésistible.

Pour cette soirée avec lui, elle avait choisi une robe à manches longues bleu marine, décolletée, ajustée en haut et ample à partir de la taille. Ses chaussures noires à talons la grandissaient de quelques centimètres, mais elle devait toujours lever les yeux pour regarder Wes. À en croire l'expression de son visage, il appréciait sa tenue.

— Tu viens toujours déjeuner ici toutes les semaines ? lui demanda-t-elle.

— Généralement, oui.

En entrant dans la salle, il salua le serveur et se dirigea vers sa table préférée. Après avoir avancé la chaise d'Isabelle, il s'assit en face d'elle.

— C'est l'endroit idéal pour retrouver ses amis ou parler affaires, ajouta-t-il.

À peine étaient-ils installés qu'on vint leur servir du vin.

— Tu avais commandé à l'avance ? s'étonna-t-elle. Tu crois me connaître aussi bien ?

— Oui, justement, affirma-t-il en souriant. Ton plat préféré de la carte est le poulet marsala accompagné d'une salade avec sauce au bleu.

— Je ne sais pas si je dois être flattée que tu t'en souviennes ou consternée d'être aussi prévisible.

— Sois flattée, Belle. Tu n'as jamais été prévisible. Tu n'as jamais cessé de me surprendre.

— Cela fait plaisir à entendre, répondit-elle en portant son verre à ses lèvres.

Elle le regarda, impressionnée par son assurance de roi et consciente qu'elle se trouvait sur son territoire. Si seulement elle avait pu rester insensible à son charisme... Mais c'était trop tard maintenant. Elle était retombée follement amoureuse de lui et elle ne voyait pas comment s'en sortir sans souffrir.

— Merci, dit-il, la prenant une fois de plus au dépourvu.

— De quoi ? demanda-t-elle avec étonnement.

— D'avoir accepté de rester une semaine de plus. De bien vouloir emmener Caro chez le spécialiste.

Ils n'avaient pas abordé le sujet depuis la veille au soir, mais qu'y avait-il à en dire ? Il avait profité d'elle dans un moment de faiblesse. Nue contre son corps brûlant, elle aurait sans doute accepté n'importe quoi. À quoi bon se reprocher d'avoir cédé à sa demande ? D'autant que Caroline était heureuse ici.

Leur fille passait son temps dans l'écurie avec Davey,

le palefrenier. Il lui apprenait à s'occuper des chevaux, et grâce à lui elle savait déjà brosser et nourrir son poney, Sid, à qui elle avait donné le nom de son personnage préféré de *L'Âge de glace*. Elle avait l'air aux anges entourée de ses deux parents, et elle s'entendait à merveille avec Bobbi, mais aussi avec tout le personnel du ranch et de TTG.

À vrai dire, elle n'avait pas exprimé une seule fois son souhait de rentrer à Swan Hollow. Isabelle devait-elle s'en inquiéter ? Quand l'heure viendrait pour elles de partir, ce serait dur pour Caroline. Et pour Isabelle, ce serait presque insupportable.

— Je t'en prie, dit-elle en s'efforçant de chasser ses idées noires. Moi aussi, j'aimerais entendre l'avis de ce spécialiste.

— Alors c'est parfait.

Il leva son verre, jeta un regard derrière elle et poussa un soupir d'agacement.

— Oh ! non.

— Que se passe-t-il ? demanda-t-elle.

— Ne te retourne pas. Cecelia Morgan est là, et je crois qu'elle vient vers nous.

Cecelia Morgan, l'ex-petite amie de Wes. Isabelle avait entretenu de bons rapports avec elle, mais elles n'avaient jamais été amies. La dernière fois qu'elles s'étaient parlé, Cecelia l'avait surprise par hasard alors qu'Isabelle pleurait à chaudes larmes. Après avoir entendu ses confidences, Cecelia lui avait recommandé de quitter Royal en affirmant que Wes ne voudrait jamais s'engager à long terme dans une relation et encore moins devenir père.

Elle s'arrêta à côté de leur table et leur adressa un sourire circonspect.

— Salut, Wes. Bonsoir, Isabelle.

— Bonsoir, Cecelia, répondit Isabelle, tout en se

demandant pourquoi elle avait l'air aussi mal à l'aise. Je suis ravie de vous revoir.

Cecelia sourit cette fois avec ironie, comme si elle ne la croyait pas.

C'était une femme splendide dont la silhouette ne laissait personne indifférent, ni les hommes ni les femmes. Elle paraissait toujours extrêmement sûre d'elle, ce qui rendait pour le moins étonnantes son attitude d'aujourd'hui et son expression empreinte de remords.

— Écoutez, dit-elle en regardant autour d'elle pour s'assurer que personne ne l'entendait, je ne veux pas vous déranger, alors je ne serai pas longue. En vous voyant, je me suis seulement dit que je devais vous dire quelques mots.

— Nous t'écoutons, Cecelia, dit Wes d'une voix glacial.

Cecelia sembla se crisper en entendant le ton qu'il prenait.

— Je voulais simplement vous présenter mes excuses. À tous les deux. J'aurais dû te mettre au courant pour ta fille, Wes. Et Isabelle, je n'aurais jamais dû vous dire que Wes ne voudrait pas de cet enfant. Je me sens terriblement coupable pour le rôle que j'ai joué dans tout cela et je tiens à vous dire combien je suis désolée.

— Cecelia, je ne vous en veux pas…

En disant ces mots, Isabelle lui tendit une main amicale que Cecelia refusa en l'interrompant d'un geste.

— Ne vous inquiétez pas pour moi. Sachez seulement que je regrette ce que j'ai pu faire par le passé. C'est tout. Je… Je vous souhaite une bonne soirée, ajouta-t-elle.

Puis elle s'éloigna précipitamment.

— C'était bizarre, commenta Wes. C'est la première fois que je la vois prêter attention aux autres.

— C'est sûr que je ne m'attendais pas à ça, approuva Isabelle.

Elle n'aurait jamais imaginé Cecelia capable de présenter des excuses aussi sincères. Elle ne s'était jamais intéressée à personne d'autre qu'à elle-même et ses deux complices. Les gens pouvaient-ils donc changer ? se demanda-t-elle en regardant Wes.

Le lendemain matin, Wes se trouvait dans son bureau de Houston. Il était venu travailler quelques heures avant de partir pour emmener Caroline et Isabelle au parc. Cette seule pensée le fit rire intérieurement. C'était incroyable, même avec le lancement à venir, il s'accordait plus de temps libre depuis quelques jours qu'il ne l'avait jamais fait auparavant. Et lui qui avait toujours eu du mal à déléguer les tâches importantes le faisait de plus en plus souvent en ce moment. C'était comme si ses priorités étaient en train de changer. Son travail avait toujours été sa passion et sa plus grande satisfaction. Il avait consacré sa vie à faire croître son entreprise… Jusqu'au jour où il avait découvert qu'il avait un enfant. Toute son existence avait été bouleversée par une petite fille. Et par sa mère.

Il s'enfonça dans son siège et regarda le ciel gris par la fenêtre. En hiver, il ne neigeait pas au Texas comme dans le Colorado, mais le temps était souvent très variable. Une sortie au parc n'était peut-être pas la meilleure idée pour aujourd'hui.

— Patron ?

Il se tourna vers Robin qui avait passé la tête par la porte entrouverte.

— Qu'y a-t-il ?

— Vous n'allez pas le croire. C'est Teddy Bradford qui vous appelle en visio.

Wes se redressa en fronçant les sourcils. Teddy refusait de le prendre au téléphone depuis les révélations de Maverick. Il est vrai que ces derniers temps Wes avait consacré son énergie à limiter les dégâts liés au scandale plutôt qu'à essayer de joindre Teddy, mais Bradford n'avait pas non plus cherché à le rappeler. Qu'est-ce qui avait bien pu changer depuis sa conférence de presse ?

— Passez-le-moi.

Wes se mit face à son ordinateur et ne tarda pas à voir apparaître Teddy sur l'écran. C'était un homme d'une soixantaine d'années, aux cheveux poivre et sel et aux yeux verts. Il avait une stature imposante, et son intelligence brillait dans son regard. Mais cela ne suffisait pas à intimider Wes.

— Bradford, dit-il en le saluant d'un signe de la tête.

— Bonjour, Wes.

Teddy lui adressa un sourire bienveillant et croisa les doigts en appuyant ses deux index contre son menton.

— Je me suis dit qu'il était temps que nous parlions, poursuivit-il.

— Pourquoi maintenant ?

Wes préférait en dire le moins possible pour obliger Bradford à jouer cartes sur table.

Laissant passer un silence, Teddy se cala au fond de son énorme siège en cuir bordeaux.

— J'ai vu les photos de vous avec votre fille et sa mère. Vous n'auriez pas pu faire mieux pour vous faire de la publicité.

Wes commençait à comprendre. Ce qui se passait était précisément ce qu'il avait espéré au départ. Il avait prévu que des photographes le suivraient dans l'espoir d'alimenter le scandale survenu près de deux semaines auparavant. Au lieu de cela, ils avaient pris des photos de Belle, Caroline et lui ensemble. Heureux de partager ces moments de détente. Comme une vraie famille.

Le plan avait marché à la perfection. Sauf que Wes n'avait pas du tout eu l'impression de jouer la comédie en faisant ces sorties avec elles. Il se rendait compte à quel point les choses avaient changé pour lui. Il n'était plus question de stratégie ni de subterfuge. Cette famille était bel et bien la sienne, et il ne pouvait plus imaginer sa vie autrement. C'était difficile à admettre pour un homme qui avait passé sa vie à fuir l'amour et l'engagement, mais il ne pouvait plus nier l'évidence.

— Pourquoi m'appelez-vous exactement, Teddy ? demanda-t-il en se concentrant sur leur conversation.

Le sourire condescendant de Bradford l'irrita au plus haut point.

— Nous pourrions reparler de la fusion, répondit Teddy en posant les mains sur son bureau. En tant que père de famille, je sais apprécier la capacité d'un homme à réparer ses erreurs. Le fait que vous ayez arrangé la situation avec la mère de votre enfant m'incite à vous regarder sous un jour nouveau.

*Espèce d'arrogant donneur de leçons.* Wes n'avait qu'une seule envie : lui raccrocher au nez. Il en avait assez d'entendre Teddy Bradford se placer en juge suprême des valeurs familiales. Il était presque furieux tout à coup d'avoir obtenu son assentiment.

— Toutefois, reprit Teddy sur le ton de la confidence, je dois vous signaler que nous avons reçu une autre offre pour PlayCo. Avant de prendre ma décision, je tenais à vous dire combien j'approuvais votre attitude. Peut-être pourrons-nous envisager de concrétiser cette fusion vous et moi.

Wes prit garde à ne rien montrer de ce qu'il pensait. Du reste, il n'était pas sûr de savoir vraiment ce qu'il ressentait. Cela faisait deux ans qu'il était obsédé par le rachat de PlayCo. D'un côté, il jubilait à l'idée de pouvoir sauver la fusion pour laquelle il avait tant travaillé et que Maverick avait bien failli empêcher. Mais une autre partie de lui se méfiait de la soudaine magnanimité de Bradford.

— Quel dommage pour votre fille, dit Teddy en secouant tristement la tête. J'ai vu qu'elle portait des appareils d'aide auditive. La pauvre petite va avoir de grands défis à relever.

Wes sentit sa mâchoire se crisper. Caroline était l'enfant la plus merveilleuse qu'il ait jamais rencontrée. Comment pouvait-on la réduire à son handicap ?

— Merci de m'avoir contacté, dit Wes, impatient de mettre un terme à cet échange. Mais, pour reprendre vos mots lors de votre conférence de presse, j'ai moi aussi besoin de quelques jours de réflexion.

— Vraiment ?

— Vous savez, Teddy, il se passe beaucoup de choses en ce moment. Je vais m'accorder un peu de temps et je ne manquerai pas de revenir vers vous le moment venu.

— Je compte sur vous.

Sur ces mots, Teddy coupa la communication et son image fit place à un écran noir.

L'espace de quelques secondes, Wes resta immobile, paralysé par la colère qui bouillait en lui. Il était furieux contre Bradford. Contre la situation dans laquelle il se trouvait. Contre lui-même d'avoir entraîné Belle et Caroline dans cette confusion. La fusion avec PlayCo était un événement majeur non seulement pour lui, mais aussi pour son secteur économique. Il était sur le point d'atteindre l'objectif qu'il poursuivait depuis deux ans. Seulement, s'il allait jusqu'au bout, il devrait sans doute accepter des choses qu'il avait envie de rejeter en bloc. Or il n'était pas sûr d'en être capable. Ni même de vouloir essayer.

Cependant, il était conscient que cet enjeu ne concernait pas que lui. Agrandir l'entreprise signifiait recruter de nouveaux collaborateurs, ce qui bénéficierait à tout le monde. Mais alors pourquoi hésiter ? Pourquoi renoncer au projet auquel il avait consacré tant d'efforts ?

Il se passa les deux mains sur le visage en soupirant.

— Robin ! appela-t-il.

Son assistante apparut une seconde plus tard.

— Convoquez tous les directeurs de département. Je veux les voir dans une heure dans mon bureau pour que nous parlions de cet appel de Bradford.

— Oui, patron.

Resté seul, Wes se trouva de nouveau face aux mille questions qui assaillaient son esprit. Des questions qui restaient toujours sans réponse.

Sur la route, Isabelle s'arrêta au Royal Diner pour récupérer le déjeuner qu'elle avait commandé par téléphone. Amanda Battle, la propriétaire du restaurant, était au comptoir. Dès qu'elle vit Isabelle, elle lui tendit le sac qu'elle avait préparé pour elle et qui contenait des sandwichs toastés jambon fromage et des rondelles d'oignons frits. Tout ce que Wes préférait.

Il avait prévu de rentrer tôt pour les emmener se promener, Caroline et elle. Mais Isabelle avait reçu de si bonnes nouvelles du Colorado qu'elle n'avait pas pu attendre pour le voir. Elle avait eu l'idée de ce pique-nique improvisé au bureau, tout en sachant qu'elle ne devrait pas rester trop longtemps. Avec tout le temps qu'il leur avait consacré ces derniers jours, Wes avait beaucoup de travail à rattraper.

Elle avait hâte de lui dire que les jouets qu'elle avait choisis sur le catalogue de TTG pour son association étaient déjà arrivés à Swan Hollow. Et, comme elle en avait reçu beaucoup plus que prévu, elle allait pouvoir fournir deux ou trois salles de jeux rien qu'avec ce don.

Hélas, cette bonne nouvelle signifiait qu'elle allait bientôt devoir rentrer chez elle afin de superviser la distribution des jouets. Elle n'avait aucune envie de partir. C'était insensé puisque les choses étaient prévues ainsi depuis le début. Mais la situation avait évolué, non ? Wes avait changé. Alors qui sait, peut-être qu'après avoir fini son travail à Swan Hollow elle pourrait revenir à Royal avec Caroline. Oui, peut-être.

— Ah, enfin vous venez me voir ! dit Amanda d'une voix chaleureuse.

Isabelle prit place sur un tabouret de bar et lui sourit. Il était encore tôt et il n'y avait que quelques clients dans le restaurant.

— Je suis désolée, j'ai été très prise.

— Il paraît, oui, plaisanta Amanda en lui servant une tasse de café. Vous savez, toute la ville ne parle que de vous, de Wes et de votre fille. Ici, je suis aux premières loges pour être au courant des bruits qui courent.

Isabelle ne put s'empêcher de grimacer en l'entendant, même si elle n'était pas étonnée d'apprendre que les rumeurs allaient bon train. Et elle savait que tous les commérages passaient par le Royal Diner.

— Bobbi a amené votre fille hier pour lui offrir un milk-shake, dit Amanda. Elle est adorable.

— Merci.

Isabelle promena les yeux autour d'elle, heureuse de voir que rien n'avait changé. Le carrelage noir et blanc, les banquettes en vinyle rouge et la délicieuse odeur des cheeseburgers en train de cuir sur le gril, tout était resté comme autrefois.

— Comment Wes prend-il la nouvelle de sa paternité ? demanda Amanda.

Pendant la période où elle avait vécu au Texas, Isabelle avait passé beaucoup de temps à Royal. Elle avait toujours apprécié ses conversations avec Amanda et se réjouissait sincèrement de la revoir. À vrai dire, en retrouvant tout ce qu'elle avait vainement essayé d'oublier après son départ brutal, elle se rendait compte que beaucoup de choses et beaucoup de gens lui avaient manqué pendant ces cinq ans.

— Tout s'est passé très vite, répondit-elle. Il adore Caroline et c'est réciproque.

— Mais ?

Isabelle sourit et laissa échapper un soupir. Amanda avait vraiment trop d'intuition.

— Mais je rencontre le même problème qu'il y a cinq ans, reconnut-elle. Je l'aime alors qu'il n'a qu'une simple attirance pour moi. Je ne vois pas comment cela pourrait marcher aujourd'hui mieux que la première fois.

— Isabelle, dit Amanda, personne ne sait jamais où va aboutir une histoire qui commence. Entre Nathan et moi, c'était très incertain au début. Heureusement que nous n'avons pas renoncé. Alors n'abandonnez pas. Lancez-vous à fond en espérant le meilleur.

C'était un bon conseil, et si cela n'avait tenu qu'à elle Isabelle l'aurait suivi sans hésitation. Mais il y avait aussi Caroline. Elle ne pouvait pas prendre le risque de lui donner de faux espoirs. Néanmoins...

— J'ai l'impression que Wes a changé, dit-elle tout bas. Il est plus chaleureux qu'avant. Plus accessible, d'une certaine façon. Moins obsédé par son travail. Parfois, je le regarde et je me dis que cela pourrait marcher. Et tout de suite après je me demande si je ne vois pas seulement ce que j'ai envie de voir. En fait, ajouta-t-elle avec un rire étouffé, je crois que je deviens un peu folle.

Amanda lui tapota affectueusement la main en riant.

— Isabelle, dit-elle, nous sommes *tous* un peu fous.

— J'ai peur de me faire des idées, mais je ne peux pas m'empêcher de penser que cette fois nous avons peut-être une chance de construire quelque chose.

— Isabelle, s'il a une once d'intelligence, il prendra garde à ne pas tout gâcher.

— J'espère que vous avez raison.

Quand Isabelle fut arrivée à Houston au siège de TTG, elle ne trouva pas Robin à son poste, mais la porte du bureau de Wes était entrouverte. Pensant que son assistante était avec lui, elle s'approcha en silence pour ne pas les déranger. C'est alors qu'elle perçut une voix d'homme.

— Ça a marché à la perfection, dit-il. Bradford a été tellement impressionné par les photos de vous avec Isabelle et Caroline qu'il est prêt à vous accorder tout ce que vous voudrez.

Glacée par ce qu'elle venait d'entendre, Isabelle retint son souffle. Un autre homme prit la parole.

— Il se pourrait que Maverick vous ait rendu service en faisant ces révélations, finalement.

Elle se sentit faiblir.

— Maverick a seulement voulu me causer du tort, et je compte toujours sur le service informatique pour retrouver sa trace.

— Oui, bien sûr. Désolé, patron.

Isabelle sentit sa gorge se serrer et son estomac se nouer.

— Pour en revenir à Bradford, dit Wes, il m'a confirmé qu'il avait reçu une autre proposition.

— Oui, répondit une femme, mais il vous a rappelé. De toute évidence, il préfère vendre PlayCo à TTG.

L'homme s'exprima de nouveau, et Isabelle fut à peu près sûre de reconnaître la voix de Mike des relations publiques.

— Si vous pouvez faire croire à cette histoire de famille pendant deux petites semaines, nous devrions pouvoir achever la transaction.

*Faire croire*. Était-ce possible qu'il n'ait fait que jouer la comédie ? Qu'il ait tout orchestré dans le seul but de rassurer Teddy Bradford ? Si oui, ce qu'elle vivait depuis plus d'une semaine avec lui ne reposait donc que sur un mensonge !

— Je ne vais pas attendre deux semaines pour faire part de ma décision à Bradford, déclara Wes.

Prise de nausée, Isabelle recula machinalement. Rien de ce qu'elle avait cru partager avec lui n'était réel. Il n'avait fait que jouer la comédie. Contrairement à ce qu'elle avait dit à Amanda, il était toujours obsédé par son travail et il avait été prêt à tout pour sauver cette fusion.

Les mains serrées sur les poignées du sac qu'elle tenait, elle se cogna contre le coin du bureau de Robin et tituba. Elle avait la sensation que le sol se dérobait sous ses pieds. Tout ce en quoi elle avait cru, tout ce qu'elle avait espéré n'était qu'un mensonge. Comment avait-elle pu être aussi stupide ?

Wes s'était servi de Caroline et elle pour se défendre contre une attaque sur Internet. Comment avait-elle pu croire en sa sincérité, croire qu'il avait brusquement appris à aimer ?

Folle de rage contre lui et encore plus contre elle-même, elle se retourna pour partir et tomba nez à nez avec Robin.

— Oh ! bonjour, Isabelle. Vous êtes venue voir Wes ?

Prise de panique, Isabelle afficha un sourire forcé et secoua la tête.

— Ce n'est pas important. Il est occupé. Tenez, dit-elle en lui donnant le sac qui contenait le pique-nique.

Puis elle partit en courant.

En voyant Robin entrer dans son bureau avec un sac du Royal Diner, Wes la regarda avec stupeur.

— Vous avez fait livrer un déjeuner depuis Royal ? demanda-t-il sans y croire vraiment.

— Non. Isabelle est passée à l'instant. Elle a déposé

ça pour vous, mais elle est repartie en voyant que vous étiez occupé.

Occupé. Wes repensa aussitôt à tout ce qui venait d'être dit dans son bureau. Isabelle avait-elle entendu ? Était-ce pour cette raison qu'elle était partie ? *Oh ! non.* Il bondit de sa chaise et se précipita vers la porte.

— Je reviens ! lança-t-il à Robin.

N'ayant pas la patience d'attendre l'ascenseur, il dévala les escaliers jusqu'au parking sous-terrain. Pourquoi diable avait-elle choisi *aujourd'hui* pour lui faire une surprise ? Si elle avait entendu les paroles échangées pendant la réunion, elle devait être furieuse. Mais elle se calmerait après avoir entendu ses explications.

Il arriva au sous-sol à l'instant même où elle sortait de l'ascenseur. Dès qu'elle le vit, elle lui jeta un regard terrible. Il allait peut-être avoir plus de mal que prévu à se justifier.

— Belle…

— Tais-toi, lâcha-t-elle en passant près de lui sans s'arrêter. Je ne veux pas parler avec toi maintenant.

Il la prit par le bras pour la retenir et ignora l'expression furieuse de son visage. Leur voix résonnait dans le parking froid et sombre.

— Tu ne comprends pas, dit-il.

— Au contraire, j'ai très bien compris, affirma-t-elle en se libérant d'un geste brusque. Maverick a contrarié tes plans.

— Oui, c'est le moins qu'on puisse dire.

— Et tu n'as fait que nous mentir, à Caro et moi, pour te servir de nous. Pour sauver cette fusion ridicule qui a tant d'importance à tes yeux.

Il se sentit à la fois insulté et coupable. Il y avait trop de vérité dans ce qu'elle venait de dire pour qu'il y reste insensible.

— Cette fusion était importante, reconnut-il. J'y ai consacré beaucoup d'efforts pendant deux ans. Mais à aucun moment je ne me suis servi de vous.

— Bien sûr, répliqua-t-elle, sarcastique, en le dévisageant avec dureté. Je te crois.

— Je vois bien que non, dit-il, dévoré par un affreux sentiment d'impuissance. Je ne sais pas ce que tu as entendu…

— Tout ce que j'avais besoin d'entendre.

Il essaya de se remémorer rapidement ce qui avait pu se dire au moment où elle était venue.

— C'était hors contexte, dit-il pour se défendre.

— D'accord.

Cette fois, il laissa éclater sa colère.

— Est-ce que tu vas m'écouter au lieu de faire semblant d'acquiescer pour que j'arrête de parler ?

— Je veux bien faire ce qui me permettra de partir d'ici au plus vite, répondit-elle en s'arrêtant net, les bras croisés.

Irritante, fascinante, exaspérante. Voilà ce qu'elle était.

— Est-ce que ces photos de nous trois ensemble m'ont rendu service ? Oui, admit-il. Mais ai-je tout organisé ? Non. Je ne t'ai pas menti, Belle.

— Ah bon ? Explique-moi pour la chambre de Caro, dans ce cas.

— Pardon ?

— Les peintures murales, les tapis, le mobilier, les jouets. Tu as commencé à préparer notre arrivée bien avant de nous inviter au Texas. Tu avais tout prévu depuis le début.

— Oui, répondit-il, refusant de lui mentir. Quand j'ai appris que j'avais une fille, une adorable petite fille que sa mère m'avait cachée pendant cinq ans, j'ai fait aménager une chambre pour elle. Cela fait-il de moi quelqu'un de mauvais ?

Elle secoua la tête.

— Tu ne comprends rien. Tu n'as jamais rien compris, dit-elle en repartant.

— Alors c'est comme ça ? Tu t'en vas sans finir notre conversation ?

— Notre conversation *est* finie.

Elle marcha d'un pas rapide jusqu'à sa voiture, faisant claquer ses talons sur le sol. Il n'essaya pas de la retenir. Il préférait lui laisser le temps de se calmer. Une fois rentrée, elle pourrait respirer et réfléchir à tout cela.

— Oui, se dit-il tout haut alors qu'elle démarrait. D'ici quelques heures, ce sera passé. J'arrangerai tout ce soir.

# - 10 -

Quand Wes fut de retour chez lui, Belle n'était pas là.

Au début, il refusa d'y croire. Il s'était attendu à la trouver dans le salon, l'attendant de pied ferme pour finir leur explication et mettre un terme à leur dispute. Il était arrivé avec un bouquet de fleurs, bien décidé à la convaincre qu'elle avait mal interprété les choses.

Mais voilà qu'il était seul au milieu de la pièce, ses pivoines mauves à la main, cherchant en vain un signe de la présence de sa femme et de sa fille.

*Sa femme ?*

Le fait de penser à elle en ses termes le plongea dans la plus profonde confusion. Mais peu à peu cela lui apparut comme une évidence. N'avait-il pas compris depuis plusieurs jours déjà qu'il ne pourrait plus vivre sans les deux êtres qui comptaient le plus à ses yeux ?

Bouleversé, il continua à regarder autour de lui. Aucun jouet de Caroline ne traînait sur le tapis. La tablette de Belle n'était pas sur la table basse, et il *sentait* que la maison était vide.

Son cœur se serra dans sa poitrine, et une douleur profonde envahit tout son être. Pourquoi serait-elle partie sans attendre ses explications, sans même lui laisser un mot ?

Refusant d'y croire, il se dirigea vers l'escalier et fut arrêté au milieu de l'entrée par la voix de Bobbi.

— Elles sont parties.

— Quand ?

— Il y a quelques heures.

Plusieurs heures ? Comment était-ce possible ?

— Pourquoi ne pas m'avoir téléphoné au bureau pour me prévenir ?

— Parce que Belle m'a demandé de ne pas le faire, répondit Bobbi avec sévérité.

Manifestement, Belle n'était pas la seule femme à lui en vouloir aujourd'hui. Sa gouvernante avait l'air furieuse. Mais cela ne justifiait pas son attitude.

— Vous êtes consciente que ce n'est pas pour Belle que vous travaillez, n'est-ce pas ?

— Et vous êtes conscient que je suis de son côté, n'est-ce pas ?

C'était la première fois qu'il avait l'impression d'avoir perdu le contrôle sur tout.

— Vous êtes renvoyée.

— Non. Vous ne pouvez pas me renvoyer parce que vous avez besoin de moi. Tout comme vous avez besoin d'Isabelle et de votre fille.

Ses mots lui firent l'effet d'un coup de poing. Et pourtant elle avait raison. Il était seul et il avait besoin d'elles. Tout à coup, il ne savait plus s'il était plus en colère contre Bobbi ou contre lui-même.

— La petite *pleurait* quand elles sont parties.

Lui-même, décida-t-il. C'était à lui qu'il en voulait le plus. Mais Belle avait eu tort de partir. Elle aurait dû rester pour parler de tout cela. Certes, il avait des choses à se reprocher. Mais Belle s'était enfuie. Caroline avait pleuré. Et Belle, avait-elle pleuré aussi ?

Envahi par le remords, il oublia sa colère et se sentit infiniment coupable. Il peinait à respirer tant les émotions se bousculaient en lui.

— Vous auriez dû m'appeler.

Faisant volte-face, il courut vers l'escalier et monta les marches quatre à quatre. Il se précipita dans sa chambre, espérant encore que Bobbi lui avait menti pour lui donner une leçon, pour le mettre dans de bonnes dispositions avant d'affronter Belle. Mais elle n'avait pas menti. Dans l'armoire, il n'y avait plus aucun vêtement de Belle. Seul son parfum continuait à flotter dans l'air. Elle était bel et bien partie.

Il ressortit dans le couloir et alla droit dans la chambre de Caroline. Dès qu'il entra, il reçut comme un coup de poignard en plein cœur. La pièce était aussi vide que le reste de la maison. Ou plutôt presque aussi vide. Il y avait une présence ici. Celle de la chienne, Abbey, qui s'était couchée sur le petit canapé en attendant le retour de sa nouvelle amie. Elle leva la tête en l'entendant rentrer mais, voyant qu'il était seul, elle geignit et reposa tristement la tête sur ses pattes.

Il pouvait aisément comprendre ce qu'elle ressentait.

D'un geste de rage, il jeta son bouquet de pivoines sur le sol et l'écrasa en ressortant. Puis, tout en sortant son portable de sa poche, il marcha jusqu'à sa chambre pour aller se poster devant la fenêtre. Alors qu'il téléphonait, son regard se fixa sur l'écurie, puis sur le pré où le poney de Caroline était seul en train de brouter. Sa fille aurait dû être avec lui en ce moment même. Il aurait pu lui faire signe depuis la fenêtre, et elle lui aurait répondu en lui parlant avec ses mains. Mais non, sa mère l'avait emmenée loin de lui. Une fois de plus.

Perdu dans ses pensées, il sursauta en entendant une voix à l'autre bout du fil.

— Elle ne veut pas vous parler.

— Pardon ?

Wes regarda l'écran de son téléphone pour s'assurer

qu'il avait bien composé le numéro de Belle. Il ne s'était pas trompé.

— Edna ? demanda-t-il en comprenant que Belle avait dû lui demander de décrocher à sa place. Où est Belle ?

Elle ne pouvait donc même pas supporter de lui parler au *téléphone* ?

— Elle est ici, chez elle. Et elle m'a chargée de vous dire qu'elle n'avait plus rien à vous dire. Elle considère que vous vous êtes tout dit ce matin.

Wes respira profondément pour ne pas laisser éclater sa colère. Il n'arrivait pas à croire qu'elle veuille à ce point l'éviter.

— Donc sa solution est la fuite ? Allons, Edna, passez-la-moi.

— Vous n'avez pas d'ordres à me donner.

Bon sang, toutes les femmes semblaient s'être liguées contre lui aujourd'hui.

— Dans ce cas, est-ce que je pourrais au moins parler à ma fille ?

— Non.

Un élan de colère s'empara de lui. Il n'avait jamais été aussi furieux de toute sa vie. Séparé de sa famille par des centaines de kilomètres et par un abîme qui semblait infranchissable.

— Vous ne pouvez pas me priver d'elle.

— Non, c'est vrai. Mais Isabelle le peut, et c'est mieux comme ça à mon avis. La vie vous a offert la chance de construire quelque chose de merveilleux, et vous avez tout gâché. Je sais ce que vous avez fait, alors, si vous cherchez une oreille compréhensive, vous avez composé le mauvais numéro.

Sur ces mots, elle raccrocha.

Abasourdi, Wes regarda son téléphone pendant un long moment. Personne ne raccrochait au nez de Wes

Jackson ! Furieux, il ouvrit brusquement la fenêtre et jeta son téléphone dans le jardin.

Mais il ne se sentait toujours pas mieux.

— Qu'est-ce qu'il a dit ? demanda Isabelle à Edna.

— Il est furieux, bien sûr. Et un peu peiné je crois.

— J'en doute.

Edna était trop gentille, trop optimiste. Wes n'était pas peiné, simplement frustré qu'elle ait contrarié ses plans. Il aurait dû tenir à elles pour avoir de la peine.

Tenir à elles comme Caroline tenait à lui. Comme Isabelle l'avait redouté, leur fille avait été désespérée de quitter le Texas.

— Mais je ne veux pas partir, avait-elle dit d'une voix brisée par le chagrin.

— Je sais bien, avait répondu Isabelle, mais il est temps pour nous de rentrer. Nous avons des choses à faire à la maison, ma chérie.

— Quelles choses ? avait-elle demandé en reniflant tristement.

— Aller à l'école.

— Je peux aller à l'école ici. C'est Wes qui l'a dit.

Une fois de plus, il aurait mieux fait de se taire.

— Tu as déjà une école, avait-elle rappelé à Caroline. Et puis Edna, Marco et tes oncles ont envie de nous voir.

— Mais Wes va me manquer. Et Abbey ! Abbey dort avec moi, maman. Elle sera triste si je m'en vais.

— La chienne n'est pas censée dormir dans ton lit, avait dit Isabelle en soupirant.

— Nous dormons sur mon canapé.

— Encore mieux, avait-elle marmonné en jetant le reste des vêtements de Caroline dans sa valise.

Elle avait déjà tout organisé à ce moment-là. Un taxi

allait arriver dans cinq minutes et les emmener à l'aéroport où les attendrait un avion privé. Elle n'avait pas eu la force d'attendre un vol commercial.

— Va chercher ta poupée, ma chérie, avait-elle dit à sa fille.

— Je ne veux pas quitter Wes, ni Abbey, ni Bobbi. Ni Sid.

Isabelle s'en était voulu de lui faire vivre cela, d'avoir accepté ce voyage au Texas. D'avoir pris un tel risque. D'avoir voulu croire en un avenir commun avec Wes. Cela ne lui avait donc pas suffi d'avoir eu le cœur brisé une première fois !

— Maman, je ne veux pas partir ! avait asséné Caroline en langue des signes.

— Il le faut.

Isabelle n'avait pas su trouver les mots pour apaiser sa fille. Ne comprenant que trop bien Caroline, elle s'était dit que le mieux pour elles deux était de quitter le Texas au plus vite. De revenir à leur vie normale.

— Quand nous serons rentrées, avait-elle dit dans l'espoir de calmer sa fille, nous irons chercher le chiot que tu voulais tant, d'accord ?

Caroline avait eu l'air furieuse.

— Je ne veux pas un autre chien. Je veux Abbey.

Les choses ne s'étaient pas arrangées depuis. Caroline avait pleuré et supplié, et finalement elle avait décidé de ne plus adresser la parole à sa mère. Cela avait permis à Isabelle d'avoir un peu de répit, mais elle savait que demain le réveil serait difficile.

— Comment ai-je pu être aussi idiote, soupira-t-elle en buvant une gorgée de la tisane préparée par Edna.

Ses mauvaises décisions les avaient rendues aussi malheureuses l'une que l'autre, sa fille et elle. Elle avait été stupide de retomber sous le charme de Wes. D'espérer à nouveau.

— Ma chérie, tu es amoureuse, dit Edna avec un geste de fatalité. Cela nous rend tous idiots.

— Je n'aurais jamais dû laisser Caro s'attacher à lui. Comment ai-je pu faire ça à ma fille ?

— C'est aussi sa fille à lui, ma chérie. Je sais que tu n'as pas envie d'entendre ça maintenant, reconnut Edna en soupirant, mais le fait est qu'il a le droit de la connaître, tout comme elle a le droit de le connaître.

Isabelle se sentit envahie par le remords.

— Évidemment, si tu veux faire preuve de logique…

Edna se mit à rire.

— Monte ta tasse dans ta chambre, recommanda-t-elle. Et prends donc aussi un ou deux cookies, ça ne te fera pas de mal. Essaie de dormir. Tu auras tout le temps de te morfondre demain.

— Oui, tu as raison, répondit Isabelle avec un rire de dépit.

Elle se leva et monta dans sa chambre, tout en sachant qu'elle ne fermerait pas l'œil de la nuit. Elle s'attendait à passer la nuit éveillée, à se remémorer sa dernière conversation avec Wes et la lueur de culpabilité qu'elle avait vue dans son regard.

Wes n'en revenait pas d'avoir ainsi laissé les choses aller de travers. Seul dans sa maison vide, il était torturé par le regret et par les questions qui le hantaient. C'était la première fois que ce silence le dérangeait, lui qui avait tant apprécié le calme de sa solitude jusqu'à maintenant.

Tout à coup, cet endroit lui faisait l'effet d'une prison. Et, comme tout prisonnier, il passa la nuit à arpenter sa cellule de long en large comme un lion en cage. Après être allé de pièce en pièce d'un pas rageur, il finit par sortir avec Abbey pour essayer de trouver du réconfort dans le ciel étoilé. En vain. Il finit par rentrer avec sa chienne qui avait elle aussi décidé de l'ignorer et se retrouva seul face à ses idées noires.

C'est là qu'il repensa à la réunion de ce matin, lorsque tout le monde avait parlé de la fusion et des photos qui avaient résolu le conflit avec PlayCo. Tout le monde, même lui.

Mais, surtout, il se rappela l'expression de Belle quand il l'avait rattrapée dans le parking sous-terrain. Il y avait lu de la douleur. Et un terrible sentiment de trahison. Il respira profondément, promena les yeux dans sa chambre vide et sut ce qu'il avait à faire. L'aube se levait tout juste quand il décrocha son téléphone.

— Des nouvelles fraîches du Texas, annonça la journaliste qui présentait la chronique boursière. Après avoir repris contact en vue de leur fusion, TTG et PlayCo ont de nouveau rompu les négociations. Cette fois, cependant, c'est Wes Jackson, le P-DG de Texas Toy Goods, qui a fait marche arrière. Il a publiquement confirmé sa décision ce matin. Nous attendons toujours la réaction de Teddy Bradford.

Isabelle regarda fixement la télévision en se demandant si elle avait bien entendu.

— Pourquoi aurait-il fait ça ? Pourquoi annuler la fusion ?

Debout au milieu de la pièce, Chance haussa les épaules.

— Il a peut-être fini par se rendre compte qu'il y avait des choses plus importantes.

Elle regarda son frère aîné tout en repensant à la journée d'hier. La veille à cette heure-ci, elle avait voulu faire une surprise à Wes et avait vu le monde s'écrouler brusquement autour d'elle. Mais maintenant elle ne savait plus quoi penser. Pourquoi renonçait-il à une fusion qu'il avait été si déterminé à mener à bien ? Avait-il espéré qu'elle reviendrait vers lui en courant en apprenant la nouvelle ? Et dire qu'elle en mourait d'envie…

La sonnerie de la porte d'entrée retentit à cet instant.

— J'y vais, dit Chance qui était déjà debout. Ne bouge pas.

Dès qu'ils avaient appris son retour, ses frères étaient venus la soutenir. Chance était resté avec elle pendant qu'Eli et Tyler faisaient déjeuner Caroline dans la cuisine. C'était bon d'être entourée par sa famille, surtout dans les moments difficiles.

— Merci, répondit-elle en se blottissant sur le canapé pour continuer à regarder les informations.

Alors qu'elle attendait d'en apprendre davantage sur la fusion avortée, elle entendit le ton monter dans l'entrée. Elle se leva aussitôt d'un bond et porta instinctivement la main à son cœur, comme pour contenir ses battements soudain effrénés.

— Que faites-vous ici ? demanda Chance.

— Je suis venu voir Belle. Et ma fille.

C'était la voix de Wes. Dure. Implacable. Elle se sentit revivre en l'entendant. Elle n'arrivait pas à y croire. Il était venu jusqu'ici. Mais pourquoi ? Elle se tourna vers la porte et se figea dans l'attente de le voir apparaître.

— Laissez-moi passer, Chance.

— Je vous ai prévenu de ce qui se passerait si vous faisiez du mal à ma sœur ou à ma nièce.

— Ne vous mettez pas en travers de mon chemin.

— Vous ne les méritez pas.

— Vous avez sans doute raison, concéda Wes. Mais c'est ma famille, et personne ne pourra nous séparer.

Isabelle retint son souffle, bouleversée par ce qu'elle venait d'entendre.

— Cette fois, prévint Chance, ne faites pas n'importe quoi.

Une seconde plus tard, Wes était là, le regard fixé sur elle. Elle n'arrivait pas à y croire. Pour la première fois, ses yeux verts exprimaient ses émotions les plus profondes. Pour la première fois, il ne cherchait pas à se cacher derrière un masque. Tout ce qu'elle avait toujours rêvé de voir dans son regard était là, comme s'il lui ouvrait son cœur avant même d'avoir prononcé le moindre mot.

Attirés par le bruit, Eli et Tyler entrèrent à leur tour dans le salon, et les trois frères d'Isabelle formèrent un demi-cercle derrière Wes. En signe de soutien ? De menace ? Elle n'aurait su le dire et, en réalité, elle s'en moquait. Elle ne voyait que Wes, et l'expression de son visage ne lui inspirait que de l'espoir.

Wes ne faisait pas attention aux frères d'Isabelle réunis pour faire front face à lui. Il s'était préparé en arrivant à devoir forcer le passage afin de la voir.

À présent, en la regardant, il sentait son cœur cogner contre sa poitrine et il eut l'impression de retrouver enfin son souffle après l'avoir retenu pendant vingt-quatre heures.

Il traversa la pièce et ne s'arrêta que quand il fut à quelques centimètres d'elle. Il mourait d'envie de la serrer dans ses bras, mais avant cela il avait des choses à lui dire.

Ignorant ses frères, il fixa du regard la seule femme qu'il ait jamais aimée et lui parla comme s'ils étaient seuls au monde.

— J'ai eu tort.

Elle ne cacha pas sa surprise en entendant ses premiers mots.

— Je sais, dit-il avec un sourire triste. Je ne dis pas ça souvent. Mais j'ai été stupide. Aveugle. Têtu. Je n'aurais jamais dû te laisser partir il y a cinq ans. Et je ne peux pas te laisser me quitter maintenant.

— Wes…

— Non. Laisse-moi continuer, Belle. J'ai besoin de te dire des choses que j'aurais dû te dire depuis très longtemps.

Elle acquiesça, faisant naître en lui une lueur d'optimisme. Il ne pouvait pas la quitter du regard. Ses yeux enchanteurs étaient grands ouverts, emplis de confiance et d'espoir mêlés.

— Tu sais, poursuivit-il, après la mort de ma mère, mon père a vécu le reste de sa vie dans la peine. Il l'aimait tellement qu'il ne s'est jamais remis de l'avoir perdue.

Il posa les mains sur ses épaules et lui sourit, heureux d'être là avec elle, de pouvoir de nouveau la voir et la toucher. Ce discours était le plus important de sa vie, et il devait absolument choisir les bons mots.

— Je me suis promis de ne jamais laisser une femme prendre une telle place dans ma vie. C'était la réaction de l'enfant que j'étais à l'époque, mais cette décision a guidé toute ma vie à partir de là. Jusqu'à hier. Hier, je me suis rendu compte que je n'avais jamais su regarder au-delà du chagrin de mon père. J'ai alors compris que le bonheur qu'il avait connu avec ma mère valait tous les risques, que c'était plus précieux que tout.

Il avait honte de l'admettre, mais il avait vécu toutes ces années dans la peur. Il n'avait fait que fuir l'amour, sans se rendre compte qu'il tournait en même temps le dos aux meilleures choses de la vie. Mais cela avait changé.

— Je t'aime, Isabelle. Je t'aimais il y a cinq ans. Je t'aime aujourd'hui. Je t'aimerai toujours.

Elle inspira et chancela légèrement, comme si elle se sentait faiblir. Wes entendit vaguement les pas discrets de ses frères qui quittaient la pièce et les remercia intérieurement. Il avait besoin d'intimité pour ce qui suivait. Le moment le plus important de son existence.

— Je veux y croire, dit-elle avec un regard infiniment sincère. Mais comment puis-je faire prendre ce risque à Caroline ? Elle était dévastée quand nous sommes parties du ranch. Hier soir, elle s'est endormie en pleurant.

Il ferma les yeux et jura intérieurement. S'il n'avait pas été aussi stupide, il n'aurait pas fait de mal à son enfant, ni à la femme qu'il aimait.

— Cela me brise le cœur d'entendre ça, dit-il. Mais tu peux me faire confiance, Belle. Tu ne pourras plus jamais te débarrasser de moi. Même si tu me demandes de partir aujourd'hui, je reviendrai. Je prendrai le temps qu'il faudra pour te convaincre que, Caroline et toi, vous représentez tout pour moi. Tout ce que je veux, tout ce dont j'ai besoin.

Elle se mordilla la lèvre inférieure, et des larmes apparurent dans ses yeux. Il brûlait de désir de l'embrasser, mais il n'avait pas encore fini.

— J'ai annulé la fusion, annonça-t-il.

— Je sais. Je l'ai vu aux informations. Je n'arrivais pas y croire.

— Si, c'est la vérité. J'ai fini par dire non à Teddy. Ce n'est plus cela qui compte pour moi. Ce qui compte, c'est toi. Épouse-moi, Belle. Reviens au ranch avec Caroline. Nous pourrons construire notre avenir ensemble, fonder une famille.

— Oh ! Wes…

Il sourit en voyant qu'elle avait confiance à présent, qu'elle s'apprêtait à dire oui.

— Tu pourras dessiner des jouets pour l'entreprise, et ensemble nous ferons en sorte que le Coffre à jouets de Caroline apporte du réconfort à tous les enfants qui en ont besoin.

Elle laissa échapper un rire étouffé mêlé de larmes.

— Je veux d'autres enfants, Belle. Des frères et des sœurs pour Caroline. Je veux que nous fondions une famille si forte et si unie que même tes frères n'auront pas la force de la déchirer.

Elle se remit à rire, franchement cette fois, et s'approcha un peu plus de lui pour prendre son visage entre ses mains. Il ferma alors les yeux et sentit s'envoler ses derniers doutes. Ce délicieux contact lui réchauffait le cœur et illuminait les recoins les plus sombres de son âme.

— Ce ne sont pas mes frères que tu devrais craindre, Wes. C'est de moi que tu dois avoir peur. Parce qu'une fois que j'aurai dit oui je ne te quitterai plus jamais.

— C'est la meilleure nouvelle que j'aie jamais entendue, dit-il avec un grand sourire. Alors tu acceptes ?

— Comment pourrais-je refuser ? Je t'aime, Wes. Depuis toujours. Oui, je veux t'épouser, avoir d'autres enfants avec toi et fonder un avenir radieux pour notre famille.

Envahi par le bonheur, il prit le petit écrin en velours bleu qu'il avait gardé jusque-là dans sa poche. Il le montra à Belle et souleva le couvercle pour lui faire découvrir une émeraude carrée entourée de diamants.

— Elle est magnifique, murmura-t-elle.

Il lui prit la main gauche pour faire glisser la bague sur son annulaire.

— Maintenant, oui, elle est magnifique, dit-il.

Puis il l'embrassa et la serra contre lui, tout en savourant le bonheur indescriptible qui l'envahissait. La vie lui avait offert une deuxième chance de s'unir à l'amour de sa vie, et il était bien décidé à passer le reste de ses jours à exprimer sa reconnaissance.

— Dites donc, tous les deux, appela Eli. Venez un peu par là, il y a une petite fille qui aimerait bien vous voir.

Ils interrompirent leur baiser, et Wes se tourna vers Caroline, qui le regardait avec un immense sourire. Elle portait le collier en plastique rouge qui avait été le point de départ de ce merveilleux voyage. Il sourit en se tournant vers Belle.

— Je n'en reviens pas que tu aies gardé ce collier.

— C'est le premier cadeau que tu m'aies fait, dit-elle avec tendresse. Et Caro l'adore. Elle t'adore aussi, Wes. Il est temps qu'elle sache qui tu es.

Wes acquiesça et s'approcha de sa fille. Mettant un genou à terre, il sentit le trac faire battre son cœur.

— Tu m'as manqué, dit-il tout en signant.

— Toi aussi, tu m'as manqué, affirma-t-elle en se jetant à son cou.

Comme elle le serrait de toutes ses forces, il dut fermer les yeux pour retenir des larmes d'émotion. Finalement, il s'écarta légèrement d'elle pour pouvoir la regarder dans les yeux.

— Caroline, dit-il d'une voix douce, je suis ton père. Et je t'aime de tout mon cœur.

Elle ouvrit grand les yeux et eut une expression d'émerveillement. Stupéfaite, elle se tourna vers Belle.

— C'est vrai, maman ?

— C'est vrai, ma chérie, répondit-elle sans retenir ses pleurs.

Caroline se retourna vers Wes avec un air ravi.

— Tu es mon papa ?

— Oui.

— C'était mon rêve ! s'exclama-t-elle. Mon rêve s'est réalisé ! Je t'aime, Wes. Euh… *Papa.*

Le cœur empli de bonheur et d'amour, Wes la prit dans ses bras et se releva en la serrant contre lui. Puis, la tenant d'un bras, il prit Belle par les épaules et sut qu'il avait trouvé le sens de sa vie.

Ce moment était si intense qu'il aperçut à peine les frères de Belle qui les regardaient en souriant. Il avait la sensation d'être l'homme le plus heureux du monde. Mettant Caroline dans les bras de Belle pour avoir les mains libres, il regarda sa fille dans les yeux.

— Je t'aime aussi, mon ange, dit-il en langue des signes.

Caroline battit joyeusement des mains, Belle rit sans cesser de pleurer, et les frères Graystone applaudirent. Wes enlaça sa femme et sa fille et, ivre de joie, il se promit de consacrer sa vie au bonheur de sa famille.

*Pendant ce temps, à Royal…*

Laissant le contremaître s'occuper de la jument et du poulain qui venait de naître, Brandee Lawless quitta l'écurie de son ranch pour rejoindre sa maison. Même si la mise bas s'était bien passée, elle voulait envoyer un mail à sa vétérinaire, Scarlett McKittrick, pour lui demander de passer voir la mère et son petit.

Elle ôta le stetson qui couvrait ses longs cheveux blonds et se débarrassa de sa veste tout en allant dans son bureau. Elle était aux anges. De quoi aurait-elle pu se plaindre ? Tout se passait à merveille en ce moment. Après la tornade qui avait causé tant de dégâts à Royal et dans de nombreux ranchs, dont le sien, sa situation s'améliorait à présent. Les travaux de réparation étaient achevés, ses installations étaient même meilleures qu'avant, et elle avait d'autres projets de modernisation et d'agrandissement.

Se souriant à elle-même, elle s'assit derrière son bureau et alluma son ordinateur. Un instant plus tard, elle se connectait à sa messagerie et ouvrait sa boîte de réception. L'un de ses derniers mails reçus attira son attention à cause de son objet.

Prête à jouer avec moi ?

Elle ne connaissait pas l'expéditeur et se demandait qui pouvait bien être ce Maverick. Non sans appréhension, elle ouvrit le mail et lut le message aussi bref que menaçant.

À ton tour maintenant.

SILVER JAMES

# Prisonnier de son charme

*Traduction française de*
MARIEKE MERAND-SURTEL

PASSIONS

HARLEQUIN

*Titre original :*
REDEEMED BY THE COWGIRL

*Ce roman a déjà été publié en 2018.*

# - 1 -

Cash Barron était un homme qui comprenait le sens du devoir — surtout envers sa famille. Contrairement à ses frères. Regardant par la fenêtre de l'appartement de son jumeau, au cinquantième étage du Barron Crown Hotel and Casino à Las Vegas, il fit de son mieux pour remiser sa colère dans un coin de son esprit. Il avait vu ses trois frères aînés tourner le dos et s'éloigner de ce qui faisait précisément d'eux des Barron — leur loyauté les uns vis-à-vis des autres. Même son jumeau, Chase, avait choisi une femme si totalement inappropriée que leur mariage échappait à son entendement. Et à présent, Chase et Savannah s'apprêtaient à fêter le premier anniversaire de leur union célébrée à la va-vite à Vegas.

Un bref coup à la porte détourna soudain son attention de la vue au-dehors. Bridger Tate, son cousin et bras droit, entra sans attendre d'y être invité. Cash n'aima pas beaucoup l'expression qu'il lut sur son visage.

— Oui ?

— La vidéo prise hier soir de la salle de jeu a été analysée.

Cash retint une série de jurons.

— Ce sont eux ? demanda-t-il.

Bridger parut fâché mais résigné. Il hocha la tête.

— Ouais. Tucker a isolé des images du clan Rowland.

Tucker Tate était le frère de Bridger et vice-président de Barron Entertainment, domaine de Chase qui englobait médias et hôtel. Depuis presque un an, ils étaient confrontés à un problème de sécurité au casino. En tant que président de Barron Security Services, tous les problèmes — de la garde rapprochée de son frère, le sénateur Clay Barron, au vol de tubes de forage sur un site pétrolier de Barron Energy — atterrissaient sur le bureau de Cash. Une vache manquante au ranch, un détournement occasionnel de fonds par un employé ou, plus fréquent, le cinglé qui envoyait des mails de menaces, c'était lui qui héritait de tout cela. Son travail était de protéger sa famille, et même d'en protéger les membres d'eux-mêmes.

— Cash ?

Relevant les yeux, il réalisa qu'il n'écoutait plus le rapport de Bridger.

— Excuse-moi. Tu disais ?

— Que Tuck a fait du bon boulot en extrayant les Rowland de la bande.

— Ils sont tous au complet ?

— Yep. Max, Alex et Ajax, Braxton, Dexter. Le roi des escrocs et ses princes des voleurs. J'ai demandé au technicien de sélectionner leurs emplacements sur chacune des vidéos.

Cash poussa un soupir. Il gagna d'un pas vif le bureau de Chase, s'installa devant l'ordinateur, ouvrit le fichier sur l'écran géant. Il se rejeta en arrière, cherchant des yeux les visages surlignés d'un halo brillant.

Bridger le rejoignit et se percha sur un coin du bureau.

— Notre équipe informatique est en train de vérifier les bandes de Scottsdale, Nashville, Miami et La Nouvelle-Orléans, précisa-t-il.

— Quel est leur objectif, à ton avis ?

— Va savoir. On dirait qu'ils apprécient vraiment le patrimoine des Barron, en tout cas.

— Youpi.

— Oui, je pensais bien que ça te ferait plaisir.

— Est-ce qu'on est les cibles, ou c'est plutôt un client ?

— Probablement les deux.

Cash ferma les yeux et se frotta la nuque. Les choses pouvaient-elles devenir encore plus compliquées ?

Roxanne Rowland souligna ses lèvres au crayon rouge avant d'appliquer un gloss assorti. La femme qui la regardait dans le miroir était une étrangère. Du bout des doigts, elle fit gonfler les ondulations de sa chevelure rousse, à nouveau épatée par la couleur éclatante de son vernis à ongles. Elle n'était pas non plus habituée à cette manucure. Un dégradé de fards sombres, fumés, bordait ses yeux, les faisant chatoyer comme de l'ambre. Elle refusait de porter les lentilles teintées posées dans un étui près du lavabo.

Lissant la robe d'emprunt noire hyper moulante, elle ouvrit la porte de la salle de bains et entra en collision avec son frère aîné. Il lui agrippa le bras sans aucun ménagement.

— C'est l'heure d'y aller, Rox. Tu n'as pas mis tes verres de contact, ajouta-t-il après l'avoir étudiée de pied en cap.

Elle grimaça à son ton accusateur.

— Elles me font larmoyer. J'ai dû me remaquiller trois fois avant d'abandonner.

Il serra son bras tout en l'entraînant à grandes enjambées. Elle vacilla sur ses talons aiguilles et lutta un moment pour trouver son équilibre. Les talons hauts lui étaient aussi étrangers que le reste de sa tenue. Elle portait des jeans et des bottes. Pas de la haute couture. Et surtout pas une robe qui coûtait près d'un mois de salaire — une robe dont on lui avait ordonné de cacher l'étiquette à l'intérieur et de ne pas salir. Cela signifiait qu'elle serait rendue au magasin contre remboursement.

— Qu'est-ce qui se passe, Dex ?

— Tu n'as pas besoin de le savoir, petite sœur.

— Si.

— Max travaille.

Maximilian Rowland — son père et le seigneur de ses quatre frères plus âgés — Lex, Jax, Brax et Dex — qu'aucun d'eux n'avait jamais appelé « papa ».

— Ça n'explique pas pourquoi *je* suis ici. Je ne travaille pas avec lui.

— Maintenant, si.

La voix de Dex resta implacable alors qu'il la poussait hors de la chambre d'hôtel, tout en poursuivant :

— C'est un gros coup, Rox, et tu feras ton devoir envers la famille. Sinon gare.

Sinon gare ? Qu'est-ce que ça voulait dire ? Dex n'éclaira pas sa lanterne tandis qu'ils s'engouffraient dans l'ascenseur. Quand il était allé la chercher à l'aéroport McCarran International de Las Vegas, il avait juste indiqué que leur père avait besoin de son aide et qu'il était temps qu'elle prenne sa place dans la famille.

— Arrête de gigoter comme ça, grogna-t-il.

— Je ne peux pas m'en empêcher.

Dex la toisa avec un sourire narquois.

— Qu'est-ce qui ne va pas ? Tu as mal aux pieds ?

Pire, même. Elle avait l'impression qu'on lui enfonçait des épingles glacées dans les orteils et des clous rouillés sous la voûte plantaire.

— Il se trouve que oui. Essaie de porter ces chaussures ne serait-ce que cinq minutes.

— Je suis un mec. Je ne porte pas de talons.

— Et donc ?

— Toi, tu es une fille. Tu en portes.

— Eh bien, non.

Elle n'eut pas l'occasion de finir d'argumenter. Les portes

de l'ascenseur s'ouvrirent et Dex, saisissant son bras, la propulsa dans un tourbillon de couleurs et de bruits. Il la guida vers un coin de la salle, les yeux fixés sur le plafond.

— Reste là jusqu'à ce que l'un de nous vienne te chercher.

— Quoi ? Pas…

— La ferme, Roxie. Fais ce qu'on te dit.

— Je n'ai pas d'ordres à recevoir de toi, Dexter.

— Ce soir, si. Tais-toi et écoute-moi. Il y a un homme à la table de black-jack. Il a un faible pour les rousses. Les grandes rousses bien roulées, ajouta-t-il, tirant sur la bretelle de sa robe pour la faire glisser de son épaule ronde. Le moment venu, tu t'avanceras vers Max en tortillant ton joli popotin. Tu ignoreras Max, mais tu te montreras très gentille avec l'homme à côté de lui. Compris ?

— Non.

— Tant pis. Fais juste ce qu'on te dit. Flirte avec lui. Détourne son attention. Et décide-le à t'emmener dans sa chambre. Ensuite, débrouille-toi pour qu'il se retrouve nu et on s'occupe du reste.

— Attends une minute, Dexter Row…

Il la repoussa dans le coin, le regard dur.

— Tu as eu la vie facile jusqu'ici, cocotte. Il est temps de passer à la caisse. On a expliqué à Max qu'il avait foiré en t'envoyant dans ces écoles snobinardes au lieu de t'enseigner ce que tu devais savoir sur le boulot. Ça se termine ce soir. À partir de maintenant, tu feras ton devoir envers la famille.

Dex lui accrocha un lourd collier autour du cou. Or ancien et diamants de couleur. Il se pencha à son oreille.

— Il y en a d'autres de la même provenance. Bien cachés, là où tu ne les trouveras pas, mais les flics, si. Essaie de partir ou de nous dénoncer ? Ils sauront exactement à quel point tu es impliquée.

— C'est du chantage.

Malgré la peur qui déferlait sur elle, sa voix resta remarquablement égale.

— Bienvenue parmi nous, petite sœur.

Sur ces mots, il disparut au milieu de la foule en effervescence à l'entrée de la salle de jeu. Quand ils étaient arrivés cet après-midi au Crown Hotel and Casino, elle avait été tout excitée. C'était l'un des joyaux sur le Strip de Las Vegas. La sotte naïve qu'elle était s'était imaginé qu'elle venait séjourner en vacances dans cet hôtel luxueux. Eh bien, non.

Elle glissa les pieds hors des escarpins et faillit gémir de soulagement en sentant l'épais tapis apaiser ses orteils. Elle hésitait à croire à la menace de Dex. Il avait toujours été un peu tyrannique — ce qu'elle attribuait à sa position de cadet. La rivalité dans la fratrie avait un effet domino. Aussi loin qu'elle se souvienne, Alexander — Lex, l'aîné — s'était montré distant. Il était âgé de treize ans quand elle était née, et ils n'avaient rien en commun. Lorsqu'elle avait fêté ses cinq ans, il voyageait déjà avec Max. Venait ensuite Ajax, de deux ans plus jeune que Lex. Grand, beau et sociable, Jax était un charmeur. Il attirait depuis toujours le sexe opposé. Braxton et lui étaient ce qu'on appelait parfois des « jumeaux catholiques » — à peine neuf mois d'écart. Brax était l'intello, toujours le nez dans les livres. Terriblement intelligent, il possédait une capacité innée à planifier. Puis venait Dex. Il avait cinq ans à la naissance de Roxie et l'avait pour ainsi dire détestée dès le début.

Roxie expulsa sa famille de ses pensées et se concentra sur le moyen de se sortir de ce pétrin. Dex mettrait sa menace à exécution, elle en était certaine : non seulement lui tendrait un piège mais il s'assurerait qu'elle porte le chapeau. Elle le savait d'expérience. Pour le moment, elle n'avait d'autre choix que de suivre les ordres jusqu'à ce qu'elle comprenne leur finalité et comment éviter d'être impliqué là-dedans.

— Mets tes chaussures, fillette.

Surprise, elle recula et regarda Lex par en dessous. À trente-cinq ans, il était réservé et lui faisait un peu peur. Enfin, pour être honnête, *très* peur. Il avait beau avoir été absent — comme Max — durant la majeure partie de son enfance, quand il était là, il représentait une figure aussi paternelle que Max.

— Je ne veux pas faire ça, Lex. Quoi que ce soit.

— Je me fiche de ce que tu veux, Roxanne. Tu le fais, point. Enfile tes chaussures et vas-y. Ferme ton clapet, bats des cils et embarque le pigeon dans sa chambre.

— Sinon gare ? Dex m'a déjà menacée. Ça ne m'impressionne pas.

Il lui glissa sa grande main autour de la gorge et elle hoqueta.

— Je ne le répéterai pas, gronda-t-il. Allez, au boulot.

Serrant les doigts pour faire bonne mesure, il ne la lâcha pas avant qu'elle soit rechaussée et mêlée d'une démarche chancelante à la masse de vacanciers.

Elle était terrifiée à l'idée de s'étaler devant tout le monde.

— Doucement, dit-elle à Lex par-dessus son épaule.

Au contraire, il la poussa plus fort d'une main pressée au creux de ses reins.

— Si je tombe à cause de ces satanées chaussures et que je me casse la cheville, votre grande entourloupe sera un fiasco, marmonna-t-elle, furieuse.

Cash se frotta les yeux. À force d'examiner la rangée d'écrans de sécurité devant lui, il sentait un mal de crâne monter. Tucker lui tendit une tasse de café et un flacon d'antalgiques, dont il avala deux comprimés avec le liquide brûlant.

— Quand est-ce que tu as pisté leur présence ? demanda-t-il sans détourner son regard des images défilant en direct.

— Hier, quand ils se sont enregistrés à la réception. Ce nouveau logiciel de reconnaissance faciale fonctionne à merveille. J'ai les bandes, si tu veux.

Tucker ne lâchait pas les écrans des yeux, lui non plus.

— Fais-moi juste le topo.

— Max est arrivé le premier. Il avait réservé une mini-suite au nom de Grant Franklin.

— Bon. Et ses fils ?

— Alexander et Ajax se sont présentés ensemble. Une autre mini-suite. Hamilton et Jackson Grant.

— Dis-moi que tu plaisantes.

— Eh non, répliqua Tuck, dont la voix durcit.

— Super. Continue.

— Braxton s'est pointé environ une heure plus tard. Sous le nom de Lincoln Washington. Et Dexter cet après-midi. Une réservation au nom de M. et Mme Franklin Cleveland.

Cash se redressa sur son siège, pivotant pour fixer Tucker.

— Hamilton, Jackson, Grant, Lincoln, Washington, Franklin et Cleveland. Ils se fichent de nous, ma parole !

Comme son cousin semblait perplexe, il lui expliqua :

— Ce sont tous des noms de présidents. Sauf Franklin. Mais ce vieux Benjamin figure quand même sur le billet de cent dollars.

— C'est donc une histoire d'argent.

— Ouais. Une seconde. Dexter a amené une femme ? Tu as une image d'elle ?

— Non. Il s'est enregistré seul, puis il est monté dans sa chambre où il est resté pendant en gros trois quarts d'heure. Après quoi il est parti en taxi. Il n'est pas revenu depuis.

Cash se leva, s'approcha d'un écran et tapota dessus.

— Tu en es sûr ? Parce que là, c'est Dexter à la table de roulette.

— Comment diable…

Bridger les rejoignit et interrompit son frère.

— On a une faille quelque part dans le système de surveillance. On la trouvera, Tuck. Désolé d'être en retard, Cash. Je revérifiais les bandes.

— Je veux qu'on garde tous les Rowland à l'œil. Max est à la table de black-jack. Alex est sorti il y a environ cinq minutes, après que Dexter lui a fait un signe de connivence. Ajax et Braxton traînent autour des machines à sous. Je veux nos gars sur eux, Bridger. Ta sécurité est bonne, Tucker, ajouta-t-il comme ce dernier levait la main pour protester. Hé, c'est nous qui les avons engagés et entraînés, mais ils ont l'air de vigiles de casino. Alors que mes hommes, non.

Bridger lança un sourire féroce à son frère.

— Tuck, si tu arrives à identifier mes gars, je te paie le plus gros steak qu'ils servent au Barron House.

L'émetteur radio près de Cash crépita.

— Cible 2 en vue. Il est avec une femme. Rousse. Robe noire. Hall d'entrée.

Cash inspecta la rangée d'écrans jusqu'à ce qu'il repère Alex Rowland. Son regard se fixa sur la femme qui précédait le voleur. Elle était grande, mais pas filiforme. Non, elle arborait des formes partout où une femme devrait les avoir, et semblait cependant élancée dans cette minirobe de cocktail. Ses cheveux auburn étaient une masse de boucles ondulées, mais impossible de voir la couleur de ses yeux sous l'objectif granuleux de la caméra. Il l'observa, tandis qu'un vague souvenir lui revenait. Il la connaissait.

Alex s'éloigna et Braxton prit sa place, poussant la femme en direction de la table où Max était assis, détendu et enjoué. Elle trébucha, et Cash se surprit à tendre le bras pour la rattraper. Braxton, lui, ne fit pas un geste, et ce fut un inconnu qui offrit une main stabilisante. Cash réussit à lire sur ses lèvres les mots qu'elle prononça : « Pardonnez-moi. Je suis désolée », avant que Braxton ne l'entraîne plus loin.

— Bridge, renseigne-toi. Trouve quand les Rowland ont ajouté une femme à leur bande. Je veux savoir qui c'est.

— Je m'y colle tout de suite.

Cash continua à étudier la femme. Elle paraissait… mal à l'aise. Manquer d'assurance. Si elle faisait semblant, elle était très douée. Elle finit pressée entre Max et son voisin de table, quasiment vautrée sur les genoux de ce dernier. Quelque chose à mi-chemin entre l'excitation et la rage transperça Cash. En braquant la caméra sur le visage de la femme, il constata qu'elle semblait jeune et terrifiée malgré sa tenue de séductrice. Cela ne collait pas du tout avec le mode opératoire des Rowland. L'étrange sentiment de l'avoir déjà vue le poursuivait et il fouilla sa mémoire, passant en revue toutes les femmes qu'il connaissait. Il trouverait tôt ou tard.

Il était si concentré sur la femme — la fille — qu'il avait perdu la trace des autres Rowland.

— Où est Alex ? Et où ont disparu Ajax et Dexter ?

Plusieurs scènes tressautèrent sur les écrans fixés au mur pendant que les membres de l'équipe de sécurité les passaient au crible en jurant à voix basse. Il y eut un *pop*, puis un ronflement, comme un générateur qui faiblit. Un instant plus tard, les lumières baissèrent, les ordinateurs s'arrêtèrent et la pièce fut plongée dans le noir.

Cash avait déjà bondi de sa chaise et fonçait vers la porte lorsque l'éclairage de secours prit le relais. Il tapa le code d'urgence sur le clavier et dut forcer le battant à s'ouvrir. Derrière lui, il entendit Bridger crier des ordres.

— Verrouillez la salle des comptes et la chambre forte. Déployez du personnel sur toutes les issues.

Sachant que Bridger prendrait le contrôle de la salle de surveillance, Cash passa à l'action. Il lui fallait à tout prix mettre la main sur un des Rowland. À commencer par la femme rousse.

Les lumières s'éteignirent et la salle du casino bondée sombra dans la confusion. Hurlements de femmes. Cris d'hommes. D'autres voix s'élevèrent par-dessus le tohu-bohu pour tenter de restaurer l'ordre. Les lampes des téléphones cellulaires ajoutaient un éclairage fantomatique à la scène quand la lumière de secours se déclencha.

Quelqu'un attrapa le bras de Roxie et tira. Elle tenta de se dégager mais on grogna son prénom et elle stoppa net. Max. Elle trébucha derrière lui, essayant de rester debout. Maudites chaussures. Elle clopina dans le sillage de son père, puis il la poussa vers Dex en marmonnant « Planque-la. »

Avant de comprendre ce qui lui arrivait, elle fut basculée sur l'épaule de son frère tel un sac de farine, et elle eut beau lui marteler le dos de ses poings, il ne lâcha pas. Son bras lui maintenait les jambes aussi fermement qu'une barre en fer. Lorsqu'ils atteignirent l'une des portes de sortie, il la reposa sur le sol et l'adossa au mur. Une seconde après, la porte s'ouvrit à la volée, manquant de la percuter.

Elle vit un homme de haute taille franchir l'ouverture en trombe. Cheveux bruns, épaules larges, mâchoire couverte d'une barbe naissante. Costume visiblement sur mesure. Qui était-ce ? Dex disparut dans la cage d'escalier et la porte se referma. Elle tira sur la poignée, paniquée de se retrouver seule. La porte ne bougea pas. Il fallait qu'elle décampe.

Elle se retourna, sentant le sang quitter son visage, car elle reconnaissait enfin cet homme. Cash Barron, en chair et en os. Elle fit volte-face pour s'enfuir et fut aussitôt arrêtée net par deux vigiles à la stature de footballeurs. Très lentement, elle pivota pour affronter l'homme qu'elle n'avait jamais été capable de chasser de ses fantasmes. Elle était maintenant dans de très sales draps.

— Tiens, tiens, tiens. Qu'est-ce qu'on a là ?

# - 2 -

Dès qu'il la vit de près, Cash se rappela qui elle était — du moins la femme pour qui il la prenait. Anne Landerson — une étudiante un peu paumée qui avait été impliquée dans le vol de bijoux et d'œuvres d'art appartenant à sa grand-tante Elizabeth. Il tendit le bras pour l'attraper, mais elle plongea en avant, tête baissée, et se fondit dans la foule qui grouillait dans le hall d'entrée. Il fonça derrière elle. Sans cesser de courir, elle fit valdinguer ses chaussures et disparut. Il ne resta à Cash qu'une paire d'escarpins aux talons vertigineux et d'une couleur que ses belles-sœurs qualifiaient de « rouge garce ». Laquelle garce s'était volatilisée.

Deux heures plus tard, il n'avait capturé aucun membre de la bande. Malgré la procédure de sécurisation du casino, les Rowland s'étaient échappés, et la fille aussi. Frustré au plus haut point, Cash jeta l'éponge et rentra à Oklahoma.

Il passa la semaine à pourchasser des ombres, mais aucune piste concrète n'avait fait surface. Pas plus que les Rowland. Contrarié, il observait les escarpins griffés posés sur son bureau. Comment une femme pouvait-elle marcher avec des talons pareils ? Puis il se souvint de la démarche trébuchante de la femme sur la vidéo de sécurité. Une femme sur son trente et un, maquillée dans le but évident de séduire, habillée d'une petite robe noire qui épousait littéralement ses formes. Étrange dichotomie. Il avait ressorti le dossier sur le cas de sa tante, un des premiers dont s'était occupé Barron Security quand il en avait pris les rênes.

La fille avait prétendu ne rien savoir des objets volés. Juste qu'elle avait reçu un colis par la poste et qu'ils étaient dedans. Elle était effrayée. La panique et des excuses se reflétaient dans ses immenses yeux ambrés — des yeux que Cash n'avait pas oubliés depuis l'incident, six ans plus tôt. La directrice d'école et l'avocat qui s'étaient présentés avaient négocié un accord avec le procureur. La gamine étant a priori une dupe innocente, Barron Security avait accepté une condamnation à un travail d'intérêt général et récupéré les objets.

Maintenant, il se trouvait face à un autre problème. Il avait effectué une recherche sur Anne Landerson. Elle n'existait pas. Aucune trace d'elle dans toutes les bases de données auxquelles son équipe avait accès. Bridger faisait jouer des renvois d'ascenseurs pour vérifier celles qu'ils ne pouvaient pas consulter sans dérogation spéciale. Entre-temps, Cash devait se focaliser sur les Rowland. Il n'avait toujours pas découvert pourquoi ils ciblaient les biens des Barron et quel était leur objectif ultime.

Et cela faisait donc deux fois que la fille se trouvait dans le sillage des Rowland. Pourquoi ? Était-elle avec l'un des frères ? Pensée perturbante. Pour une raison qui lui échappait, il n'aimait pas l'idée qu'elle appartienne à quelqu'un.

Un coup frappé à sa porte lui annonça l'arrivée de Bridger.

— Dis-moi que tu as trouvé quelque chose, je t'en supplie.

Son bras droit secoua la tête avec une mine de chien battu.

— Rien au FBI ni au Trésor public. On a même interrogé

Interpol. Les Rowland sont fichés partout, mais la fille est un fantôme. En tout cas sous ce nom-là.

Cash se cala dans son fauteuil et se gratta la joue. Sa barbe de trois jours devenait une barbe tout court, décision qu'il avait prise après s'être fait passer pour son jumeau en vue de séparer Chase de sa femme, et avoir réalisé combien c'était facile.

— On se trompe peut-être sur toute la ligne.

— Comment ça ?

— Et si c'était elle, la cible ?

Avant que Bridger puisse répondre, son téléphone bipa. Il consulta l'écran et un grand sourire illumina son visage.

— Bingo. On l'a trouvée !

Il manipula son téléphone et un instant plus tard, un lien apparut sur l'ordinateur de Cash. Ce dernier cliqua dessus, attendit l'ouverture de l'onglet. Elle était là. Il fronça les sourcils tout en fixant l'inconnue pourtant si familière.

— Roxanne Rosetta Rowland. Licence en histoire, suivie d'un master en muséologie. Elle est diplômée de l'université de Central Oklahoma ?

— Yep. Et avec cette info, on devrait pouvoir trouver où elle vit et travaille actuellement, et pourquoi rien ne la relie officiellement aux Rowland, alors qu'elle porte leur nom.

— Je veux tout savoir d'elle, décréta Cash.

Oh oui. Il voulait connaître le moindre détail concernant Roxanne Rowland, et surtout, où elle avait été et ce qu'elle avait fait depuis cet interrogatoire au poste de police de Fairfax. Quel idiot il avait été de gober son histoire larmoyante et de ne pas passer outre les affirmations de son école selon lesquelles elle était une victime. Les innocents n'utilisaient pas de faux noms. Il posséderait tous les éléments avant la fin de la journée.

Roxie arpentait son bureau en désordre. Personne de sa famille ne l'avait contactée. Elle avait réussi à regagner sa chambre d'hôtel à Las Vegas, à rassembler ses affaires — sans les éléments de chantage — et s'était enfuie. Ha ! elle connaissait toutes leurs combines. Ayant trouvé les preuves compromettantes cachées, elle les avait déposées en s'en allant dans le panier des objets perdus sur le chariot d'une femme de chambre. Ensuite, elle avait pris le premier vol pour rentrer chez elle.

Chaque fois que son téléphone annonçait un nouveau message, elle sursautait. Venait-il d'un de ses frères ? Mais rien. Ni appels ni mails. Énervée, elle avait activé ses talents de recherche. Ce qu'elle avait découvert sur sa famille l'avait laissée en proie à la honte et surtout à la colère. Elle avait bien deviné qu'ils marchaient du mauvais côté de la ligne. Des escrocs. Des arnaqueurs. Mais pareille à une autruche enfouissant sa tête dans le sable, elle n'avait pas voulu voir l'ampleur du problème. Son père et ses frères étaient recherchés par le FBI et Interpol, pour fraude, vol et meurtre.

— Dans quoi vous m'avez entraînée ? grommela-t-elle tout en faisant les cent pas.

Et quel rapport avec les Barron ? Personne ne gagnait contre la famille Barron. Tout le monde ici, à Reade-Cannon-Mansfield, s'inclinait devant ces gens surnommés Red Dirt Royalty. Cela ne la surprendrait pas si l'agence de pub où elle travaillait avait inventé la formule. Bien que Roxie rêve de travailler dans un musée, elle adorait son poste d'archiviste à l'agence. Et elle ne voulait pas mettre son job en danger en se mettant en travers de la route des Barron.

Alors, que faire ? Aller voir la police était une mauvaise idée. *Primo*, elle ignorait totalement ce que sa famille avait fait. Et *secundo*, elle serait probablement considérée comme complice. Si la police s'en mêlait, elle pouvait dire adieu à toute chance de carrière.

Elle agrippa son téléphone et le considéra. Devait-elle appeler Max et lui demander ce qui se passait ? Est-ce qu'il le lui dirait ? Indécise, elle se mordilla la lèvre. Elle cherchait son nom dans la liste de contacts, le pouce prêt à presser la touche d'appel, lorsque le téléphone vibra dans sa main. Elle faillit le laisser tomber. Les doigts tremblants, elle raffermit sa prise et lut le texto de Brax.

Oublie que t allée a vegas

Elle répondit frénétiquement :

Que se passe-t-il ?

Pas 1 mot à personne rox ça va barder si tu parles

Je veux savoir ce qui se passe !

Te tel qd on ora besoin de twa n'oublie pas la famille compte le +

La famille compte le plus ? C'était la meilleure ! Elle avait passé tous les Noëls de son enfance seule au pensionnat. La seule fois où ils s'étaient souvenus de son anniversaire, ça avait été pour dissimuler leurs gains mal acquis. Et les cérémonies d'obtention de diplômes ? Ah, il y avait un monde entre leur conception de la famille et la sienne.

Elle fixa l'écran. Une seconde. Ça allait barder si elle parlait ? Qu'est-ce que cela signifiait ? Elle paniqua un moment, s'effondrant sur son siège, la tête entre ses genoux. Le vertige passé, elle se redressa. Son père et ses frères étaient des criminels. Et ils étaient mouillés jusqu'au cou dans une opération hostile aux Barron — où ils voulaient l'impliquer aussi. Il n'en était pas question.

— Que faire, que faire ? marmonna-t-elle, se remettant à marcher.

Un des onglets ouverts sur le navigateur de son ordinateur attira son regard. Une recherche Internet sur les « Entreprises Barron. »

Regagnant son siège, elle se mit à explorer les différents sites et cinq minutes plus tard, elle avait un numéro de téléphone pour Barron Security Services, dont le P-DG était Cash Barron. Elle ignorait qui il était à l'époque, quand elle avait seize ans et qu'il se trouvait dans cette salle d'interrogatoire miteuse au poste de police de Fairfax. Mais elle ne l'avait jamais oublié. Au fil des ans, il avait tenu le rôle principal dans ses fantasmes les plus… égrillards. Devait-elle l'appeler ? Mais pour lui dire quoi ?

Elle avait besoin d'un plan.

Cash mit son meilleur limier sur Roxanne Rowland. Ce qu'ils avaient découvert ne cadrait pas avec ce qu'il savait du reste de la famille. La fille habitait un appartement bon marché dans la partie nord-ouest de la ville, et travaillait chez Reade-Cannon-Mansfield, la plus grosse agence de pub d'Oklahoma. Il avait passé quelques coups de fil au commercial chargé par Barron de traiter avec RCM afin d'obtenir un topo sur elle. Selon son enquête, Max Rowland et ses fils menaient la grande vie. Côte d'Azur, hôtels de luxe à Dubaï et Hong Kong, Gold Coast de Floride, les Hamptons, Aspen. Tous les terrains de jeu des riches et célèbres avaient été un terrain de chasse pour leur clan. Rien de cela ne collait avec ce qu'ils avaient déniché sur Roxanne.

La porte de son bureau s'ouvrit à la volée sur un Bridger affichant un grand sourire narquois. Son cousin désigna le central téléphonique du menton.

— Tu ne vas jamais deviner qui est sur la ligne 1.

Cash attendit qu'il poursuive. Ce qui ne tarda pas.

— Une femme qui veut parler au responsable de la sécurité des casinos. L'appel a été passé à Cheryl. Quand elle a demandé l'identité de la correspondante, cette abrutie la lui a donnée. Roxanne Rowland.

Suspicieux de nature, Cash refréna la montée d'adrénaline qui déferlait dans ses veines.

— Quelle est la probabilité que ce soit vrai, Bridge ?

— Assez bonne pour que je ne parie pas. Cela dit, on n'a rien à perdre. J'ai déjà commencé à remonter l'appel. Je peux la garder en ligne assez longtemps pour la localiser.

Cash lui fit signe de s'approcher.

— C'est toi qui prends l'appel, d'accord ? déclara-t-il avant de mettre la ligne sur haut-parleur.

— Bridger Tate. Je peux vous aider ?

— Euh… Hum…

Une respiration assourdie et hachée, puis :

— Eh bien, hum, bonjour. Je… C'est vous qui êtes responsable de la sécurité du Crown Casino de Las Vegas ?

— Oui.

— Et… Vous avez dit vous appeler Tate ?

La voix au bout du fil semblait hésitante.

— C'est cela. Bridger Tate. Je suis le vice-président de BSS.

— Oh… Bon. Eh bien, c'est parfait, je suppose.

— Pour quelle raison m'appelez-vous, madame… ?

— Roxie. Euh, Roxanne Rowland. Vous ne me connaissez pas ni rien.

Cash indiqua d'un geste à Bridger d'aller de l'avant.

— Je devrais vous connaître, mademoiselle Rowland ?

— Non, répondit-elle d'un ton vif, avant de se reprendre, je veux dire, non, je ne crois pas. Je… Écoutez, excusez-moi. Ce n'était pas une bonne idée. Au rev…

— Ne raccrochez pas ! coupa Cash. Je suis Cash Barron.

— Oh.

Cette simple syllabe ressemblait à un soupir tremblant.

— Pourquoi appelez-vous, mademoiselle Rowland ?

— Ma famille... Vous voyez, ils...

*Ils quoi ?* avait-il envie de crier. Son père et ses frères étaient des voyous, des bandits, et elle devait forcément téléphoner pour leur compte. Quelle sorte d'arnaque essayaient-ils de monter ?

— Je n'ai pas toute la journée, mademoiselle Rowland. Il doit y avoir une raison à votre appel. Allez droit au but.

— OK. Oui. Eh bien, voyez-vous... j'aimerais vous rencontrer. M'expliquer en personne.

La voix de la femme s'affermit un peu. Quelle actrice d'enfer !

— Expliquer quoi ?

— On peut se rencontrer quelque part ?

— Je serais ravi de vous fixer un rendez-vous ici, dans nos bureaux.

Et il convoquerait également la police pour la mettre sur-le-champ en garde à vue.

— Je... Je ne suis pas sûre que ce soit une bonne idée.

Elle prit une profonde inspiration, la relâcha.

— Tant pis. Ce n'est pas grave. C'était une idée stupide. Je suis désolée de vous avoir dérangé.

— Mademoiselle Rowland, grogna Cash. Roxanne.

— Je ne sais pas ce qui se passe. Je ne sais pas ce qu'ils sont en train de faire. Juste que c'est mauvais. Ça, j'en suis certaine. J'ai simplement... Quand je vous ai vu à Vegas, et que je vous ai reconnu... J'ai pensé que peut-être... Oh ! et puis zut. Je ne sais ce que j'ai pensé.

— Venez à mon bureau, Roxanne. On parlera.

— Non. Je ne sais pas s'ils me suivent.

— Qui ?

— Mes... Peu importe. Écoutez, je... je serai au... Au

Cyrano's. Le bar du Thunder River Casino. Vous savez où c'est, n'est-ce pas ? À 20 heures.

Des voix assourdies s'entendirent en arrière-fond. Elle reprit d'un ton rapide :

— Je dois raccrocher. Je serai là-bas. Pendant une heure.

La communication fut coupée. Cash raccrocha de son côté. Bien sûr qu'il savait où se trouvait le bar en question. Il dévisagea son cousin.

— Quel est ton point de vue ?

Bridger haussa les épaules, perplexe.

— Le même que le tien, j'imagine. Je trouve intéressant qu'on touche le gros lot dans notre recherche sur elle et qu'elle appelle pile à ce moment-là. Comme par miracle.

— Tu ne crois pas aux coïncidences ?

— Que nenni.

— Moi non plus.

— D'un autre côté, Cash, à cheval donné, on ne devrait peut-être pas regarder les dents.

— Peut-être. Ou peut-être que si.

— Tu vas la rencontrer ?

Cash esquissa un sourire sardonique qui n'atteignit pas ses yeux mais fit baisser sa voix d'un ton.

— À ton avis ? Tu sais : à cheval donné, blablabla.

— C'est bien ce que je pensais. Je vais m'occuper des renforts de protection.

Rien de plus facile. Barron Security faisait figure d'autorité dans le domaine du casino, et, outre la sécurité des entreprises de la famille Barron, ils avaient des contrats avec la plupart des entités commerciales appartenant aux tribus à Oklahoma. Autrement dit, ils auraient leurs propres hommes au Thunder River.

Après le départ de Bridger, Cash étudia le permis de conduire de Roxanne. Visage nu au teint frais, chevelure rousse en boucles folles, yeux de la même couleur que le whisky hors d'âge qu'il aimait déguster. D'un clic de souris, il afficha la meilleure photo d'elle extraite des bandes du Barron Casino. Ombre à paupières sombre nimbant ses yeux, lèvres rouges invitant au baiser. Fard à joues. La fille sur la première photo paraissait sûre d'elle, presque trop, mais avec de la douceur sous la surface. La seconde ? On aurait dit une gamine déguisée. Laquelle était la vraie Roxanne Rowland ? Il comptait bien le découvrir. Et ce serait le cas dans quelques heures.

Il avait hâte.

# - 3 -

Cash étudiait les écrans dans la salle de sécurité du Thunder River Casino. Il avait ajouté manuellement des photos des Rowland au programme de reconnaissance faciale. Il n'avait guère confiance en Roxanne et encore moins en sa famille. Ce lapsus indiquant qu'elle était peut-être suivie pouvait relever de la paranoïa, d'une vraie peur ou d'une intention calculée. Il penchait pour le calcul. Elle l'avait sûrement déjà roulé dans la farine quand elle était adolescente.

Il faillit la manquer lorsqu'elle entra. Cette femme n'était pas celle qu'il avait vue à Las Vegas. Tout était atténué — cheveux, maquillage, vêtements. Puis il regarda sa photo d'identité. Là, oui, c'était bien la même. Une fois de plus, il se demanda laquelle était la vraie Roxanne Rowland. La femme du permis de conduire et qui attendait au comptoir d'accueil du Cyrano's, ou la femme fatale en petite robe noire de créateur et talons aiguilles vertigineux ? Ce soir, elle portait un jean moulant rentré dans des bottes Western décorées et un pull ajusté avec une ceinture en cuir et argent.

— Guettez la présence éventuelle de n'importe quel autre des suspects, ordonna Cash au responsable de la sécurité.

— Oui, monsieur. La caméra 3 sera fixée sur sa table.

La respiration de Cash s'accéléra tandis qu'il observait l'hôtesse escorter Roxanne. Il rassembla ses esprits, calma ses nerfs. Il s'agissait de boulot. Rien d'autre. Il devait rester concentré. Peu après, une serveuse vint prendre la commande de Roxanne, puis lui apporta ce qui était visiblement un simple thé glacé.

Durant l'heure suivante, Roxanne sirota son thé, déclina plusieurs propositions émanant d'hommes et repoussa les attentions de plus en plus impatientes de la serveuse. Elle devint nerveuse, surveillant l'entrée et se redressant chaque fois que quelqu'un franchissait la porte, ne cessant de consulter sa montre. Intéressant. Elle vérifia l'heure une dernière fois, finit le thé et laissa un pourboire largement supérieur au coût de sa boisson.

Cash sourit. Il avait le sentiment d'être un prédateur. Le moment était venu d'entrer en scène.

Roxanne regardait par-dessus son épaule lorsqu'elle le percuta juste à la sortie de Cyrano's. Le réflexe incita Cash à lui saisir les bras pour la maintenir en équilibre, mais quelque chose de bien plus pervers le poussa à la plaquer contre son torse. Elle resta immobile un long instant, puis tendit les bras entre eux pour essayer de l'écarter. Il lui accorda juste assez d'espace pour pouvoir la dévisager.

Ces beaux yeux ambrés s'élargirent et elle humecta sa lèvre inférieure du bout de la langue. Refrénant sa libido, il afficha une expression d'indifférence et agrippa la main de Roxanne pour l'entraîner de force vers le centre de surveillance, où les attendaient deux vigiles en uniforme. Ces derniers les escortèrent jusqu'à une petite pièce destinée aux interrogatoires. La main de Roxanne se crispa sur la sienne quand il la poussa à l'intérieur. Intéressant.

— Asseyez-vous, mademoiselle Rowland. Pourquoi êtes-vous ici ? ajouta-t-il une fois qu'elle fut installée.

Roxie fit de son mieux pour juguler sa panique. Elle cacha ses mains sous la table, serra les cuisses afin de contrôler leur tremblement. Ravalant la boule qui lui obstruait la gorge, elle pria pour que sa voix reste ferme.

— Pourquoi je suis ici ? demanda-t-elle.

— Facile.

— Non, pas vraiment.

— Alors éclairez ma lanterne.

Éclairer sa lanterne ? Facile à dire pour lui. Elle avait besoin de comprendre ce qui se passait — pourquoi cela se passait — avant de lui expliquer les raisons l'ayant poussée à le contacter.

— Vous avez plusieurs heures devant vous ?

Il haussa un sourcil et, nom d'une pipe, une nuée de papillons s'éparpilla dans son ventre. Il était si ténébreux et sexy et… non, pas bienveillant. Trop intense pour être bienveillant, trop cynique. Cash ne répondit rien. Ce n'était pas la peine. Son regard perçant et ce sourcil tellement éloquent en disaient assez long.

— Vous ne vous souvenez probablement pas de moi.

Pourquoi s'en souviendrait-il ? À l'époque, elle était une grande gigue de seize ans à peine, avec une tignasse rousse indomptée et des taches de rousseur à revendre. Mortifiée, elle avait passé presque vingt heures dans cette salle d'interrogatoire jusqu'à ce qu'un avocat beau parleur en costume bon marché débarque avec la directrice de son école. Parfois, Cash s'asseyait face à elle, sans jamais prononcer un mot, juste pour l'observer. Sinon, il restait debout dans un coin de la pièce, une épaule appuyée au mur, un pied nonchalamment calé contre la cheville de l'autre jambe, les bras croisés sur un torse très musclé ou les mains fourrées dans les poches de son pantalon. Son moi adolescent était tombé raide amoureux de lui. Son moi présent, adulte, était tiraillé entre la réminiscence de cette adulation attisée par les hormones et une terreur absolue.

Elle inspira, expira, posa ses poings fermés sur la table.

— Mon père est un voleur, commença-t-elle.

Elle ne s'attendait pas au petit rire sec que suscita sa déclaration.

— Pas la peine d'être grossier, monsieur Barron. Après tout, je n'étais pas obligée de vous contacter, ajouta-t-elle, le rouge aux joues.

— On aurait fini par retrouver votre trace.

— Je ne suis pas difficile à trouver.

Il cala une hanche sur le coin de la table et la dévisagea.

— La dernière fois que nous étions dans une pièce comme celle-ci, votre nom était Anne Landerson.

Elle fit la moue à ce rappel, moue qu'elle troqua aussitôt pour une expression plus dure alors que les yeux de Cash se fixaient sur sa bouche.

— C'est le nom sous lequel j'étais inscrite à l'école. Pour des raisons de sécurité, m'avait dit mon père.

Cash s'esclaffa à nouveau, mais cette fois, d'un rire plus sombre, railleur.

— Oh ! trop chouette. Développez un peu, Red.

— Ne m'appelez pas comme ça.

Nouvel haussement de sourcil. Elle poursuivit :

— Je… Je n'ai pas passé beaucoup de temps avec mon père ou mes frères durant mon enfance. J'ai été confiée à une famille, les Miller, jusqu'à ce que je sois en âge d'aller en pension. J'avais…

Elle s'interrompit, cherchant comment formuler le reste.

— On m'avait dit de ne pas utiliser mon vrai nom et je possédais un faux certificat de naissance. Je n'avais pas la moindre idée du métier de mon père. Je savais seulement qu'il voyageait, qu'il était très élégant et mystérieux, et souvent, je me l'imaginais en espion international.

L'air narquois de Cash lui donna l'impression d'être stupide pour avoir nourri ces fantasmes puérils. Mais quelle petite fille voulait croire que son père était un criminel ?

— Le jour de mes seize ans, un paquet est arrivé. Comme je n'avais jamais reçu de cadeau d'anniversaire de la part de mon père auparavant, ça a été un événement.

— Ouais, je m'en doute.

Le sarcasme de ces mots ne lui échappa pas.

— Pour une fille qui avait peu de contacts avec sa famille, qui n'avait jamais fêté ni anniversaire, ni Noël, ça l'était.

Il s'écarta de la table, gagna le coin de la pièce et adopta une position à laquelle elle s'était familiarisée autrefois. Quelque chose vibra dans sa poche de veste. Il en sortit un téléphone portable, sans doute pour lire ou répondre à un texto. Elle ne pouvait s'empêcher d'admirer ses longs doigts agiles et se sentit rougir davantage encore quand ses pensées prirent des chemins totalement inappropriés.

Cash Barron suscitait les fantasmes. Grand, large d'épaules, avec de longues jambes et une taille mince. Elle pouvait témoigner de la vigueur musclée de son torse d'après son instant de faiblesse un peu plus tôt. Et comment ne pas être frappée par les cheveux noirs, les yeux marron aussi sombres et chauds que du café grillé, et ce visage sculpté, viril, à faire pâlir de jalousie un mannequin ? Lorsqu'elle avait étudié sa bio avant de téléphoner, elle avait été surprise d'apprendre qu'il n'était pas beaucoup plus âgé qu'elle. À seize ans, elle n'était qu'une midinette plutôt fleur bleue et lui, à l'époque, était déjà un homme. Sûr de lui, séduisant, fort. Assise dans cette pièce, elle avait rêvé d'embrasser ses lèvres charnues, de tomber dans ses bras, de… S'arrachant à ces images torrides, elle revint au moment présent et sentit son cœur bondir en constatant qu'il l'observait avec intensité. La lueur dans ses yeux était… perturbante.

— Donc, vous avez reçu un cadeau de votre mystérieux père.

Retour à la réalité. Bonne chose. Elle ferait bien de se concentrer sur son problème, pas sur… des trucs idiots. Elle rassembla ses esprits.

— Oui. J'étais tout excitée en l'ouvrant. J'ai trouvé ce que je croyais être des bijoux fantaisie. Ça m'a étonnée, compte tenu de mon âge et du fait qu'on avait eu peu de contacts au fil des ans. Et ensuite, j'ai trouvé le dessin. J'ai pensé que c'était une petite lithographie — des ballerines en tutu —, et j'étais aux anges. Je voulais être danseuse à l'époque, même si le maître de ballet à l'école levait les yeux au ciel dès que j'essayais de faire des figures sur les pointes.

Cash ricana et elle le fusilla du regard.

— J'étais une fille solitaire sans talent particulier, monsieur Barron. J'ai été touchée car je croyais que ce dessin était une façon pour mon père de reconnaître mes rêves. Je n'ai lu le mot joint au paquet que plus tard. Trop tard.

— D'accord. Je tiens ma langue. Que disait-il, ce mot ?

Pourquoi l'évocation de sa langue la renvoyait-elle vers d'autres images plus… sexuelles ? Stop ! Elle s'éclaircit la gorge.

— Mon père m'ordonnait de cacher le paquet en lieu sûr. Je n'avais jamais été censée l'ouvrir. Il ne lui était pas venu à l'esprit que je puisse le prendre pour un cadeau. Il ne se souvenait pas que c'était mon anniversaire.

Roxie leva la tête, croisant le regard de Cash.

— J'ai découvert le jour de mes seize ans, reprit-elle, que non seulement mon père était un bandit recherché, mais qu'il me respectait si peu qu'il ne prenait pas la peine de se rappeler mon anniversaire. Comme vous le savez, les bijoux fantaisie se sont avérés authentiques et cet adorable dessin de danseuses, un original de Degas, volés à une dame de quatre-vingts ans par un inconnu plein de bagout, d'après la police.

Elle laissa tomber les mains sur ses genoux, essuya ses paumes moites sur son jean, et conclut :

— Le lendemain, je suis retournée chez les Miller. Et depuis, j'utilise mon nom de naissance.

— Vous voulez expliquer comment vous avez échoué ici ?

— Euh… Ici *ici*, ou ici en général ?

— À Oklahoma. Pourquoi êtes-vous allée à l'université de Central Oklahoma ?

— Oh. J'ai suivi des cours en ligne et décroché mon bac en candidat libre à dix-sept ans. À la bibliothèque, j'ai pris un annuaire des facs et des universités américaines, fermé les yeux, ouvert le livre et posé mon doigt sur une page au hasard.

Devant l'expression dubitative de Cash, elle précisa :

— C'est la vérité, monsieur Barron.

— Pourquoi étiez-vous à Las Vegas ?

Elle leva le menton et agrippa le bord de la table.

— Je ne sais pas vraiment. L'itinéraire, la réservation d'hôtel et le billet d'avion sont arrivés dans ma boîte mail. Une virée d'un week-end à Las Vegas, tous frais payés. Le mail disait que j'avais gagné un concours. J'ai vérifié auprès de la compagnie aérienne. Le billet était réel donc je n'avais aucune raison de penser à un coup monté, jusqu'à ce que mon frère Dexter me récupère à l'aéroport. On m'a remis un sac de vêtements provenant d'une boutique de luxe et donné l'ordre, je cite, de me pomponner. Pendant qu'on descendait en ascenseur, Dex m'a expliqué que je devais…

Sa voix s'altéra, et elle refoula une vague de nausée.

— Ils avaient ciblé un pigeon. Max le travaillait dans la salle de jeu. J'étais censée me montrer « gentille » avec lui.

— Autrement dit ?

Elle baissa les yeux sur ses mains serrées, incapable de soutenir plus longtemps le regard de Cash.

— Ils voulaient que je l'entraîne dans sa chambre, pour...

Elle s'interrompit, obligée de déglutir une nouvelle fois.

— Je vois le tableau, dit Cash.

Sa voix était rauque, mais elle ne pouvait toujours pas le regarder en face.

— Les lumières se sont éteintes, continua-t-elle et...

— Et ensuite j'ai failli vous attraper.

— Voilà.

Cash la croyait presque — ce numéro de petite fille solitaire était assuré de jouer sur l'instinct protecteur d'un homme. S'il s'était agi d'un film, il l'aurait sélectionnée pour un oscar. Quelle actrice formidable ! Les fards piqués à point nommé, les déglutitions nerveuses, les mains tremblantes et serrées, tout cela constituait des petites touches parfaites.

— Pourquoi votre famille vise-t-elle les biens des Barron ?

Il se rapprocha, s'assit sur une chaise en face d'elle.

La tête de Roxanne se redressa brusquement, et durant un bref instant il se demanda s'il l'avait prise au dépourvu. Sur son visage, la consternation remplaça rapidement le choc provoqué par sa question. Cash avait interrogé un tas de gens dans sa vie. Son instinct lui répétait avec insistance que cette fille était exactement ce qu'elle paraissait : une gentille gamine trop naïve pour son propre bien. Mais l'expérience le poussait à la croire aussi grosse arnaqueuse que le reste de sa famille.

Maximilian Rowland était un voleur et une crapule accomplis, qui avait élevé ses fils dans le même moule. Pourquoi un homme pareil n'utiliserait-il pas chaque outil en sa possession — y compris sa ravissante fille ? Il repoussa le parallèle avec son propre père et ses frères au fond de son esprit.

— Je… J'ignorais qu'ils le faisaient, répondit-elle.

Elle affichait un air perplexe, les sourcils joliment froncés au-dessus de son nez retroussé.

— Je suppose, ajouta-t-elle, que ça colle assez avec la raison pour laquelle je vous ai contacté.

Se renversant sur son siège, il attendit qu'elle poursuive.

— Mon père est un… criminel, monsieur Barron. Nous sommes restés à distance durant toute ma vie, mais surtout depuis cet incident. Mes frères me contactaient de temps à autre, prenaient de mes nouvelles, m'envoyaient parfois de l'argent — que je renvoyais systématiquement, se hâta-t-elle de préciser, et là encore, il faillit la croire. Quoi qu'il en soit, le voyage à Las Vegas était une surprise complète.

Elle battit des cils, jouant encore l'innocence.

— Donc vous ne saviez pas du tout que vous alliez… « travailler » pour eux ?

— Non ! En aucun cas. Mais…

Sa voix mourut, et elle esquiva son regard.

— Mais quoi ?

— J'ai le sentiment qu'ils n'en ont pas terminé avec moi. Pour être tout à fait honnête, monsieur Barron, continua-t-elle en se penchant en avant, la mine grave, je ne veux rien savoir d'eux. J'aime mon job. Il y a des choses que j'ai envie de faire dans ma vie et qui n'incluent pas un séjour en prison.

Elle inspira à fond et arbora une expression sérieuse.

— J'ai une proposition à vous faire.

Cash s'efforça de garder un visage impassible, afin qu'elle ne puisse rien déchiffrer de ses pensées.

— Une proposition.

— Oui !

Elle hocha la tête avec enthousiasme, se penchant davantage vers lui. Il l'observa attentivement, juste pour voir ce qu'elle « offrait. » Rien. Son pull restait sagement en place. Il fut presque déçu. Puis sa bouche arrondie en une petite moue capta son attention.

— Comme je l'ai dit, je ne veux rien savoir d'eux, mais si vous — ou la police — les arrêtez, alors je pourrai conserver mon existence.

— Et conserver votre existence est important pour vous ?

Elle lui jeta un regard finement ironique, manière de dire « Sans blague ? »

— Exactement. J'ai une formation de conservateur de musée. Je veux travailler dans un musée. Être archiviste d'entreprise pour RCM, c'est intéressant, mais je veux vraiment exploiter mon diplôme d'histoire. Or mon père et mes frères risquent de tout ficher en l'air.

— Et votre proposition ?

— Ah, je pensais vous l'avoir exposée. Je suis presque sûre qu'ils prévoient de m'embarquer dans leur combine, quelle qu'elle soit. Je peux faire semblant de jouer le jeu, vous tenir au courant, et ensuite la police et vous leur tombez dessus.

— On leur tombe dessus, répéta-t-il.

À nouveau, elle acquiesça avec enthousiasme.

— Oui, voilà.

Même si Cash ne la croyait pas, force était de reconnaître que les choses devenaient intéressantes.

— Dites-moi ce que vous savez réellement.

Sans se faire prier, elle partit dans un discours décousu,

brodant sans doute un peu pour remplir les blancs, ou inventant au fur et à mesure. Ça, elle ne manquait pas d'imagination ! Pendant ce temps, il envoyait un texto à Bridger. Elle avait une proposition ? Lui, le début d'un plan.

— Et puis… J'ai toujours la robe.

Il releva la tête de son smartphone.

— La robe ?

— Oui, celle dont je vous ai parlé. Que je portais au casino. Elle avait encore ses étiquettes qu'on m'a demandé de ne pas enlever parce que mon frère avait l'intention de la rapporter à la boutique. À moins qu'il l'ait volée et m'ait raconté des craques.

— Mmm.

— Je voudrais donc la rendre, ou au moins découvrir si quelqu'un l'a réellement payée. Si l'argent vient de Dexter, je la garderai, car c'est un porc.

En cours de route, Cash avait un peu perdu le fil de la discussion, malgré des échanges de messages fort instructifs avec Bridger. Selon le commercial de chez RCM, Roxanne Rowland avait été engagée comme archiviste — en gros, une documentaliste haut de gamme chargée de cataloguer, gérer et conserver le matériel des campagnes publicitaires. Ils étaient ravis de son travail, c'était une employée modèle. Il y avait un problème ?

Il ne savait pas très bien quand — et pourquoi — il prit cette décision, mais après un dernier texto il déclencha son plan.

— Alors, voici le marché : vous emménagez chez moi.

Le visage de Roxie afficha un refus outré.

— Quoi ? Non !

— Je crois que vous ne comprenez pas, chérie. Jusqu'à ce que cette situation soit réglée, nous sommes inséparables.

— D'abord, je ne suis pas votre chérie.

— C'est bien vrai, marmonna-t-il dans sa barbe.

— Ensuite, je ne peux pas. J'ai un travail.

— Ce point a été réglé. Vous êtes détachée en mission pour Barron Companies.

— Attendez... C'est impossible ! Je suis au beau milieu d'un projet. Qu'est-ce... Qu'est-ce que je vais bien pouvoir faire pour Barron Companies ?

— La même chose que pour RDM, Red. En clair, ce qui compte, c'est que je ne vous quitte pas des yeux une seule seconde.

Les joues de Roxie s'empourprèrent, et son regard flamboya, pareil à un soleil éclatant sur un fond de whisky.

— Ah oui ? Et comment, plus précisément ? Vous allez me menotter aux toilettes pendant que vous prenez votre douche ? M'attacher au lit ?

— Ça peut s'organiser.

# - 4 -

Perfide. Et démoniaque. La colère de Roxie monta, en même temps qu'une vague de désir déferlait au creux de son ventre. Cela n'avait rien à voir avec l'idée d'être attachée au lit de Cash Barron et tout avec l'homme lui-même. Elle devait sur-le-champ étouffer dans l'œuf ses fantasmes de gamine, sous peine de ne jamais survivre à cette débâcle. Elle risqua un regard vers lui. Son expression était toujours résolue, mais ne décelait-elle pas une pointe de malice dans ses yeux ?

— Allons-y, dit-il.

— Je ne vais nulle part avec vous. Ma voiture est sur le parking.

— Quelqu'un de la sécurité la ramènera chez vous.

— Je suis parfaitement capable de la conduire moi-même.

— Vous montez dans la mienne. On va passer chez vous pour que vous fassiez vos bagages, puis nous irons chez moi.

— Qu'est-ce que vous ne comprenez pas dans le mot « non » ? J'ai des responsabilités. Je… J'ai quelqu'un qui m'attend à la maison, ajouta-t-elle, soudain alarmée.

— Qui ?

— Euh… Harley.

— C'est qui ?

Cash plissa les yeux. Il paraissait suspicieux, ou s'agissait-il d'autre chose ? Quelque chose de… surprenant. De la jalousie ? Il ne la considérait que comme un moyen pour atteindre un but. « Jaloux » ne serait jamais un qualificatif qu'elle associerait à Cash Barron.

— C'est mon… colocataire.

Bon, techniquement parlant, c'était la vérité. Harley vivait avec elle.

— Et je dois prendre soin de lui, en quelque sorte.

Cash se pencha en avant, la fixant d'un regard pénétrant.

— Comment ça ?

Malgré sa nervosité, elle se força à soutenir son regard.

— Il est… immature. Il ne peut pas vraiment prendre soin de lui-même.

— Mmm.

Il n'avait pas l'air convaincu du tout. Mais il était hors de question qu'elle laisse Harley seul à la maison.

— Je vous dis la vérité, monsieur Barron.

— Moui. Eh bien, allons voir ce gars et ce qu'il pense de tout ça.

Il l'attrapa par la main et l'entraîna à sa suite. Comme lorsqu'elle marchait avec Harley. Elle tenta de planter les pieds dans le sol, mais ses semelles en cuir glissèrent. Elle essaya de libérer sa main, Cash serra plus fort et continua. Elle finit par céder et trottina pour se calquer sur son allure.

Lorsqu'ils atteignirent l'entrée, un Range Rover gris foncé les attendait, et un homme en costume sombre tenait la portière côté passager. Il lui tendit une main, disant :

— Madame, j'ai besoin de vos clés.

— Non, je conduirai moi-même ma voiture.

L'agent de sécurité se tourna vers Cash en quête de directives.

— Donnez-lui vos clés, Red.

— Non ! Fourrez-vous ça dans le crâne, monsieur Barron. Ce n'est pas parce que j'ai accepté de vous aider que vous devez me donner des ordres.

Cash contourna le véhicule et elle recula, percutant le garde qui ne bougea pas d'un pouce.

— Remettez vos clés de voiture au gentil monsieur, Roxanne, et montez dans le Range.

Il la fusillait du regard. Sa bouche formait une ligne sévère. Ce gars ne plaisantait pas. Elle avait été idiote de lui téléphoner. Pourtant, si elle voulait retrouver le contrôle de sa vie, elle avait besoin de lui. Quelle poisse. Poussant un soupir, elle fouilla dans son sac et sortit son porte-clés.

Cash observa Roxanne ôter soigneusement une clé d'un bazar de pendeloques bizarres. Elle tendit la clé au garde, puis le reste du fatras disparut dans son sac à bandoulière.

— Montez dans la voiture, Roxanne.

Elle lui tira la langue, mais s'installa néanmoins sur le siège avant. Il claqua la portière et fit signe à l'agent de veiller à ce qu'elle ne s'échappe pas. Une fois derrière le volant, il ordonna :

— Bouclez votre ceinture, poupée.

Elle pinça les lèvres en une moue craquante, et il faillit éclater de rire. Roxanne Rowland s'avérait une surprise totale. Était-il en train de se faire avoir ? La femme en vêtements confortables et non maquillée hormis un saupoudrage de taches de rousseur n'était pas celle qu'il avait observée sur les écrans de sécurité à Las Vegas.

Le trajet entre l'extrémité sud de la ville jusqu'à sa partie nord-ouest se déroula en silence. Si elle fut étonnée quand ils pénétrèrent dans sa résidence, signe qu'il connaissait son adresse, elle n'en montra rien. Il avait hâte de découvrir son colocataire imaginaire. Bridger avait vérifié auprès de la gérance. Roxanne habitait un studio et figurait seule sur le contrat de location. Si elle hébergeait un petit ami, elle violait la loi.

Il se gara près de son appartement en rez-de-chaussée et la regarda. Elle semblait plus irritée que nerveuse.

— Vous descendez ?

— J'attendais que vous m'ouvriez la portière, mais manifestement, vous n'êtes pas un gentleman.

Sur ce, elle la poussa d'un geste sec et voulut sortir — sauf qu'elle se trouvait coincée par la ceinture.

Retenant à grand-peine un gloussement amusé, il la libéra en appuyant sur le bouton. Était-elle vraiment maladroite, ou lui jouait-elle un petit numéro pour le désarmer ? Comédie ou pas, c'était en tout cas l'effet qu'elle lui faisait.

Remontant d'un pas vif le chemin menant à son studio, elle inséra sa clé, ouvrit la porte et fit un pas de côté. Il eut environ trois secondes pour se préparer au monstre hirsute qui se rua sur lui. Il s'ancra dans le sol, un pied en avant, les épaules baissées, et se retrouva les bras chargés d'une énergie poilue déterminée à baver sur son visage. Il banda ses muscles, posa le chien géant par terre et foudroya Roxanne du regard. Pliée en deux, elle riait aux larmes.

— Merci de m'avoir prévenu. Je suppose qu'il s'agit de Harley ?

Elle inspira à fond, recouvrant peu à peu son calme.

— Oui.

— Je vais faire le nécessaire pour qu'il soit pris en charge dans une pension canine.

Il réalisa son erreur tactique un instant trop tard. La femme comme l'animal se tournèrent vers lui.

— Harley n'ira pas dans un vieux chenil puant ! Il va où je vais ! Point final.

Le chien aboya, un *ouaf* sonore qui ébranla les vitres.

— Ah ? Et qu'est-ce que vous avez fait de lui quand vous étiez à Las Vegas ?

Là, il la tenait. Le visage de Roxanne se plissa en une expression adorablement déconcertée.

— Euh… Leo.

— Et qui est Leo ?

— Je suis Leo. Dis donc, mon chou, tu ne m'as pas raconté que tu avais rencard avec un homme aussi canon que celui-ci.

Cash leva les yeux vers l'homme appuyé au balcon juste au-dessus d'eux, puis reporta son attention sur Roxanne.

— Alors Leo s'en occupera.

— Tttt, impossible, objecta ce dernier. J'attends de la visite, et je n'aurai pas le temps de faire la navette entre dedans et dehors pour tourner en rond chaque fois que cette créature pense avoir besoin de renifler les buissons.

Roxanne tourna son beau regard doré vers lui.

— Harley est angoissé par la séparation. C'est vous qui avez insisté pour que je m'installe chez vous.

— Waouh ! Tu m'as vraiment fait des cachotteries, Miss Roxie-anne, s'insurgea Leo.

Si ce bonhomme se penchait encore par-dessus la rambarde, il allait tomber dans les buissons que reniflait Harley.

Comme s'il savait qu'il était le sujet de la conversation, l'énorme cabot s'avança pesamment, s'assit devant Cash et posa une patte massive sur sa cuisse. Le chien poussa une sorte de soupir, imitant celui de Roxanne. Cash s'empêcha de lever les bras en signe de reddition.

— Bon, mais cette bête a intérêt à être bien dressée.

Se sentant sans doute insultée, Roxanne redressa le menton et lui jeta un œil noir. Puis elle pivota sur ses talons.

— Ah ouais ? Je parie que vous ne l'êtes pas, vous, bien dressé, Cash Barron, marmonna-t-elle.

Cash passa l'heure suivante assis sur le canapé avec la gigantesque boule de poils. Le chien était étalé à côté de lui, sa grosse tête posée sur sa cuisse. Roxanne s'affairait autour d'eux, préparant des valises et des sacs d'épicerie bourrés de nourriture pour chien et de fourbi pour animal de compagnie. Elle l'amusait terriblement — trop — car il se surprit à sourire.

— Voilà, je suis prête.

Il inspecta la scène. Roxanne avait ramassé ses cheveux en une queue-de-cheval brouillonne, et elle se tenait au milieu d'un bazar insensé. Il pointa du doigt les innombrables valises, sacs et cartons autour de ses pieds.

— Je devrais peut-être appeler un camion de déménagement ? On peut emporter vos meubles, aussi.

— Haha. Très drôle. J'essaie de coopérer dans une situation difficile.

Il loucha sur le tas.

— Coopérer ?

— Oui. J'imagine que vous n'aurez pas envie de faire des navettes permanentes entre chez vous et chez…

La sonnerie du portable de Cash l'interrompit. Il repoussa le chien et se leva, portant son appareil à l'oreille. Le regard rivé sur Roxanne, il écouta Bridger sans trahir la teneur de leur discussion.

— D'après Tucker, commença son cousin, Otto Baer est une baleine. Il n'a jamais mis les pieds dans aucun casino Barron avant l'incident avec les Rowland.

Une baleine, ou un flambeur, était un gros joueur pariant des sommes très importantes. Les casinos les comblaient d'attentions extravagantes, comme des transferts en jet privé, une limousine et leurs meilleures suites, afin de les attirer dans leurs salles de jeu. Cash choisit ses mots avec soin :

— Quel était le marché ?

— C'est là que ça devient bizarre, répondit Bridger.

Tuck a vérifié avec Chase et le concierge. Ils ne savaient même pas que le type se trouvait là.

— Intéressant.

— Je trouve aussi. Il est resté deux jours, a perdu de l'argent mais pas énormément, en a regagné un peu, puis il est parti pour Tahoe.

Harley lança un aboiement.

— C'était quoi, bon sang ? s'enquit Bridger, stupéfait.

— Un de mes nouveaux invités.

— Est-ce que je préfère ne pas savoir ?

— Probablement. Vois ce que tu peux dénicher d'autre. Je rentre chez moi dès que j'aurai réussi à charger toutes les affaires de Roxanne dans le Range.

— Les affaires de Roxanne. Dans le Range. Euh… Tu m'expliques de quoi il retourne ?

— Décision de l'exécutif.

— Nom d'une pipe. Je grille d'impatience. Tu me racontes tout ça au bureau demain ?

— Oui.

Cash coupa avant que son cousin ne pose d'autres questions agaçantes, se recentra sur lui-même.

— Allons-y, décréta-t-il.

Ignorant la gigantesque tache humide sur son pantalon — façon bave d'escargot —, il empoigna une valise et des cartons. Il leur fallut deux voyages chacun pour entasser tout le bazar de Roxanne dans la voiture. Au moment d'installer Harley sur la banquette arrière, ce fut Cash qui aboya.

— Ce sont des sièges en cuir. La bave et les griffes ne font pas bon ménage avec le cuir.

Roxanne leva les yeux au ciel, gonfla les joues, grogna « Bien » et rentra chercher une couverture.

— Voilà, vieux maniaque.

Il n'était pas un vieux maniaque. Il appréciait juste les belles choses, dont les sièges en cuir de ses voitures.

— Vous me devez déjà une facture de blanchisserie pour ce pantalon. Je suppose que vous n'avez pas envie d'ajouter le remplacement des sièges à votre note.

— Le remplacement…

Roxanne en resta bouche bée, ses prunelles dorées lançant des éclairs.

Il avait indubitablement un côté pervers. Énerver cette fille l'amusait beaucoup. Il l'observa tandis que, penchée en avant, elle étalait la couverture sur la banquette. Il distingua quelques-unes des récriminations qu'elle marmonnait.

— Sûrement en cuir de Corinthe… Pauvre macho débile… radin… bagnoles qui coûtent plus cher qu'une maison… déteste mon chien.

Il baissa les yeux sur l'énorme chien noir assis derrière lui.

— Elle parle toujours toute seule ?

L'animal lui rendit un regard grave et soupira. Cash inclina la tête de manière à avoir un meilleur aperçu du très ravissant fessier de Roxanne. Elle le prit sur le fait.

— Ah oui ? protesta-t-elle. Ajoutons « goujat » à la liste.

Se mordant les lèvres pour retenir un éclat de rire, Cash claqua des doigts à l'attention du chien.

— Monte dans la voiture, clébard.

— Ce n'est pas un clébard. Harley est un terre-neuve pure race avec pedigree.

À force de se mordre les joues, il aurait la bouche en sang le temps d'arriver chez lui. Il claqua de nouveau les doigts.

— Monte dans la voiture, clébard pure race avec pedigree.

Harley sauta sur la banquette arrière, indifférent au manque de respect qu'il lui manifestait. Bouillonnante de colère, Roxanne grimpa à l'avant, claqua la portière.

Impossible pour Cash de retenir plus longtemps son hilarité. Elle était jolie comme tout, craquante, fougueuse, et cela l'excitait bien plus qu'il ne l'aurait fallu, vu les circonstances. Il réussit plus ou moins à ravaler son rire tout en s'installant au volant.

— Ce n'est pas drôle, gronda Roxanne, furieuse.

— De mon point de vue, si.

# - 5 -

— Votre mobilier est blanc ?

La voix de Roxie montait dans les aigus. Quel homme sain d'esprit aurait des meubles blancs — en cuir blanc ? Harley jeta un seul regard au grand canapé, bondit si brusquement en avant qu'elle lâcha sa laisse, et grimpa dessus. Il le piétina d'un bout à l'autre, renifla partout et finit par s'affaler à une extrémité. Il semblait fier comme un pape.

Elle lança un coup d'œil par-dessus son épaule. Cash avait déposé une première cargaison et était retourné en chercher une autre à la voiture. Profitant de cet instant d'intimité, elle agita un doigt sous le nez du terre-neuve.

— Harley, descends. Tout de suite. Vilain chien. *Vilain !*

Cette andouille de gros toutou roula sur le dos, offrant son ventre aux caresses.

— Tu vas me coûter une fortune, râla-t-elle, non sans obéir à la prière irrésistible de l'animal.

— Je mettrai les dégâts sur votre note.

Elle pivota pour affronter l'autre moitié de son tourment.

— Ce n'est pas ma faute si vous vivez dans un environnement stérile, et je vous rappelle que c'est vous qui avez insisté pour ce supposé arrangement.

Les yeux marron foncé de Cash étincelèrent, lui faisant penser à de la bière brune au fond d'un verre.

— Vous vous fichez de moi.

Il haussa un sourcil malicieux et répliqua :

— Vous croyez ?

Après l'avoir fusillé du regard, elle désigna la montagne d'affaires entassées dans l'entrée.

— Où est-ce que je suis supposée mettre tout ça ?

Elle voyait presque les pensées tourbillonner dans la tête de Cash alors qu'il jetait un œil vers un couloir. Elle pariait que ça menait à une zone dangereuse — sous la forme de la chambre à coucher principale. Lorsqu'elle détourna les yeux de ce précipice potentiel, elle croisa les siens. Son corps s'embrasa sous l'effet du sourire sexy et de la flamme qui brûlait entre ses paupières mi-closes. Seigneur, cet homme lui donnait envie d'arracher ses vêtements et de danser dans l'arrosage automatique pour calmer sa fièvre.

— Votre chambre…, commença Cash.

Puis il s'interrompit, s'éclaircit la gorge — et elle se demanda bien pourquoi — avant d'indiquer une arcade juste après la cuisine.

— … est par là. Chambre d'amis. Salle de bains adjacente.

Ensuite, il désigna un rideau masquant une double porte-fenêtre au bout de l'espace salle à manger.

— De ce côté-ci, le patio. Il y a une petite pelouse. Vous êtes chargée de ramasser derrière le chien. La cuisine est carrelée. Laissez-y ses gamelles d'eau et de nourriture. Il y a un garde-manger pour stocker le reste de son bazar.

Elle acquiesça à chaque instruction, écoutant vaguement tout en examinant la pièce. Elle ne savait pas bien à quoi elle s'attendait, mais cet appartement… Le quartier de Bricktown n'était déjà pas donné, alors cet immeuble ? C'était l'un des plus chers du coin — non qu'elle soit étonnée. Les Barron roulaient sur l'or. N'empêche, c'était immense, avec un très vaste séjour qui s'étendait jusqu'à une cuisine hyper haut de gamme digne d'un chef et un grand coin salle à manger.

Les sols étaient en parquet massif, et les griffes de Harley allaient y laisser des marques, voire pire. Il y avait des tapis partout. L'endroit semblait digne d'une émission de décoration. Cash avait mentionné un espace extérieur, et elle imaginait ce qu'elle y découvrirait. Le gars avait sans doute un couloir de nage privé. En outre, l'appartement comportait au moins deux chambres avec salle de bains. Et chaque meuble et œuvre d'art était une pièce unique. Le tout disait « coûteux » avec un C majuscule.

Cet homme était trop riche pour elle. De toute façon, jamais elle n'aurait retenu l'attention de Cash si sa famille ne l'avait pas embarquée dans leur projet machiavélique, quel qu'il soit.

Elle sursauta quand Cash lui toucha le menton et referma sa bouche grande ouverte. Il l'avait surprise en train d'étudier le cadre avec des yeux de merlan frit et de rêvasser sur l'homme lui-même. Elle ne pouvait pas se permettre de se déconcentrer ainsi. Elle devait garder son sang-froid. Cash Barron ne l'appréciait pas, et il avait un problème avec la famille Rowland. Bon, elle aussi avait un problème avec elle, mais c'était différent. Il s'agissait de son père et ses frères. Lui, c'était quelqu'un de l'extérieur, autoritaire. Limite goujat. Énervant. Exaspérant. Sexy. Trèèès sexy. Il sentait trop bon.

— La Terre à Roxanne…

— Quoi ?

Elle réagit vivement, honteuse d'avoir encore dérivé.

— Votre chien veut sortir.

— Vous ne pouvez pas traverser la pièce, ouvrir votre porte et le laisser aller dans votre jardin ?

— C'est pas mon chien, poupée.

Marmonnant de sombres réflexions entre ses dents, Roxie claqua des doigts et s'approcha de la porte-fenêtre masquée par le rideau. Elle dut batailler avec des kilomètres de tissu pour trouver la poignée. Déverrouiller exigea concentration et finesse. Évidemment. Le gars dirigeait une entreprise de sécurité. Tout l'appartement était probablement connecté à un système de surveillance audio et vidéo. Elle se figea.

Harley, impatient de sortir, utilisa ses soixante-quinze kilos pour la pousser hors du passage, et elle agrippa le rideau afin de ne pas tomber. Le tissu se déchirant, le mur de tentures tout entier cascada jusqu'au sol, s'accumulant autour d'elle, assise sur les fesses.

Cash n'essaya même pas de retenir son rire. Tout en se tapant sur les cuisses, il apprenait qu'on pouvait rire aux larmes. Il s'essuyait les yeux, mais chaque fois qu'il commençait à se calmer, il regardait Roxanne et l'hilarité le reprenait. Quand il fut à peu près convaincu d'avoir repris ses esprits, il traversa la pièce afin de l'aider à se relever.

Harley revint en trombe dans l'autre sens, ayant sans doute décidé que sa maîtresse étalée par terre constituait un nouveau jeu. Le chien géant se jeta sur Roxanne, la renversa, lui recouvrant la figure de bave. Ses hurlements de protestation ne firent qu'encourager le cabot à semer la pagaille. Il abandonna Roxie, enchevêtra ses pattes dans les mètres de soie, et entreprit de s'enrouler dedans.

Les rideaux étaient fichus, et Cash admit se sentir soulagé. L'appartement avait été décoré par l'une des petites amies de son père, laquelle l'avait utilisé comme show-room jusqu'à ce que Cash rentre plus tôt de voyage et la trouve au lit avec le type qui avait posé le carrelage. Regardant autour de lui, il découvrit qu'en effet, l'endroit était stérile et froid. Les murs étaient blancs, les meubles étaient blancs, les tapis étaient blancs. Les seules touches de couleur provenaient des photos d'art encadrées. La plupart étaient noir et blanc, mais quelques-unes avaient une ou deux touches de rouge — un parapluie sur le cliché d'une rue pluvieuse, les lèvres boudeuses d'une femme sur une autre.

Il compara avec le studio de Roxanne, dont le mobilier avait été chiné dans des brocantes. L'endroit donnait l'impression d'être habité — comme les maisons que tous ses frères partageaient avec leurs épouses. Des styles différents mais le même sentiment de foyer.

S'arrachant à ses pensées déprimantes, il se concentra sur la situation présente. Roxanne gisait toujours par terre — pleurant ou riant silencieusement. Il n'aurait su dire. Il contourna la grande table au plateau en granite, et considéra ses hôtes. Harley donnait des coups avec ses deux pattes avant sur la cuisse de Roxanne, dont les yeux cernés de rouge ne présageaient rien de bon. Il claqua des doigts.

— Stop, Harley.

Le terre-neuve se redressa et se secoua. Fort. Les rideaux de soie et des filets de bave volèrent. Cash refusait de rire, même s'il dut se détourner un long moment pour reprendre contenance. Même si Roxanne ne s'apercevait de rien. Elle avait tiré un large pan de soie par-dessus sa tête.

— Tuez-moi tout de suite, d'accord ?

Sa supplique suscita un aboiement sonore chez Harley, qui se mit à danser autour d'elle, tout en la poussant du museau à travers le tissu.

— Harley !

Cette fois, Cash aboya le nom du chien, et l'animal vint docilement s'asseoir à côté de lui. Roxie fixait l'animal d'un regard furieux.

— Un coup de main ?

— Non, répondit-elle d'un ton sec, se mettant debout.

Elle tendit la tête vers le plafond où la cantonnière et

les lourds panneaux de tissu avaient été accrochés à une tringle en cuivre. Elle poussa un grand soupir.

— Laissez-moi deviner. Soie véritable, pas vrai ?

Il haussa une épaule.

— Probablement.

— Pff. Je vais finir par vous devoir mon premier-né à ce taux-là.

Tout s'arrêta une fraction de seconde, et il la dévisagea. Son cerveau rationnel lui répétait qu'elle empruntait seulement une figure de style pour exprimer sa situation embarrassante. Mais une partie profondément enfouie en lui, celle qu'il cachait à tout le monde — ses frères, son jumeau, et à lui-même aussi d'ailleurs —, se demanda l'espace d'un bref instant quel effet cela ferait de tenir son enfant dans ses bras.

— Cash ?

Retour brutal à la réalité.

— Ne vous inquiétez pas pour les rideaux, Roxanne.

— Euh… Ça va ? demanda-t-elle, tendant une main hésitante dans sa direction.

— Oui, oui.

Certes, il s'était montré un peu dur avec elle, mais bon. Elle n'était pas sa petite amie. Ni son invitée. Elle était une suspecte dans une enquête en cours.

— Je vais vous aider à porter votre fourbi dans la chambre d'amis.

— Et le désordre ici, on en fait quoi ?

— Laissez-le.

— Si vous le dites…

— Je le dis. Il est tard. Je me lève tôt demain. Ce qui signifie que vous aussi.

— Très bien, monsieur Malaimable.

Suivi de Harley s'ingéniant à le faire trébucher, Cash transporta le reste des affaires de Roxanne à sa chambre.

Elle réussit à effectuer un chargement, tomba sur le chien, puis attendit sagement, assise au bord du lit, pour lui indiquer où déposer sacs, cartons et valises. Quand ce fut terminé, il s'arrêta à la porte. Il aurait dû dire quelque chose mais ignorait quoi. Il opta pour une formule éprouvée.

— Bonne nuit, Roxanne.

Refermant la porte, il se replia dans la cuisine. Sortant une bière du frigo, il gagna la salle de télé où il alluma l'écran géant pendant que son ordinateur portable démarrait. Il regarderait le match de basket en consultant ses mails.

Malgré sa bière et la résolution de quelques problèmes au bureau, il ne s'était pas calmé. Il était presque minuit et il devait dormir. Il s'arrêta un instant devant la porte de la chambre d'amis. Le seul son qu'il entendit fut un cliquetis métallique — sans doute les breloques sur le collier de Harley. L'animal se grattait. Génial. Il avait sans doute des puces.

Il s'éloigna sur la pointe des pieds, passa par la cuisine jeter sa bouteille de bière dans la poubelle et gagna sa propre chambre. Là, il se déshabilla, ne gardant que son caleçon, puis s'allongea sur son lit dans le noir. Il dormait mal, la plupart du temps. Et la présence d'autres personnes le perturbait plus qu'il n'aurait voulu l'admettre. L'harmonie était rompue — bruits différents, atmosphère différente… Il n'avait pas l'habitude qu'une femme dorme sous son toit.

Deux heures plus tard, il contemplait toujours le plafond. Il quitta sa chambre. Le salon paraissait plus clair que d'ordinaire : le mur de rideaux bloquant les portes-fenêtres du coin repas n'existait plus. Les veilleuses de sécurité et la lune projetaient un motif quadrillé sur le sol. Il n'arrivait pas décider s'il aimait cette ouverture sur l'extérieur ou non. Encore une chose qui était différente. Et perturbante — aussi problématique que de penser à Roxanne assoupie à quelques mètres de là.

Il n'avait ni faim ni soif — de rien qu'il puisse trouver dans le frigo, en tout cas — aussi dépassa-t-il la cuisine. La salle de télé était vide. Pas la chambre d'amis. Il aurait dû retourner au lit, mais à la place il marqua une nouvelle pause devant la porte, retenant son souffle, écoutant les sons de l'autre côté du battant. Deux respirations distinctes — une basse et douce, l'autre, un ronflement sonore. Curieux, il entrebâilla la porte et coula un œil à l'intérieur.

Roxie était allongée sur le ventre, les membres en croix, sous un drap et une couverture légère. Dans le faible éclairage, ses cheveux créaient une auréole incandescente contre l'oreiller blanc. Le chien noir formait une grosse tache sombre en travers du pied du lit. Il leva la tête, renifla, soupira puis retomba dans le sommeil.

Un drôle de nœud se contracta en Cash, mais il n'avait pas envie d'analyser de trop près ce sentiment. Il commençait à avoir cette femme dans la peau, et il n'aimait pas cette idée — ou peut-être qu'il l'aimait trop. Il referma la porte aussi précautionneusement qu'il l'avait ouverte et regagna sa chambre à pas de loup. Encore troublé, il grimpa pourtant dans son lit. Après s'être tourné et retourné un moment, il s'endormit. Épuisé, il se rendit à peine compte que le matelas s'enfonçait lorsqu'un corps chaud le rejoignit.

# - 6 -

Quelque chose de lourd écrasait la poitrine de Cash et un souffle brûlant balayait son visage. Une épaisse goutte visqueuse d'origine… dégoûtante s'étala sur sa peau nue. C'était quoi, ça ? Une chose froide et humide lui frotta la figure. Il enfonça la tête dans l'oreiller et ouvrit un œil. Deux grands yeux marron, un museau noir brillant et des traînées de bave emplirent son champ de vision.

Harley. Le satané cabot le fixait comme s'il était son nouveau meilleur ami — ou petit déjeuner. Difficile à dire.

— Descends.

La grosse bestiole émit un petit aboiement, roula sur le côté et se creusa un terrier contre le flanc de Cash. Riant malgré lui, il chassa le chien du lit. Puis, ignorant son air triste et déconfit, il s'assit au bord du matelas et saisit sa montre : 6 heures. On avait beau être samedi, il avait des choses à faire. Quand Harley se rua vers la porte, il comprit que laisser sortir l'animal serait sans doute la première sur la liste.

Pendant que Harley explorait le patio en reniflant tout ce qui lui tombait sous le nez, Cash se glissa dans le couloir. Il était curieux de savoir comment le chien avait quitté la chambre. La porte était juste assez ouverte pour permettre le passage d'une bestiole de soixante-quinze kilos. Il la poussa du bout du pied et regarda.

Son invitée était toujours étalée sous le drap, le visage recouvert d'un voile de cheveux emmêlés. Elle semblait dormir à poings fermés. Soit Harley était Houdini sous une apparence canine, soit Cash avait mal fermé la porte après avoir observé la belle en douce, cette nuit.

Dix minutes plus tard, il faisait de son mieux pour oublier la fille et le chien. Il avait un tas de choses à faire. Pour commencer, ses huit kilomètres de jogging quotidien. Alors que ce temps de course lui servait en général à ordonner ses pensées et à programmer sa journée, il y échouait lamentablement ce matin. Des images de cheveux roux ébouriffés, d'yeux dorés, de lèvres pulpeuses et l'idée d'une innocence qui ne pouvait pas être réelle, s'infiltraient sans permission.

Quelles étaient les intentions de Roxanne ? Pourquoi sa famille en avait-elle après les Barron ? Où se plaçait-elle sur cet échiquier ? Laquelle était la vraie Roxanne ? La sirène sexy ou l'adorable empotée ? Comment trouver les réponses dont il avait besoin ? Les questions fusaient dans sa tête au rythme de ses chaussures de course sur le trottoir.

Cette femme constituait une menace — depuis son étrange offre d'aider à coincer sa famille à la déroutante réaction qu'elle lui avait inspirée. C'était surtout ça, le grand danger, d'ailleurs. Il ne voulait pas penser à elle comme à une femme attirante, ou à la sensation de sa peau quand il la touchait. Des cheveux en bataille devraient n'être que des cheveux en bataille. Et ne pas l'inciter à se demander à quoi ils ressembleraient après une nuit de sexe torride. Et il ne devrait carrément pas penser du tout à une nuit de sexe avec la délicieuse Mlle Rowland. Elle n'était qu'une arnaqueuse, née et élevée pour l'escroquerie de haut vol.

*N'est-ce pas ?*

Il avait appris très tôt à ne compter que sur ses réactions instinctives face aux situations et aux gens. Il se trompait rarement. Tout ce qu'il savait des Rowland désignait

Roxanne comme étant au cœur de l'affaire, jusqu'à ses envoûtants yeux couleur de whisky.

Ses pieds eurent beau frapper le bitume, il ne parvint pas à répondre aux questions qui le taraudaient. Les seules réponses qu'il avait l'envoyaient dans des directions opposées. Roxanne Rowland était une énigme — une femme prétendument élevée loin de sa famille, expédiée en pension, dont les seuls démêlés avec la loi impliquaient la grand-tante de Cash. Pour croiser son chemin aujourd'hui, six ans plus tard ? Avec son père et ses frères rôdant alentour ?

En travaillant dans la sécurité, il avait appris à se méfier du hasard. Ce genre d'aberration vous revenait dans les dents neuf fois sur dix. Et ça faisait quoi de Roxanne ? Un puzzle — qu'il résoudrait tôt ou tard. Il n'avait pas le choix. Son père n'en attendrait pas moins de lui.

Il chassa la pensée de son père. Il avait façonné son existence en fonction des attentes de Cyrus Barron après avoir reçu le premier sermon de sa vie. Il avait sept ans et voulait entrer dans l'armée comme son cousin Hunter Tate. « Les Barron ne sont pas soldats, avait dit son père. Ils sont généraux. » En tant qu'enfant, il avait juste compris qu'il avait fait quelque chose de mal — tout comme cela avait été mal de vouloir intégrer les forces de police.

Depuis que sa mère avait été tuée dans un accident de voiture, il n'avait aspiré qu'à une chose : protéger sa famille, les garder à l'abri du danger. Et avait voulu l'amour et l'approbation de son père, tous deux étant hors de portée. Devenu adulte, son besoin de protection restait aussi fort. Tout ce qu'il avait accompli, sous la direction de son père ou seul, il l'avait fait avec ce désir en tête.

Cash modifia légèrement sa routine matinale. Il avait programmé la cafetière avant de partir courir, mais sur le chemin du retour, il s'arrêta chez Sugarbaker's pour acheter de quoi petit-déjeuner. La boutique, prisée dans ce quartier branché de Bricktown, était à la fois un *coffee shop* proposant des pâtisseries époustouflantes et une épicerie gastronomique faisant traiteur.

Muni de muffins tout chauds et de denrées basiques — lait, crème et sucre —, il courut les deux blocs qui le séparaient de son appartement. Harley attendait à la porte — à l'endroit même où il se trouvait quand Cash était parti —, l'air vexé et éploré. Le cabot avait du caractère et ne craignait pas de le montrer.

Dans la cuisine, il trouva une Roxanne visiblement très vaseuse, vêtue d'un caraco à fines bretelles et d'un pantalon de yoga taille basse. Jamais il n'avait jamais autant raffolé des pantalons de yoga qu'à cet instant. Plaquant le sac de courses devant son bas-ventre pour masquer sa réaction, il fronça les sourcils. Elle paraissait indécise.

— Roxanne ?

Elle se tourna vers lui en bâillant tout en s'étirant, ce qui dénuda son ventre et dévoila un nombril parfait. *Réfrigérateur.* Il devait ranger le lait et la crème dans le réfrigérateur.

— Besoin de café, marmonna-t-elle.

— Cafetière.

Le regard de Roxanne dériva lentement jusqu'à la cafetière électrique sur le plan de travail.

— Café ?

Elle semblait un brin confuse, et il réprima un rire en déposant les articles dans le frigo.

— Prenez un mug dans le placard, puis la carafe pleine, appuyez sur le levier et versez.

— Mug ?

Il la dévisagea par-dessus la porte du réfrigérateur. Il désigna le placard juste au-dessus de la cafetière.

— Là-dedans.

Elle ne bougea pas.

— Roxanne ?

— Mmoui ?

— Ça va ?

— Besoin de café.

Pas un brin confuse, totalement à côté de ses pompes.

— Vous l'avez déjà dit.

Il approcha et elle bondit presque en arrière. Il réussit avec moult précautions à lui faire contourner l'îlot en granite du coin repas et à l'installer sur un tabouret de bar. Harley suivit comme une ombre chacun de ses pas.

Roxie posa les coudes sur la pierre froide et son menton au creux d'une main. Ses yeux ensommeillés traquèrent tous ses gestes sous des paupières lourdes et mi-closes.

— Noir ? demanda-t-il en sortant deux mugs du placard.

Elle bâilla de nouveau à s'en décrocher la mâchoire.

— Crème et sucre ? demanda-t-elle en retour.

— Oui, répliqua Cash, incapable de résister à la moquerie.

— Hein ?

— Oui, j'ai de la crème et du sucre. Et du lait.

— Vous buvez votre café avec de la crème et du sucre, vous aussi ?

— Non, je le prends noir.

— Alors pourquoi vous… Laissez tomber. Je peux avoir de la crème et du sucre dans le mien ?

— Si vous êtes capable de les ajouter vous-même.

Il remplit les deux tasses de café, sortit le carton de lait du réfrigérateur, puis, la prenant en pitié, il l'ouvrit pour elle et déposa le tout devant elle, y compris une cuiller, avant de s'adosser au plan de travail pour l'observer.

Harley s'assit aussitôt en face de lui et posa une patte sur sa cuisse sans cesser de reluquer la porte fermée du garde-manger. Le chien avait-il faim ? Nouveau coup de patte, puis Harley gagna la porte en question et attendit. Obligeant, il ouvrit la porte et sourit quand l'animal prit une boîte de croquettes dans sa gueule massive et ressortit. Cash remplaça la boîte par l'os en peau de bœuf qu'il avait également acheté ce matin. Tout heureux, Harley entreprit de mâchouiller son os, tout en créant une flaque de salive.

Roxie sirotait son café comme s'il s'agissait d'un grand cru.

— Il vous aime bien, constata-t-elle.

Et il perçut une pointe de jalousie dans sa voix.

— Vous l'avez depuis combien de temps ?

Elle termina son café et poussa la tasse vers lui avec une supplique — « Encore, s'il vous plaît » — dans le regard. Il la resservit. Après qu'elle l'eut agrémenté à son goût et bu une gorgée, elle répondit :

— C'est un chien abandonné que j'ai récupéré dans un refuge. Il devait avoir deux ans. Peut-être trois. Cela remonte à deux ans.

Sur ce, Roxie soupira et enfouit le nez dans son mug. Une fois qu'il fut vide, elle le tendit de nouveau.

Cash ravala un rire et fit de son mieux pour être sérieux.

— Vous n'êtes pas du matin, hein ?

Roxie grogna et s'obligea à ouvrir grand les yeux pour observer attentivement l'homme sexy devant elle, ses épaules larges, le torse puissant sculpté par un T-shirt humide. Taille effilée, hanches étroites enveloppées dans un short de course moulant — et oh, quelles formes il moulait, ce short ! — qui mettait en valeur des cuisses musclées à la perfection.

— Tandis que vous, oui, je parie.

Elle baissa les yeux et se concentra sur l'ajout de sucre et de crème dans son café.

— En effet, reconnut-il.

L'ironie condescendante de sa voix lui était presque

insupportable à une heure aussi précoce de la journée. Elle avala plus de liquide brûlant et s'étrangla à mesure que la raison de la tenue de Cash pénétrait ses cellules à présent imbibées de caféine. Elle faillit recracher.

— Oh mon Dieu ! Vous courez !

D'accord, c'était sorti comme une accusation, mais tant pis. Les coureurs étaient cinglés. Limite malfaisants. Est-ce qu'il faisait ça tous les jours ? Est-ce qu'il allait l'obliger à se lever et à courir avec lui ?

— Oui.

Maintenant, il riait carrément.

Une serviette en papier surgit près de sa tasse. Elle s'essuya la bouche, évitant soigneusement de regarder Cash, et son corps mince et vigoureux de coureur contre lequel elle avait envie de se coller et de faire des choses vilaines. Un énorme muffin, à la divine odeur, apparut dans sa vision périphérique.

— Celui-ci est au babeurre et aux épices. Si vous préférez myrtilles ou citron et graines de pavot, j'ai aussi.

Babeurre et épices, c'était sa variété favorite. Ça avait le goût que devaient avoir les vacances en famille, bien qu'elle n'en ait aucune idée réelle. C'était seulement une fois devenue adulte qu'elle avait entrevu comment les familles normales — les vraies familles — célébraient Thanksgiving, Noël et… les anniversaires.

Elle cueillit le bord du muffin dépassant du moule en papier plissé. Un petit morceau s'émietta entre ses doigts, qu'elle glissa dans sa bouche. Les saveurs éclatèrent sur sa langue — cannelle, gingembre, muscade. C'était sans doute le meilleur muffin qu'elle ait mangé de sa vie. Elle ôta le papier, mordit à pleines dents dans l'exquise pâtisserie, incapable de retenir un gémissement de plaisir.

Cash se déplaça, mettant prestement l'îlot de cuisine entre eux. Elle le regarda et lâcha un petit cri de surprise en voyant son visage. Il avait les yeux rivés sur elle, pleins d'une expression indéchiffrable. Il longea l'extrémité de l'îlot, pivota sur ses talons, s'éloigna à grandes enjambées.

— J'ai besoin d'une douche. Savourez votre muffin, et je suppose que vous êtes à présent capable de vous servir votre café toute seule ?

— Mmh-mmh.

Sa bouche s'était desséchée par la vision fugace qu'elle avait eue de lui avant qu'il tourne le dos. Ce short de course ultra-moulant ne laissait rien — *rien* — à l'imagination et la sienne s'emballait, s'emballait…

Non. Non-non-non. Elle refréna ses pensées et se concentra sur son muffin. Qui avait son parfum préféré. Penser à cet homme, avec un corps pareil, nu sous la douche ? Pas question. Mauvaise idée. Route dangereuse. Chaussée glissante en cas d'intempéries.

De nouveau maîtresse d'elle-même, elle finit le muffin et se leva pour se servir encore une tasse de café. Elle s'apprêtait à boire une gorgée quand Cash franchit le seuil de sa chambre. Ne portant qu'une serviette. Une serviette nouée bas sur ses hanches. Les doigts de Roxie cessèrent de fonctionner, son cerveau aussi.

Cash brandit son téléphone portable.

— Changement de plans, annonça-t-il.

Le mug de café se fracassa sur le carrelage de la cuisine.

# - 7 -

Roxanne le dévisagea, les yeux si exorbités que Cash voyait le blanc autour de ses iris dorés. Harley, indifférent aux débris de faïence, se mit à aspirer bruyamment le café répandu par terre.

— Changement de plans ? bredouilla-t-elle.

Est-ce qu'elle venait de se passer la langue sur les lèvres ? La serviette enroulée autour de ses hanches se souleva légèrement. Il devait vraiment contrôler les réactions de son corps vis-à-vis d'elle.

— C'est ce que je viens de dire. Harley, arrête !

À cet ordre acerbe, le chien cessa de lécher le carrelage et lâcha un grognement mécontent. Cash se tourna vers Roxie.

— Sortez de la cuisine afin de ne pas vous couper.

Elle baissa les yeux au sol, comme si elle se rendait seulement compte de ce qui s'était produit.

— Oh. Oups. Je vais nettoyer.

— Vous êtes pieds nus. Reculez prudemment. Allez vous préparer. On doit partir le plus vite possible. Je nettoierai ça dès que je serai habillé.

L'expression de Roxie balançait entre résolution et incertitude.

— Euh… Où va-t-on ?

— Au ranch.

Son visage s'illumina et elle se mit à danser autour du mug en mille morceaux.

— Un ranch ? Harley ! Tu as entendu ? On va dans un ranch ! Des chevaux ! J'adore les chevaux ! On va s'éclater !

Le chien aboya joyeusement et suivit sa maîtresse qui se précipitait vers sa chambre.

Il resta planté là, interloqué et désorienté. À quel moment avait-il perdu le contrôle de la situation ? Il n'avait aucune intention d'emmener ce fichu cabot, mais Roxie partait du principe que l'animal serait du voyage. Il prit le temps de ramasser et de jeter les éclats de vaisselle, puis de nettoyer le reste de café avec une serviette en papier humide.

Ensuite, la tête résonnant du bruit de la douche dans la salle de bains d'amis, Cash alla s'habiller. Il était en conférence téléphonique avec deux de ses agents quand Roxie apparut, Harley caracolant à ses côtés.

Elle portait un jean usé qui la moulait aux bons endroits, des bottes de cow-boy et un pull couleur pêche mûre. Avec le blanc stérile de son salon en toile de fond, on aurait dit un rayon de soleil jaillissant d'un nuage. Elle avait retrouvé toute son assurance. Elle ressemblait à une cow-girl. Marchait comme une cow-girl. La fille écervelée avait fait place à une femme ravissante dont les yeux dorés brillaient d'excitation.

Il termina sa conversation téléphonique et se prépara à une dispute à propos de Harley. Mais il abandonna en voyant le chien assis près de la porte menant au garage, laisse entre les dents, yeux marron implorants. Cash n'avait jamais su résister aux grands yeux marron.

Une fois dans le Range Rover et en route direction nord sur la I-35, Roxie brisa le silence.

— Je peux vous demander combien de temps dure le trajet jusqu'au ranch ?

— Puisque vous venez de poser la question, je dirais « oui ».

Elle gonfla les joues et expira bruyamment.

— Vous faites partie de ces nazis de la grammaire ?

— Uniquement dans votre cas.

— Oh ! je suis flattée. Alors, combien de temps ?

— Pour arriver au Crown B ? Une demi-heure environ.

— Ah.

Elle gigota sur son siège, s'éclaircit la gorge, reprit :

— Est-ce que... Il y a des toilettes là-bas ? J'ai bu beaucoup de café ce matin.

Il ricana dans sa barbe.

— On a installé des sanitaires il y a au moins un an de ça.

Roxie lui frappa le bras.

— Ne me faites pas rire !

— Je peux aussi m'arrêter et vous trouverez un arbre.

— Haha, très drôle. Je ne suis pas Harley. J'attendrai, merci bien.

Entendant son nom, l'intéressé posa une patte sur l'épaule de Cash et gémit avant de fixer la vitre d'un regard suppliant.

— D'accord, grommela Cash.

Il appuya sur le bouton et baissa la vitre juste assez pour que le chien puisse sortir la tête.

— Idiot de cabot.

Harley, aux anges, pointait sa truffe dans le vent, ses oreilles volant derrière lui ainsi que de longs rubans de salive. Cash nota intérieurement de laver la voiture avant que ce poison ne sèche et ne ruine la peinture de la carrosserie.

Il ne devrait pas prendre autant de plaisir aux joutes verbales avec cette femme. Ni autant de peine à dissimuler ses sourires, car il n'avait pas souri comme ça depuis des mois — des années, pour être honnête.

Penchée en avant, Roxie tripotait la radio. Elle passa les fréquences préréglées en revue, apparemment peu satisfaite de ses choix. Certes, il avait surtout programmé des stations d'info ou de sports, mais il y en avait aussi de musique. Lorsqu'elle commença à tourner le bouton, il la devança en pressant une commande sur le volant. Une seconde après, la voix de son cousin chantant une ballade s'élevait dans l'habitacle.

— Qui est-ce ? demanda Roxie.

Elle fixait intensément le tableau de bord, comme si les cadrans pouvaient lui indiquer l'identité de l'interprète.

— Deacon…

— Tate ! termina-t-elle à sa place.

Elle sautilla sur son siège. Cash aurait dû être habitué à ce genre de réaction, mais cela le blessa quand même.

— J'adore Deacon Tate et les Sons of Nashville. Pourtant, je ne reconnais pas cette chanson.

— Elle n'est pas encore sortie.

— Comment est-ce que vous…

— On s'occupe de la sécurité sur les tournées de Deke, et c'est mon cousin.

— C'est votre… Évidemment. Suis-je bête. Je me souviens que le jour où le sénateur Barron a annoncé sa candidature à la présidence, Deacon a joué devant la foule.

— Votre famille est… Wouah, conclut-elle en se rencognant dans son siège pour l'étudier, l'air sérieux. Vous êtes réellement les Red Dirt Royalty.

Il résista à l'envie de hausser les épaules. Il détestait ce terme mais ce n'était qu'une chose de plus à gérer pour le privilège de porter le nom de Barron. Dans son travail, il valait mieux faire profil bas — une difficulté majeure compte tenu de l'ancienne propension de son jumeau monozygote à figurer chaque semaine sur la une des tabloïds.

Après avoir quitté l'autoroute, il prit des routes de campagne pour atteindre l'entrée imposante du ranch Crown

B. Il suivit l'allée sinueuse en direction de l'ensemble de bâtiments agricoles et de la vaste demeure qui constituait le cœur de la famille Barron.

— Ouh là, soupira Roxie dès qu'elle aperçut la bâtisse de plain-pied. C'est magnifique.

Il arrêta le Range et essaya de voir l'endroit avec un regard neuf.

Roxie continua à s'extasier.

— On dirait… un décor de cinéma. Une maison de rêve. Fantastique. C'est là que vous avez grandi ? Quelle chance vous aviez de vivre ici, vos frères et vous !

Sauf que ce n'avait pas été le cas. Cette maison avait été remodelée, agrandie, partiellement reconstruite depuis la ferme originelle bâtie par son arrière-grand-père juste après la « Course à la terre » d'Oklahoma en 1889. Alice, la première épouse du père de Cash et la mère de ses trois frères aînés, avait adoré et restructuré le ranch. À son décès, Cyrus avait emmené ses fils dans une maison de Nichols Hills, une banlieue huppée d'Oklahoma.

Cash se souvenait davantage du ranch, et surtout des touches que sa mère à lui avait tenté d'y apporter avant sa mort. Puis ce furent Big John et Miz Beth qui s'étaient occupés de la maison, de la propriété et des frères Barron. Avec l'âge et le temps, ces derniers avaient considéré le ranch comme leur foyer parce que c'était là que vivaient Big John et Miz Beth.

Cash faillit dire à Roxie qu'il n'y avait rien de fantastique ni de magique à grandir dans cette maison, mais il aurait menti — du moins un petit peu. Il se rappelait les baignades estivales, en tenue d'Adam, dans le lac glacé. Les parties de pêche au bord de la rivière. Les balades à cheval. La chasse en automne. Les aînés emmenaient toujours les deux petits derniers. Et toute la fratrie se regroupait autour du break familial quand Cyrus ramenait une nouvelle belle-mère ou une nouvelle maîtresse.

Chassant frères et père de ses pensées, Cash reprit la direction de la maison. À présent, il était le paria et devait s'en souvenir. Son boulot était de protéger les autres, que cela leur plaise ou non.

Il préféra continuer plutôt que se garer devant la demeure principale. Il reconnut au passage le Ford Explorer près de la porte. Jolie, la femme de Cord, était là, et donc CJ, son neveu, probablement aussi. S'il y avait une chose qu'il ne voulait pas, c'était que Roxanne rencontre ses belles-sœurs.

Il s'arrêta au bureau du ranch. Roxie avait déverrouillé sa ceinture et quitté la voiture avant même qu'il ait coupé le moteur, pour foncer tête baissée à l'intérieur. Devinant une chance de s'échapper, Harley sauta sur le siège avant et la suivit.

Dusty, le chien du Crown B, se précipita depuis la véranda, aboyant sauvagement. Génial. Comme s'il avait besoin d'une bagarre entre cabots pour couronner le tout ! Harley gronda un aboiement retentissant. Dusty pila en dérapant, culbutant presque en arrière dans sa hâte à s'immobiliser.

Harley faisait quasi deux fois la taille de Dusty, lequel était déjà un gros morceau — combinaison de diverses races allant du chien de berger au chien de garde. Les deux bestioles se reniflèrent mutuellement avec prudence, frétillant de la queue, puis, à la manière mystérieuse des chiens, devinrent les meilleurs potes du monde et partirent de concert explorer les buissons et marquer leur territoire.

Kade Waite, le gérant du ranch, et Manuel Sanchez, responsable du bétail, l'attendaient lorsque Cash entra à son tour dans le bureau. Il chercha Roxie des yeux. Les deux hommes désignèrent du menton le couloir menant à une salle de pause et aux toilettes. La jeune femme n'avait pas menti.

Une plantureuse Hispano-Américaine surgit, un grand sourire aux lèvres, et le serra dans ses bras.

— *Holà*, Cash. Ça faisait longtemps.

Il ne put s'empêcher de lui rendre son sourire tandis que Manuel le foudroyait du regard. Manuel travaillait au Crown B depuis aussi loin que Cash s'en souvienne, et il avait élevé sa famille dans une des maisons du ranch. Ses filles aînées, Rosalie et Selena, avaient enseigné à Cash et son jumeau Chase l'art du baiser avec la langue, lors d'une partie particulièrement torride du jeu de la bouteille qui s'était déroulée dans le grenier à foin de la grange principale.

Ils avaient été surpris par Big John. Son frère et lui avaient treize ans, Selena le même âge qu'eux et Rosalie, deux ans de plus. Ils avaient eu de la chance que ce soit Big John, et non Manuel. Tous les quatre avaient été privés de sortie et à la fin du semestre, les filles avaient été transférées dans une école catholique.

Rosalie était désormais infirmière praticienne en pédiatrie, mariée à un pompier. Selena était restée au ranch, avait épousé un des garçons vachers de son père et travaillait maintenant comme secrétaire pour Kade. Les filles étaient ce qui se rapprochait le plus de sœurs pour les frères Barron.

— Comment ça va, Leenie ? Ton cow-boy est toujours gentil avec toi ?

Elle rejeta la tête en arrière et éclata de rire.

— Tu l'as dit, bouffi ! Et toi, poursuivit-elle en jetant un coup d'œil vers le couloir, tu me fais des cachotteries ?

— Quoi ? Ah non, se reprit-il, comprenant qu'elle faisait allusion à Roxanne. C'est le boulot.

— Mouais, tu parles.

Selena ne semblait guère convaincue, mais quand son père grogna entre ses dents, elle fit machine arrière, encore hilare.

— Drôle de boulot, si tu veux mon avis. Oui, je travaille, je travaille, ajouta-t-elle avec un geste apaisant de la main à l'intention de son père et de son patron.

Kade s'esclaffa et tapa sur l'épaule de Manuel avant de redevenir sérieux.

— On a un problème, Cash.

Ce dernier fixa l'homme qui pouvait être ou non son demi-frère.

— C'est ce que tu m'as dit. Raconte-moi ça en détail.

Ce fut Manuel qui prit la parole.

— Je suis allé voir la pâture nord à l'aube. On a toujours quelques veaux nés en avance. J'ai trouvé la clôture coupée. Des traces. Ils avaient des chevaux. Ils ont poussé le troupeau vers la route. Camion à bétail, d'après les traces de pneu que j'ai vues dans la boue.

— On en a perdu combien ? voulut savoir Cash.

— Près d'une centaine. Des génisses prêtes à mettre bas.

Soucieux d'en venir au point essentiel, Cash se tourna vers le gérant du ranch. Kade passa la main dans ses longs cheveux et répondit à la question muette.

— Étant donné que c'étaient toutes des primipares ? On atteint les sept cent mille dollars, facile.

Son père allait monter sur ses grands chevaux. Cash prit son portable et tapa un texto tout en demandant :

— Qu'est-ce que tu as fait, Manuel ? Étape par étape.

— J'ai pris le Gator tout terrain. Il est chauffé. Je suis trop vieux pour monter en selle le matin quand il fait froid. Le troupeau était éparpillé. Ça n'aurait pas dû être le cas. J'ai vérifié la clôture. Elle était coupée. J'ai suivi les traces, appelé le shérif, appelé Kade. Il t'a appelé. Et voilà.

L'espace d'un instant, le vieil homme parut indécis.

— J'aurais dû vous prévenir en premier, monsieur Cashion ?

Cash secoua la tête et à son tour, tapa l'épaule de Manuel.

— Cash tout court, Manuel, et tu as fait ce qu'il fallait. Le shérif passera le message pour vérifier toutes les bétaillères.

Dan West avait fait partie de la police des autoroutes avant qu'un accident mette fin à sa carrière. À présent, il était le shérif fraîchement élu du comté de Logan.

— J'attendais ton appel, répondit-il d'une voix amusée.

— Sept cent mille dollars, Dan.

— Ouille. On a lancé une recherche dans tout l'État. Mais sans description, en dehors de boue rouge sur les pneus et d'une cargaison de génisses pleines, on n'a pas grand-chose.

Cash marmonna quelques jurons dans sa barbe.

— Ils sont rusés. Je parie qu'ils ont des papiers apparemment parfaitement en règle. J'ai mis mon équipe sur le coup. Ces vaches sont marquées du sigle du Crown B. Toutes les salles de vente de bétail à deux mille kilomètres à la ronde ont été alertées.

Le rire du shérif retentit dans le téléphone.

— Alors pourquoi tu me tires du lit un samedi matin ?

— On souffre moins quand d'autres souffrent aussi. Je te dois une bière. Merci, mon gars.

— On se tient au jus, Cash. Et, oui, tu me dois une bière et un burger !

Après avoir raccroché, Cash vit que Kade et Manuel lorgnaient derrière lui. Roxanne. Il pivota et retint son souffle devant son expression surexcitée.

— Des voleurs de bétail ? C'est vrai ? On va seller les chevaux et les poursuivre ? J'adore monter à cheval.

De joie, elle sautillait sur place. Kade ravala un ricanement et Manuel s'éclaircit la gorge. Selena lança un regard étrange à Cash et forma silencieusement les mots : « Sans blague ? » Il haussa les épaules.

— Pas de chevaux. On prendra le Gator.

Roxanne parcourut la pièce des yeux.

— Et Harley ?

— Et Harley, quoi ?

— Où est Harley ? demanda-t-elle, soudain livide. Oh non. Vous l'avez laissé dans la voiture ? Non, non et non. C'est nul. Il mange les sièges en cuir. Je n'ai pas les moyens de remplacer vos sièges, moi !

— Respirez, Roxanne. Il n'est pas dans la voiture. Il en est sorti en même temps que vous.

— Sorti ? Sorti ! s'écria-t-elle, la voix grimpant dans les aigus. Mais c'est un chien de ville. Il ne connaît rien de la campagne. Des vaches, des chevaux, ou de…

— Il est avec Dusty. Tout va bien.

Ses joues reprirent un peu de couleur et elle inspira plusieurs fois à fond. Il fit de son mieux pour ignorer l'hilarité qui gagnait les autres occupants de la pièce.

Le téléphone du bureau sonna et Selena décrocha illico.

— Ranch Crown B, bonjour… Miz Beth ? Quoi ? Calmez-vous, Miz Beth… Je ne comprends rien…

La jeune femme plaqua une main sur sa bouche, mais son rire fusa quand même. Elle réussit à reprendre :

— Cash est ici. Parlez-lui, ça vaut mieux.

Cash saisit l'écouteur.

— Allô, Miz Beth ! Hein ? Je… Miz… Bien. On arrive.

Quatre personnes le fixaient d'un air interrogateur.

— Big John a repêché Harley dans la piscine, mais il avait laissé la porte de derrière ouverte.

Roxanne s'effondra sur la première chaise venue.

— Misère ! Harley est un terre-neuve. Un chien d'eau. Et sa fourrure… La couche extérieure est en quelque sorte imperméable, sauf quand il est entièrement immergé. Et quand il sort, il… s'ébroue. Beaucoup.

*Nom de Dieu.* Les épaules de Cash s'affaissèrent, et il se frotta la nuque afin de dénouer la tension qui s'y accumulait. Miz Beth était furieuse. La journée pouvait-elle encore empirer ?

# - 8 -

Roxanne entendait encore les hurlements de rire des trois personnes dans le bureau. Lorsqu'elle était entrée en trombe, les deux hommes et la femme l'avaient dévisagée avec surprise, et elle avait demandé où se trouvaient les toilettes. Quelle idée de boire autant de café avant de prendre la route ! À sa décharge, elle ignorait qu'elle devrait prendre la route.

Et que Cash laisserait Harley en liberté. Car ce chien aimait l'eau. Et était imbattable pour en trouver. Or, elle n'avait pas prévenu Cash de ce détail. N'empêche, quelle sorte d'abruti lâcherait un chien en territoire inconnu sans surveillance ? Sauf que ce n'était pas un territoire inconnu pour Cash, qui avait mentionné un certain Dusty. Est-ce que Harley avait sauté dans la piscine pour sauver ce Dusty qui y était tombé ? Le terre-neuve a tendance à faire ce genre de choses, que le nageur ait besoin d'être sauvé ou pas. C'était l'instinct.

— Qui est Dusty ?

— Pardon ?

Cash semblait distrait et elle se rendit compte qu'ils ne prenaient pas l'allée principale menant à la maison. Il roulait sur un chemin gravillonné qui la contournait en direction de l'arrière de la bâtisse.

— Dusty. Vous avez dit que Harley était avec Dusty. C'est un de vos garçons vachers ?

— Pas exactement, répondit-il, évasif.

Elle haussa un sourcil, attendant la suite de l'explication.

— Dusty est le chien du ranch.

— Un… chien ?

Cash devait être le plus grand idiot du monde. Qui laissait deux chiens qui ne se connaissaient pas détaler ensemble ? Vers une piscine ? Et une femme nommée Miz Beth était sur le sentier de la guerre parce que Harley était sorti de la piscine et entré dans la maison, une demeure sans doute aussi luxueuse que tout ce que possédaient les Barron. Elle avait envie de taper sa tête contre le pare-brise.

— Vous n'avez jamais eu de chien, pas vrai ?

Le ton sarcastique de sa question la surprit elle-même.

Cash se gara devant une rangée de portes de garage.

— Épargnez-moi vos sermons, Red. Attendez votre tour.

Il descendit de voiture avant qu'elle puisse rétorquer quoi que ce soit. Elle le suivit, franchissant un portail en bois percé dans un mur de pierres, puis un patio paysager avec une cuisine extérieure et une vaste piscine. Elle n'eut pas le temps d'admirer le magnifique décor. Les larges épaules de Cash disparurent dans la maison. Elle trottina derrière lui et pénétra en plein chambard.

— Cette… Cette bête a mangé mon rôti !

Une femme d'un certain âge brandissait un rouleau à pâtisserie d'une main et une spatule métallique de l'autre. Le devant de son tablier était trempé, et Roxie remarqua des éclaboussures d'eau sur les placards, l'équipement électroménager en acier inoxydable et sur l'homme de haute taille qui se tenait à l'écart. Un petit garçon était planté devant Harley et un chien noir et blanc presque aussi gros que le terre-neuve.

— Il a pas fait exprès, Miz Beth.

La femme agita la spatule sous le nez de l'enfant.

— Ne t'avise pas de plaider la cause de ce monstre,

CJ, et éloigne-toi de lui. Il a de la salive plein les babines. À tous les coups, il a la rage.

Roxie bouscula Cash pour défendre son chien.

— Non, il n'a pas la rage. C'est un terre-neuve. Ces chiens-là bavent. S'il avait la rage, il ne serait pas en train de dégouliner dans votre cuisine : il aurait peur de l'eau.

La femme le dévisagea avec hostilité.

— Et vous êtes qui, vous ?

Cash fit un pas en avant.

— Elle est avec moi, Miz Beth.

Cette dernière le toisa.

— Tiens donc. Eh bien, tu me dois un rôti et une cuisine propre, Cash Barron.

Elle lui fourra les ustensiles de cuisine dans les mains, dénoua son tablier et menaça l'homme plus âgé du doigt.

— Cesse de rigoler, John Sanders.

— Je ne peux pas m'en empêcher, mon chou. Tu vaux le coup d'œil, à trembler de colère comme un chat mouillé.

— C'est parce que je suis mouillée, gros balourd. Quel chien saute dans l'eau en plein hiver ?

— Un terre-neuve conditionné pour le sauvetage de noyés dans l'Atlantique Nord, grommela Roxie.

Miz Beth lui lança un regard noir avant de ramener son attention sur les chiens et le petit garçon.

— Sors ces cabots de ma cuisine, Cordell Joseph. Ouste !

Le gamin ne discuta pas. Il saisit le collier du chien noir et blanc et tenta de le traîner dehors. L'animal ne bougea pas.

Cash siffla, une seule note aiguë et pointa la porte ouverte.

— Dehors. Tous les deux !

Les chiens filèrent, le garçon sur leurs talons.

Roxie s'apprêtait à demander à Miz Beth où se trouvaient les produits de nettoyage quand celle-ci s'avança vers Cash, planta un doigt sur sa poitrine, les yeux plissés.

— Tout cela est entièrement ta faute, Cashion Barron.

Il recula afin que Miz Beth ne puisse lui attraper l'oreille. C'était son mode opératoire quand il était petit. D'abord le doigt, puis l'oreille pincée. Ce qui faisait mal. Très mal. Il se préparait à subir le reste de sa tirade quand Roxanne fit irruption dans la mêlée.

— Ce n'est pas la faute de Cash. Enfin, pas complètement, en tout cas. Harley est mon chien et c'est moi qui ai insisté pour qu'on l'amène et qu'il passe une journée à la campagne, sauf que je ne savais pas qu'il y aurait une piscine et un chien de ferme galeux qui…

— Hé, Dusty n'est pas un…, intervint Big John, prêt à défendre la mascotte du ranch.

Mais Roxie lui coupa l'herbe sous le pied.

— Et qui laisse les portails et les portes ouverts ? Vous vivez peut-être au milieu de nulle part, mais c'est plein d'animaux sauvages dans le coin. Comment empêcher une meute de coyotes d'entrer tranquillement ici et de piquer votre rôti, si l'accès est libre, je vous le demande ?

Elle agitait un index vindicatif. Cash se réfugia auprès de Big John et tous deux laissèrent les deux femmes se crêper le chignon.

— Une meute de coyotes ? Vous venez d'où, ma fille ? Du Nord ? Doux Jésus, on n'a pas besoin de bécasses dans votre genre par ici.

Miz Beth se détourna d'elle pour fixer Cash.

— Tu amènes une étrangère dans ma cuisine ? Tu ne fais que semer la zizanie, et à présent tu débarques avec cette femme et son monstre de chien…

— Harley n'est pas un monstre ! Et ne soyez pas si dure avec Cash. Tout ça n'est pas sa faute !

Les joues de Roxie s'empourpraient, ses cheveux paraissaient presque en feu.

Cash jeta un regard en coin à Big John. Mouais. Lui

aussi avait surpris une lueur de triomphe dans le regard de Miz Beth. La réaction de cette dernière à la situation ne lui ressemblait pas du tout, et maintenant il avait des soupçons quant à ce qui avait motivé son comportement. Puis il aperçut quelqu'un qui essayait de rester hors de vue, juste à l'angle de la salle de séjour. Jolie, la maman de CJ et l'épouse de son frère Cord, un téléphone collé à l'oreille, parlant presque aussi vite que Roxanne.

Et zut. Il marchait sur des œufs dès que ses belles-sœurs étaient dans les parages. Elles le haïssaient toutes et il était convaincu que ses frères toléraient sa présence uniquement parce qu'il était celui qui protégeait tout le monde et réglait les embrouilles de la famille.

Désignant Jolie du menton, il ne masqua pas sa déception.

— Tu aurais pu gérer la situation, Big John. Roxanne et moi n'avions pas besoin de venir ici.

L'homme qui avait pratiquement élevé les frères Barron secoua la tête, mais ses yeux bleus pétillaient.

— Tu dois quand même admettre qu'il y a quelque chose d'admirable dans le fonctionnement de l'esprit de cette femme.

Cash grommela des mots qui lui auraient valu un lavage de bouche au savon s'il avait encore été gamin. John s'esclaffa et lui tapa sur l'épaule. Les femmes, dont Jolie à présent, ignorèrent les deux hommes.

— Beth t'a vu passer en voiture pour aller au bureau, et elle a aperçu la fille avec toi. Tu n'en avais jamais amené ici. Elle veut juste que tu sois heureux, Cash. Elle se fait du souci pour toi. On s'en fait tous.

Cash lui jeta un regard perçant.

— Qu'est-ce que c'est censé vouloir dire ?

L'expression de Big John s'assombrit.

— Un de ces jours, ton père et moi, on finira par avoir des mots, Cash, pour ce qu'il vous a fait à tous.

— Laisse mon père en dehors de ça.

Il comprit trop tard que les trois femmes avaient cessé de parler et sa déclaration tomba dans un épais silence. Excédé, il gagna l'office, s'empara d'une serpillière et d'autres ustensiles de ménage. Sans un mot, il retourna à la cuisine et entreprit d'éponger l'eau que Harley avait répandue partout. En silence, Roxie prit le rouleau de serviettes en papier et le nettoyant en spray.

Quand ils eurent fait disparaître les dégâts, Roxie rangea le matériel pendant que Cash sortait un billet de cent dollars de son portefeuille et le posait sur le plan de travail.

— Pour remplacer le rôti, dit-il à Miz Beth.

Roxie franchit furtivement la porte et il la suivit. Dans le patio, il siffla très haut. Les deux chiens arrivèrent au galop, et CJ le dévisagea, bouche bée. Cash tapota la tête de Dusty avant de le pousser vers le petit garçon.

— Surveille Dusty, d'accord ? Qu'il ne coure pas après la voiture.

L'enfant acquiesça solennellement, mais ne pipa mot.

— Tout ira bien, bonhomme. Miz Beth est en colère contre moi, pas contre toi.

CJ poussa un soupir, regardant par-dessus son épaule.

— Ils sont tous en colère contre toi, oncle Cash.

— Je sais. Ce n'est pas grave.

— Si, c'est grave. Je sais le secret, oncle Cash. J'ai essayé de le dire à papa et maman, mais ils veulent pas m'écouter.

Cash retint son souffle un instant.

— Il n'y a pas de secret, CJ.

— Si. Je sais pourquoi tu m'as pris.

Avant qu'il puisse réagir, CJ se jeta en avant, lui enserra les cuisses de ses bras. Cash se demanda quand l'enfant avait autant grandi. CJ bascula la tête en arrière pour le voir en face. Cash inclina la sienne pour lui faciliter les choses.

— Merci, oncle Cash. Sans toi, je crois pas que papa et maman seraient mon papa et ma maman.

Puis, sans attendre de réponse, le petit garçon le lâcha et traversa le jardin à toutes jambes, criant à Dusty de le suivre. Muet, Cash prit Roxie par le coude et l'entraîna vers le portail. Même s'il avait su quoi dire, il n'aurait pas été capable de faire passer les mots à travers le nœud qui lui obstruait la gorge.

Le gamin ne savait rien. Cash n'était pas allé avec les shérifs adjoints du comté d'Oklahoma récupérer CJ chez Jolie dans l'optique de réunir Jolie et Cord. Il avait fait son possible pour les séparer et assurer les droits paternels de Cord. Cette action avait été un coup de canif supplémentaire dans l'amour que lui portaient ses frères. Au bout du compte, qu'est-ce qu'un Barron connaissait à l'amour, de toute façon ?

Sauf que Cord et Jolie s'étaient réunis et mariés. Désormais, ils semblaient vivre un bonheur sans nuage. Quelle expression idiote. Sauf que chacun de ses frères avait trouvé une femme qui le rendait heureux. Et aucune de ces femmes n'était faite pour ses frères. Son père savait ça, et Cash aussi. Tout ce bonheur lui donnait des démangeaisons. Les Barron n'étaient pas destinés à trouver le grand amour. Il suffisait de regarder leur père.

Son téléphone sonna pendant qu'il chargeait un Harley encore trempé sur la banquette arrière du Range. Quand on parle du loup… Il eut à peine le temps de dire « bonjour ».

— Comment tu t'y prends pour récupérer mon bétail, fils ?

Son père montait sur ses grands chevaux, comme prévu.

— La police a été prévenue. Mes négociants en bétail passent les salles de vente de la région au crible. La barrière a été réparée et les vaches restantes ont été déplacées plus près du ranch.

— Qui est la femme qui a emménagé chez toi ?

Si Cash ne s'attendait pas à cette question, il n'était pas surpris que son père soit au courant de l'arrivée de Roxanne.

— Quelqu'un que j'ai besoin de garder à l'œil à propos d'une autre affaire.

— Tu deviens comme ton jumeau maintenant ? Ça ne m'étonne pas. Tu vas me trahir exactement de la même manière que tes frères. Quelle déception.

— Je te l'ai dit, papa. C'est un dossier. Rien de plus. Bon, je dois te laisser. J'ai un autre appel. Ça pourrait concerner le bétail.

Et il coupa la communication.

Après le savon de Miz Beth, les insinuations de Big John et les accusations de son père, il en avait par-dessus la tête de sa famille. Il s'installa derrière le volant et remarqua que Harley paraissait inhabituellement sombre, comme si le chien se rendait compte de son humeur à lui. Tout en reculant dans l'allée, il loucha sur Roxie. Elle aussi était sombre.

Formidable. Une journée pourrie, et on n'était même pas au milieu de l'après-midi. Il était temps de passer à autre chose.

# - 9 -

En général, le samedi soir, Cash sortait quelque part. Soit au Donovan's, un pub où il avait ses habitudes, soit dans une des boîtes de nuit de Bricktown où traînaient les fêtardes en quête de plan drague. La femme silencieuse à côté de lui excluait les deux possibilités. Pour une raison insensée, après le coup de fil de son père, il avait fait demi-tour, regagné le ranch et sellé deux chevaux. Il avait prétexté qu'une balade donnerait à Harley de temps de sécher, ce qui l'empêcherait d'empuantir sa voiture avec une odeur de chien mouillé. Roxanne avait rayonné de joie et s'était avérée meilleure cavalière qu'il ne le pensait. Harley avait folâtré comme un bébé chiot et Cash avait globalement ressenti la même chose.

À présent, ils rentraient à Oklahoma et il ne savait pas quoi faire de son invitée et de son compagnon à poils. Donovan's ne semblait pas son genre — encore qu'il n'ait pas la moindre idée de ce qu'elle aimait manger. Néanmoins, la perspective d'une assiette de *fish and chips* et d'une bonne Guinness restait tentante.

— Comment se comporte le toutou en public ?

— Comment ça ?

— Vous aimez le *fish and chips* ?

Roxie fronça les sourcils, visiblement perplexe, et il réprima un rire.

— J'ai faim. Il y a un pub qui fait le meilleur *fish and chips* de tout l'État. Est-ce qu'on peut faire confiance à

Harley pour se coucher sagement sous la table et ne pas semer la pagaille ?

— On… le laisserait entrer ? Parce qu'il se trouve que je raffole du *fish and chips*.

— Et de la Guinness ?

Elle plissa le nez.

— La Harp.

— C'est pareil.

— Pareil ? La Harp n'a rien à voir avec la Guinness.

— Toutes deux sont irlandaises. C'est pareil.

Roxie soupira et parut sur le point de discuter mais Harley choisit cet instant pour passer la tête entre les sièges et aboyer furieusement contre le semi-remorque devant eux. Le vacarme couvrit le fou rire de Cash.

Une heure plus tard, le chien, installé par terre dans un box au fond du Donovan's, rongeait gaiement un os. Roxanne léchait le vinaigre de malt sur ses doigts, et Cash se disait qu'il allait devenir cinglé si elle n'arrêtait pas. Sa langue pouvait être une arme mortelle — à bien des égards. À ce moment-là, il comprit qu'il voulait la séduire. Et qu'il commencerait dès qu'il l'aurait ramenée chez lui.

Elle leva les yeux et avala une goulée d'air avant d'exhaler lentement. Il l'étudia entre ses paupières entrouvertes et ne chercha même pas à dissimuler son sourire aguicheur quand elle rougit. Tendant un bras en travers de la table, il lui saisit la main et l'approcha de sa bouche à lui. Il utilisa sa propre langue pour nettoyer ses doigts. La saveur acide, maltée du vinaigre, couplée à la sensation de sa peau lui inspira l'envie de goûter d'autres parties de son corps.

— Repas terminé ? demanda-t-il d'une voix rauque.

Elle ne répondit rien, se contentant de hocher la tête, tout en le fixant, les yeux écarquillés. Elle se mordillait la lèvre inférieure, l'humectait du bout de la langue, mordillait à nouveau. Cash avait l'honnêteté d'admettre qu'il aimait le sexe. Énormément. Il allait apprendre à cette femme à quel point il aimait ça.

L'addition une fois payée, ils gagnèrent le Range. Cash aida Roxanne à grimper sur le siège passager et se pencha pour boucler sa ceinture. Sa respiration hachée l'émoustilla. Son souffle lui caressa la joue avec juste assez de force pour balayer une mèche de ses cheveux.

Sur le trajet vers son appartement, il fit une mise au point mentale. Du sexe, et rien de plus. Roxanne était réceptive — les vibrations qu'elle dégageait le prouvaient. Il ne lui ferait aucune promesse, ni déclaration d'aucune sorte, si ce n'était qu'il s'agissait uniquement de sexe. Deux personnes consentantes attirées l'une par l'autre, sans engagement.

Parfait. Exactement comme il aimait.

Vingt minutes plus tard, il avait enfermé Harley dans le patio et versait un verre de vin à Roxanne. Il le lui apporta, attendit qu'elle ait bu une gorgée et se lança. Sans la toucher, il se pencha en avant, les yeux rivés sur ses lèvres. Il les effleura des siennes, marqua une pause. Puis y mit plus de pression, ajouta un petit coup de langue inquisiteur. Elle soupira, entrouvrit la bouche, et il l'attira contre lui pour l'embrasser vraiment.

Le cœur de Roxie battait follement contre son torse. Il s'aperçut alors que le sien aussi cognait de façon désordonnée. Cette femme l'excitait, c'était indéniable. La partie calculatrice de son cerveau, qui ne se déconnectait jamais, examina les implications. Elle n'était pas du tout son type. En fait, Roxanne Rowland était une femme qu'il n'aurait jamais repérée dans une foule, et pourtant il était capable de la trouver sans la moindre hésitation dans un océan de visages. La femme qu'il avait observée sur les caméras du Crown Casino était une actrice jouant un rôle — mal, en définitive. La femme debout dans son salon était une contradiction ambulante.

La Roxie qu'il tenait entre ses bras était un peu brise-fer, mais paraissait… réelle. Son caractère s'accordait à ses cheveux. C'était cliché mais vrai. À présent, il était temps de voir de quel autre bois était faite Roxanne Rowland. L'encolure de son pull était large, aussi l'attira-t-il par une épaule pour embrasser et humer sa peau. Le souffle de Roxanne s'accéléra. Bien. Elle aimait ça.

— Bois, murmura-t-il, caressant sa joue de la sienne.

— Tu essayes de me soûler ? bredouilla-t-elle, haletante.

— Non. Juste de te détendre.

Elle gloussa nerveusement avant de répliquer :

— Je ne suis pas sûre de vouloir me détendre.

Pourtant, elle avala d'un trait le reste du vin. Pendant ce temps, Cash picorait sa clavicule.

— J'adore ta peau.

Un délicat frisson la traversa et il sentit ses muscles se relâcher. Ses doigts desserrèrent leur prise sur le verre à vin qui tomba vers le sol. Il le rattrapa à mi-hauteur.

— Arrête ça.

Il lui adressa un sourire perfide.

— Quoi ? De faire le ménage derrière toi ?

— Non. De me faire perdre les pédales.

— C'est l'effet que je te fais ?

Il espérait de tout cœur que c'était le cas.

— Oui, répondit-elle alors que sa respiration s'emballait.

Les choses progressaient dans le bon sens.

— Tant mieux. C'est bien que tu perdes les pédales, Red.

— Non, ce n'est pas bien.

Elle le repoussa mais sans grande conviction.

— Je pense au contraire que c'est très bien.

— Évidemment. Tu es un mec. À mon avis, c'est toi qui as besoin de perdre les pédales.

Ses yeux brillaient, pareils à du whisky dans un verre en cristal. Pour étayer son propos, elle noua les mains derrière sa nuque et approcha son visage du sien. Hissée sur la pointe des pieds, elle l'embrassa. Il lui laissa le contrôle quelques instants, puis s'empara fougueusement de sa bouche. Cinq secondes ou cinq minutes s'écoulèrent, il n'aurait su le dire, avant qu'il ne s'écarte enfin. Il la dévisagea, surpris de sa respiration aussi chaotique que la sienne.

— Je vais te faire l'amour, Roxanne. Tôt ou tard. Personnellement, je pense que ça devrait être maintenant.

Elle plissa ses yeux aux paupières alourdies de manière à accentuer son sourire.

— C'est carrément le plus tôt possible, non ?

— Oui.

— D'accord.

Cash reprit sa bouche et, la serrant contre lui, l'entraîna à reculons jusqu'à sa chambre. Il ne s'arrêta que lorsque les jambes de Roxie heurtèrent le matelas.

— Dernière chance, Red.

Ses longs cils voilèrent langoureusement ses yeux ambrés. Quand elle les rouvrit, il y vit de la détermination. Et du désir. Elle avait envie de lui. Super, car lui avait plus envie d'elle que… Il bloqua net cette pensée. Il s'agissait uniquement de sexe. Il devait découvrir les motivations de la jeune femme, les plans de sa famille. Tel était son but à lui.

Roxanne commença à soulever le bas de son pull, mais il l'interrompit d'une main douce.

— Je m'en occupe. Laisse-moi faire.

Du doigt, il suivit la peau soyeuse de ses épaules. Elle frissonna.

— Mais je t'en prie.

Lentement, il fit passer le pull par-dessus sa tête. Et

soudain, il oublia tout. Il oublia qu'il ne s'agissait que de sexe, il oublia même la distance émotionnelle à maintenir entre eux. Il oublia tout ce qui n'était pas Roxanne. En soutien-gorge de dentelle rose, la peau empourprée par son regard, les lèvres gonflées par ses baisers, elle était belle. L'élastique retenant ses cheveux disparut avec le pull et des vagues d'un roux sombre lui caressèrent les épaules.

Il la saisit par les hanches et l'embrassa encore. La texture satinée de sa peau était incroyable sous ses doigts. Il sentait la saveur sucrée du vin mêlée de celle, acide, du vinaigre malté. Tout comme elle : sucrée et acide. Son parfum, une fragrance subtile avec des pointes de cannelle et de jasmin, lui montait à la tête.

Elle se plaqua contre lui. Elle était… Son cerveau disjoncta. Il était enveloppé d'elle — de sa peau, de son odeur, de sa saveur qui persistait sur sa langue, de sa chaleur… Elle était tout ce qu'il pouvait vouloir, désirer ou imaginer. Ses mains trouvèrent la boucle de sa ceinture avant que son cerveau se reconnecte.

C'était une erreur. Lui faire l'amour. Non, il ne s'agissait que de sexe. Elle gémit doucement lorsqu'il frôla la peau nue de son ventre en dégrafant la ceinture, et le désir se mua en besoin irrépressible. Vital. Qui croyait-il leurrer ? Il ne s'agissait pas de simple sexe. Il voulait réellement lui faire l'amour. En tant qu'ennemie, elle devrait lui être interdite. Mais ça ne faisait que rajouter une attirance supplémentaire.

Les dents plantées dans la chair de son épaule, il fit glisser son jean. Roxie bascula la tête en arrière avec un profond soupir, qu'il alla cueillir en lui mordillant la gorge.

Puis il s'agenouilla, lui ôta bottes, chaussettes et jean. Et enfin, sa culotte, assortie au soutien-gorge rose.

— Je dois te prévenir que je suis le genre de gars qui vit l'instant présent. Point barre.

— C'est ce que j'ai entendu dire de toi.

Elle tentait maladroitement de déboutonner sa chemise. Il s'écarta et quelques secondes lui suffirent pour se débarrasser de ses vêtements.

L'expression de Roxanne s'adoucit. Ce qu'elle voyait lui plaisait. Puis son regard s'aiguisa, le jaugea de la tête aux pieds, tout en passant la langue sur sa lèvre inférieure. Le corps de Cash réagit aussitôt, ce qui lui valut un sourire.

— Pourvu qu'on n'ait pas à appeler Police Secours, ironisa-t-elle. Je risque de ne pas survivre à l'expérience.

Il se baissa pour prendre son téléphone dans la poche de son jean et le jeta sur le lit.

— Tu vas en avoir besoin, tu verras.

Le rire de Roxanne remua des choses enfouies en lui — des émotions qu'il n'avait pas envie d'éprouver.

— Des promesses, des promesses…

— Retiens ça, Red. Je tiens toujours mes promesses.

Il s'approcha et elle recula sur le matelas. Il l'attrapa par la cheville et tira de nouveau vers le bord.

— Je t'ai donné la permission de bouger ?

Elle ouvrit la bouche, outrée, et il constata avec plaisir que, lorsqu'elle s'emportait, son corps entier s'empourprait. La vision de Roxanne rose et ravissante sur son lit allait l'accompagner très longtemps.

— C'est mon lit et c'est moi qui fixe les règles.

Il s'agenouilla de nouveau et lentement, sans lâcher son regard, lui écarta les jambes, les allongea de chaque côté de son propre corps. Et il la contempla alors tout entière.

— Magnifique…

La peau de Roxie passa du rose au rose foncé. Un trouble totalement craquant. Elle leva la main, passa un ongle le long de sa mâchoire recouverte d'une barbe de fin de journée. Son corps se tendit en réponse.

— Je devrais dire quelque chose, murmura-t-elle.

Quelque chose de mémorable, de sexy, de… Mais c'est compliqué, j'arrive à peine à respirer…

— Essaie quand même.

— Waouh ?

— Pas mal, répliqua-t-il en gloussant.

Elle promena les doigts dans la toison brune de son torse.

— Personne ne m'a jamais regardée comme tu le fais.

— Ah bon ?

— Je crois que j'aime bien ta façon de me regarder. En tout cas, la façon dont tu me regardes maintenant.

— Alors allonge-toi, Red, et laisse-moi te regarder tout mon soûl. Et te toucher aussi, tout mon soûl. Ici, précisa-t-il en prenant l'un de ses seins dans une main. Et là, poursuivit-il, posant l'autre main beaucoup plus bas.

Elle frémit, entrouvrit la bouche, et il se pencha pour saisir sa lèvre inférieure entre ses dents. Elle gémit doucement :

— Tu pourrais me séduire rien qu'avec les mots.

— Ce serait moins drôle, non ?

Elle cligna les yeux et l'étudia, la tête un peu inclinée. Il en profita pour embrasser le petit creux sous son oreille.

— Qu'est-ce que tu vois ? demanda-t-elle.

La question le prit de court, aussi s'écarta-t-il.

— Qu'est-ce que tu veux dire ?

— Quand tu me regardes comme tu le fais maintenant, qu'est-ce que tu vois ?

La première impulsion de Cash fut de sortir une platitude, mais quelque chose bloqua le cliché sur le bout de sa langue. Il l'examina avec attention — son innocence apparente, son entrain, sa bouche qu'il avait encore envie d'embrasser.

— Je vois une femme qui ne sait pas qui elle est.

Il vit que ses mots la sidéraient, voire la blessaient. Il n'avait pas eu l'intention d'être si franc et, à vrai dire, il ne savait pas très bien comment cette affirmation lui était venue.

— Je sais qui je suis, objecta-t-elle, fuyant son regard.

Il posa une main sur sa joue afin de l'obliger à lever les yeux vers lui.

— Non, Red, je ne pense pas. Tu crois savoir, mais tu découvres tout juste à quel point tu es fascinante.

Et bon sang, ces mots-là, d'où sortaient-ils ? Malgré son envie de les désavouer, il savait qu'ils reflétaient la réalité.

— Je t'observe même quand tu penses que je ne te regarde pas, ajouta-t-il.

— C'est un peu agaçant.

— Peut-être. Mais je suis comme ça, Roxanne. J'étudie les gens. C'est mon boulot. Je ne peux pas l'éviter. Certaines personnes sont censées voir les autres. J'en fais partie. Et je te vois telle que tu es.

Vraiment ? N'était-elle pas censée être une ennemie ? Quelqu'un qu'il devait garder à l'œil afin de protéger sa famille ? Mais c'était lui qui avait besoin de protection, là. Elle était en train de l'ensorceler avec ses grands yeux pleins d'innocence, son visage expressif et ses maudites lèvres pleines qui appelaient le baiser.

— Tu n'as pas confiance en moi, fit-elle en le repoussant un instant, avant que ses doigts ne lui agrippent les épaules. Tu n'as pas confiance en moi, répéta-t-elle, mais je m'en fiche.

Sur ce, elle écrasa ses lèvres sur les siennes.

Il prit ce qu'elle lui offrait, approfondissant leur baiser. Cette femme lui envoyait des électrochocs d'excitation qui crépitaient à travers son système nerveux et lui grillaient le cerveau. Il avait entamé la soirée avec l'intention de la séduire mais c'était lui qui était séduit — envoûté par son innocence, son désir flagrant. L'impatience le submergea.

Il souhaitait être téméraire, irréfléchi, prendre pour

une fois ce que lui voulait. Ignorer les besoins de tous hormis ceux de cette femme et les siens. Il voulait la boire goulûment, vivre et agir dans l'instant présent, goûter le plaisir et la passion qu'ils pouvaient partager.

Il la prit dans ses bras sans lâcher sa bouche, sentit ses mamelons dressés contre sa poitrine tandis qu'elle se cambrait en gémissant. Il allait prendre son temps, la faire jouir longuement, plusieurs fois, avant de céder à son propre plaisir. Plus tard. Ils auraient le temps plus tard pour cela. Il la désirait maintenant, tout de suite, sur-le-champ.

Allongeant Roxanne, la tête et les épaules calées dans les oreillers, il fouilla le tiroir de la table de chevet. Il refusait de briser leur connexion, mais au lieu de mordre sa bouche il la caressa de l'épaule à la hanche tout en attrapant un préservatif. La respiration de Roxie s'accéléra tandis qu'il glissait la main entre ses cuisses. Elle gémit au moment où il découvrait sa moiteur brûlante. Une vague de félicité l'embrasa. Elle était prête. Pour lui.

Il parvint à enfiler la protection. Tous deux roulaient enlacés sur le lit, se cherchant des lèvres, des mains, avides de goûter, caresser, explorer, de se rapprocher encore plus.

La chevelure magnifique de Roxanne s'étalait sur l'oreiller, pareille à un incendie soyeux. Il passa les doigts à travers la masse rousse, juste pour voir si elle le brûlerait. La senteur de Rox s'amplifia, s'intensifia, et il l'inspira avec bonheur, s'enivrant de sa douceur épicée.

— Je t'en prie, supplia-t-elle contre sa bouche.

La convoitise l'emporta. Leur désir était trop fort pour qu'il n'y réponde pas. Son corps savait quoi faire, et une seconde plus tard il s'enfonçait dans ses profondeurs chaudes et mouillées. Appuyé sur les coudes, il l'observa. Ses lèvres humides. Sa peau rosie, ses mamelons tendus vers lui. Il en prit un dans sa bouche. Elle se cambra, l'agrippa par les hanches, le pressant de bouger avec elle. Il poussa en avant.

— Encore, murmura-t-elle.

Il entama de longs et puissants allers et retours, lui arrachant des gémissements lorsqu'il se retirait presque, torture exquise qui lui valut des ongles plantés dans sa peau. Elle resserra sa chair autour de lui, et il perdit toute notion de la réalité. À présent il la martelait plus fort qu'il ne l'aurait voulu, dans une quête désespérée de plus. Plus d'elle. Plus de lui. Plus d'eux.

Ses poumons cherchaient l'air, son cœur cognait contre ses côtes. La peau de Roxanne irradiait d'un feu si intense qu'il rivalisait avec les flammes de ses cheveux. Cash s'efforça de ralentir le rythme mais il était affamé. Jamais il ne serait rassasié de cette femme. Il voulait tout d'elle, il la voulait, elle, elle tout entière, maintenant. Tout de suite. Une main sur la courbe affolante de ses fesses, il changea l'angle de leurs sexes et plongea loin, fort, attentif à ses cris, aux crispations de plaisir qu'elle enchaînait à mesure qu'elle s'ouvrait davantage, l'accueillait de son mieux.

Les yeux voilés par la passion, topaze remplacée par de l'ambre brûlé, elle chercha aveuglément son visage, le prit au creux de ses paumes, en suivit du bout des doigts les lignes et les creux, ses ongles crissant sur sa barbe naissante et sa peau en sueur. Elle gémit son nom dans un souffle, agrippa ses épaules et, le dos arqué, se colla à lui, tandis que son fourreau palpitant l'aspirait. Les dents serrées, il continua à pilonner, à s'enfoncer de plus en plus vite.

— Maintenant, Roxie ! Jouis !

— Cash !

Quand, dans un ultime frisson, elle retomba entre ses bras, pantelante, tremblante, il enfouit le visage au creux de son cou et la suivit par-dessus bord, bascula dans un orgasme indicible et puissant.

— Chut, ma chérie, murmura-t-il, hors d'haleine.

Des secousses voluptueuses les traversèrent longtemps tandis qu'ils s'accrochaient l'un à l'autre. Leurs respirations précipitées le réjouirent. Il l'embrassa sur la joue. Leurs peaux moites glissaient. Elle soupira.

— Waouh. Je n'ai pas d'autre mot.

Non sans mal, elle ouvrit les yeux, et il plongea les siens dans deux lacs de plaisir comblé.

— Moi non plus, je n'en ai pas d'autre pour te qualifier. Je crois que j'ai besoin du téléphone.

— Du téléphone ?

— Pour appeler Police Secours.

# - 10 -

Cash riait aux éclats — probablement d'elle, mais elle était trop heureuse et trop bien pour s'en soucier. Son poids sur elle, sa présence toujours en elle… C'était si bon… Parfait. Hum. Elle ferait mieux de ne pas s'engager dans cette direction. Certes, les liaisons amoureuses de Cash ne figuraient pas dans les pages People des magazines, mais il n'en était pas moins un Barron. Si son tableau de chasse était un dossier numérique, il pèserait sans doute un téraoctet tant cet homme était sexy. Il l'avait fait exploser de plaisir, et ils n'avaient abordé que les basiques. Qu'est-ce ça donnerait s'il… Non. Pas question de ce saut dans l'inconnu.

— Tu vas comment ?

— Oh là, pff…

Comme il haussait un sourcil et semblait contrarié, elle se hâta d'ajouter :

— Je vais génialement bien. C'est juste que mon cerveau marche encore en mode auxiliaire.

Ceci provoqua un nouvel accès d'hilarité, et elle en fut tout émoustillée. Serrant les cuisses et ses muscles intérieurs pour tenter de juguler une brusque montée de désir, elle constata que le rire de Cash s'arrêtait net. Mazette, est-ce qu'il avait déjà une nouvelle érection ? Comment était-ce possible ? Elle pressa encore, étudia son expression. Elle s'apprêtait à dire quelque chose quand la porte de la chambre s'ouvrit brutalement. Elle réussit à crier : « Oh ! non ! » avant que Harley saute sur le lit.

Le chien aboya joyeusement, les lécha tous les deux sans modération. Elle essaya de le repousser, mais elle riait trop. Cash n'avait pas ce problème. Il passa un bras vigoureux autour du cou de l'animal et le fit basculer par terre avant de se lever. Elle aperçut son derrière ferme avant qu'il disparaisse dans la salle de bains.

Dès que la porte se referma, Harley remonta sur le lit et se vautra sur le dos, langue pendante à la commissure de la bouche. Elle lui frotta le ventre, réprimant un rire.

— J'aurais juré l'avoir enfermé dehors.

Elle n'avait pas entendu Cash revenir, et quand elle leva les yeux, elle vit avec dépit qu'il avait enfilé un short.

— Pourquoi tu l'as appelé Harley ? demanda-t-il.

Un peu honteuse, elle enlaça le cou du chien.

— Parce qu'il est assez grand pour qu'on puisse monter dessus, et que quand il ronfle, on dirait une moto.

— Il ronfle. Génial. Tout simplement génial.

La voix de Cash était monocorde. Il ferma les yeux.

Dimanche avait été une journée de détente totale — films, beaucoup de baisers, nombreuses étreintes torrides suivies de douches torrides, et pour couronner le tout, une soirée avec vin, pâtes et un bain plein de mousse. Mais on était maintenant lundi, et normalement, elle aurait dû se trouver dans son bureau en train de numériser des dossiers, déplacer des cartons, chercher une ancienne pub ou un article archivé.

Or elle allait être coincée dans le bureau de Cash, avec Harley. Pourquoi Cash insistait-il pour que le chien l'accompagne ? Elle l'ignorait. L'animal était tout à fait heureux de rester seul à somnoler à la maison. Personne dans l'immeuble ne parut surpris quand Cash, Harley et elle prirent l'ascenseur pour le trente-quatrième étage.

Une réceptionniste maussade leva la tête au *ding* des portes qui s'ouvraient, nota l'arrivée du grand patron, haussa un sourcil devant Roxie et le chien, puis répondit à un téléphone qui avait ou n'avait pas sonné, étant donné que Roxie n'entendit rien. Derrière la réception, un mur en granite noir étincelant arborait de grandes lettres en cuivre, éclairées par-dessous, indiquant « BARRON SECURITY SERVICES ». Cash ne dit pas un mot tandis qu'elle le suivait le long d'un couloir recouvert d'une moquette si épaisse que les pattes de Harley y laissaient des traces visibles. Au moins, elle n'était pas blanche. De toute façon, elle n'aurait pas non plus eu les moyens de la remplacer. La pensée la fit sourire. Cash n'avait pas reparlé de sa dette, dernièrement.

Ils passèrent devant des portes de bureaux — certaines fermées, d'autres non. Des visages curieux apparurent dans les bureaux ouverts et elle pariait que la rumeur se propagerait vitesse grand V dès que Cash aurait franchi le seuil de son sanctuaire. À l'agence, la nouvelle n'aurait pas tardé non plus à courir si elle était entrée un lundi matin en compagnie de Cash Barron. À cette différence près que les gens ici n'avaient pas la moindre idée de son identité. Alors que chez RCM, tout le monde connaissait les Barron de vue.

Au bout du couloir, ils pénétrèrent dans un espace ouvert. Une femme dans la quarantaine, cheveux bruns à la coupe stylée et tailleur sombre à rayures, occupait un immense bureau circulaire flanqué de placards à classeurs assortis. Un ordinateur au design ultramoderne avec le plus grand écran que Roxie ait jamais vu était posé à une extrémité, un standard téléphonique et un monceau de dossiers recouvraient l'autre. Trois portes donnaient sur des bureaux privés. L'une indiquait « Bridger Tate, Vice-président des Opérations ». Elle se remémora lui avoir parlé au téléphone — avant que Cash n'intervienne dans la conversation. Une autre n'avait pas de plaque nominative. La dernière indiquait simplement « Cash Barron ». Ouais, pas besoin de titre s'agissant des Barron.

La femme ne broncha pas tandis qu'elle tendait une liasse de messages à Cash. Roxie jeta un œil sur son badge. Cheryl Carter.

— Rien d'urgent, Cash. Vous pouvez traiter tout ça au fur et à mesure.

— Merci, Cheryl.

Alors seulement, le regard de la femme survola Roxanne.

— Vous souhaitez que je bloque vos appels ? demanda-t-elle.

Il leva les yeux du message qu'il avait commencé à lire et fronça les sourcils.

— Pourquoi donc ?

Cheryl inclina la tête en direction de Roxie.

— Ah, fit Cash. Non. Bipez-moi en cas de besoin.

— Entendu.

Tout en parcourant les messages, Cash entra dans son bureau, Harley et Roxie sur les talons. Comme elle manifesta le désir d'un café, un jeune homme vêtu d'un jean aux plis repassés au cordeau et d'une chemise western amidonnée se présenta bientôt avec deux grands gobelets en polystyrène.

— Crème et sucre, annonça-t-il à Roxie en lui passant le premier. La machine à café sera installée après le déjeuner, monsieur Barron, ajouta-t-il en déposant le second sur son bureau.

— Merci, Nick.

Roxie s'apprêtait à réagir quand son téléphone émit le signal annonçant un texto. Elle jeta un œil à l'écran et blêmit. Son regard croisa celui de Cash. Elle n'aima pas sa voix rauque quand elle déclara :

— C'est Dexter.

Cash bondit. Elle lui tendit le téléphone pour qu'il puisse lire le message.

Prkoi t'es pas au boulot ?

Elle calma sa respiration et somma son cœur de ralentir.

— Qu'est-ce que je lui réponds ?

Il réfléchit un instant.

— Dis-lui la vérité. Tu travailles sur une mission particulière.

Elle avait à peine envoyé sa réponse que celle de Dex apparut sur l'écran.

T pas à ton bureau.

Consciente de la surveillance attentive de Cash, elle écrivit :

Non, je suis sur place.

Tu es documentaliste

Elle percevait le mépris et l'hostilité de son frère dans le ton de ce texto. Agacée, elle tapa :

FAUX. Je ne suis PAS documentaliste. Je suis archiviste. Il y a une DIFFERENCE. J'organise la collection d'un client in situ.

Je t attendue des heures ds le garage.

Elle loucha sur Cash, mais il avait déjà sorti son propre téléphone et pressait des touches de son côté. Quelques minutes plus tard, la porte s'ouvrit en trombe et un homme ressemblant beaucoup à Cash entra, téléphone collé à l'oreille. Ses cheveux étaient plutôt brun roux et ses yeux, bleu clair, mais la structure de leurs visages était similaire.

Elle tapa :

Tu es ici ? Pourquoi es-tu à Oklahoma ?

Juste passé t voir paske tu dois être là où on peut te trouver.

La moutarde lui monta au nez.

Sérieux ? J'ai un boulot, Dexter. Un vrai boulot. Va te faire voir !

Comme Cash protestait sourdement, elle leva un doigt.

— Attends. Je connais mon frère.

Trente secondes plus tard, son téléphone sonna. Elle adressa un sourire triomphal à Cash et s'assura que l'homme près de lui le voyait aussi. Elle appuya sur la touche haut-parleur.

— Je n'ai pas le temps de discuter avec toi. Va-t'en.

— Écoute-moi bien, ma cocotte. Il s'agit de la famille. Tu nous as faussé compagnie à Las Vegas…

— Je vous ai faussé compagnie à vous ? C'est la meilleure. Tu m'as laissée porter le chapeau, Dexter. Tu l'as dit à Max, ça ? Je parie que non. Je parie que tu lui as dit que j'avais été chopée et que tu t'es échappé de justesse en essayant de me sauver.

— C'est derrière nous, tout ça, Roxanne. Tu sais que Max a un gros coup en cours.

— Non, je ne sais rien.

— Eh bien, si.

— Quoi donc, Dex ? Quel coup ? Dans quoi vous m'embarquez ?

— Peu importe, Rox. On forme une famille. Tu fais ce qu'on te dit, quand on te le dit.

— Vraiment ? Une famille ? Alors former une famille, c'est me laisser en plan comme quand j'avais seize ans ?

Je me suis éclatée, assise là-bas dans cette salle d'interrogatoire. C'était trop cool.

— Si tu n'avais pas ouvert ce paquet, aussi…

— Ouais, c'est ça. Ne comptez pas sur moi, Dexter. Dis à Max que c'est terminé. J'en ai par-dessus la tête.

— Ça ne marche pas comme ça, frangine. Tu portes notre nom. Ça te met dans le collimateur comme nous tous.

Le souffle coupé, elle tourna le dos à Cash et à l'autre homme.

— Qu'est-ce que ça veut dire, Dex ?

Elle ne réussit pas à retenir le chevrotement de sa voix.

— Ça veut dire que, la prochaine fois, tu n'auras pas un avocat pour te tirer d'affaire.

La voix de son frère était assourdie par des bruits en arrière-plan — ou bien c'était le bourdonnement dans ses propres oreilles. Ses mains tremblaient.

— Faut que je te laisse, poursuivit Dexter. Tu as intérêt à être là où on peut te trouver. L'un de nous t'appellera quand on aura besoin de toi. Obéis, Roxanne. Sinon…

La communication fut coupée et elle eut l'impression que son corps s'était vidé de son sang. Elle n'était même pas sûre de respirer. Et elle était incapable de réfléchir. Quoi qu'elle fasse, quoi qu'il se passe, son père et ses frères ne cesseraient jamais de la rabaisser et de lui saper le moral.

— Nom d'une pipe, Cash. Je croyais qu'oncle Cyrus était une teigne, mais là…

Le collègue de Cash étudia Roxie avant de sourire et de lui tendre la main.

— Je suis Bridger Tate. Et vous devez être l'infâme Roxanne Rowland.

# - 11 -

Cash s'énervait à mesure que les messages de son équipe de sécurité se succédaient sur l'écran de son téléphone. Dexter Rowland lui avait encore filé entre les doigts, mais ce qui le rendait furieux, c'était l'expression que cet abruti avait amenée sur le visage de Roxanne. Il l'avait offensée et menacée, mais ensuite, elle s'était mise en colère, et la vision valait le coup d'œil. À présent, elle fulminait contre Bridger, et Cash inspira à fond pour se calmer.

— Infâme ? Infâme ! Vous rigolez ou quoi ?

Elle leva les bras au ciel et se mit à arpenter la pièce comme si elle cherchait quelque chose à frapper.

Harley leva la tête, poussa un bref grognement, s'étira puis la reposa sur la moquette. Si son chien n'était pas affecté, songea Cash, c'était qu'elle devait s'énerver comme ça assez souvent. Il resta sagement à l'écart et fit signe à Bridger d'en faire autant. Tous deux battirent en retraite jusqu'au bureau de Cash où ils s'appuyèrent, bras croisés.

— Je le déteste, fulminait-elle en tournant en rond à grandes enjambées. Je déteste vraiment mon frère. « Si tu n'avais pas ouvert ce paquet, aussi », débita-t-elle en imitant la voix de son frère. Alors toute cette histoire en Virginie quand j'étais gamine, c'était ma faute ? Je n'arrive pas à croire ces gens. Ils m'ignorent durant ma vie entière et ils pensent que sur un simple claquement de doigts je vais venir au pied ? Je ne suis pas un chien.

À ce mot, Harley leva de nouveau la tête et gronda.

— Sans vouloir te vexer, Harley.

Visiblement rassuré, l'animal baissa la tête, mais ses yeux bruns expressifs suivaient maintenant chacun des mouvements de sa maîtresse.

Cash également. Il aimait tout particulièrement quand elle s'éloignait de lui. Ses hanches se balançaient au rythme de sa marche saccadée. Il avait toujours aimé les fesses chez une femme. Et les jambes. Les siennes étaient galbées et musclées. Ses seins étaient splendides eux aussi. Ils s'ajustaient parfaitement à la paume de ses mains. Ses doigts frétillèrent au souvenir des tétons pressés contre sa peau.

Bridger s'éclaircit la gorge, puis lui donna un coup de coude. Cash se focalisa sur Roxie. Elle se tenait à un bon mètre de lui, les joues en feu, les yeux jetant des étincelles, les poings sur les hanches, la bouche boudeuse, et bon sang, il mourait d'envie de l'embrasser. Il décroisa les jambes et se redressa, dans l'espoir de dissimuler la preuve de la mauvaise direction prise par ses pensées. Ils étaient face à un problème — un problème qui avait un impact négatif sur sa famille et leurs ressources. La dernière chose à faire était de rêvasser sur cette femme.

— Tu es vraiment un mec, Cash !

Il ne savait que répondre. Oui, il était un mec, et comme tel, il répliqua :

— Et alors ?

Roxie fit deux pas en avant et le frappa à la poitrine.

— Je sais ce que tu avais en tête. On n'a pas le temps pour ça.

Incapable de résister, il lui adressa un sourire diabolique.

— Il y a toujours le temps pour ça, Red.

Bridger toussotait à présent. Il s'écarta.

— Bon, je crois que j'en ai fini ici.

— En fait, elle a raison, l'arrêta Cash. Il faut qu'on discute de ce qui vient de se passer.

Il ramena son attention sur Roxie, trop conscient de sa proximité et éprouvant le besoin d'atténuer l'inconfort croissant de son bas-ventre. Le devoir avant tout, se remémora-t-il, et il se réfugia derrière son bureau, coudes et torse en avant pour cacher ce qui se passait sous sa ceinture.

Bridger prit l'un des fauteuils. Roxie continuait d'arpenter la pièce. Cash lui accorda quelques minutes pour se calmer, puis, voyant qu'elle n'en faisait rien, la rappela à l'ordre.

— Roxie. Assise.

— Assise ? Je répète, je ne suis pas un chien. Je ne viens pas quand on me siffle…

Ravalant un rire, il lui jeta un regard goguenard.

— Allez, Red, viens.

— Et cesse de m'appeler comme ça !

— Ça te va si bien.

Il l'avait de nouveau provoquée et il l'observa avec amusement tourner dans la pièce comme une lionne en furie. Après plusieurs circuits, elle s'arrêta devant le bureau.

— D'accord. Tu as des questions ? Alors pose-les.

Elle se laissa tomber sur le siège inoccupé et allongea les jambes, en une posture presque agressive.

— Tu as une manière intéressante de traiter ton frère.

— Je parie que toi aussi.

— Mes frères ne sont pas le sujet dans cette affaire. Les tiens, oui. Comment savais-tu qu'il t'appellerait ?

— Je ne le savais pas. C'était un risque calculé. J'ai beau né jamais passer de temps avec elle, ma famille s'ingère régulièrement dans ma vie. Et Dex est le plus jeune des garçons, juste avant moi. Comme toi, ajouta-t-elle en l'observant pensivement. Du coup, il a une dent contre à peu près tout le monde. Toi aussi ?

— On ne parle pas de moi. Il veut prouver sa propre valeur, alors il agit comme un abruti fini, surtout avec toi.

— Qui se sent morveux…, marmonna-t-elle.

Il n'apprécia guère le commentaire — ni le sentiment induit par ledit commentaire.

— Ne dévie pas du propos, Roxanne. Pourquoi as-tu tenté de l'énerver ?

— Ça prouve que tu ne comprends rien. Je n'ai pas besoin de tenter d'énerver mes frères. Ma simple existence leur suffit pour ça, en particulier Dexter. Mais sachant comment il est, et sachant qu'il doit à tout prix avoir le dernier mot et me prouver qu'il est mon patron, je savais que je l'agacerais en secouant sa chaîne. Tu devrais être content.

Roxie jubilait. Même si elle avait du mal à déchiffrer l'expression de Cash, elle savait qu'elle venait de marquer un point, en quelque sorte.

— Je devrais être… « content » ? Tu peux m'expliquer ?

— Pas de problème. Je me suis juste assurée qu'ils m'impliquaient dans leur projet.

Les deux hommes lui accordaient leur pleine attention, ce qui n'était pas très confortable. Ils étaient des loups, et elle, un petit lapin. Elle ouvrit la bouche, rien n'en sortit.

— Euh, vous pouvez arrêter de me fixer comme ça ? demanda-t-elle en baissant la tête. Ça me rend nerveuse.

Derrière le rideau de ses cheveux lui voilant une partie du visage, elle les surprit qui échangeaient un regard.

— Hé, c'est pas ma faute si vous flanquez la trouille. Pour une raison que j'ignore, mon père tient à me mêler à cette affaire. J'ignore également ce que je suis censée faire. Cette histoire à Vegas a tourné au fiasco. Je ne sais toujours pas si je devais porter le chapeau une fois de plus.

Ce n'est pas comme si j'avais été élevée dans les affaires familiales, vous savez.

— Pourquoi en ont-ils après le Crown Casino, à votre avis ? demanda Bridger.

Elle tourna les yeux vers lui, consciente que ceux de Cash restaient fixés sur elle. Force lui était d'admettre que même si elle avait couché avec lui — et connu le sexe le plus torride qui soit —, il continuait de l'intimider.

— Écoutez, vous voulez des infos sur ce qu'ils préparent, non ? Eh bien, vu que j'ai passé quasi toute ma vie d'adulte à éviter leurs combines, vous croyez vraiment qu'ils vont me faire confiance si d'un coup j'embarque dans leur plan sans protester ?

Les deux cousins échangèrent un nouveau regard, et cette fois, elle le décrypta mieux. Elle se redressa, plus assurée.

— Alors je dois me faire désirer. Ils finiront par être obligés de me dire ce qui se passe. Avec un peu de chance, et assez de temps, vous serez prêts à les coincer. Sinon, j'espère que vous savez improviser, parce que c'est ce qui nous attend.

— Nous ?

Elle n'en revenait pas de la dose de désolation que Cash était parvenu à mettre dans cette simple syllabe.

— Ma foi, à moins que l'un de vous deux se travestisse en fille, je n'aurais pas d'autre choix que d'être là.

Harley choisit ce moment pour se lever, s'étirer largement et commencer à renifler le mobilier. Elle bondit de son siège.

— Non ! Ne t'avise pas à ça, Harley. Vilain chien.

Elle saisit la laisse et essaya de l'accrocher à son collier. Harley lui échappa pour trottiner vers Cash et poser la tête sur ses genoux. Elle souffla de façon ostensible.

— Euh, un coup de main ? Il doit sortir. Tout de suite.

Cash frotta la tête du chien, puis consulta sa montre avec un flegme arrogant qui lui hérissa les nerfs.

— On va faire une pause pour déjeuner.

— Sur le toit ? suggéra Bridger, lui aussi bien trop nonchalant au goût de Roxie.

Un sourire traversa le visage de Cash et elle réprima un frisson. Il se tramait quelque chose, elle le sentait.

— Le toit, excellente idée, répondit Cash à son cousin. Emmène Roxie et bloque une table. Je m'occupe de Harley.

Il repoussa le terre-neuve afin de pouvoir se lever, claqua des doigts, et ce traître d'animal se mit au pied.

Comme elle ramassait sa veste, Bridger l'arrêta.

— Inutile. On ne sera pas à l'extérieur.

Puis il lui prit le bras et l'entraîna vers la porte que Cash et Harley venaient de franchir. Ils les rejoignirent devant l'ascenseur. Si ce n'avait pas été son chien, Roxie aurait pensé qu'il était parfaitement bien éduqué et obéissant. Le fourbe était assis tout près de Cash, son gros museau pressé contre sa hanche. Elle lui fit une grimace, histoire de lui signifier qu'elle n'était pas dupe de ses manigances. Lorsqu'ils atteignirent le quarantième étage, Bridger la précéda vers de grandes portes en acajou, tandis que Cash et Harley disparaissaient dans la direction opposée.

— Où est-ce qu'il emmène mon chien ? voulut-elle savoir.

— Dehors.

— Au sommet d'un immeuble de quarante étages ?

Sa voix était montée dans les aigus.

— Il y a un espace extérieur. Et le restaurant a une terrasse en cas de beau temps.

— Restaurant ? J'ignorais que la Barron Tower comportait un restaurant.

Elle fouilla sa mémoire en quête d'une publicité vantant l'établissement, mais en vain.

— Il n'est pas ouvert au public. Seulement aux employés de Barron, aux occupants de l'immeuble et aux clients.

Un homme au visage austère et en costume noir les accueillit, saluant Bridger d'un hochement de tête.

— Monsieur Tate. M. Barron vous rejoindra-t-il pour déjeuner ?

— Oui, Bentley.

— Par ici, je vous prie.

Le maître d'hôtel les conduisit à une table ronde avec vue sur la ville. Une fille en robe noire et tablier immaculé apparut avec un pichet visiblement en argent massif. Elle remplit les verres en cristal et s'éclipsa sans un mot. Roxie avait du mal à concilier l'ambiance quatre étoiles du lieu avec un restaurant au sommet d'un immeuble à Oklahoma. À New York, oui. Mais ici ? Les habitants de cette ville étaient plus portés sur le confort amical et informel.

Il n'y avait pas de menu. D'après la serveuse, guindée au possible, le chef préparait des spécialités du jour, toutes uniques.

— Bœuf, poulet, porc, poisson ou végétarien, exposa-t-elle.

Cash s'installa dans le fauteuil près de Roxanne pendant que Harley rampait sous la table. Peu après, la porteuse d'eau revint avec un grand bol en inox et son pichet en argent. Elle posa le bol par terre, le remplit et repartit, toujours sans un mot. Cash s'adressa à Roxie.

— Tu n'es pas végétarienne, je le sais. Elle prendra le poisson, ajouta-t-il à l'attention de la serveuse. Pour moi, deux bœufs, un bleu et l'autre à point.

— Un bœuf aussi, indiqua Bridger. À point.

La femme pivota, mais Roxie l'attrapa par la manche.

— Attendez. Excusez-moi.

La serveuse regarda la main de Roxie sur son bras, puis cette dernière, d'un air hautain.

— Quelle sorte de poisson ? Et ces viandes ? Comment c'est préparé ?

La femme la dévisagea comme si elle avait perdu le peu d'esprit qui lui restait.

— Le chef décide. C'est toujours une exquise surprise.

Une seconde, Roxie se demanda si Cash et Bridger lui jouaient un tour. Mais les quatre hommes d'affaires à la table voisine passaient eux aussi commande au moyen d'un seul mot, donc ce n'était pas une blague. Quel cuisinier cinglé dirigeait cet endroit ? Jamais elle n'aurait cru Cash capable de supporter pareille faribole.

Elle releva la tête. Sa main touchait toujours la manche de la serveuse. Oups.

— Bon. Très bien. Du poisson. Mais je suis allergique aux tomates. Et aux fraises.

— J'en prends note, madame.

« Madame » ? Bigre. Roxie avait presque envie de rejoindre Harley sous la table. Mais à ce moment-là, les autres clients tournèrent en chœur la tête vers la porte, que franchissait un homme. Elle le reconnut sur-le-champ. Il balaya la salle des yeux, s'arrêtant sur leur tablée. Cyrus Barron fit alors deux grandes enjambées et mugit : « Cashion ! »

# - 12 -

Alors que le patriarche de la famille Barron avançait à grands pas furieux vers leur table, Bridger chuchota à Cash :

— Jure-moi que tu as ramassé les crottes du chien.

Sans quitter son père des yeux, Cash répliqua :

— J'étais censé le faire ?

Roxie paniqua.

— Jurez-moi qu'il ne vient pas pour me hurler dessus à propos de Harley, murmura-t-elle, folle de rage.

— Non, répondirent les deux cousins presque d'une seule voix.

— Enfin, probablement pas, nuança Cash.

Entendant son nom, le sujet de la discussion émergea de sous la table juste au moment où arrivait Cyrus Barron. Roxie eut un bref instant pour attraper sa serviette de table et museler l'animal avant qu'il ne secoue la tête. Il avait vidé le bol et des traînées de bave ornées de gouttes d'eau pendaient de ses bajoues. Elle tomba de son siège, lâcha la serviette et réussit à mettre un bras autour du cou du chien. Dommage qu'elle y soit parvenue une fraction de seconde trop tard.

À sa grande horreur, la scène se déroula comme au ralenti. Harley balança la tête d'un côté à l'autre, oreilles et bajoues battantes, bave volante. Elle entendit sa propre voix comme distordue par le temps gémir « Oooooh nooooon. » M. Barron recula, la mine dégoûtée. Elle arrêta le plus gros de la bave, mais quelques fils visqueux échouèrent sur le pantalon sûrement hors de prix de l'homme. Elle brandit la serviette avant de réaliser que le carré de tissu était maculé aussi.

M. Barron poussa un cri d'indignation et fixa Cash.

— On doit discuter de choses ensemble. Viens dans mon bureau, ordonna-t-il.

Cash fit signe à la serveuse d'approcher.

— Après que j'aurai mangé.

— Ne m'oblige pas à venir te chercher, fils.

Sur ce, M. Barron fit volte-face et quitta le restaurant.

Roxie jeta un œil par-dessus le bord de la table. Cash se frottait le front. Elle voyait presque la migraine se former et conclut qu'elle en était sans doute la cause. Elle avait honte d'avoir causé un drame pareil.

— Pardon, dit-elle d'une petite voix.

Bridger se leva pour l'aider à se remettre debout tandis que la serveuse attendait qu'ils soient rassis pour servir les plats. Roxie refusa l'assistance de Bridger, reprit contenance tout en fusillant son chien du regard. Lequel n'avait pas l'air contrit du tout. Au contraire, il paraissait plutôt fier de lui.

La serveuse posa deux assiettes devant Cash. La première contenait une sorte de steak tartare, l'autre, un filet en croûte servi avec des pommes de terre nouvelles grillées, des pointes d'asperges, et une sauce crémeuse qui pouvait être hollandaise, mais Roxie soupçonnait qu'elle n'était pas aussi « banale ». Bridger avait également du bœuf — des petits médaillons braisés dans un épais roux sombre contenant des champignons, des oignons verts et… Elle se pencha pour mieux voir. Des grains de café ? Son accompagnement consistait en tranches de pommes de terre aussi fines que du papier, saupoudrées de parmesan, et de petits choux de Bruxelles panés. Son propre plat se composait d'une queue de langouste grillée, surmontée d'une sauce orange, d'un nid de pommes de terre et carottes en julienne parsemées de roquefort, et des pois gourmands.

La porteuse d'eau revint emplir les verres. Une fois les serveuses disparues, Cash se pencha, saisit le bol vide de Harley et y déversa une partie de sa viande crue. Le chien enfouit le museau dedans et avala ce régal avec un plaisir non dissimulé, sous le regard des humains assis aux alentours. Elle aurait dû être embarrassée, incapable de manger, mais son estomac grondait et la nourriture semblait trop appétissante pour qu'on ne la savoure pas. Ce qu'elle fit. Chaque bouchée. S'il était resté un de ces délicieux petits pains chauds, elle aurait saucé le fond exquis de crème orange en guise de dessert.

Alors qu'elle avalait la dernière bouchée et tendait la main vers son verre d'eau, elle leva les yeux. Son regard croisa celui de Cash, et un flot de chaleur la traversa. On aurait dit qu'il voulait la manger elle en guise de dessert. Sentant sa peau s'empourprer, elle déglutit et évita de justesse de se lécher les lèvres parce que… Ils n'étaient pas seuls. Elle entendait Bridger toussoter derrière sa serviette de table.

— Tu as apprécié ton repas ? susurra Cash.

Seigneur, il semblait si suffisant et sûr de lui ! Et elle savait précisément à quoi il pensait. Malgré tous ses efforts, elle rougit encore plus et sa respiration s'emballa, car la vision de cet homme nu dans son lit avec la même expression sur le visage lui revenait à l'esprit. Elle se sermonna mentalement. Elle ne devait pas s'enticher de Cash. C'était un joueur et elle constituait une proie commode. Dès qu'il aurait arrêté son père et ses frères, il s'éloignerait d'elle. Elle devait s'en souvenir, surtout quand la situation lui emplissait les yeux d'étoiles.

Comme si Cash avait lu dans son esprit, il se leva de table.

— Bridger, ramène Roxanne à mon bureau. Cheryl peut la baby-sitter jusqu'à ce que j'aie fini avec mon père.

Roxanne se leva également.

— Je n'ai pas besoin de baby-sitter. Et je suis certaine que ton assistante a du travail bien plus important à…

Elle s'interrompit, sentant le regard des autres clients.

— On en discutera en chemin. Combien je te dois pour le déjeuner ?

Cash éluda la question d'un geste insolent.

— Bien plus que tu ne voudrais payer, Red.

Cette réponse énigmatique la laissa assez pantoise pour qu'elle manque d'oublier Harley. Mais cette fois, quand le chien surgit de sous la table, Roxie parvint à accrocher la laisse à son collier et à lui essuyer le museau. Puis, tête haute, faussement calme et nonchalante, la laisse bien en main, elle suivit Cash, Bridger sur les talons.

Ce dernier lui prit gentiment le bras comme Cash continuait d'avancer, pour l'obliger à s'arrêter.

— Nous, on descend.

— Mais…

Cash salua de la main avant de disparaître à l'angle.

— Il doit avant tout voir ce que lui veut oncle Cyrus. Venez. Je vous conduis à Cheryl avant de retourner travailler.

Elle bataillait encore avec Bridger quand l'ascenseur s'ouvrit au trente-quatrième étage.

— Écoutez, je n'ai besoin de personne…

Elle ferma le bec devant le regard glacial de la réceptionniste, attendit qu'ils soient dans la partie commune, entre les bureaux de Cash et Bridger pour recommencer.

— Vous voyez ? Cheryl n'est même pas là. Elle doit probablement déjeuner et malgré son besoin quasi obsessionnel de garder son bureau immaculé, je parie que c'est une femme hyper occupée. Et vous-même avez dit devoir aller travailler. En fait, je ne sais même pas pourquoi je suis là. Je pourrais être sur mon propre lieu de travail surchargé de besogne, en train de faire le boulot pour lequel mon employeur me paie mais qui ne se fait pas parce que je suis plantée ici à discuter avec vous des raisons qui m'empêchent de retourner à mon appartement, mon emploi et ma vie.

Elle reprit son souffle et vit que Bridger la dévisageait.

— Vous n'êtes pas originaire du coin, c'est clair.

— Qu'est-ce que c'est censé vouloir dire ?

— Que vous avez débité tout un laïus, passant d'un sujet à l'autre pour arriver à celui qui vous reste en travers de la gorge, le tout d'un trait, sans respirer. Le pauvre gars de la campagne que je suis est épaté d'avoir réussi à vous suivre.

— Vous êtes un vrai comédien. Pourquoi je ne peux pas rentrer chez moi ? Ou au moins aller à mon bureau ? se hâta-t-elle d'ajouter devant son froncement de sourcils. J'ai des projets à rendre, Bridger, et je ne peux pas me permettre de perdre mon job, que j'aime par-dessus le marché.

— Vous devez être là où on peut vous tenir à l'œil.

Elle poussa un soupir de colère, compta jusqu'à dix et se força à afficher un sourire patient. Vu le rictus ironique de Bridger, c'était raté.

— Pourquoi ? Pourquoi vous devez me tenir à l'œil ? Souvenez-vous, c'est moi qui vous ai contactés et vous ai proposé de vous aider.

Harley tira sur sa laisse, qu'elle lâcha. Il s'approcha d'un canapé de cuir, grimpa dessus et s'affala.

— Disons que nous n'avons pas découvert ce que vous visez à long terme.

— Ce que je vise à long terme ? fulmina-t-elle. Ce

n'est pas un jeu, Bridger. C'est ma vie. J'ai lutté pour me couper de ma famille. Je ne veux pas leur ressembler.

— C'est ce que vous dites.

Bridger se tenait là, calme, posé, l'air parfaitement raisonnable tout en l'accusant de… malhonnêteté. De ne pas être fiable. Cash avait passé le week-end à la séduire et maintenant son principal homme de main insinuait qu'elle était indigne. Elle hésitait entre la colère et la peine.

— Je suppose que je sais désormais exactement à quoi m'en tenir avec vous et Cash… Euh, monsieur Barron, fit-elle d'un ton neutre, mais elle tremblait intérieurement. Très bien. Il faut que je sorte Harley. Vous pouvez demander à l'un de vos larbins de nous accompagner ?

— Je vais appeler quelqu'un.

— Cool.

Cette fois, elle laissa le sarcasme transparaître. Elle alla s'effondrer sur le canapé à côté du terre-neuve. Le gros chien roula sur le flanc, posa la tête sur ses genoux, en quête de câlins. Elle lui frotta les oreilles, ignorant ostensiblement le grand abruti qui convoquait son garde-chiourme.

Roxie soupira et ôta les écouteurs de ses oreilles. Trois semaines qu'elle était coincée dans ce bureau. Certes, il était plus vaste que le sien, mais des tas de choses l'attendaient chez RCM. Des dossiers à scanner, des recherches, des articles à conserver et cataloguer. Ici, elle avait un bureau vide et son téléphone portable. Et une causeuse, qu'occupait Harley en ronflant de contentement.

Elle avait besoin de s'occuper parce que tourner en rond déclenchait de mauvaises pensées. La première semaine avait été une aventure passionnante — apprendre à connaître Cash à la fois en public et en privé. Oh oui, surtout en privé. Elle avait cessé de feindre qu'elle était dans sa chambre d'amis. Ses vêtements, peut-être, mais pas elle. Dormir avec lui — un euphémisme pour des heures torrides entre les draps — devenait bien trop nécessaire pour son bien-être.

Une routine s'était installée. Cash courait chaque matin, emmenant Harley avec lui. Elle traînait au lit, où la réveillaient joyeusement soixante-quinze kilos de chien exubérant, quatre-vingt-dix kilos de mâle sexy et une sucrerie pour le petit déjeuner. Ensuite, ils se rendaient au bureau. Où elle passait des heures interminables à s'ennuyer à mourir — et à rêvasser de Cash.

Elle avait essayé de lui expliquer son besoin de rester occupée, mais il ne l'avait pas prise au sérieux. Comment un homme pouvait-il se montrer aussi attentionné quand ils étaient seuls et aussi borné quand il s'agissait qu'elle retrouve son emploi ? Elle avait suggéré d'apporter son travail ici, mais il avait refusé. Il restait à écouter à chaque fois qu'elle devait téléphoner à l'agence et donner des consignes à ses assistants.

Ce n'était pas comme s'ils avaient progressé dans leur recherche des Rowland. L'opération était au point mort et chaque matin elle l'imaginait lui annonçant y mettre un terme.

Harley grogna et s'étira. C'était l'heure de sa promenade de l'après-midi. Elle glissa la tête hors de sa cellule temporaire. Cheryl discutait avec la réceptionniste, mais Roxie parvint à attirer son attention. L'assistante de Cash lui sourit.

— Il est à nouveau temps ? Je m'en occupe, mon chou.

Roxie poussa un soupir grincheux.

— Dites à qui viendra que j'ai vraiment envie de me dégourdir les jambes. J'emmène Harley le long du canal à Bricktown.

Dix minutes plus tard, un homme vêtu du costume noir de rigueur toqua à la porte. Il paraissait musclé, dangereux et terriblement compétent. Elle faillit éclater de rire. Elle était attachée par la laisse à un chien de soixante-quinze kilos qui flânait d'un pas tranquille. Elle n'aurait même pas pu semer Cheryl dans son tailleur stylé et ses élégants escarpins, alors encore moins un agent de sécurité hautement entraîné.

— Allez, Harley. Viens t'occuper de tes petites affaires.

Talonnée par son garde du corps, elle passa devant la réceptionniste, qui avait regagné son bureau et tapait fébrilement sur son téléphone. La descente en ascenseur fut directe donc brève. Continuant d'ignorer son chaperon, Roxie se dirigea en hâte vers la sortie. Harley avait besoin d'exercice et elle, de s'éloigner de cette tour dressée dans son dos. Aussi entama-t-elle d'un bon pas le trajet qui menait au canal de Bricktown, quatre pâtés de maisons plus loin.

Elle venait de descendre au bord de l'eau, quand trois femmes arrivèrent dans sa direction. Elle raccourcit la laisse de Harley et s'écarta pour les laisser passer. Ce qu'elles ne firent pas. Elles s'arrêtèrent juste devant elle.

— Miz Beth a raison, lâcha une brune en blouse médicale. C'est réellement un monstre.

La blonde éclata de rire et ébouriffa le poil de Harley.

— Ce n'est pas un monstre. Mais un bon gros nounours.

Elle se pencha sur la tête de Harley et fredonna :

— Qui est un gentil toutou ? Toi. Gentil toutou, va.

Roxie resta interdite un moment avant de comprendre que la troisième femme — une superbe Amérindienne à l'opulente chevelure noire — se tenait à l'écart tout en l'examinant de la tête aux pieds.

— Tous les goûts sont dans la nature, hein, finit par dire la beauté aux cheveux de jais.

Roxie ignorait à quoi elle faisait référence.

— Et vous êtes qui ? demanda-t-elle.

Les deux premières s'esclaffèrent, la blonde adressant un clin d'œil au garde derrière Roxie.

— Je suis Cassidy Barron.

— Moi, Jolie Barron, dit l'infirmière brune.

— Savannah Barron, indiqua la dernière. Je suis mariée au frère jumeau de Cash.

Roxie recula d'un pas et se cogna contre l'armoire à glace. À la façon dont elle avait craché le nom de Cash, il était évident que Savannah et son beau-frère se détestaient cordialement. Qu'avait donc fait Cash pour mériter pareil ressentiment ?

— Eh bien, ravie d'être tombée sur vous, en quelque sorte.

Roxie tira sur la laisse de Harley et entreprit de contourner les femmes. Deux choses se produisirent alors : Harley refusa de bouger et les femmes s'avancèrent pour lui couper la route.

— Donc, lança Jolie de son accent traînant, vous vivez avec Cash maintenant.

Quoi ? Roxie se renfrogna.

— Non, pas du tout.

— Et il vous a amenée au ranch, ajouta Cassidy. Plusieurs fois.

— Et alors ?

Tournée vers Savannah, elle attendit son commentaire. L'autre se contenta de lui rendre son regard.

— Écoutez, vous avez peut-être le temps de rigoler et de vous amuser, toutes les trois, mais pas moi. Si vous voulez savoir pourquoi je loge chez Cash, posez-lui la question. Maintenant, si vous voulez bien m'excuser, je dois promener mon chien afin de pouvoir retourner à la tour Maudite et libérer Hulk, ici présent, de ses devoirs.

Cette fois, elle tira fortement la laisse de Harley et il la suivit en traînant les pattes. Mais le trio lui emboîta le pas.

— Alors, reprit Cassidy d'une voix enjôleuse, ça fait presque un mois que vous avez emménagé ?

Roxie continua d'avancer, tête basse, faisant de son mieux pour les ignorer. Connaissant Cash et Bridger, ils avaient probablement arrangé cette petite confrontation afin de la piéger et de la pousser à révéler quelque chose. Quoi ? Elle n'en avait pas la moindre idée.

— Je n'arrive pas à croire qu'il l'ait amenée au ranch, fit Savannah derrière elle. En fait, je n'arrive pas à croire qu'il y soit allé, surtout en sachant que tu y étais avec CJ, Jolie.

Harley s'arrêta, renifla un buisson sur le bas-côté et se soulagea. Roxie sortit un sachet en plastique de sa besace et ramassa derrière lui. Ignorant toujours son entourage, elle marcha jusqu'à la poubelle la plus proche et y jeta le déchet. Pivotant sur ses talons, elle reprit son chemin.

— Vous n'êtes pas très amicale, dites donc.

Plantée devant elle, Savannah lui bloquait le passage.

— Écoutez, je ne connais aucune de vous trois. Vous me tombez dessus comme une volée de corbeaux sur un animal écrasé et posez des questions qui ne vous regardent pas.

Roxie s'interrompit, pointa le doigt sur Savannah avant de poursuivre à son attention :

— J'ai la nette impression que vous n'appréciez même pas Cash, alors pourquoi vous soucier de ce qu'il fait, de ce que je fais, ou de ce qu'on pourrait faire ensemble ? Je le répète, ce ne sont pas vos oignons. Et votre petite blague sur les goûts de chacun ? Oui, je ne suis pas riche. Je ne suis pas ravissante. Mais je ne suis pas non plus une bimbo. Appelez votre beau-frère si vous voulez des ragots. Et maintenant, conclut-elle, sentant la colère monter, laissez-moi passer.

Harley choisit cet instant pour lâcher un aboiement sonore et tirer sur sa laisse. Il échappa à Roxie et partit comme une flèche le long du trottoir, ne s'arrêtant qu'en atteignant l'homme qui approchait à grands pas furieux. Cash. Et il avait l'air d'avoir envie de tuer Roxie.

## - 13 -

Cash ne savait pas très bien contre qui sa colère était dirigée. Les doigts enfouis dans le poil abondant de Harley, il s'efforça de recouvrer son calme. Lorsque le texto d'Alan, son agent de sécurité, lui était parvenu, il venait de terminer une passe d'armes de plus avec son père, et il était à cran. D'après le vieux casse-pieds, il n'avait rien fait de bon au cours du dernier mois. Malgré le manque d'incidents. Malgré les nouveaux contrats signés. Malgré le fait que Cash lui-même ait accédé à toutes les exigences de son père.

Et à présent, ça.

— Vous savez, Roxie, vous avez l'air d'une gentille fille. Pourquoi coucher avec un type comme Cash ?

Il vit Roxie, les yeux rivés sur lui, blêmir à la question de Savannah.

— Roxanne.

À sa voix, ses belles-sœurs firent volte-face.

Au moins Cassidy et Jolie parurent-elles un brin coupables. Savannah, juste pleine de rancune. Une partie de lui comprenait pourquoi elles le détestaient. Une autre déplorait le malaise entre ses frères et lui en raison de ce qu'il avait fait contre ces femmes. Il ne savait même pas que son jumeau se trouvait en ville. Mais telle était désormais sa réalité. Il avait douté de chacune d'elles et de leurs motivations à être avec ses frères. Et il essayait encore d'admettre que Clay avait renoncé à la possibilité de présider le pays pour rester avec Georgie.

Et puis il y avait la partie de lui jalouse que ses frères aient trouvé un tel bonheur. La partie cynique qui persistait à attendre une deuxième tuile et l'élargissement des lézardes dans leurs relations de couple. Sans compter que leur père avait été un piètre modèle s'agissant des relations en général.

— Si vous avez des questions, posez-les-moi, pas à Roxanne, dit-il à ses belles-sœurs.

— Elle vit avec toi et tu n'as pas pris la peine de la présenter à la famille, rétorqua Cassidy, qui ne reculait jamais devant rien.

— Elle vit chez moi parce qu'elle fait partie d'une enquête en cours, répliqua-t-il.

— Et… Vous ne couchez pas ensemble ? demanda Savannah en lui jetant un regard sceptique.

— Ce ne sont pas tes affaires. La seule chose entre Mlle Rowland et moi concerne le boulot, ajouta-t-il en fixant longuement chacune des trois femmes. Une fois l'enquête terminée, elle retournera chez elle.

— Donc vous n'êtes pas engagés dans une histoire, tous les deux ? insista Jolie, pensive.

— En dehors de l'enquête ? Non. Nous ne sommes engagés dans rien.

Du coin de l'œil, il vit Roxie réagir, mais ne put déchiffrer l'émotion qui traversait furtivement son visage. Consternation ? Chagrin ? Elle détourna les yeux et son visage se ferma. Alors seulement il reconnut qu'il avait peut-être heurté ses sentiments. Il lui expliquerait plus tard. Dans l'immédiat, il devait l'éloigner de ces femmes.

— Écoutez, je sais que vous adorez toutes ces complots, mais Roxie n'est pas ma petite amie, alors fichez-lui la paix et laissez-la en dehors de vos manigances.

Cassidy et Jolie échangèrent un regard coupable et Savannah tapa le bout de sa botte contre le bord du trottoir. Heureusement que Clay et Georgie étaient à Washington et qu'il n'avait pas les quatre épouses liguées contre lui. Tandis qu'il les observait, il vit leur malaise se muer en inquiétude alors qu'elles regardaient par-dessus son épaule.

Il entendit alors trois séries de pas s'approcher.

— Cassie.

Chance apparut à la droite de Cord, mais n'avança pas vers son épouse.

— Ah, salut, chéri.

Jolie se plaqua un grand sourire sur le visage.

— Qu'est-ce que tu fais là, Cord ?

Cash jeta un coup d'œil à son frère aîné, qui s'était arrêté à sa gauche.

— Je croyais que tu ne pouvais pas t'échapper pour déjeuner, Jolie ?

Y avait-il de l'humour dans la voix de Cord ou est-ce qu'il réprimandait sa femme ? Le visage de Savannah devint glacial et elle lança un regard noir à l'homme qui avait été la réplique exacte de Cash. Après l'incident qui avait failli séparer son jumeau de sa femme, Cash s'était mis à porter une barbe de plusieurs jours au lieu de se raser chaque matin.

— Savvie ?

Chase dépassa Chance et s'approcha de sa femme.

— Tu peux m'expliquer ce qui se passe ?

Savannah ne se troubla pas.

— Il t'a appelé pour que vous veniez à son secours ? riposta-t-elle en guise de réponse.

— Non. Cash ne m'a pas appelé. Alors qu'est-ce que vous fichez toutes là ?

— J'aimerais bien le savoir aussi, intervint Chance.

— Cass et Jolie, je ne sais pas, dit Savannah, mais je

voulais découvrir quel genre de femme s'enticherait de lui. On a reçu un texto, disant qu'elle serait ici.

— Simple curiosité de notre part, ajouta Jolie. Après les avoir vus au ranch et découvert qu'ils vivaient ensemble…

Voilà qui incita ses frères à l'examiner, lui.

— Elle fait partie de l'enquête, répéta-t-il. Sur les incidents dans les hôtels et les casinos.

— Utiliser ça comme excuse une fois de plus…

Chase la coupa, prenant la défense de Cash, à la grande surprise de ce dernier.

— Ça suffit, Savannah. Cash est en train de traiter des problèmes sérieux qui menacent l'entreprise familiale.

Puis il dévisagea Roxie, ce qui perturba Cash pour une raison qui lui échappait. Son jumeau tendit la main.

— Mademoiselle Rowland ? Vous ne ressemblez guère à la femme que j'ai vue sur les écrans de sécurité. Barron Entertainment apprécie votre assistance dans cette affaire.

Roxie rougit et baissa le menton, mais elle serra la main que lui présentait Chase.

— Je veux juste pouvoir retourner à ma propre vie.

— Entendu.

Chase lâcha la main de Roxie et attrapa celle de Savannah.

— On reparlera de ça plus tard, Savvie.

— Je ne sais toujours pas comment vous avez su qu'on était là, déclara Cassidy.

Alan s'éclaircit la gorge.

— C'est moi le responsable. Après avoir informé M. Barron, j'ai averti vos époux.

Cassidy glissa un bras sous celui de Chance et adressa à clin d'œil à Jolie.

— Prises la main dans le sac ! Vous ne pouvez pas nous reprocher d'avoir essayé, ajouta-t-elle en se hissant sur la pointe des pieds pour embrasser son mari. On était curieuses de voir la femme qui est dans la vie de Cash.

— Parle pour toi, marmonna sombrement Savannah.

Cord attira Jolie et lui planta un baiser sur le front.

— Ne joue pas les marieuses, mon cœur.

— On s'inquiétait, vu qu'il l'avait installée chez lui, mais ne l'avait présentée à personne, tu comprends ?

À présent, ses trois frères échangeaient un regard et Jolie flanqua un coup de coude à Cord.

— Vous étiez tous au courant ! s'exclama-t-elle.

Pendant que les trois couples commençaient à se chicaner en riant, Cash s'approcha de Roxie, tenant la laisse de Harley.

— Viens, je te ramène au bureau.

Elle fit volte-face et repartit en sens inverse sans le moindre commentaire. Cash lui emboîta le pas. Ils avaient regagné la route quand il prit enfin la parole.

— Ignore-les complètement.

— Pourquoi est-ce que la femme de ton jumeau te hait ?

— Elle a ses raisons.

— Ce n'est pas une réponse.

— C'est la seule que tu auras, répliqua-t-il avec lassitude.

— Parce qu'on n'a pas de relation, c'est ça ? Parce que la seule chose qu'il y a entre toi et moi concerne le boulot. Malgré le fait que je partage ton lit depuis presque un mois. Très bien. Compris. Je me tais maintenant.

Elle allongea le pas et s'éloigna de lui.

— Ce n'est pas ça du tout, cria-t-il en la rattrapant. J'ai dit ça uniquement pour qu'ils te fichent la paix.

Elle s'arrêta si brutalement qu'il faillit lui rentrer dedans. Elle se tourna vers lui, les yeux assombris par le chagrin.

— C'est ta famille. Pourquoi tu voudrais qu'ils restent à distance de moi ? Tu as honte de moi ou quoi ?

Sa question le prit au dépourvu et elle était déjà un demi-pâté de maisons plus loin quand il fut capable de bouger. Il courut derrière elle, Harley galopant à ses côtés.

— Attends, Roxie. Ce n'est pas ça du tout, répéta-t-il.

Il lui saisit doucement le bras.

— Ah bon ? Alors c'est quoi ? Parce que si ce n'est pas ça, c'est encore pire.

— Non. Attends.

Il prit le temps de rassembler ses pensées avant de poursuivre.

— Écoute, je voulais juste te tenir à l'écart d'eux.

— Et ça, ce n'est pas pire que vouloir qu'ils me fichent la paix ?

— Tu ne les connais pas.

— En effet, tu as raison. Tu n'as jamais pris la peine de me présenter, alors comment les connaîtrais-je ? Et tu ne m'as pas présentée parce que je ne suis qu'une… personne impliquée dans ton enquête, qui au passage réchauffe ton lit toutes les nuits. Je vois bien pourquoi tu préfères me tenir à l'écart de ta vie de famille.

— Je n'ai pas de vie de famille, Roxanne.

L'amertume de ces mots le surprit lui-même. Ainsi que leur réalité.

— Les épouses de mes frères ne m'aiment pas, ajouta-t-il. Elles ont des raisons pour cela. Toute personne proche de moi serait forcément la cible de leur indiscrétion. Je ne voulais pas t'imposer ça.

— Tu persistes à dire qu'elles ont des raisons de ne pas t'aimer. Dis-moi ce que tu as fait.

— Cela ne te concerne pas, Roxanne. Oublie, d'accord ?

— Non, pas d'accord, mais bon, tant pis.

Elle reprit sa marche et il la suivit avec Harley. Une fois au bureau, chacun partit dans une direction différente.

Elle se barricada dans la pièce qui lui était dévolue, et il ne la revit pas avant la fin de la journée. Sauf qu'il devait rester pour une conférence téléphonique tardive avec une entreprise à Sydney. Il demanda à Alan de ramener

Roxie et Harley chez lui et de rester avec elle jusqu'à son retour. Quand il l'informa de la situation, elle rassembla ses affaires et mit Harley en laisse sans un mot.

Il était près de minuit lorsqu'il rentra. Alan lui fit son rapport dès qu'il pénétra dans l'appartement.

— On a dîné de plats à emporter achetés pendant la dernière promenade du chien. Elle est partie se coucher peu après et n'a pas bougé depuis.

— Merci, Alan. À demain matin.

Verrouillant la porte et branchant l'alarme après le départ du garde du corps, il ne remit pas à plus tard sa confrontation avec Roxie. Mais quand il ouvrit la porte de sa chambre, ce fut pour découvrir que le lit était vide.

D'un geste vif, il se débarrassa de sa cravate et de sa veste, les lança dans un fauteuil près du lit, puis quitta la pièce en trombe. Harley le croisa dans le couloir avec un aboiement mécontent. Il le fit sortir dans le patio et continua à grandes enjambées jusqu'à la chambre d'amis. La place de Roxie n'était pas dans cette chambre. Il aurait dû la trouver dans son lit, où elle dormait depuis…

Il coupa court à ces pensées. Vu les propos qu'il avait tenus cet après-midi, son départ pour la chambre d'amis ne devait pas le surprendre, ni le peiner, et pourtant, c'était le cas. Il se glissa dans la pièce et s'allongea près d'elle. L'embrassant sur la nuque, il chuchota :

— Red ?

— Arrête de m'appeler comme ça.

— Tu es toujours fâchée ?

— À ton avis ?

Il enroula un bras autour de sa taille et la blottit contre lui.

— Ça aiderait si je te dis que je suis désolé ?

— Tu le penses vraiment ?

— Je suis vraiment désolé que tu aies été embringuée dans mon drame familial, Roxie.

Soudain, il se rendit compte qu'il se sentait lui-même aussi fatigué — et perturbé — qu'elle le paraissait.

— Tu m'en parleras ?

Il envisagea de se confier à elle, mais vingt ans sous la tutelle stricte de son père le retinrent.

— C'est juste des histoires de famille, Rox.

— Et je ne suis pas ta famille. J'ai compris.

Elle tenta de s'écarter en roulant sur le flanc, mais il l'en empêcha en posant une main sur sa joue.

— Non, Red, tu ne l'es pas. Ma famille est une vraie catastrophe. Tu n'as rien à voir avec eux. Quand je suis avec toi, je peux m'éloigner de tout ça.

Un minuscule sourire s'esquissa sur les lèvres de Roxanne.

— Eh bien, c'est un bon début pour des excuses à plat ventre.

— Ohoh, fit-il d'une voix brusquement rauque. Tu veux qu'on parle à plat ventre ?

Il l'embrassa, lui prit les seins dans ses mains, remarqua :

— Mon lit est plus grand.

Roxie était enfouie sous les couvertures, bien au chaud, flottant dans les dernières brumes d'un rêve où Cash et elle vivaient dans une magnifique maison avec des bébés Harley titubant entre leurs pieds. Elle trébuchait et Cash la rattrapait, l'embrassait en riant.

La veille, elle avait décidé de lui pardonner. Certes, il avait blessé ses sentiments, mais son expression quand il avait admis avoir des problèmes avec sa famille avait failli lui briser le cœur. Ils étaient deux à cet égard. Sa famille à elle n'était pas un cadeau, mais une petite pensée lui trottait dans l'esprit. Cash reconnaissait que les sentiments de ses belles-sœurs avaient une raison. Or il était également évident qu'il acceptait leur aversion et l'éloignement qui en résultait forcément avec ses frères, comme s'il s'attendait à être mis à l'écart. Cela aussi faisait mal.

Elle le trouvait souvent frustrant sur le plan affectif, froid et réservé à l'occasion, mais quand il la prenait dans ses bras et l'embrassait, quand il lui faisait l'amour, son univers se réduisait et se cristallisait. Pour la première fois de sa vie, elle avait l'impression de pouvoir enfin trouver sa place quelque part, auprès de quelqu'un.

Blottie sous les couvertures, elle s'étira, délicieusement courbaturée et un peu irritée par la barbe de Cash à certains endroits sensibles. Il lui avait montré de multiples façons à quel point il était doué « à plat ventre », et nom d'une pipe, son corps avait apprécié. Elle se rendormait presque quand on se mit à cogner à la porte.

Elle battit des cils, à présent pleinement réveillée, et s'assit. La personne frappait et sonnait furieusement. Rejetant les couvertures, elle frissonna en raison du froid et chercha des yeux quelque chose à enfiler. Ce n'était pas parce que Cash verrouillait derrière lui en partant courir avec Harley qu'elle devait ouvrir toute nue.

Un petit sourire retroussa ses lèvres. C'était peut-être une bonne idée, après tout. Si elle ouvrait en tenue d'Ève, peut-être Cash la ramènerait-il au lit et seraient-ils un peu en retard au bureau. Enfin, lui, oui. Elle, ce serait pour se tourner les pouces. Cette pensée gâchant un brin son désir, elle ramassa la chemise que Cash portait la veille, jetée sur un siège. En coton épais d'un blanc aveuglant, avec des poignets mousquetaire, qu'elle replia après l'avoir enfilée.

— C'est bon, j'arrive ! Du calme.

Sans prendre la peine de boutonner la chemise, elle coupa l'alarme grâce au code que lui avait montré Cash — un code temporaire qu'il effacerait après son départ, perspective réjouissante s'il en était. Puis elle ouvrit la porte.

— Eh bien ? Tu as oublié ta…

La suite mourut sur ses lèvres et elle se hâta de boutonner la chemise devant le regard extrêmement désapprobateur de Cyrus Barron. L'homme pénétra en trombe dans l'appartement en la bousculant presque. Elle referma la porte, mais ne verrouilla pas et ne rebrancha pas l'alarme, trop pressée de le suivre.

— Euh, excusez-moi ? Cash n'est pas là pour le moment.

— Je vois ça.

— Et je ne sais pas exactement quand…

M. Barron l'examina de la tête aux pieds, et sa désapprobation passa à un franc dédain, puis à de la pure dérision.

— Je m'étonne que mon fils laisse une de ses bimbos seule ici. Je croyais lui avoir inculqué un peu plus de jugeote. Je vais ajouter ce point à la liste des sujets à aborder.

Le père de Cash se dirigea vers la cuisine comme s'il était le maître des lieux et là encore, elle le suivit.

Elle ne pouvait pas lui dire de s'en aller, hélas, même si ça lui brûlait les lèvres.

Très à l'aise, il prit un mug dans le placard et se servit une tasse de café. Puis il se tourna pour lui faire face, le regard aussi perçant que celui d'un aigle, la bouche méprisante.

— Cash a toujours eu un faible pour les écervelées.

Les « écervelées » ? Elle avait un master en Muséologie et envisageait sérieusement de retourner en fac pour passer son doctorat. Elle avait obtenu une mention Très Bien à chaque diplôme depuis le tout premier. Et ce vieux beau desséché la traitait d'écervelée ? Elle ravala les paroles cinglantes qu'elle avait en tête et musela sa colère.

— Nous n'avons jamais été présentés, monsieur Barron, et vous n'avez pas la moindre idée de qui je suis, et étant donné que nous n'avons échangé que quelques mots, je pardonnerai votre propension naturelle à l'antipathie. Pour cette fois, ajouta-t-elle entre ses dents.

Le bonhomme la dévisagea comme si elle n'était rien. Qu'il aille au diable. Elle avait réussi tant bien que mal à boutonner la chemise de Cash, aussi était-elle maintenant à peu près décente. Elle prit note de ranger un peignoir dans la chambre de Cash et de commencer à porter des sous-vêtements au lit.

Prenant une grande inspiration, elle poursuivit :

— Puisque vous ne savez rien de moi, je vais vous expliquer de manière à ce que vous compreniez.

Elle haussa un sourcil sévère. Elle avait travaillé son expression hautaine pour gérer correctement ses subordonnés à l'agence — deux stagiaires et trois assistantes travaillant sous sa supervision. Comme le vieil homme paraissait peu impressionné, cela ne suffirait pas. Pourtant, elle s'obstina.

— Je m'appelle Roxanne Rowland et je suis archiviste d'entreprise chez…

La porte d'entrée claqua et le hurlement de Cash la stoppa net.

— Bon sang, Roxie, qu'est-ce que je t'ai dit à propos de laisser la porte non verrouillée !

Il passa l'angle de la cuisine, vit son père, pila et se tut, estomaqué.

Harley, de son côté, déboula au galop depuis l'extrémité du salon, aborda le carrelage sur lequel il dérapa en tentant de contourner l'îlot de cuisine. Raclant le sol avec ses griffes, le chien parvint à garder la position debout, mais dans son élan donna du museau juste sous la ceinture de M. Barron. Roxie n'eut aucune chance d'empêcher la collision — encore qu'elle n'avait guère envie d'essayer, vu les circonstances.

Cash devait réagir, et vite. Son père était la dernière personne qu'il s'attendait à voir dans sa cuisine. L'avant-dernière, c'était Roxie, vêtue de sa seule chemise, en train d'enguirlander le vieux tyran. Il avait cru que les voix audibles depuis dehors provenaient de la télé. Ensuite, Harley n'avait rien trouvé de mieux que de flanquer son père par terre. Ses tempes palpitaient douloureusement.

— Roxanne ? Des habits, peut-être ?

Elle baissa les yeux, parut réaliser quel était son accoutrement et hocha la tête.

— Bonne idée. Et, Cash, juste pour que tu saches… Il n'y aura jamais assez de café au monde aujourd'hui.

Elle lança un regard noir à son père avant de disparaître en direction de la chambre d'amis, Harley sur les talons.

— Qu'est-ce qu'elle fiche ici, Cashion ?

— Elle occupe la chambre d'amis, papa.

— Avec ta chemise sur le dos ?

Cash haussa les épaules.

— Ma vie sexuelle n'est plus un sujet de discussion depuis mes dix-huit ans. Pourquoi es-tu ici ?

— Pour en savoir plus sur ce coup de fil que tu as passé à Sydney. On en a parlé il y a un mois. Je ne veux pas que nous fassions affaire avec ces gens-là.

— Ce n'est pas « nous », papa. C'est Barron Security.

— Tu pinailles.

— Est-ce que je suis le P-DG de Barron Security ?

— Pour le moment.

— C'est une menace ?

Quelque chose à l'intérieur de Cash se déchira. Il avait observé sans rien faire son père proférer la même menace à chacun de ses frères. Ils lui avaient tous tenu tête, sachant que Chance les couvrait sous le fidéicommis familial. Mais Cash, lui, savait qu'il n'était pas protégé. Il existait des raisons — valables — de laisser Barron Security en dehors du fidéicommis. BSS avait des clients dans le monde entier et au-delà du champ d'activité des enseignes Barron. L'entreprise avait besoin d'une autonomie qu'elle n'aurait pas en étant sous le même régime que les autres.

Et voilà qu'il avait la frousse parce que la seule chose qu'il pouvait faire pour sa famille, c'était de la protéger à travers son entreprise. Et si cela lui était enlevé ? Il devait en affronter la possibilité.

— S'il le faut.

Le petit accroc s'élargit, devint un abîme. Il mit un frein à l'assaut d'émotions et regarda son père en face.

— On discutera de ça au bureau. Je dois prendre une douche et m'habiller.

Cyrus vida son café intact dans l'évier et posa bruyamment le mug.

— Il y a intérêt. Et on discutera aussi de cette femme. Sors-la de ta maison, Cashion. Largue-la et concentre-toi de nouveau sur le travail.

Il s'arrêta avant d'atteindre la porte d'entrée.

— Je savais parfaitement que tu la cachais dans ton bureau avec ce cabot ridicule, et que tu l'as amenée au ranch. C'est terminé. Je sais qui elle est. Les Barron ne s'associent pas à la racaille, fils. Tu ferais bien de t'en souvenir.

# - 14 -

Cash aurait dû se rendre auprès de Roxie, l'apaiser en lui disant que tout irait bien, lui expliquer que son père parlait souvent sans réfléchir. Sauf que tout cela n'aurait été que mensonges. Rien n'allait bien et son père disait toujours exactement ce qu'il pensait. Il entendit l'eau couler dans la salle de bains d'amis. Raté pour leur douche matinale, comme ils faisaient d'ordinaire. Harley poussa légèrement sa jambe et il le regarda. Même le chien avait un air accusateur.

— Quoi ? grommela-t-il. Papa a raison. Je n'aurais pas dû entamer une histoire avec elle.

Car il s'agissait bien de ça. Une vraie histoire. Or il ne faisait pas dans les relations sérieuses, et avant Roxanne, l'idée d'une femme partageant son espace personnel l'aurait beaucoup amusé.

Plus tard, quand il fut l'heure de partir pour la Barron Tower, Harley refusa de quitter le canapé. Ni les supplications de Roxie ni les ordres de Cash ne firent bouger le chien. À bout de nerfs, Cash sortit de l'appartement en trombe et attendit Roxie dans la voiture. Comme souvent début mars, le temps revenait à l'hiver et à un froid glacial. Il alluma le chauffage à fond. Roxie se glissa enfin sur le siège passager, boucla sa ceinture, évitant soigneusement de le regarder.

Il résista jusqu'à ce qu'ils pénètrent dans le parking. Laissant le chauffage allumé, il se tourna vers elle.

— Tu n'aurais pas dû ouvrir la porte.

Elle finit par craquer.

— Je n'aurais… Tu… Il… J'ai cru que… ce qu'il a dit…

Puis elle le frappa. À l'épaule. Plus fort qu'il ne l'en aurait cru capable. Et reprit :

— Je pensais que tu avais oublié tes clés. Il faisait froid dehors et tu ne portais que cette tenue de sport ridiculement sexy. Tu es le pire âne bâté du monde. Non, attends. Je présente toutes mes excuses aux ânes. Et je me trompe. C'est ton père qui est le pire. Toi ? Tu es juste… juste… Ah, s'exclama-t-elle d'un ton rageur. Je suis une racaille ? C'est ça que tu crois ? C'est ça que tu ressens ?

Il lui prit les mains, les maintenant avec délicatesse malgré les efforts de Roxie pour se dégager.

— Chut, Red, calme-toi. Ce n'est pas du tout ce que je ressens. Tu n'es rien de ce que mon père a sous-entendu.

Elle inspira à fond, cessa de chercher à se libérer.

— Alors pourquoi tu n'as rien dit ?

Question légitime. Comment l'expliquer ? Comment résumer vingt-cinq ans d'une relation père fils morcelée ?

— C'est… compliqué.

Elle s'écarta de lui.

— Compliqué. Voilà une excuse facile, Cash. Tu ne veux pas en parler ? Très bien. Tu es en retard pour le travail, ajouta-t-elle après avoir regardé la pendule du tableau de bord.

Ils sortirent du Range, prirent l'ascenseur en silence et il la laissa sans un mot à la porte du bureau inoccupé. La veille avait été une journée difficile, même si leur réconciliation sur l'oreiller avait atténué l'effet produit par ses belles-sœurs. Aujourd'hui ? Aujourd'hui s'annonçait horrible, et il n'avait qu'une envie, s'enfuir loin, très loin. Au lieu de quoi, une pile de messages urgents l'attendait.

À 18 heures, Cash émergea enfin de son bureau pour la

première fois de la journée. L'efficace et omniprésent Nick lui avait livré un déjeuner sur place, et il avait l'impression d'avoir eu le téléphone collé en permanence à l'oreille. La migraine qui le taraudait depuis ce matin le martelait maintenant à pleine puissance. Roxie était assise sur le canapé en face du poste de travail de Cheryl, à présent occupé par Nick, bottes posées sur la table basse. Un coin de son cerveau épuisé nota qu'elle avait glissé une revue sous ses pieds, sans doute pour ne pas abîmer le plateau poli.

— Prête à rentrer à la maison ?

Elle ôta ses écouteurs et le fixa.

— Ça fait un mois que je suis prête à rentrer à la maison.

Il se rendit aussitôt compte de son lapsus, mais il ressentit un pincement intérieur. Il avait commencé à penser… Non. Il ne devait pas aller dans cette direction. Il habitait cet appartement, mais ce n'était pas « la maison », sauf avec la présence de Roxie… Non. Il ne pouvait pas penser à ça. Il l'étudia comme il aurait étudié un suspect. Sa nonchalance était forcée, son expression ennuyée aussi. Il remarqua que ses jointures sur le téléphone étaient blanches et qu'elle agitait nerveusement l'extrémité d'une de ses bottes.

— Vous pouvez y aller, Nick, ordonna-t-il.

Lorsqu'ils furent seuls, Cash s'assit près d'elle, allongea les jambes et planta ses bottes à côté des siennes. Elle fronça les sourcils et il se demanda pourquoi. Parce qu'il était assis là ou qu'il posait ses bottes sur le bois nu ? Roxie avait de drôles d'idées en matière de mobilier et d'art. En raison de sa formation de conservateur de musée, probablement.

Elle croisa les bras, fuyant son regard.

— Quoi ?

— Je suis désolé d'avoir été trop occupé pour te voir au cours de la journée.

Elle sursauta un peu. Il l'avait surprise. Tant mieux.

— Et je suis désolé que mon père t'ait mêlée à notre drame familial.

Elle attendit presque une minute avant de répliquer.

— Je n'ai pas le droit de juger, s'agissant d'un drame familial. Ma propre famille t'a en quelque sorte mêlé au sien.

Il lui donna un petit coup d'épaule en signe de solidarité affectueuse.

— Et si on rentrait à... Chez moi. On pourrait prendre quelques steaks au passage et je les ferais griller.

— Il fait trop froid pour un barbecue, même si Harley gronde en m'entendant refuser. Il est accro aux steaks.

Cash rit doucement.

— Je suis un homme. Il ne fait jamais trop froid pour un barbecue. Allez viens, Red.

Il se leva et l'aida à en faire autant. Glissant un bras autour de ses épaules, il la tint serrée contre lui jusqu'à la voiture. La crise semblait passée, pour le moment.

La panse pleine de bœuf premier choix, Harley était vautré sur le canapé, ronflant comme une moto mal réglée. Cash attendit que Roxie entre dans sa chambre pour éteindre les lumières de l'appartement. Il la suivit juste après.

Comme elle commençait à enlever son pull, il vint se poster derrière elle et l'arrêta.

— Je m'en charge.

Elle lui jeta un regard inquiet. Il avait parlé d'un ton plus bourru qu'il ne l'aurait voulu, mais ce soir, il avait besoin de prendre les choses en main. Il éprouvait encore du ressentiment envers son père et refusait que ce dernier franchisse le seuil de sa chambre.

Il fit passer le pull par-dessus la tête de Roxie, puis

caressa la peau satinée de son ventre. Elle frissonna, tenta de se tourner et lui faire face.

— Non, chuchota-t-il contre sa tempe.

Il la maintint en place avec son bras. De sa main libre, il captura ses poignets et les bloqua fermement mais doucement, sans lui faire mal.

— Je vais te prendre. Je vais te prendre comme je le veux.

Sa voix rauque était empreinte de quelque chose qu'il n'avait pas envie de nommer. Qui allait au-delà du désir.

— Je veux…, commença-t-elle.

Il resserra sa prise car elle se débattait un peu.

— Chut, Red. Tu auras ce que tu veux, promis.

Il dégrafa son soutien-gorge, en baissa les bretelles.

— Mais moi d'abord.

Dans l'immédiat, il la voulait nue. La tenant toujours dos à lui, il défit la boucle de sa ceinture, son jean, chassa les cheveux dans sa nuque avec son menton et lui ordonna :

— Enlève tes bottes, Red.

— Lâche-moi, alors.

Il répondit d'un gloussement et glissa une main dans son jean, par-dessus sa culotte.

— Tes bottes.

Il ramassa sa longue chevelure rousse sur une de ses épaules, semant des baisers tout le long sa nuque. Puis il la prit par le menton, lui tourna la tête et réclama sa bouche, tout en introduisant la main dans sa culotte. Lui ouvrant la bouche de sa langue, il fit de même avec un doigt, plongeant les deux en elle. Rox s'abandonna avec un gémissement.

Appuyée contre lui, elle essaya d'ôter une botte et finit par y parvenir. Plaquée contre lui, elle se débarrassa de la seconde. Il immisça un deuxième doigt dans le nid brûlant et humide de son sexe, qu'elle referma autour de lui. Un mini-orgasme la secoua.

— Sur le lit, Red. Tête en avant, ordonna-t-il sans lui donner le temps de se ressaisir.

Elle obéit, et il termina de lui ôter ses vêtements. Agenouillé derrière elle sur le matelas, il fit rouler sa culotte, lui semant une traînée de baisers sur la peau. Puis il lui écarta les genoux. Il avait l'intention de prendre son temps, de toucher, goûter, savourer, de lui arracher la moindre bribe de passion. Quand sa bouche se referma sur elle, Roxie poussa un cri.

Il la maintint sur le lit avec un bras au creux de reins. Elle rua, se tordit, ses gémissements étouffés par l'oreiller. Il s'en donna à cœur joie, tempérant ses tendres assauts par des baisers sur ses cuisses et sur ses joues.

Il releva la tête et sourit. Elle agrippait les montants du lit, les yeux clos. Son dos se soulevait au rythme de sa respiration précipitée.

— Je t'en prie, cria-t-elle. Je n'en peux plus. Viens !

La peau rose de Roxie irradiait de chaleur. Son érection à lui était si puissante qu'il dut serrer les dents. Il mourait d'envie de la pénétrer sous peine de perdre la raison, mais il tint bon. Il n'en avait pas fini avec elle.

— Si, tu peux. Tu vas voir.

Les doigts de Cash l'emplissaient, la fouillaient. Elle parvenait tout juste à respirer, encore moins à parler, tandis qu'il la titillait frénétiquement de sa langue. Elle le supplia, quasi en sanglots, mais peine perdue. Il n'arrêta pas. L'orgasme l'emporta de plus en plus haut, et quand elle explosa, tremblante, pantelante, il fut à ses côtés, nu, chaud. Alors il la retourna et entra enfin en elle.

Le plaisir lui ôta le peu de souffle qui lui restait.

Incapable de parler, de crier, elle fixa son visage, yeux grands ouverts, et ce qu'elle y vit fit fondre son cœur. Elle était amoureuse de Cash, éperdument amoureuse. Elle s'agrippa à lui, se cambra à sa rencontre, se moula contre lui pendant qu'il lui faisait l'amour. Lorsqu'elle jouit pour la troisième fois, il jouit en même temps qu'elle.

Puis il y eut un moment hors du temps avec son poids, sa chaleur, ses bras autour d'elle, avant qu'il ne roule sur le côté et ne la blottisse contre lui.

— Respire, Red, la somma-t-il avec un rire adorable.

— Facile à dire pour toi, protesta-t-elle, cherchant sa voix.

Il ne répondit pas, et elle ouvrit les yeux, inclinant la tête afin de voir son visage. Il paraissait infiniment triste et elle eut un mouvement de recul. Toute la félicité déployée en elle s'évapora comme des bulles de savon.

Elle n'avait pas de surnom affectueux pour lui. Pas de « chéri » ou « mon cœur ». Rien d'à la fois aussi exaspérant et touchant que Red, mais l'appeler par son prénom à cet instant semblait… décalé. Presque brutal. Elle s'amusa intérieurement d'avoir encore assez de neurones à activer après trois orgasmes époustouflants. Frottant sa joue contre sa peau, elle enroula les doigts dans la toison soyeuse de son torse.

— Tu penses trop fort, Red.

— Qu'est-ce qui ne va pas ?

— C'est toi qui rumines. Pas moi.

— Je m'inquiète pour toi.

— Je n'en vaux pas la peine.

— Si.

Tel était bien le problème. Elle eut un aperçu de l'homme solitaire que Cash cachait au monde avant qu'il ne referme son visage.

— Cash ?

— Tout va bien, Roxanne.

Il la prit dans ses bras, l'embrassa fougueusement, et elle comprit qu'il cherchait à la distraire.

Lorsqu'il rompit le baiser pour titiller un de ses mamelons, elle fit une nouvelle tentative.

— C'est quoi le problème avec tes belles-sœurs ?

Un long grognement rauque monta de sa gorge.

— J'ai ton sein dans la bouche et tu veux que je parle d'elles ?

— Oui. Elles ne t'aiment pas beaucoup.

— Sans blague.

— J'aimerais savoir pourquoi. Et ne me ressors pas cette excuse de drame familial. Tes frères ont rappliqué dès qu'Alan les a avertis pour qu'ils viennent à ta rescousse.

— Tu parles. Ils sont venus assister au spectacle.

Il soupira, se remit sur le dos, un bras sous la nuque, l'autre toujours enroulé autour d'elle.

— Tu sais, les Barron mâles ne sont pas très chanceux en amour. Et il y avait des circonstances fâcheuses liées à chacune des femmes dont mes frères sont tombés amoureux.

— En tout cas, ils ont l'air heureux, aujourd'hui.

— Oui, fit-il, fixant le plafond. Écoute, j'ai fait le travail qu'on m'a confié. J'ai produit des documents légaux sur Cassidy. J'ai fait en sorte que Cord puisse revendiquer le fils qu'il avait eu avec Jolie. J'ai… J'ai aidé Clay à surmonter la maladie et la mort d'une autre femme qu'il aimait.

— Une autre ?

— Sa mère, quand il était enfant. Puis Georgie.

— Mais Georgie n'est pas morte.

— J'ai sous-estimé sa force. Et celle de Clay.

— Et Chase ?

— Non.

— Sa femme te déteste vraiment.

— En effet.

Elle continua de caresser les creux et les courbes de son torse, de son ventre, même lorsqu'il reprit la parole.

— Ils… Quand ils se sont mariés, ils ne s'aimaient pas.

— Comment tu peux le savoir ?

— Ils ne se connaissaient que depuis quarante-huit heures lorsqu'ils se sont épousés en douce.

Quelque chose dans sa voix la dissuada d'insister.

— Tu te sens… écarté ?

Il lui décocha un regard perçant.

— Pourquoi cela ?

— J'ai l'impression que vous étiez très proches au départ.

— Clay est plus âgé que moi de douze ans, et il vit à Washington depuis des années. On n'a jamais été beaucoup ensemble. Chance en a six de plus, Cord, huit. On ne les a pas beaucoup fréquentés non plus.

— Peut-être pas en tant que gosses, mais adultes. Je veux dire, vous travaillez tous dans le même bâtiment. Sauf Clay, bien sûr. Mais vous déjeuniez ensemble à l'occasion, ou preniez un pot en fin de journée, non ? Et puis, il y a bien dû y avoir des séjours au ranch…

L'expression sur le visage de Clay lui assécha la bouche et elle se tut. Aussitôt, il se referma, les yeux brillants de cynisme.

— Laisse tomber, Roxie. Tu ne peux rien y changer. Ils sont ce qu'ils sont.

Il l'embrassa sur le front, afin d'atténuer la sécheresse de ses paroles, soupçonna-t-elle.

Elle réclama un vrai baiser avant de murmurer :

— Demain sera un autre jour.

# - 15 -

Cash était épuisé. Cette semaine, il avait eu des réunions quotidiennes avec son père. Ils avaient récupéré la moitié du bétail volé, et la situation dans l'un des hôtels en Floride avait été résolue sans action en justice grâce à ses enquêteurs. En revanche, aucun signe des Rowland. Aujourd'hui, il l'avait échappé belle ; son père s'était énervé sur un sujet qui ne l'impliquait pas, pour une fois. N'empêche que chaque réunion s'était terminée sur la même question : « Est-ce que tu t'es enfin débarrassé de cette femme ? »

Et il avait tenté de gagner du temps. Une partie de lui ne voulait pas de Roxie dans sa vie, pourtant elle était là, jour après jour. Et nuit après nuit dans son lit, même s'il était trop brisé de fatigue et trop stressé pour faire quoi que ce soit d'autre que juste la tenir dans ses bras en dormant. Elle était là, tout simplement. Souriante. Le faisant rire à l'occasion. Toujours prête pour ses baisers — voire plus. Tant qu'à être honnête, il aimait bien aussi avoir son gros chien rigolo dans les pattes.

Il s'arrêta dans le hall pour envoyer un texto à Roxie.

Retrouve-moi dans mon bureau. Deux arrêts à faire, et on filera tôt à l'anglaise.

Ils rentreraient à l'appartement, se changeraient, puis il l'emmènerait chez Donovan. Un groupe de folk irlandais y donnait un concert et il pensait que Roxie apprécierait.

Avril approchait, le temps s'était adouci et le groupe jouerait dans le patio, aussi Harley serait-il à l'aise.

Cash sortit de l'ascenseur au trente-sixième étage et déposa un dossier à la réception de Barron Exploration. Un de leurs employés détournait des fonds, et le dossier contenait les preuves réunies par Cash. Arrêt suivant, Barron & Associates pour une copie du dossier destinée à Chance.

Il ne prit pas la peine d'attendre l'ascenseur, optant pour l'escalier puisqu'il n'avait que deux étages à descendre. Poussant la porte coupe-feu, il tomba sur Nick.

— Hé, patron ! s'exclama le gamin avec un grand sourire, les yeux sur le dossier. Je peux remettre ça, si vous voulez.

— Oui, merci.

Cash lui tendit les documents et repartit vers l'ascenseur. Il ne désirait qu'une chose : quitter sa peau de chef d'entreprise et passer du temps avec Roxie. Les portes s'ouvrirent et dès qu'il vit son père, il sut que ce n'était pas gagné.

— Cashion.

Raidissant les épaules, il pénétra dans l'ascenseur.

— Pas ici, papa. Dans mon bureau.

Cheryl leva les yeux lorsqu'ils passèrent devant elle et son sourire s'évanouit. Puis le visage de son assistante se plissa en une série d'expressions complexes et indéchiffrables. Le temps lui manquait, de toute façon. Il voulait se débarrasser de son père au plus vite, embarquer Roxie et s'en aller. Il précéda le vieil homme dans son antre et referma la porte.

— Je suis lassé d'attendre, Cashion.

— D'attendre quoi, papa ?

Il fit de son mieux pour dissimuler sa fatigue.

— Que tu balances cette femme. Elle est toujours chez toi.

— Ma vie privée n'est pas sujette à discussion.

— Quand elle implique des femmes comme elle, si. Combien nous coûte cette bande de criminels ?

— Je maîtrise l'enquête, père. Laisse-moi faire le travail pour lequel tu m'as embauché.

— C'est le mot-clé, hein ? Tu oublies que c'est moi qui signe ton chèque de salaire, ou quoi ?

— Difficile à oublier quand tu me le rappelles sans cesse.

Il regretta ces paroles aussitôt prononcées.

— J'attendais mieux de toi, Cashion. Tes aînés ont été trop dorlotés par leur mère. Et Chase était capricieux. J'ai placé tous mes espoirs en toi, mon garçon. Tu devais être mon héritier. Mon seul fils réel. Et regarde ce que tu me fais.

— Quoi, papa ? Qu'est-ce que je te fais ? s'insurgea-t-il, sentant la bête enragée en lui s'échapper de sa cage. Je fais exactement ce que tu me demandes, poursuivit-il d'une voix blanche. Et quelles qu'en soient les conséquences ! J'ai fait tout ce qui était en mon pouvoir pour protéger cette famille, pour que nos entreprises tournent rond, que personne ne puisse nous mettre des bâtons dans les roues.

— Mais cette fille est toujours dans ton lit.

— Et alors, papa ? Avec combien de bimbos tu as couché, toi ? Parce que c'est de ça dont il s'agit. Roxie est l'élément nous permettant de poursuivre sa famille en justice, et si elle a envie de passer du bon temps pendant qu'on attend la prochaine étape, en quoi c'est différent des femmes qui chauffent ton lit ?

Il se dirigea vers son bureau, puis hésita. La boule à neige, posée d'habitude à côté de la seule photo qu'il tolérait dans cette pièce, avait disparu. Son regard balaya le plateau en bois. On n'avait pas touché à la photo encadrée des frères Barron assis sur une barrière du ranch lors de fêtes de fin d'année. Chase et lui avaient huit ans quand leur mère leur avait offert d'anciennes boules à neige, deux semaines avant qu'elle ne soit tuée par un chauffard ivre.

— Tu m'écoutes, fils ?

Cyrus le saisit par le bras, le fit pivoter.

— J'ai encaissé plus d'imbécillités que je ne peux en supporter. Il est temps de te débarrasser d'elle et de passer à autre chose. J'ai besoin de ta pleine attention. Je considère désormais tes frères comme des bons à rien, mais j'attends que tu te montres à la hauteur de tes obligations.

Son père se rua vers la porte, l'ouvrit.

— Tu me déçois, mon garçon, conclut-il.

Cash le suivit dans la réception privée. Au moins Cheryl était-elle invisible, aussi personne ne serait témoin de sa disgrâce. Piètre consolation. Il avait bâti sa vie dans le but de plaire à cet homme, d'obtenir son respect, sa reconnaissance. Et maintenant, son père le menaçait de tout démolir parce qu'il avait laissé son désir pour une femme éclipser son devoir. Il aurait dû avoir plus de bon sens.

— Flanque-la dehors, Cashion, ou vous le regretterez tous les deux. Tu sais de quoi je suis capable.

Cash resta pétrifié, le ventre noué. Oui, il savait exactement de quoi son père était capable. Avec un calme totalement feint, il demanda :

— Pourquoi tu me menaces, papa ?

Cyrus s'approcha de lui, le visage tendu.

— Tu es mon protégé, celui que j'ai passé des années à former. Et aujourd'hui, tu me trahis. Pour une bonne femme. Tu ne vaux pas mieux qu'eux.

Cyrus désigna un point derrière son fils, puis le bouscula et partit à grandes enjambées. Une main se posa sur l'épaule de Cash.

— Bienvenue au club, frérot.

Cash s'écarta de son jumeau et pivota sur ses talons pour faire face à ses frères. Pourquoi étaient-ils tous là ? Clay passait le plus clair de son temps à Washington et Chase voyageait sans cesse. Et si Cord et Chance occupaient leurs bureaux quotidiennement, Cash avait peu d'échanges avec eux, surtout depuis leur mariage. Ses frères le regardaient tous avec compassion. Voire pitié.

— Va te faire voir, Chase.

Il en avait sa claque de cette histoire. Il avait toujours fait passer la famille en premier, pour préserver le nom des Barron. Roxie ne se trouvait dans sa vie qu'à cause d'un danger pour sa famille. Et ce n'était pas comme s'il se passait quelque chose entre eux en dehors du sexe. Même si, force était de l'admettre, coucher avec elle dépassait tout ce qu'il avait connu jusqu'alors. Mais elle n'était qu'un moyen pour lui permettre d'atteindre un objectif. Il n'avait pas de sentiments pour elle. Aucun. Elle n'était qu'une distraction passagère, comme il l'avait affirmé à son père. Il ne voulait pas d'elle.

En réalité, il avait même hâte de les chasser, elle et son sale cabot baveux, et de retrouver une vie normale — ordonnée, calme, sereine. Plus de soutien-gorge en dentelle suspendu dans sa salle de bains. Plus de traînées visqueuses sur ses pantalons sur mesure. Plus d'empreintes de pattes boueuses sur les sièges en cuir de son Range Rover. Plus de femme sexy dans son lit.

Chase rejeta la tête en arrière, éclata de rire.

— Ouais, hébété, perdu. Elle ne doit pas être n'importe qui pour faire mordre la poussière au dernier frère Barron.

— Tu n'es pas aussi drôle que tu le crois, tu sais. Quant à vous tous, vous avez une raison pour traîner dans le coin ? Si vous attendiez juste que père me sonne de nouveau les cloches, trop tard. Le spectacle est terminé. Vous pouvez rentrer chez vous.

Il s'engouffra dans son bureau et claqua la porte, ignorant les protestations de ses frères. Il avait des choses bien plus importantes à faire. Comme se débarrasser d'une femme avec laquelle il n'aurait jamais dû entamer une histoire.

# - 16 -

Roxie avait réussi à contrôler sa respiration et à rester silencieuse. Plonger sous le bureau de Cash avait été une erreur monumentale, d'autant que son père avait suivi et refermé la porte. Leur dispute avait fait rage au-dessus de sa tête, et elle n'en avait pas perdu une miette. Pareil lors de la confrontation de Cash et ses frères. Lorsque la porte claqua, elle resta cachée, le cœur battant à tout rompre.

Elle s'étonnait même qu'il batte encore. Les propos de Cash ne l'avaient pas brisée, ils l'avaient déchiquetée. Et rendue furieuse. Quelle idiote elle était !

— Tu peux sortir maintenant, Roxanne.

La voix de Cash était affreusement plate.

À quatre pattes, elle s'extirpa de son abri et s'appuya à sa luxueuse chaise de bureau pour se redresser. Tournant le dos à la pièce, elle fixa la fenêtre, incapable d'affronter la colère de Cash. La dispute avait été épouvantable, personnelle, et elle était une intruse qui n'avait pas le droit d'en être témoin, mais elle n'en était pas moins furieuse, elle aussi.

Ravalant ses émotions, elle finit par se retourner pour faire face à l'homme qu'elle en était venue à aimer. L'expression sur son visage lui fracassa le cœur, et sa colère s'effaça devant la douleur qu'il affichait. La peau d'ordinaire bronzée de Cash était grise. Ses lèvres charnues — qui se relevaient en un sourire sardonique plus souvent qu'à leur tour — s'affaissaient aux commissures.

Ses yeux étaient vides, opaques. Sa souffrance semblait presque viscérale.

Ses propres yeux se remplirent de larmes devant cet homme abattu — un homme déterminé à cacher ses sentiments, et par conséquent, désespéré et isolé. Elle mourait d'envie de courir vers lui, de l'entourer de ses bras, de le tenir contre elle. De lui dire ce qu'elle ressentait. Elle ne fit rien de tout cela. Elle se serait fait rabrouer. L'attitude raide et crispée de Cash le lui indiquait clairement.

— Je suis désolée, parvint-elle à articuler, la gorge serrée.

— De quoi ? De t'être introduite en douce dans mon bureau ? De m'avoir vu me faire laminer par mon père ? Moquer par mes frères ?

La colère avait ravivé la rage dans ses yeux. Mais la colère, aussi amère soit-elle, valait mieux que la défaite d'un homme ravagé qui semblait comme abandonné par son dernier ami. Elle contourna le bureau, désireuse d'être plus proche de lui.

— Je ne me suis pas introduite en douce dans ton bureau. Tu m'as demandé de t'y rejoindre, et ton assistante m'a laissée entrer.

— Pourquoi tu t'es cachée, bon sang ?

Il s'avança vers elle, mais s'arrêta après quelques pas. Les poings serrés, il tanguait à force de se maîtriser.

— Sans blague ? Tu étais avec ton père.

— Et alors ?

— Alors, après ma petite prise de bec avec lui, j'ai pensé qu'il valait mieux pour nous qu'il ne me trouve pas ici.

Il se frotta le front et elle voyait presque la migraine cogner derrière. Elle aurait voulu le faire asseoir afin de lui masser les tempes, les épaules, l'embrasser. Faire quelque chose. N'importe quoi. Tout ce qui pourrait le persuader qu'il n'était pas le fils incapable et sans valeur que son père l'accusait d'être.

Avec une désinvolture étudiée, il l'évita en allant s'affaler dans son siège derrière le bureau.

— Assieds-toi, Roxie, marmonna-t-il sans la regarder.

Elle obéit, se perchant sur le bord du fauteuil le plus proche tandis que Cash faisait pivoter le sien de manière à lui tourner en partie le dos et à pouvoir regarder par la fenêtre. Oklahoma s'étalait en contrebas — un assemblage de neuf et d'ancien, de verdure et de béton, un lieu que les Barron considéraient comme leur fief.

Le silence s'étira entre eux. Elle aurait donné n'importe quoi pour connaître les pensées de Cash. Il était à des lieues de l'homme qu'il avait été la nuit précédente. Leurs ébats étaient toujours formidables, mais la veille, cela avait été particulier. Il avait été tendre. Aimant. Il avait partagé ses sentiments avec elle. Ce soir, cet homme n'existait plus, et, l'estomac noué, elle craignait le pire.

— Tu n'aurais pas dû te cacher, Roxanne.

Le ton de Cash était monocorde.

— Donc, j'aurais dû me dresser devant lui et défendre notre relation ?

Elle avait la poitrine comprimée et son nez brûlait des larmes qui menaçaient de couler. Elle savait ce qui allait venir, s'armait contre les mots qu'il allait prononcer.

— On n'a pas de relation.

Glacée, pétrifiée, elle sentit toute émotion la quitter.

— Je vais demander à Bridger que quelqu'un t'accompagne à l'appartement pour récupérer tes affaires, poursuivit-il, et ensuite te ramener chez toi avec Harley.

Elle était trop sidérée pour bouger.

— Tu n'es pas sérieux. Tu vas détruire notre histoire comme ça, d'un claquement de doigts ? Tu plaisantes ?

À présent, il se tournait pour la dévisager.

— Je ne plaisante jamais, Roxanne. C'était amusant le temps que ça a duré, mais il n'y a jamais eu d'« histoire » à détruire. À ce stade, je n'ai plus besoin de ton assistance, et je ne te veux plus dans mon lit.

— Mon assistance ? Mon assistance ? bafouilla-t-elle, la voix grimpant en hauteur et en volume. C'était ça, la nuit dernière ? Ces semaines passées dans ton lit, par terre, sous la douche ?

Quelle plaie d'être rousse — sa peau se colorait sous l'effet de la colère…

— Je ne suis pas une prostituée, Cash. Et tu viens de me donner l'impression d'en être une. Peut-être que ton père a raison, en fin de compte, parce que, de mon point de vue, la pomme n'est pas tombée loin de l'arbre.

Elle contourna le bureau, agrippa le dossier de son siège et le fit pivoter. Penchée en avant, elle le coinça en posant les mains sur les accoudoirs. Les yeux plissés, elle cracha :

— Toi, Cashion Matthew Barron, tu es un goujat de première catégorie. Et tu sais quoi ? Je pense que tu te forces à l'être. Regarde tes frères. Clay est le chef. Cord, le responsable. Chance, le malin. Chase, l'adorable chenapan. Et toi ? Qu'est-ce qu'il te reste ? Le goujat. En fait, je crois que tu cultives ce personnage parce que, au fond de toi, tu n'es qu'un gamin terrorisé qui…

Il lui saisit les bras et la repoussa en sautant sur ses pieds. Elle se retrouva le dos plaqué contre la vitre. Un mélange d'émotions passait sur le visage de Cash — colère, choc et, quand il baissa les yeux sur sa bouche, convoitise.

— Laisse mes frères en dehors de ça.

— Non. Ils en font autant partie que ton père.

— Tu ne sais rien de ma famille. D'eux. De lui.

Il grondait, et lorsqu'il s'arrêta pour respirer, son torse pressa contre sa poitrine. Il avait le corps qui vibrait d'une fureur à peine contenue.

— Et tu ne sais rien de moi. Rien du tout, Roxanne Rosetta Rowland.

Maintenant, il était complètement pressé contre elle, jusqu'aux hanches, et elle se rendit compte, estomaquée, qu'il avait une érection. Une partie bizarre, détachée, de son cerveau se demanda si c'était pour cette raison que le sexe de réconciliation était si bon.

— Lâche-moi, Cash.

— Non.

Il resserra sa prise et la souleva assez haut pour que ses pieds ne touchent plus le sol. Il l'effrayait un peu mais, consciente d'avoir à la fois touché un point sensible et frappé juste, elle tenta le diable. Prenant son visage en coupe entre ses mains, elle adoucit sa voix.

— J'en sais plus que tu ne le penses, Cash.

Elle ferma les yeux, laissa affluer sa propre souffrance, ses propres peurs afin qu'elles soient visibles. Puis elle releva les paupières, et lâcha :

— Je sais ce que c'est d'avoir un père brutal, des frères qui ne te considèrent que comme un instrument pour parvenir à leurs fins.

Il relâcha les doigts et ses pieds heurtèrent le sol. Elle laissa tomber ses mains qui avaient commencé à trembler. Sa voix était lourde de douleur rentrée quand elle poursuivit.

— Toi au moins, tu avais tes frères, quand tu étais enfant. Tu avais Miz Beth et Big John après la mort de ta mère.

Il lui serra de nouveau les bras et son regard s'assombrit, mais elle ne se laissa pas décourager. C'était trop important. Il était trop important, et pour qu'ils aient la moindre chance, elle devait le convaincre.

— Tu avais des gens qui tenaient à toi. Pas moi. Je n'ai jamais connu ma mère. Mon père était un étranger et mes frères me traitaient comme un chat de gouttière.

Elle ravala la nausée qui montait à l'idée de sa prochaine révélation.

— Quand j'avais cinq ans, Dexter m'a accusée d'avoir tué notre mère, de les avoir privés de son amour. Elle est morte en me mettant au monde, tu comprends.

Elle baissa les yeux au-dehors, observa les voitures dans la rue, trente-quatre étages plus bas.

— Le lendemain, Lex, qui avait à peine dix-huit ans, m'a collée dans une voiture avec une petite valise et m'a conduite à un pensionnat. Il m'a plantée toute seule devant le portail. Je m'accrochais à ma valise et je regardais les phares arrière disparaître.

Elle chassa les larmes qui lui obstruaient la vue parce qu'elle avait vraiment besoin de voir la réaction de Cash.

— Tu n'es pas le seul orphelin dans cette pièce, Cash. Tu n'es pas le seul à craindre de n'être pas assez bien pour être aimé.

— Tu racontes des salades.

Il se passa une main dans les cheveux, détourna le regard et le plongea sur le panorama au-delà de la fenêtre.

— Je ne crois pas un mot de tout ça, reprit-il. Tu es une arnaqueuse comme le reste de ta famille. Les mensonges sortent de ta bouche aussi facilement que tu respires.

Elle avait le cœur en miettes, mais au moins ses larmes séchèrent-elles sous la force de la colère.

— Tu ne comprends pas, espèce d'imbécile. Ton père est un salopard — aussi mauvais que le mien, sauf que le tien prétend que ses sentiments à ton égard sont légitimes. Cet homme ne reconnaîtrait pas l'amour si Harley se roulait dedans et le mordait aux fesses. Il est égoïste, sévère, insensible, et un fumier monumental. Tout comme mon père. Max Rowland vit pour le jeu, l'escroquerie — petite ou grande. Et je ne suis qu'un atout de plus à utiliser puis à écarter. Il vous a dans le collimateur, et tu sais quoi ?

Malgré tout ce que tu m'as dit, je ferai quand même de mon mieux pour protéger les Barron.

Elle essuya avec sa manche son nez qui reniflait.

— Je t'ai fait une promesse, continua-t-elle. T'aider à l'arrêter. À arrêter ma famille, même si cela signifie les envoyer tous en prison. Et je le ferai, malgré ce que tu penses de moi, ou les motivations que tu me prêtes.

Elle libéra son second bras et s'écarta de Cash.

— Mais il y a une différence entre ta famille et la mienne. Une différence considérable. Mes frères ne cherchent qu'à m'utiliser. Mais tes frères t'aiment. Énormément, d'après ce que j'ai pu voir. Les miens sont aussi mauvais que mon père. Ils se serviront de moi et m'abandonneront exactement comme ils l'ont fait quand j'avais cinq ans. Ou quand j'en avais seize. Comme ils l'ont fait à Las Vegas. Toi, Cash, tu as une chance, celle de faire partie d'une famille, d'être aimé. Réconcilie-toi avec eux pendant que tu le peux encore.

L'expression de Cash ne changea pas. Elle alla jusqu'à la porte, l'ouvrit, marqua une pause.

— Je vais sortir de ta vie, mais tu sais quoi ? Me jeter dehors est l'une des plus grosses erreurs de ton existence. Si jamais tu te réveilles et que tu réalises quel imbécile tu es, tu sais où me trouver. Peut-être que tu seras veinard et que je t'aimerai encore. Mais tu ferais bien d'être prêt à ramper à plat ventre. C'est ce qui fonctionne le mieux.

Elle sortit, referma la porte doucement malgré son envie de la claquer théâtralement. Les mains placées sur le battant pour un dernier adieu final, elle chuchota :

— Tu peux le faire, Cash. Tu peux retrouver ta famille.

# - 17 -

Cash n'eut aucun souvenir d'avoir gagné la porte. Il appuya le front dessus et entendit le murmure de Roxie.

— Comment je suis supposé faire ça ? demanda-t-il au battant fermé.

Il se redressa, alla jusqu'à la fenêtre et regarda dehors. Il envoya un texto à Bridger. N'importe quel agent de sécurité présent dans les locaux pouvait se charger de faire sortir Roxie de sa vie, mais il ne se fiait à aucun pour le faire correctement. Il ne la détestait pas. Non, il réservait ce sentiment pour lui-même. Exécrant ce qu'il était devenu, il avait fait le nécessaire. Il ne savait que trop bien ce que signifiaient les ultimatums de son père.

Ses ordres donnés, il resta à la fenêtre, ignorant la sonnerie répétée de son téléphone comme les bips annonçant un e-mail sur son ordinateur. Il en avait assez du monde pour aujourd'hui, aussi observa-t-il les ombres grandir, la silhouette hérissée de la Barron Tower agissant comme un cadran solaire. Roxie devrait avoir terminé ses bagages à présent et vidé son appartement de son bazar. Il se demanda si Bridger l'avait confiée à Alan, puis chassa ces pensées.

Il était un homme occupé. Il n'avait pas le temps de rêvasser sur ce qui aurait pu être. Roxanne était une ennemie, les Rowland cherchaient à nuire aux Barron. Elle était forcément de mèche avec eux. Il devait oublier les petits gémissements craquants qu'elle émettait quand ils faisaient l'amour. Oublier la manière dont elle le faisait rire. Oublier…

Il frappa du poing contre la vitre assez fort pour se faire mal. Elle avait tort ! Il ne pouvait pas arranger les choses avec ses frères. Il était le fils de son père jusqu'au bout des ongles. Ses tripes se vrillaient quand il songeait aux actes qu'il avait commis au nom de la famille. Ignoble. Voilà comment l'avait qualifié Cassidy, la femme de Chance, et elle avait dit vrai. Il avait fait tout ce que son père lui avait demandé. Tout. Ce n'était pas grave s'il blessait les femmes que ses frères aimaient, s'il trahissait les quatre hommes qui méritaient sa loyauté absolue.

« La famille est la seule chose qui compte. » Combien de fois avait-il entendu son père répéter cela ? Plus important : quand avait-il dévié de ce postulat pour suivre aveuglément les ordres de son père ? Il avait cessé de s'interroger et accepté que le vieil homme faisait ce qui était juste pour la famille — pour chacun de ses membres.

Il cessa un instant de gémir sur son sort pour envoyer un texto à Bridger. Il ne reçut pas de réponse.

Quelques lampes clignotèrent avant de s'allumer dans les étages en dessous de lui. Les Barron possédaient à peu près tout ce qui était à portée de vue. Mais leur vie privée était bien moins réussie que leur vie professionnelle. Du moins, c'était le cas pour lui et pour son père. Roxanne se trompait. Ses frères ne l'aimaient pas. Pas après ce qu'il avait fait. Car, quoi qu'on en dise, Cash était le fils de son père. Cyrus l'avait formaté, entraîné, modelé à l'image du fils qu'il pensait vouloir, tout ça pour découvrir que Cash était une création imparfaite, défectueuse.

Lorsqu'il quitta enfin le bureau, la nuit était tombée et les lumières de la ville dessinaient une lueur urbaine contre le ciel sombre. Il avait envie de boire jusqu'à l'oubli. Pourtant, aller dans un bar, même un pub tranquille comme

Donovan's, ne lui disait rien, et la pensée d'une boîte de nuit pleine de gens et de bruit lui donnait la nausée. Il aurait dû rentrer chez lui, mais l'idée d'affronter tout ce vide le perturbait. À la place, il prit la direction du ranch. Il lui fallait quelque chose, n'importe quel lieu, qui lui procure une impression de « maison », et son appartement désert ne ferait pas l'affaire. Il serait rempli des échos de la présence de Roxie, de tous les si et de ce qui aurait pu.

Qui était-elle pour sermonner Cash sur le sens de l'amour ? Ou de la famille ? Le tableau brutal et honnête qu'elle avait dessiné de sa propre enfance démontrait qu'elle n'en avait pas un meilleur aperçu que lui — voire moins. Les familles de ses « codétenues » de pensionnat ne lui avaient pas non plus inspiré grande confiance en l'amour familial. Mais malgré tout, elle était restée une incorrigible optimiste concernant l'amour. Il existait. Dans les familles, on se serrait les coudes, on prenait soin les uns des autres.

Roxie l'entrevoyait de temps en temps, et en naviguant dans la sphère d'influence de Cash, elle l'avait personnellement constaté. Miz Beth et Big John étaient mariés depuis cinquante ans et toujours aussi amoureux que le jour où ils avaient échangé leurs vœux. Les frères de Cash l'évitaient, tout comme leurs épouses. Elle n'avait pas oublié la confrontation avec trois d'entre elles, à Bricktown. Si les femmes semblaient fâchées, elle avait quand même eu le sentiment que la fêlure les attristait, que Cash manquait à leurs maris. Les frères Barron avaient l'air soudés, au moins les quatre autres. Était-ce Cash qui se tenait exprès à l'écart d'eux, ou l'avaient-ils isolé intentionnellement, comme ses frères avec elle ? Elle savait parfaitement ce que c'était que d'être laissé pour compte. Elle avait observé ses frères de loin, vu à quel point ils paraissaient inséparables, une meute de chiots faisant des cabrioles autour de leur père. Il n'y avait jamais de temps pour elle. En réalité, elle n'avait aucun droit de palabrer sur la dynamique familiale.

Tout en emballant ses affaires, accompagnée des petits grondements de Harley, elle essaya de ne pas penser. Comme si c'était facile. C'était peut-être une bonne idée que Cash la renvoie. Son cœur s'attachait bien trop à lui, ses rêves se focalisaient sur un futur avec lui, or il n'y aurait pas de futur désormais. Jamais. Son espoir fugitif de former une famille avec lui, de trouver le genre d'amour que vivaient ses frères et leurs épouses n'était qu'une utopie.

Les gens comme elle n'étaient pas faits pour les relations amoureuses. Ni les gens comme Cash, à l'évidence. Harley, pour sa part, ne voulait pas partir. Elle le comprenait. Elle non plus n'en avait pas envie. Il le fallait pourtant. Elle ne pouvait pas rester plus longtemps.

Elle s'assit avec raideur sur le siège avant du Ford Expedition. L'homme qui l'avait conduite à l'appartement de Cash chargea Harley et ses bagages dans le véhicule, puis prit le volant avec une désinvolture imprudente qui lui fit serrer les dents à plusieurs reprises. Les regards en coin qu'il décochait dans sa direction ne lui échappèrent pas non plus. Il avait baissé la vitre arrière et le terre-neuve avait la tête au dehors, oreilles et bajoues flottant au vent.

Lasse de ce silence tendu, elle se tourna face à Bridger Tate. Cet homme taciturne la déboussolait. Elle n'avait pas la moindre idée de ce qu'il pensait d'elle.

— Allez-y, déballez ce que vous avez sur le cœur.

Bridger freina pour stopper à un feu rouge.

— Je n'ai rien à dire.

— Vraiment ? J'aurais cru le contraire…

— C'est mon cousin, Roxanne. La famille. Qu'est-ce que je suis censé dire ?

Elle poussa un soupir exaspéré.

— Je ne sais pas. Vous devez bien l'aimer, vous ? Ou c'est juste parce qu'il est votre patron ?

Il la considéra si longuement d'un œil noir que la voiture derrière eux klaxonna. Le feu était passé au vert. Il appuya sur l'accélérateur.

— Oui, Cash est mon patron. C'est mon cousin. Et aussi mon ami.

— On dirait que vous et moi sommes les deux seules personnes à l'aimer, en fait.

— Je ne vais pas en débattre avec vous.

— Pigé. Je suis la paria. Celle qu'il a virée de son lit quand son père a claqué des doigts.

— Ce n'est pas vrai.

— Vous étiez là ?

Bridger s'arrêta à un autre feu. La colère crispait son visage séduisant.

— Non, répondit-il.

— Eh bien moi, si.

La tête de Bridger pivota si vite qu'elle eut peur qu'il se soit déchiré un muscle au passage.

— Qu'est-ce que vous racontez ? Oncle Cyrus a piqué sa crise devant vous ?

Elle se sentit rougir jusqu'aux oreilles.

— Pas exactement…

— Expliquez-vous.

Il parlait comme un flic — ou un sergent instructeur.

— J'attendais Cash dans son bureau et je… regardais un truc.

— Quel truc ? la coupa-t-il, les yeux soudain aussi étincelants qu'une flamme de gaz.

Stupéfaite, elle recula, avant de comprendre pourquoi il était aussi contrarié.

— Oh ! non ! Je… Je n'étais pas en train d'espionner. Il a cette chouette boule à nei…

— Sa mère la lui a offerte. Chase et lui en ont chacun reçu une. Chase a cassé la sienne. C'est le seul objet ayant appartenu à tante Helen qui reste à Cash.

Elle pressa ses lèvres pour réprimer son émotion.

— C'était le prénom de sa mère ?

— Oui. Il vous a dit comment elle est morte ? Non ? Un chauffard ivre. Tuée sur le coup. Et c'est étrange, mais je pense qu'oncle Cyrus a vraiment été effondré par son décès. En tout cas, d'après ma mère. Il se comportait toujours comme un salaud, mais elle dit qu'il l'a pleurée.

— Hum. Ça m'étonne.

— Je sais, admit Bridger. Bon. Et la boule à neige ?

— Ah oui. Un objet intéressant, peut-être même historiquement significatif. Je devrais effectuer quelques recherches pour en être sûre et…

— Roxanne, je m'en fiche. Continuez votre récit.

L'exaspération de Bridger était palpable.

— Oui. Donc, j'étais curieuse de cette boule à neige et voilà que j'entends des voix dans le couloir. Je n'avais pas complètement refermé la porte en entrant parce que… Bref, vous savez pourquoi. Je suis bien consciente qu'aucun de vous ne me fait confiance. Mais la boule était si fascinante…

— Les voix, Roxanne.

— Les voix, oui. Je… J'ai paniqué. Et je me suis cachée sous le bureau de Cash. Le temps de comprendre que je ne devrais pas être là ni entendre ce que Cash et M. Barron disaient, il était trop tard. Annoncer ma présence aurait été encore plus gênant que rester là-dessous. J'ai espéré que Cash ressortirait avec son père et que je puisse filer en douce, afin de prétendre n'avoir jamais été là et n'avoir rien entendu.

— Mais…

— Cash savait que j'étais là, je ne comprends pas comment.

— Mon cousin n'est pas maniaque, mais il sait au premier coup d'œil si quelqu'un est entré dans son bureau. Vous avez déplacé la boule à neige.

— Oui. En réalité, je l'ai prise avec moi en me cachant. Oh ! Seigneur ! Vous croyez que Cash a pensé que je la volais ? Pas du tout. Je le jure. Et je l'ai remise à sa place sur le bureau quand je me suis relevée.

— Non, Roxanne. Je ne crois pas que Cash ait pensé que vous essayiez de voler sa boule à neige.

— Alors il… me déteste, maintenant, tout simplement.

Elle avait le ventre noué, tétanisé par la douleur.

— J'aimerais pouvoir dire que vous vous trompez, Roxie, mais je n'en sais rien.

Il gara la voiture devant son immeuble et la regarda avec une tristesse surprenante.

— Je pensais que Cash avait une chance avec vous, ajouta-t-il.

— Une chance ? Je lui ai donné toutes les chances du monde.

— Ce n'est pas ce que je voulais dire. Je voulais dire que si mon cousin était moins bête, il prendrait ce que vous lui offrez. Il a besoin de ce que vous pouvez lui donner. Je suis navré qu'il se soit comporté en imbécile.

Sur ces paroles, Bridger quitta le véhicule et déchargea ses affaires en silence, les entassant près du perron. Harley faisait des allers et retours, courant joyeusement sur ses talons, puis il partit renifler les buissons.

Bridger posa le sac de croquettes et se retira, toujours sans un mot. Avant de reprendre la route, il baissa sa vitre.

— Vous auriez pu le ramener dans le droit chemin, Roxanne. C'est vraiment dommage parce que vous avez raison. Je suis à peu près le seul dans la famille à comprendre pourquoi il fait ça. Je suis le seul qui le défendra quand ça bardera. Prenez soin de vous.

Abasourdie, elle tenta de dire quelque chose, mais les mots lui manquèrent.

— Ce n'était pas l'homme avec qui tu es partie, ma poulette. Combien de fois je t'ai dit que tu devais rentrer avec celui qui t'avait emmenée ?

La voix de son voisin flotta depuis le balcon.

— Salut, Leo.

Elle recula pour le voir, consciente d'avoir l'air totalement découragée. Il regarda le tas de bagages sur le perron.

— Mon petit cœur ! Ne me dis pas que tu as grillé tes chances avec ce gars super canon ?

— D'accord, je ne dirais rien.

— Fillette, je croyais t'avoir appris à mieux te débrouiller. Comment tu as réussi à tout gâcher ?

— Si seulement je le savais !

# - 18 -

Roxanne fixait le fond de sa tasse de café. Comment avait-elle pu se tromper à ce point sur Cash ?

— Vous renoncez à lui.

Le ton de réprimande de Miz Beth lui électrisait les nerfs. Cette dernière avait débarqué sur le pas de sa porte et Roxie n'avait pas su de quelle manière la renvoyer poliment.

— J'ai le choix ?

Les yeux fermés, elle pencha la tête en arrière dans une vaine tentative pour apaiser les muscles crispés de sa nuque.

— Il m'a jetée dehors, Miz Beth. Et franchement, avec ce qu'il a fait à ses belles-sœurs…

— J'avais une meilleure opinion de vous, Roxanne.

— Pourquoi c'est moi qui tiens le rôle du méchant ici ?

— Vous l'aimez ? demanda Miz Beth, impitoyable.

— Je ne sais pas. Je croyais que oui, mais après ce qu'il a dit sur moi, sur nous ? Je pensais le connaître, Miz Beth, mais en fait, je ne le connais pas du tout.

— Ses frères et leurs femmes non plus ne le connaissent pas, rétorqua la femme avec un petit son de mécontentement.

Roxanne était consternée.

— Comment vous pouvez le défendre ?

Miz Beth se cala dans son siège.

— Parce que je vois ce que tous les autres ignorent. Je vois le petit garçon solitaire qui veut être aimé.

— Il a une curieuse façon de chercher l'amour.

— Ses frères le croient dépourvu de remords. Leurs femmes pensent non seulement que ses actes sont ignobles, mais qu'il y a pris plaisir. Ce garçon éprouve des sentiments bien plus profonds qu'eux tous, ajouta Miz Beth d'une voix radoucie.

Perplexe, Roxanne tenta de débrouiller le sens derrière les paroles de cette vieille femme qui était la mère de substitution de Cash et qui avait déclaré qu'elle aimait chacun de « ses » garçons. Tout ce que Roxie avait appris des frères de Cash indiquait qu'ils aimaient leur épouse, s'aimaient mutuellement et partageaient une indéfectible loyauté, laissant Cash en dehors.

— Bien ou mal, Cash agit par sens du devoir. Il a décidé à un moment donné qu'il devait tous les protéger. Parfois d'eux-mêmes, mais le plus souvent de leur père.

— M. Barron leur infligerait quelque chose de terrible ?

Certes, il fallait se garder de sous-estimer Cyrus Barron, mais elle avait du mal à croire qu'il mettrait ses menaces à exécution sur des personnes de son propre sang.

Miz Beth sirota son café et un voile de tristesse assombrit son visage. Elle ignora la question de Roxie.

— Ces choses épouvantables qu'a faites Cash, vous voulez savoir pourquoi ?

Elle acquiesça, la gorge nouée devant l'expression de Miz Beth.

— Parce que Cyrus Barron les a décrétées nécessaires, et que Cash a ainsi épargné à ses frères l'obligation de le faire.

— Je… ne comprends pas.

— Tout ce qu'a fait Cash, c'était sur ordre de Cyrus. Des ordres qu'il avait donnés aux autres garçons d'abord, qui en étaient incapables. Alors Cash s'en est chargé à leur place. Et il ne l'a pas fait parce qu'il est mauvais, mais pour protéger ses frères de leur père. Ce garçon a payé les pots cassés.

— Pourquoi son père voudrait-il… Je ne vous suis pas, Miz Beth.

— Cyrus veut contrôler ses fils. Quand Chance l'a défié, cet infâme vieux bonhomme l'aurait détruit. Mais Cash s'est interposé entre eux.

Roxie commençait à démêler cet imbroglio.

— Du coup, Chance n'a pas eu à… Et… Chance aurait ruiné toute possibilité de relation avec Cassie.

— Exactement. Je savais que vous étiez maligne.

Miz Beth se leva et alla se resservir en café, lui proposant au passage une nouvelle tasse. Elle refusa, craignant de ne rien pouvoir avaler tant sa gorge était serrée.

— Ils étaient tous en colère contre lui, reprit la femme après un soupir navré. Les Barrons n'ont jamais eu un caractère facile. Cash veut que son père l'aime. Contrairement à ses frères, il n'a jamais compris que c'était une cause perdue. Les autres garçons ont fini par l'admettre et décidé que c'était sans importance, au bout du compte. Mais quand Cyrus s'est mis en tête d'empêcher ses fils de tomber amoureux, Cash est intervenu à chaque fois. C'est lui qui éprouve le plus le devoir d'être un bon fils, quelles que soient les horreurs que Cyrus lui ordonne de faire.

— Et ils l'ont éliminé de leur vie à cause de ça ?

Le nœud dans la gorge de Roxie grossissait encore. Les yeux de Miz Beth s'emplirent de larmes.

— Ils ne font peut-être pas vraiment exprès, mais c'est le cas. Tous les jours. D'une manière parfois imperceptible, dont ils ne se rendent pas toujours compte. Mais lui, si. Ces garçons lui ont tout simplement… brisé le cœur. Il était dans ma cuisine, le soir où son jumeau a renouvelé ses vœux de mariage devant le reste de la famille. Cash n'avait pas été invité, Cord et Chance lui avaient ordonné de rester à l'écart, vu ce qu'il avait tenté pour séparer Chase et Savannah.

Roxie dut chasser ses propres larmes. Elle inspira à fond sans parvenir à dénouer la boule qui lui bloquait la gorge.

— C'est… Je ne sais pas ce que c'est.

— C'est triste et cruel, répliqua Miz Beth. Mais il est venu quand même en douce, au dernier moment. Dissimulé dans l'ombre, il a écouté et souhaité tout le bonheur du monde à son frère. On a organisé un grand Noël au ranch, mais Cash n'était pas présent. Il n'était pas le bienvenu dans sa propre maison. Ni alors ni maintenant. Je l'ai vu arriver et faire demi-tour dans l'allée en voyant qu'un des autres était là.

— C'est… C'est juste méchant et…

— Comprenez-moi bien, Roxanne. Cash n'est pas un ange. Seigneur ! Aucun de ces garçons n'en est un. Mais Cash écoute beaucoup trop son père, et si ses actes sont répréhensibles, il est pétri de bonnes intentions — du moins, de son point de vue. Essayer de récupérer l'héritage de Cassidy. Enlever CJ pour en obtenir la garde. Piéger Clay puis Chase, de manière à ce que Georgie et Savannah pensent que leur mari les trompe. Tout ça, c'était mal. À mon avis, Cash le savait, mais sa conception du bien et du mal est faussée à cause de son sournois de géniteur.

Miz Beth vida sa tasse de café dans l'évier.

— Vous avez du grain à moudre, ma fille. Et la route est longue pour rentrer au ranch.

Elle avait raison. Roxie devait réfléchir à un tas de choses.

— Merci d'être venue, Miz Beth.

— Quand vous voulez, mon chou. Quand vous voulez.

Elles avaient atteint la porte lorsque Miz Beth reprit la parole.

— Roxanne, si un homme a bien besoin d'être aimé et mérite de l'être, c'est Cashion Barron.

Ces mots dansèrent longuement dans son esprit. Cash méritait d'être aimé, et elle l'aimait. Elle ne savait précisément depuis quand, et encore moins comment, compte tenu de sa personnalité susceptible, mais elle l'aimait de tout son cœur, de toute son âme.

# - 19 -

Cash freina au feu rouge, contrarié de ne pas pouvoir déjeuner chez Donovan sans que le souvenir de Roxie vienne lui gâcher le plaisir. Son téléphone sonna et il décrocha après avoir vérifié qui l'appelait.

— Salut, Bridger, est-ce que tu as réussi à…

— Cash.

Le ton pressant de son cousin le poussa à se garer dans le parking d'un fast-food.

— Qu'est-ce qu'il se passe, Bridge ?

— C'est ton père. Je l'ai trouvé dans le parking de la tour. C'est mauvais, Cash. Je n'ai pas pu t'appeler plus tôt. Je lui faisais du bouche-à-bouche et un massage cardiaque.

Cash devint glacé, l'angoisse l'empêchait de parler.

— Les secours sont arrivés très vite, poursuivit Bridger. L'ambulance vient de partir pour les urgences. Je… Je suis désolé, Cash. Ils continuent la réanimation. Le défibrillateur n'a pas bipé quand ils l'ont branché sur son cœur. Tu dois me retrouver à l'hôpital, d'accord ? Je vais prévenir tes frères.

— D'accord.

Il parlait comme un robot, ne ressentait rien. Puis quelque chose se déclencha enfin dans son cerveau, repoussant le premier choc.

— Non. C'est à moi de le faire. Je suis sur Western. Je te rejoins dans vingt minutes. Moins, même.

— Je peux envoyer quelqu'un te chercher, suggéra son cousin, la voix empreinte d'inquiétude.

— Non, ça va aller. Il faut que j'appelle Chase et les autres. À tout à l'heure.

Après avoir mis fin à la conversation, il déroula la liste de ses contacts.

Il tomba sur messagerie vocale en appelant Clay.

— Clay, c'est à propos de papa, dit-il en gardant un ton calme. Il est aux urgences du CHU. Je ne sais pas ce qui s'est passé. Bridger a tenté de le réanimer avant qu'on le transporte à l'hôpital. Le cœur, probablement. Je… pensais que tu voudrais peut-être venir.

Puis il appela Cord, tomba là encore sur la boîte vocale, laissa le même message. Pareil avec Chance, mais il avait de plus en plus de mal à stabiliser sa voix. Dans des circonstances normales, il aurait joint les assistantes de ses frères, sachant qu'ils leur déléguaient tout contact avec lui. Mais il ne s'agissait pas d'une information banale, et il ne pouvait pas leur faire ça. Ils avaient beau refuser d'avoir affaire à lui, il n'était pas question de leur annoncer par une employée que leur père était sans doute à l'agonie.

Sa respiration devenait difficile. Il n'aimait pas son père — pas au sens où la majorité des fils l'entendait, mais cet homme l'avait engendré, lui avait inculqué durement certaines leçons. Il n'avait jamais rien désiré d'autre qu'obtenir la reconnaissance de ce père. Il savait, au fond de lui, Cyrus Barron incapable d'aimer qui que ce soit hormis lui-même, mais il avait toujours gardé l'espoir qu'un jour il ferait quelque chose qui rendrait son père fier de lui.

Il lui restait un coup de fil à passer. Il tapa le numéro de son jumeau, et cette fois tomba sur un interlocuteur, mais pas celui qu'il aurait voulu.

— Cash. Ça va ?

— Il faut que je parle à Chase, Tucker. S'il te plaît.

La fin de la phrase ressemblait à une supplication.

— Il… est occupé. Je peux lui passer un message ?

Occupé. Même son jumeau refusait de lui parler. Cash ferma les yeux, les frotta, sans prendre garde à l'humidité qui imprégna ses doigts. Jamais il ne s'était senti si seul.

— Cash ? Il y a un message ?

— Dis-lui… Dis-lui que je…

Les mots ne sortaient pas. Dire quoi ? *Que je suis désolé ? Que papa est en train de mourir ? Que je suis un aussi beau salaud que notre père et que ça devrait être moi à sa place aux mains des médecins ? Que je t'aime* ? Il entendit la respiration un brin impatiente de son cousin. Aucune aide de ce côté-là.

— Dis-lui que papa est à l'hôpital. Aux urgences. J'y vais tout de suite. Bridger a dû essayer de le ranimer. Je… pensais que tout le monde devait être informé.

Silence. Personne dans sa famille n'en avait rien à fiche que le vieux tyran se retrouve aux urgences entre la vie et la mort. L'absence de réponse de son cousin valait tous les commentaires du monde.

— Désolé de vous avoir dérangés, Tucker.

Il raccrocha, inspira plusieurs fois, jusqu'à ce que ses mains cessent de trembler et qu'il puisse reprendre le volant. Une vingtaine de minutes plus tard, il entrait dans le bâtiment des urgences. Bridger patientait dans la salle d'attente, étonnamment silencieuse pour un hôpital de cette envergure. Son cousin affichait une mine des plus sombres.

— Les médecins s'occupent de lui, annonça-t-il. Une équipe de sécurité est en route. Les médias vont très vite être avertis, et ils risquent de rappliquer illico.

Ah oui, les médias. Les vautours de tous bords seraient bientôt en train de tourner en cercle autour de leur proie.

— Ta mère ? demanda-t-il brièvement.

— Je l'ai prévenue. Elle est à Belize, mais elle est en train de rentrer. Et tes frères ?

Visiblement mue par sa propre volonté, la tête de Cash s'inclina en avant. Il se massa la nuque et marmonna :

— J'ai laissé des messages. Aucun ne répondait. J'ai parlé à Tucker. Chase… était trop occupé.

Sa voix se brisa. Honteux de son manque de sang-froid, il s'éloigna. Il était trop agité pour s'asseoir, mais marcher de long en large attirait l'attention. Il s'effondra sur une chaise à l'extrémité de la salle d'attente et enfouit le visage entre ses mains. S'enveloppant dans son chagrin dans l'espoir de devenir invisible, il fixa le sol, s'efforçant de ne pas penser.

Roxie passa par la salle de pause pour remplir son mug de café. Quatre collègues regardaient la télévision suspendue au mur, et elle prêta également attention au flash info.

« Le milliardaire Cyrus Barron a été conduit aux urgences du centre hospitalier d'Oklahoma dans un état critique. Un membre de l'équipe de sécurité a découvert l'homme d'affaires inanimé dans le parking de la Barron Tower et prodigué les premiers secours. Un porte-parole de l'hôpital a confirmé que M. Barron avait été admis aux urgences. »

La blonde guillerette poursuivit son laïus mais Roxie avait déjà décroché. M. Barron aux urgences ? Tentative de réanimation ? Cash. Il devait être tout seul là-bas. Son cerveau tournait à plein régime. Posant sa tasse dans l'évier, elle tourna les talons et se dirigea vers la porte.

D'autres personnes s'étaient rassemblées pour regarder le reportage, lui bloquant le passage. Son patron était déjà en mode crise.

— Il faut qu'on rassemble un maximum d'éléments — photos et vidéos de sa vie — pour les communiquer aux médias. Contactez Chase Barron ou Tucker Tate. Ils vous fourniront la nécro et toutes les informations. Ah, Roxie, super. Tu es là. Tu rassembles les documents et tu constitues un dossier plus rapidement que nous tous, alors...

— Non, rétorqua-t-elle, incapable de déterminer d'où elle tirait la force de s'opposer à son patron. Demandez à un de mes assistants de s'en occuper. Je dois y aller.

— Y aller ? répéta l'autre, désarçonné.

— Je dois aller à l'hôpital.

Cash refuserait sans doute de la voir et tenterait de la chasser, mais elle ne le laisserait pas attendre tout seul des nouvelles de son père.

— Désolée. Il faut que je parte.

— Ils sortent ensemble, entendit-elle quelqu'un expliquer tandis qu'elle courait vers l'ascenseur.

Faux. Ils n'étaient jamais... sortis ensemble. Mais lorsque Cash avait informé ses patrons qu'il avait besoin d'elle pour un « projet spécial », tout le monde en avait tiré les conclusions évidentes. Ils seraient horrifiés d'apprendre que Cash ne souhaitait que des informations sur sa famille. Bon, et du sexe aussi. Ce qu'il n'avait pas souhaité, c'était qu'elle tombe amoureuse de lui. Dommage. Pour tous les deux.

Elle s'arrêta dans son bureau, le temps de prendre son sac et ses clés, puis fonça à l'hôpital. Elle renonça au parking des urgences et fit le tour jusqu'à l'arrière du complexe hospitalier. Les camions des quatre chaînes de télévision locales occupaient tout l'espace devant les portes des urgences, et deux policiers en uniforme contrôlaient les entrées et sorties du bâtiment. Connaissant désormais les méthodes de Barron Security, elle se doutait que Cash aurait installé une équipe de sécurité à l'intérieur.

Elle attendit, observant quelques instants les gens aller et venir. La police n'arrêtait personne sauf ceux qui avaient une apparence de journaliste. Elle était prête à feindre une blessure ou une maladie pour entrer. En fait, il lui suffisait de baisser la tête et de jeter un regard perplexe aux reporters faisant leur émission en direct. Les policiers lui jetèrent un coup d'œil rapide, elle hocha la tête et franchit en hâte les portes automatiques.

Téléphone à l'oreille au milieu de la salle d'attente, Bridger Tate regardait alternativement la porte et un endroit tout au fond. Un homme en noir se tenait à quelques pas de lui. Roxie se demanda un instant si le sénateur Barron bénéficiait d'une protection des services secrets. Bridger la dévisagea d'un air inquisiteur et elle lui adressa un sourire hésitant, tout en repérant deux autres hommes et une femme en civil disséminés dans la salle.

Ses yeux se posèrent sur Cash et elle inspira à fond. Il paraissait si perdu, si abandonné. Elle avançait déjà vers lui quand une alarme se déclencha dans son cerveau. La femme se levait et allait l'intercepter, mais un signe de Bridger l'arrêta. Roxie se laissa tomber sur le siège voisin de Cash. Elle ne dit rien, ne le toucha pas, alors qu'elle en mourait d'envie.

— Va-t'en, Roxie, lâcha-t-il d'une voix râpeuse, sans la regarder.

— Tu ne devrais pas être seul, répliqua-t-elle.

Il releva la tête, et sa lèvre supérieure se retroussa.

— J'ai l'air seul ?

— En dehors de Bridger ? Oui.

— Ça prouve bien que tu n'en sais rien.

Comme pour répondre à sa réfutation, les portes d'entrée

coulissèrent. Deux frères Barron en colère traversèrent la salle d'attente et se plantèrent devant eux.

— Bon sang, Cash, tu peux nous expliquer ? lança Cord.

Elle s'apprêtait à filer discrètement quand Cash se mit debout et repoussa son aîné.

— Papa a fait une crise cardiaque. Les médecins s'occupent de lui.

Avant que Cord puisse répliquer, Cash passa devant lui et gagna l'angle opposé de la salle. Ses deux aînés échangèrent un regard, mais ne le suivirent pas. Ils s'approchèrent de Bridger, à qui ils parlèrent à voix basse. Elle était toujours assise, recroquevillée sur elle-même, lorsque le médecin franchit la porte battante des urgences. Les Barron se regroupèrent autour de lui.

Elle vit Cash se décomposer, puis se redresser. Il envoya balader ses frères d'un geste vif et partit en trombe dans la nuit. Elle se leva à son tour pour le suivre. Bridger l'arrêta à mi-chemin de la sortie.

— Laissez-le, Roxie. Pour le moment du moins. Je connais Cash. Il voudra rester seul.

Roxie se glissa dans la chapelle funéraire en espérant apercevoir Cash avant le début de la cérémonie. Tout en longeant un couloir, elle entendit des voix venir dans sa direction. Apercevant une alcôve dissimulée par un rideau, elle se faufila derrière avec l'intention d'attendre que les gens soient passés. Lorsque le groupe s'arrêta devant sa cachette et qu'elle reconnut les voix, elle grimaça et recula dans l'ombre.

— Je n'ai pas apprécié d'apprendre que mon père se trouvait à l'hôpital par un appel de ma femme m'annonçant que ça faisait la une sur toutes les chaînes d'information.

Georgie a juste eu le temps de faire nos bagages avant que je rentre du Sénat.

— Moi, j'ai entendu un reportage à la radio en rentrant d'un puits de forage. Comme Jolie n'était pas en service à l'hôpital, elle n'était pas au courant.

— J'étais au tribunal. Un des greffiers a apporté un mot au juge et a demandé une audition à huis clos. Ce fichu juge l'a su avant moi.

Clay, Cord et Chance, dans l'ordre. Ayant vu les deux derniers à l'hôpital, elle savait qu'ils avaient eu l'info assez vite pour y être à ce moment-là. Rongée de curiosité, elle coula un œil au bord du rideau.

Tous trois fixaient Chase, qui semblait songeur.

— Est-ce vous avez vérifié votre messagerie vocale ?

Sans répondre, les aînés échangèrent un regard.

— J'admets ne pas avoir voulu parler à Cash, poursuivit Chase, y compris quand il y a eu ce bazar avec les Rowland. Ses appels sont transférés sur le portable de Tucker.

Une expression de tristesse traversa son visage — un visage si semblable à celui de Cash que le cœur de Roxie se serra.

— Tuck a décroché. Cash était… effondré. Tuck ne savait pas quoi faire, alors il n'a rien fait. Rien dit. Quand Cash a raccroché, Tuck m'a aussitôt appelé.

Il se frotta la nuque, un geste si douloureusement familier que Roxie faillit fondre en larmes.

Clay, Cord et Chance sortirent leur téléphone et consultèrent leur boîte vocale. Puis chacun écouta le message laissé par Cash. Au moins semblaient-ils contrits à présent.

— Qu'est-ce qu'on fait ? demanda Cord, avant de poser les yeux sur Chase.

— On fait comme toujours, répondit Clay. On présente un front uni. Et on avisera ensuite.

Leurs épouses arrivèrent et Roxie s'enfonça dans l'alcôve.

Ils s'éloignèrent, présentant un « front uni ». Seul Cash n'était pas avec eux. Lui, il affrontait l'univers tout seul.

Quelques minutes plus tard, sans avoir aperçu Cash, elle s'installa sur un banc au fond de la chapelle. La famille entra par la droite et occupa les premiers rangs, les quatre frères Barron et leur femme sur le banc de devant avec Miz Beth et Big John, les cousins et la sœur de M. Barron sur les suivants. Toujours aucun signe de Cash. Enfin, Roxie surprit un mouvement du côté opposé. Il entra par la gauche et s'assit sur le banc vide de devant, le plus loin possible de sa famille.

Roxie saisit la boîte de mouchoirs en papier posée près d'elle et en arracha une poignée tandis que jaillissaient ses larmes. Jamais elle n'avait vu personne d'aussi abattu que Cash Barron à cet instant. L'office et les éloges funèbres furent interminables. Elle entendit des murmures désobligeants sur Cash de la part des gens assis autour d'elle.

Lorsque ce fut enfin terminé, Cash s'éclipsa une fois de plus. Elle attendit, au cas où, dans le salon de réception, mais il ne réapparut pas. Ses frères, en revanche, étaient tous là, recevant condoléances et hommages. Ils finirent par se replier dans un coin, à l'écart de l'assemblée encore présente. Quand elle vit Chase rire à une réflexion de Cord, la moutarde lui monta au nez.

Sans prendre le temps de réfléchir à son comportement, elle s'avança vers le quatuor et lança d'une voix rageuse :

— Vous savez, pour des hommes a priori intelligents, vous êtes tous les quatre sacrément idiots.

Les épouses s'approchèrent de leur mari, sur la défensive. Cassidy, sourcils froncés, la toisa.

— Hé, attendez une minute, vous…

Pas d'humeur à encaisser leur animosité, Roxie lui coupa la parole.

— Vous n'avez pas la moindre idée de ce que Cash a

fait pour chacun d'entre vous. Et comment vous réagissez ? En lui tournant le dos. Vous ne lui avez jamais demandé pourquoi il avait agi ainsi. Vous êtes juste partis du principe qu'il était le méchant. Vous l'avez mis à l'écart.

La colère la submergeait, les larmes ruisselaient sur son visage. Elle se tourna vers Chance.

— Vous voulez savoir pourquoi Cash a produit ces documents légaux ? Pour que vous n'ayez pas à le faire vous-même, pour que votre père vous laisse tranquille, et que, du coup, vous ayez une chance avec Cassidy parce que vous étiez le gentil dans l'histoire.

Ensuite, elle pointa Cord et Jolie du doigt.

— Et vous deux ? Vous devriez parler à votre petit garçon. Il a quelques idées franchement intéressantes sur les motivations de son oncle Cash. Vous savez ce qu'on dit à propos de ce qui sort de la bouche des enfants. Quant à vous, sénateur, qui votre équipe a-t-elle appelé pour organiser aussi rapidement votre retour à Oklahoma ? C'est Cash qui a pris toutes les dispositions. Cash qui a installé une garde discrète à l'hôpital pendant toute la durée du séjour de Georgie. Afin d'assurer sa sécurité.

Clay la regarda de travers.

— Comment savez-vous tout ça ?

— Ce n'est pas important. Ce qui l'est, en revanche, c'est que vous ouvriez les yeux ! Cash s'est acquitté de toutes les vilaines besognes que votre père voulait vous confier. Il vous a protégés. Si bien protégés qu'il s'est éloigné de moi pour satisfaire ce vieil égoïste. Il vous aime tellement, tous les quatre, qu'il s'interdit d'être aimé parce que quelqu'un doit bien tenir le rôle du méchant. Or les méchants ne méritent pas d'être aimés.

Battant des cils pour chasser ses larmes, luttant contre la douleur qui lui comprimait la poitrine, elle fixa Chase.

— Vous ne l'avez même pas invité à votre mariage.

— Ma foi, personne n'était invité.

— Pas celui à Las Vegas. Celui au ranch.

Elle s'interrompit, fusillant Cord et Chance du regard.

— Vous saviez que vos frères lui ont intimé l'ordre de rester à l'écart ?

Chase blêmit tandis que ses frères affichaient une mine coupable.

— Mais je l'ai vu ce jour-là, dans la cuisine, objecta-t-il.

— Oui, il s'est faufilé en douce par la porte arrière. Il est resté dans l'ombre, au fond de la cuisine, pour vous voir échanger vos vœux avec la femme que vous aimiez, parce que vous êtes jumeaux. Et quoi qu'il ait dit ou fait, il vous adore. Tous. Non que vous le méritiez, cela dit.

Elle renifla, s'essuya les joues. Les larmes ne cessaient de couler à présent.

— Je trouvais ma famille franchement tordue, mais vous, les Barron, je n'ai pas de qualificatif pour vous.

Pivotant sur ses talons, elle parvint à faire un pas avant qu'une main ferme mais délicate ne la prenne par le bras.

— Mademoiselle Rowland, un instant, s'il vous plaît.

Tremblante de rage, elle s'immobilisa, mais refusa de faire face au jumeau de Cash.

La main resta sur son bras, comme si Chase avait besoin d'être connecté à elle quand il demanda :

— Vous l'aimez ?

Ses lèvres étaient figées, son menton frémissait alors qu'elle tentait de former des mots. Elle finit par réussir à murmurer :

— Oui.

— Alors allez le trouver et dites-le-lui.

# - 20 -

Après les funérailles, Roxie n'eut aucun contact avec aucun des Barron. Cash ignora ses tentatives répétées de le joindre. La vie s'installa dans une routine chamboulée. Cash manquait presque autant à Harley qu'à elle. Le gros chien dormait sur son lit et il avait beau être quasiment aussi grand et bien plus chaud, il s'avérait un piètre substitut. Un mois était passé et elle se trouvait en réunion lorsque le texto arriva. Elle attendit d'être de retour dans l'abri de son bureau pour y répondre. Puis elle tapa un unique mot.

NON

Son téléphone sonna immédiatement, et elle décrocha.

— Qu'est-ce que tu ne comprends pas dans « non », Dexter ?

— Si tu veux protéger ton petit ami, Rox, tu suivras les instructions.

— Ce n'est pas mon petit ami.

Elle était fière que sa voix tienne bon, même si son cœur battait à tout rompre. Cash avait beau être définitivement sorti de sa vie, il était impensable qu'on lui fasse du mal à cause d'elle. Car Dexter serait atroce avec lui. De plus, elle avait promis de secourir la famille Barron.

Rassemblant tous ses talents d'actrice, elle reprit d'un ton extrêmement posé :

— J'en ai soupé, de Cash, de tous les Barron. Et de toi aussi, Dex.

— Ouais, mais tu restes attachée au joli garçon, alors tu viendras. Les infos sont dans ta boîte mail.

Sur quoi, son frère raccrocha.

Ouvrant sa messagerie, elle lut l'e-mail, extrapolant le sens des propos tenus par Dexter. Puis elle s'empara du téléphone et composa un numéro.

— Où est Cash ? demanda-t-elle quand Bridger répondit.

— À Vegas.

— Évidemment.

Son père et ses frères le savaient. Ils étaient en train de mettre leur complot à exécution, et elle avait son rôle à jouer.

— Le moment est venu. Je vous envoie les détails.

— Parfait.

Parfait pour les Barron. Pas autant pour elle. Certes elle remplirait sa promesse, mais ensuite le lien si ténu soit-il qu'elle avait avec Cash serait rompu. Il était temps de dire « adieu » à l'avenir dont elle avait à peine rêvé avant que ses espoirs ne s'effondrent. Escroc un jour, escroc toujours. C'est bien ce que sa famille avait dit ? « C'est dans ton sang, Rox. Dans ton sang. »

Cash occupait un tabouret au petit bar contre le mur du fond, à l'étage principal du Crown Hotel and Casino. Le whisky *on the rocks* posé devant lui était intact, au point que les glaçons avaient fondu. Il surprit une soudaine agitation près de l'entrée de la salle des machines à sous et se figea.

Elle pénétra dans le bar comme si l'endroit lui appartenait, et tous les hommes se mirent au garde-à-vous. Y compris lui. Reculant sur son siège, afin de laisser plus d'espace à sa brutale érection, il observa la mer des corps masculins se scinder en deux tandis qu'elle s'avançait vers lui d'un pas nonchalant, ondulant des hanches. Roxanne Rowland le fixa d'un regard lourd de sensualité. Disparue, la fille maladroite. Cette femme était celle qu'il avait entrevue sur les images de vidéosurveillance qu'il avait étudiées des mois plus tôt. Elle portait du rouge. Une flamme chatoyante. Sa robe la recouvrait à peine, le tissu vaporeux dansait autour de ses jambes encore allongées par des talons aiguilles.

Une partie de son cerveau se demanda laquelle était la vraie Roxanne. S'était-il trompé sur son compte ? Il se rappela une chose que Roxie avait dite quand il l'avait interrogée dans son bureau : « Il faut un escroc pour attraper un escroc. » Il ne se sentit pas mieux pour autant.

Il aurait dû se lever, l'intercepter, mais il ne bougea pas. Il demeura assis, sur ses gardes, la regardant slalomer à travers la salle bondée, son regard noué au sien. *Les yeux sur le butin*, songea-t-il. Elle arriva devant lui, posa les mains sur ses genoux, exerça une légère pression pour les écarter et s'aménager un espace entre eux. Puis ses mains lui remontèrent sur les cuisses tandis qu'elle se penchait vers lui. Ses lèvres lui frôlèrent la joue pour atteindre son oreille.

— Tu m'as manqué, murmura-t-elle.

— Toi aussi.

Elle ne parut pas l'avoir entendu, peut-être n'avait-il pas exprimé cet aveu à voix haute. Il avait déjà du mal à l'admettre lui-même, et encore plus à exposer sa faiblesse.

— Je suis censée te séduire et t'attirer dans une chambre à l'étage.

— Je vois.

Elle se rapprocha encore et il ouvrit les jambes de manière à ce que leurs bassins se touchent. Elle avala une infime goulée d'air, signe qu'elle s'était aperçue de son excitation.

— Tu es leur cible depuis le début, en fait. Je ne sais pas pourquoi, mais si tu viens avec moi, on le découvrira.

Il glissa un bras autour de sa taille, la rivant à lui.

— Et je devrais me fier à toi ?

Il la sentit se raidir, perçut sa respiration haletante.

— Non, j'imagine que tu ne le devrais pas. Je suis une Rowland, pas vrai ? Mais tu peux te fier à ta famille. Faire confiance à Bridger.

Elle effleura sa bouche de ses lèvres carmin.

— Je suis désolée.

Ces paroles glissèrent sur sa peau. Les doigts de Roxanne s'enroulèrent autour des siens, posés sur sa hanche. Elle pivota sur ses hauts talons et recula, le forçant à se lever.

Incapable de résister, il la suivit, entendant les chuchotements sur leur passage. « Sale veinard. » Il ne se sentait pas veinard du tout, plutôt comme un agneau mené à l'abattoir. Ils entrèrent dans un ascenseur vide, et il reconnut la patte de Bridger. Les portes une fois fermées, elle lâcha sa main, pressa un bouton et se réfugia dans l'angle le plus éloigné, mettant autant de distance que possible entre eux.

— Souris pour la caméra, Cash, afin qu'ils sachent que je ne t'ai pas drogué ni rien.

Il s'attendait à ce qu'elle soit amère ou sarcastique. Non, elle paraissait résignée. Levant les yeux vers la caméra, il fit comme si la chaleur de Roxie et le contact de sa main ne lui manquaient pas. Lorsque l'ascenseur atteignit l'étage, elle se rapprocha, se plaqua contre son flanc, bras dessus, bras dessous.

— Ils seront en train de nous surveiller, expliqua-t-elle.

La nuque de Cash se hérissa quand ils sortirent. Il ne vit personne, mais ne douta pas qu'elle disait vrai. Enlacés, ils suivirent le couloir recouvert d'une épaisse moquette et s'arrêtèrent devant la porte d'une suite. Elle sortit une clé magnétique des plis soyeux de son corsage. Il était mal à l'aise. Il ne s'agissait pas de la femme sexy debout à ses côtés. Il s'agissait de boulot, cette fois.

La serrure cliqueta et il poussa la porte. Elle se cambra, lui glissant à l'oreille :

— Il faut qu'on donne le change. Alors joue le jeu, d'accord ?

Plus curieux qu'inquiet maintenant, il se demanda si tout cela était une ruse que Roxie avait concoctée pour l'approcher. Il la suivit dans le salon. Elle se retourna et une bretelle incrustée de strass glissa sur son épaule. Quand elle s'humecta les lèvres, il faillit grogner. Elle était d'un érotisme torride, et il avait plus envie d'elle que tout ce qu'il avait pu désirer au cours de toute sa vie.

— Bon, Roxanne, tu m'as fait monter ici. Et maintenant ?

— Maintenant, on passe un marché.

Max Rowland émergea de la chambre à coucher.

Cash fit de son mieux pour paraître surpris, puis haussa un sourcil narquois. On frappa à la porte et Max ajouta :

— Va ouvrir, ma petite Roxie. Ça doit être tes frères.

— Quel marché, Rowland ? demanda Cash.

— Vous et ma sentimentale de fille m'avez coûté un paquet de temps, d'argent et d'embêtements, il y a six ans. Il m'aura fallu aussi longtemps pour mettre ma stratégie en place.

— Je vois. Vous gardez une dent contre moi parce que j'ai récupéré tout ce que vous aviez extorqué à ma grand-tante.

— Je ne garde de dent contre personne, Barron. Je me venge.

Cash s'écarta comme Roxanne revenait, suivie de ses frères et de… son stagiaire, Nick ? Qu'est-ce que c'était que cette histoire ?

Max arbora un sourire à la fois énigmatique et moqueur.

— Je constate que vous reconnaissez Nixon, mon plus jeune fils.

Cash lança un coup d'œil à Roxie. Toute couleur avait quitté son visage, et elle semblait anéantie. Estomaquée. Il était impensable qu'elle feigne ces émotions. Elle ignorait tout, c'était évident. Indiscutable. Et son propre processus d'enquêtes avait échoué. Aucune trace d'un autre Rowland que Max et ses quatre fils n'avait été repérée.

Le stagiaire que Cash connaissait sous le nom de Nick England les avait tous dupés. Le gars ne ressemblait guère à ses frères, et pas du tout à Roxanne. Cette dernière luttait pour rester debout sur ses jambes chancelantes, et il voyait trembler ses mains serrées devant elle. Il aurait voulu aller vers elle, la soutenir, mais il ne le pouvait pas. Pas encore.

— Donc vous avez gaspillé toutes ces années juste pour placer une taupe dans mon organisation ? Pourquoi ? Nick — Nixon n'avait accès à rien de confidentiel.

— Au contraire, Cashion, objecta Max, imitant à la perfection la voix de Cyrus. Je dirais que la situation est un peu tendue en ce moment, vous concernant.

— Qu'est-ce que vous voulez ?

— Vingt millions. Transférés sur un compte offshore.

— Et qu'est-ce que j'y gagne en échange ?

Nixon s'approcha, un épais dossier entre les mains.

— Vous volez une fois de plus au secours de votre famille.

Prenant le dossier, Cash gagna le bar encastré. Il attrapa la main de Roxanne au passage et l'entraîna avec lui. Après l'avoir installée sur un haut tabouret, il déposa le dossier sur le plateau en granite et le feuilleta. Il aurait dû moins sous-estimer Nick. Le gamin était bon. Il avait monté des marchés bidon, élaboré un suivi de dessous-de-table, de double comptabilité. Le fisc et le département de Justice tueraient pour mettre la main sur des documents pareils.

Cash leva la tête en direction de Max.

— Jolie toile d'araignée que vous avez tissée là.

— Vingt millions, et tout disparaît.

— Jusqu'à quand ?

Nouveau sourire moqueur.

— Jusqu'à ce qu'on ait besoin de plus.

— Et si je refuse ?

— Des copies du dossier vont malencontreusement être fournies à divers organismes — gouvernementaux, organes de presse concurrents. Je me demande ce qu'en pensera le comité d'éthique du Sénat ? La commission de jeu du Nevada ? L'Agence pour la protection de l'environnement ? Et ma fille, ajouta Max en regardant Roxie, sera impliquée comme votre complice.

Celle-ci s'étrangla silencieusement, mais Cash l'entendit, puis il la sentit se raidir et ensuite s'effondrer près de lui. Oui, elle avait raison. Son père à lui avait été un fumier froid et cruel, mais celui de Roxanne se révélait dix fois plus monstrueux.

— Vous dites donc que Roxanne n'avait absolument rien à voir là-dedans ?

Max et tous ses fils éclatèrent de rire, mais ce fut Dexter qui prit la peine d'expliquer.

— Cette pauvre crétine est trop sentimentale et honnête. On l'a piégée exactement comme vous. Si elle s'était contentée de planquer ces trucs il y a six ans, on serait tous tirés d'affaire.

Le sourire glacé de Cash valait bien celui de Max.

— C'est tout ce que j'avais besoin de savoir.

Avant que quiconque puisse bouger, l'équipe de sécurité de l'hôtel et la police de Las Vegas fit irruption. En l'espace de quelques minutes, les Rowland étaient menottés et embarqués. Cash resta figé en se rendant compte que ses frères au grand complet étaient là.

Chase s'approcha.

— Des excuses seraient vides de sens, Cash, même venues du fond du cœur. Je suis désolé. Pour tout. J'ignorais totalement… On ignorait, se reprit-il en désignant leurs autres frères, mais on aurait dû savoir. On savait comment était papa, comment il pouvait déformer les choses. Et on t'a laissé tout seul dans les ennuis.

Une seconde plus tard, Cash était englouti dans l'étreinte de son jumeau, puis le reste de la fratrie vint offrir excuses et embrassades. La famille. Il avait retrouvé la sienne, et il dut refouler ses larmes. Un éclat de rouge accrocha son attention. Roxie. Elle se glissa dans le couloir sans un mot ni un regard en arrière.

Chase rit et lui tapa dans le dos.

— Cours-lui après, Cash. Et quand tu seras prêt, il se trouve que je connais un sosie de Liberace qui célèbre des mariages.

Cash rattrapa Roxanne devant l'ascenseur.

— Où tu vas comme ça, Red ?

La porte s'ouvrit et il pénétra à l'intérieur avec elle, tapant le code pour l'étage supérieur. Elle le considérait avec méfiance. Comment l'en blâmer ?

— Je suis désolé.

Les excuses n'étaient pas son fort, et il s'étonna que les mots ne lui restent pas en travers de la gorge.

— Je suis désolé que ta famille t'ait trahie. Je suis désolé de ne pas…

Là, ça devenait plus difficile.

— J'aurais dû te faire confiance, poursuivit-il. Et j'avais tort. J'ai besoin de toi, Roxie. Et je te veux. Qu'est-ce que je dois faire pour que tu me pardonnes ?

Lorsque l'ascenseur s'arrêta, elle le quitta en silence. Il

la poussa à l'intérieur et sourit, se remémorant les dernières paroles qu'elle lui avait dites au moment de leur séparation.

— Est-ce que ramper à plat ventre fonctionnerait ?

Elle éclata d'un rire étonné, et il perçut son manque d'assurance, son propre besoin de reconnaissance et d'amour. Elle représentait tout ce qu'il voulait, souhaitait, désirait, et qu'il ne savait pas comment trouver. Elle était constituée de si nombreuses couches qu'il voulait passer le reste de son existence à les retirer, pour découvrir la femme fascinante qu'elle était en dessous. Elle lui correspondait comme personne ne le pourrait jamais.

Du bout des doigts, il fit glisser les bretelles étincelantes de sa robe, baissa le tissu soyeux, trouva la broche recouverte de strass multicolore qui retenait le tout sur sa hanche, et regarda la robe tomber en flottant autour de ses chevilles. Il lui mit les mains en coupe sur ses joues, l'embrassa doucement malgré son irrésistible désir de la prendre, de la conquérir, de la revendiquer. Il devait être délicat.

— Je veux de te faire l'amour.

Elle hocha la tête avant de se débarrasser de ses escarpins, enjamba le léger amoncellement de soie rouge. Il la prit dans ses bras, la porta jusqu'au lit. Elle ne le quitta pas des yeux tandis qu'il ôtait ses propres vêtements, puis la rejoignait. Il l'attira contre lui, écarta tendrement les cheveux de son visage. Un sentiment puissant, inhabituel, monta. L'amour. C'était à ça que l'amour devait ressembler. Il embrassa Roxanne, la toucha, la caressa, l'enveloppa jusqu'à ce qu'elle soupire, et ce son fut comme un baume sur son cœur blessé.

Il se jurait de la chérir parce que personne ne l'avait fait. Il s'avérait facile de mettre dans ses yeux ce regard rêveur qui le ravissait maintenant. Il passerait sa vie entière à lui prouver combien elle était précieuse, combien il tenait à elle — à condition qu'elle lui en donne la chance.

Se servant de tous ses talents d'amant, il l'enfiévra, et elle finit par le supplier :

— Je t'en prie, Cash, viens en moi, maintenant !

— Pas encore. Pas avant que tu dises que tu seras ma femme.

— Ta femme ?

— Oui. Épouse-moi, Roxanne.

— C'est du chantage !

— Parfois, nécessité fait loi.

Roxie éclata de rire.

— Oui.

Elle pouffa, puis retint son souffle lorsqu'il la pénétra.

— Oh oui, gémit-elle. Comme ça, oui.

Il se mit à aller et venir, avant de surprendre une lueur espiègle dans ses yeux dorés.

— Quoi ?

— Il faut que je t'avoue quelque chose. Je t'ai dit « oui » uniquement parce que Harley t'aime beaucoup.

Il s'immobilisa au-dessus d'elle.

— Donc… Si ce paquet de poils sur pattes ne m'aimait pas, tu aurais refusé ?

— J'aurais accepté une liaison torride. Peut-être d'être ta maîtr… aaah…

Il avait glissé une main entre eux, trouvé le point magique qui assurait de l'envoyer au septième ciel. Elle avala une goulée d'air, se cambra vers lui, vers ses doigts.

— Tu m'aimes. Admets-le.

Le désir, l'urgence dans sa voix le surprit lui-même, et, vu l'expression de Roxie, elle aussi se trouvait prise de court.

Elle enroula les jambes autour de ses hanches, enfonça

les talons dans ses reins de manière à ce qu'il soit de nouveau profondément ancré en elle.

— De tout mon cœur, oui. Je t'aime, Cash.

Il serra les dents, luttant pour se retenir. Être avec Roxie, relié à elle sur le plan physique et émotionnel… annihilait son self-control.

— Je t'aime. Et mon devoir est de te rendre heureuse.

Ces mots, il les grogna presque, tout en plongeant farouchement en elle. Il les fit basculer tous deux dans un au-delà de volupté, et quand ils retombèrent sur terre, il découvrit une chose précieuse.

— Chez moi, murmura-t-il. Tu me donnes l'impression d'être arrivé chez moi, Roxanne.

# Épilogue

Harley se tenait parfaitement bien, même s'il regardait la piscine avec une envie évidente. Cash le fixa des yeux jusqu'à ce que le chien lui jette un regard coupable et s'asseye juste à côté du juge. Cash attendait sous une tonnelle rustique faite de branches tressées de fleurs, flanqué de ses frères, graves et solennels. Enfin, sauf Chase. Son jumeau souriait de toutes ses dents, aux anges.

Tous les Tate étaient présents, certains accompagnés. Ses belles-sœurs étaient assises ensemble, regroupées. Certaines relations avaient encore besoin d'être améliorées. Il avait promis à Roxie qu'il ferait son possible, elle avait juré de l'y aider. Son regard tomba sur Kade Waite, en qui il reconnut une âme sœur. Il résolut de se pencher sur cette situation également. L'homme qui était peut-être un autre frère Barron se tenait à l'écart avec Pippa Duncan. Intéressant.

À ce moment-là, Leo, une vraie gravure de mode dans son smoking gris tourterelle, sortit de la maison. Big John apparut à son tour, Roxie à son bras. Deacon entama une mélodie compliquée sur sa guitare acoustique tandis que la fiancée de Cash s'avançait vers lui.

Leurs vœux furent simples. Ils se promirent de rester sincères et fidèles l'un envers l'autre dans les bons comme les mauvais moments, les triomphes et les embûches. Ils jurèrent de se respecter, de se réconforter, de se chérir, aussi longtemps qu'ils vivraient. Puis le juge les déclara unis par les liens du mariage. Cash donna à sa femme un baiser aussi intense et infini que son amour pour elle.

Après le dîner, Léo se leva et fit tinter sa fourchette contre une flûte de champagne.

— Je voudrais votre attention à tous ! clama-t-il.

Quand il l'eut obtenue, il se tourna vers Roxie.

— Ma poulette, je suis très heureux que tu aies enfin suivi mon conseil et ferré ce très, très chouette canon.

Il renifla et se tamponna théâtralement les yeux.

— Je suis si fier de toi, reprit-il, des sanglots dans la voix.

Puis il but le reste de son champagne et se rassit. Chase se leva ensuite, attendant le retour du silence.

— À mon frère Cash et à sa ravissante épouse. À partir d'aujourd'hui, vous ne cheminerez plus jamais seuls. Que votre cœur protège toujours l'autre, et puissiez-vous toujours trouver le chemin de votre foyer dans les bras l'un de l'autre.

Portant la main gauche de Roxie à ses lèvres, Cash embrassa son alliance.

— Tu es ma maison, mon foyer, Roxanne Barron. Tu es ma vie, mon cœur, le meilleur de moi-même. Maintenant et à jamais.

Du bout des pouces, il effaça les larmes de la jeune mariée, puis prit son visage entre les mains et l'embrassa. Apres avoir cherché durant leur vie entière l'amour et la reconnaissance, ils les avaient trouvés l'un en l'autre.

Elle murmura contre sa bouche :

— Tu es mon foyer et ma famille. Je t'aime.

Tels étaient les mots dont il avait besoin. Ensemble, ils découvraient la famille dont ils n'avaient pas osé rêver.

— Oui, acquiesça-t-il.

Il était un homme qui comprenait son devoir envers sa famille et la femme qu'il aimait.

Retrouvez prochainement,
dans votre collection

# PASSIONS

**Les flammes de la passion, de Sheri WhiteFeather - N°1043**

SÉRIE : LIAISONS À LOS ANGELES 1/2

C'est décidé : Margot va mettre un terme à la liaison qu'elle entretient avec son ex-mari Zeke ! Bien que ses baisers langoureux la fassent fondre, leur relation est dans l'impasse. Parce qu'elle est une célèbre actrice, Margot vit sous le feu des projecteurs, tandis que Zeke aspire à une vie tranquille. Surtout, il y a Liam, le petit garçon qu'elle vient d'adopter, et auquel elle veut pouvoir se consacrer sans imaginer à chaque instant que Zeke pourrait faire partie de leur famille…

**Amis et amoureux, de Sheri WhiteFeather**

SÉRIE : LIAISONS À LOS ANGELES 2/2

Bailey et Wade étaient de simples amis au lycée, mais une réunion d'anciens élèves les entraîne sur la piste de danse… et dans un lit. Bailey entame alors une liaison sans attache avec l'ancien rebelle devenu milliardaire. Pas exactement le *happy ending* qu'elle espérait… En effet, troublée par les tendres sentiments que Wade éveille en elle, Bailey craint d'avoir le cœur brisé quand viendra l'heure de se séparer…

---

**La proposition de l'héritier, de Niobia Bryant - N°1044**

Bobbie, détective privée de renom, a bouleversé la vie de Lincoln en lui révélant qu'il était l'héritier de Phillip Cress, un riche homme d'affaires à la tête d'un empire culinaire. Alors qu'elle pensait en avoir fini avec son enquête et cet homme exaspérant, voilà qu'elle le retrouve à New York quelques mois plus tard. Et sa surprise grandit encore quand Lincoln lui propose de jouer le rôle de sa petite amie auprès de sa nouvelle famille…

**Troublée malgré elle, de Kerri Carpenter**

Grace doit faire équipe avec Xander pour préparer le mariage de leurs meilleurs amis. Un seul problème : ils ne cessent de se disputer ! Pourtant, Grace doit bien l'admettre : malgré son arrogance, Xander l'attire au plus haut point ! Et quand un baiser troublant les transporte, Grace se surprend à espérer voir leur étreinte se prolonger encore…

**Dans le lit du play-boy, de Katherine Garbera - N°1045**

SÉRIE : UN MARIAGE À NANTUCKET 2/3

Créatrice de bijoux, Danni a besoin d'un mentor, pas d'un amant ! Alors que le mariage de son amie était l'occasion parfaite pour rencontrer Leo Bisset, son rival en affaires, et lui demander des conseils pour lancer son entreprise, voilà qu'elle a passé la nuit avec lui ! Une nuit de rêve mais dont elle mesure aujourd'hui la folie. *Jamais* elle n'aurait dû mêler travail et plaisir...

**Sous le charme de Spencer, de Brenda Harlen**

Kenzie était éperdument amoureuse de Spencer lorsqu'elle était adolescente, avant qu'il quitte leur petite ville de Haven, dans le Nevada. Or – surprise ! – le champion de rodéo est de retour, accompagné par sa fille de quatre ans. Si Kenzie ne tarde pas à retomber sous le charme de son premier amour, elle reste sur ses gardes. Pas question pour elle d'avoir le cœur brisé une seconde fois...

---

**Un séduisant célibataire, de Karen Booth - N°1046**

SÉRIE : SCANDALEUSES RÉVÉLATIONS 2/3

Les intentions de Taylor sont tout sauf romantiques quand elle gagne une soirée avec Roman Scott à une vente aux enchères. Ce qu'elle veut, c'est approcher le séduisant hôtelier afin de solliciter ses conseils pour le lancement de son hôtel. Hélas, elle perd vite son objectif de vue, en succombant au plaisir entre les bras de Roman. Un moment d'égarement qu'elle regrette d'autant plus que le sulfureux compte « Petit Carnet Noir » menace bientôt de le dévoiler...

**En souvenir de nous, de Jessica Lemmon**

La tentation. Voilà ce qui réunit Vic et Aubrey, sa trop charmante ex-petite amie. Mais quand, le lendemain, cette dernière est victime d'un accident et perd en partie la mémoire, leur relation devient plus ambiguë encore. Parce qu'elle a tout oublié de leur rupture, le rancher décide de jouer le jeu pour ne pas la brusquer. Une comédie dangereuse, car tout en comprenant qu'il aime encore Aubrey, Vic se demande comment elle réagira le jour où les souvenirs lui reviendront...

**Ce fils dont tu ne sais rien, de Cat Schield - N°1047**

Harcelée par sa belle-famille – qui menace de lui retirer la garde de Dylan, son fils de dix-huit mois, si elle ne renonce pas à son héritage –, Savannah comprend qu'elle n'a plus le choix : elle va devoir accepter la protection que lui propose Trent, son ex-fiancé. Trent, qu'elle a toujours passionnément aimé, mais qu'elle a quitté deux ans plus tôt sans lui dire qu'elle attendait un enfant de lui…

**Rival et amant, de Michelle Celmer**

Comment Roman ose-t-il revenir dans sa vie pour lui demander une seconde chance ? Pour Grace, il est absolument hors de question de renouer avec le détective privé, qui s'est odieusement servi d'elle pour détruire sa famille dix ans plus tôt. Pourtant, chaque regard que Roman lui lance la bouleverse. Au point que, bien qu'elle s'en défende, Grace se surprend à douter. Est-elle en train de commettre une terrible erreur en le repoussant ?

---

**Un époux sous contrat, de Joanne Rock - N°1048**

Depuis qu'elle vit avec Quinn, Sofia est perdue. Car, à force de côtoyer cet homme très séduisant, elle en est arrivée à la plus inattendue des conclusions : il est le prince charmant dont elle a toujours rêvé ! Hélas, il ne s'agit entre eux que d'un mariage de convenance lui permettant à elle, danseuse étoile au ballet de New York, de repousser ses admirateurs les plus insistants. Malgré leur formidable entente, jamais Quinn ne partagera ses sentiments…

**Coup de foudre au Texas, de Jules Bennett**

Frappée par un coup de foudre pour Colt Elliott, Annabelle est désemparée. Cet homme est son ennemi, celui qui a ruiné son père ! Si elle lui fait face aujourd'hui, c'est pour lui demander d'annuler une dette de jeu – une hypothèque sur leur maison de famille. L'enjeu est trop grand pour abandonner la lutte. Annabelle doit se ressaisir. Sur-le-champ.